La sexta lamentación

William Brodrick

La sexta lamentación

Traducción de
María José Delgado Sánchez

CÍRCULO de LECTORES

A mi madre

Agradecimientos

Por lo general, las deudas son algo desagradable, especialmente aquellas que perduran. Sin embargo, hay un tipo de deuda que es una grata excepción. Expreso mi sincero agradecimiento a Ursula Mackenzie, que me ayudó a elaborar el libro que quería escribir en vez del que yo había escrito; a Pamela Dorman por su perspicaz análisis y por apoyar esta novela en Estados Unidos; a Araminta Whitley y Celia Hayley, que me han colocado en el lugar en que estoy ahora; a Nicki Kennedy y Sam Edenborough por haber abierto camino, en mi nombre, en terrenos desconocidos. Estoy agradecido a Joanne Coen por su paciencia y por ser tan detallista al preparar el texto para su publicación. Aunque no me gustan las expresiones generales de gratitud, ésa es la única forma en que puedo abarcar a las numerosas personas de Time Warner Books y Penguin Putnam que han trabajado en esta novela con una dedicación sin límites: os estoy agradecido a todos.

Reservo unas palabras de agradecimiento especiales para Sarah Hannigan, que me animó a escribir y me ayudó a descubrir la forma en que quería hacerlo. También doy las gracias a: Penny Moreland (que me sacó de la duda y me infundió confianza), Austin Donohoe (que me animó a que me arriesgara), Paulinus Barnes (por sus sensatos consejos), James Hawks (que me dijo que me pusiera a ello), Damien Charnok (que señaló cortésmente el predominio de frases sin verbo), mi familia (por el papel que han desempeñado en hacerme quien soy y por sonreír siempre ante mis esfuerzos) y mi bufete (por adaptarse a las peculiaridades de alguien que está escribiendo una novela). Estoy agradecido a las siguientes personas por ayudarme en cuestiones específicas: William Clegg QC; Michael Walsh (archivero del Heythrop College, University of London), doctor E. Rozanne Elder (director del Institute of Cistercian Studies, Western Michigan University), inspectora Barbara Thompson (policía de Suffolk), Ian Fry y John *Archie* Weeks (Old Bailey). Yo soy el responsable de cualquier error de interpretación que pudiera surgir de lo que me dijeron.

Reservo un párrafo especial para Anne. Su constante apoyo desinteresado (de todo tipo, en todo momento) y el cuidado de los niños en solitario (de los tres) se combinaron para delimitar el espacio que hizo posible la escritura de este libro. No hay palabras de agradecimiento suficientes que puedan hacerle justicia o reflejar lo que me gustaría decir.

Los dos le damos las gracias a la comunidad cuya apacible presencia honra el valle donde se empezó y se terminó esta novela.

«L'OCCUPATION»

Las diminutas manos de abril conquistaron una vez París
como tú una vez me conquistaste: unos valientes dedos
[infantiles
me despojaron suavemente de mi resistencia
a tus encantos. Fue una revelación,
vi palmeras ondulantes, partículas nacientes, y sí,
hasta escuché a las piedras gritar tu nombre, Agnes.

Y entonces se extinguió la luz.
Hice un pacto con el diablo cuando llegó
el «Viento de primavera», cuando el hijo de Príamo
[sangraba
tendido sobre la tierra. Al romper la mañana, las
[desparramadas
piedras susurraron «Dios mío, ¿qué has hecho?» y sí,
os traicioné a ambos. ¿Podrás perdonarme, Agnes?

(Agosto, 1942)

Traducido del francés por el padre Anselm Duffy
Festividad de Santa Agnes
Priorato de Larkwood, 21 de enero de 1998

Primera parte

Ha llegado la hora de quemar las hojas.

Laurence Binyon
«La quema de las hojas», 1942

Primer prólogo

1.

Abril, 1995

–Noche y día he vivido entre tumbas, cortándome con las lápidas –respondió Agnes en un murmullo, rebuscando en su memoria.

Los ojos del doctor Scott se entrecerraron levemente. Sus vocales cantarinas, típicas del noreste de Escocia, le habían hablado, en tono cadencioso, de diagnóstico y pronóstico, dándole las malas noticias suavemente, mientras Agnes miraba un resplandeciente narciso primaveral detrás de la cabeza del doctor, que se alzaba, él solo, en una solitaria maceta en equilibrio sobre un estante; regalo de un paciente, tal vez, o premio conseguido por los muchos litros de gasolina consumidos. Pronto perdería el equilibrio y se caería.

Se olvidó de la flor cuando esas viejas palabras brotaron como un murmullo, espontáneamente, de su boca. Agnes no podía identificar el lugar exacto de donde venían. ¿Serían el eco de algo que el padre Rochet había dicho, allá por los años cuarenta? ¿Algo que había leído ella? No importaba. Ahora eran suyas, y aparecían como un regalo para dar nombre al pasado: su autobiografía.

Miró al doctor. Era un buen tipo, lo suyo eran las catástrofes neurológicas, pero no las citas destrozadas, terreno en el que se sentía menos seguro de sí mismo. Parecía muy preocupado por ella, atribulado, y a ella le conmovía esa turbación.

–¿Me está diciendo que, después de todo lo que he pasado, me voy a morir de una enfermedad cuya patrona es la duquesa de York?

–Me temo que sí.

–No es justo, doctor.

Agnes se levantó del asiento, con el abrigo puesto y sujetando el bolso.

–Déjeme que le pida un taxi.

–No, no, prefiero andar, gracias. Mientras pueda.

–Sí, claro.

La acompañó hasta la puerta, y ella, volviéndose, dijo:

–No estoy preparada aún, doctor.

–No, ya sé que no. Pero ¿hay alguien que lo esté?

Agnes respiró hondo. Un alivio repentino e inesperado le revolvió el estómago, levantándolo y hundiéndolo de nuevo. Cerró los ojos. Ahora podía irse a casa, para siempre, con Arthur; y, qué casualidad, con los caballeros de La Mesa Redonda. Hasta ahora no se había dado cuenta de eso.

Supo que algo iba mal cuando al hablar empezó a arrastrar las palabras como si hubiera tomado demasiada ginebra. Lo dejó estar. Y luego empezó a tropezar por la calle. Lo dejó estar. Como muchas otras veces, Agnes sólo actuaba si la empujaban. Había concertado una cita para ir al médico sólo después de que Freddie le hubiera gritado.

Iban caminando por Cavendish Square hacia Wigmore Hall. Una fina llovizna de marzo flotaba en la noche, suavemente iluminada desde las ventanas altas y las farolas. Freddie caminaba con pasos impacientes por delante de ella, y Agnes, tratando de seguir el ritmo, tropezó y cayó, cortándose en la nariz y astillando las gafas. Se le llenaron los ojos de lágrimas al recoger la montura, no por el dolor, sino porque sabía que el bochorno de Freddie era más grande que el suyo.

–Madre, levántate, por favor. ¿Estás bien?

Se puso en pie ayudada por un viandante. Se sacudió las manos en el abrigo mientras Freddie sacaba un pañuelo cuidadosamente doblado. Estalló exasperado.

–Mira, si te pasa algo, vete al médico. A mí no quieres decirme nada. A lo mejor a él sí se lo dices. Pero por el amor de Dios –le espetó–, basta ya de ese maldito comportamiento.

Agnes sabía que él tendría remordimientos por haberla herido, al igual que ella los tendría por haberle fallado a él. Ninguno de los dos volvió a hablar, excepto las típicas frases de cortesía.

–No, tú primero, de verdad.

–Gracias, Freddie.

–¿Un programa?

–Creo que no.

Agnes se sintió incomprensiblemente cansada en el intermedio, así que él la llevó a casa. Vio al doctor Scott esa misma semana y éste le hizo un volante para el especialista. Llegaron los resultados. El doctor Scott la había llamado y ahora ya estaba enterada.

Dejando al doctor con una madre que tenía cinco hijos, Agnes paseó tranquilamente hasta su querido hogar a orillas del Támesis, donde las casas altas estaban separadas de sus jardines por un sendero que conducía a la tumba de Hogarth[1]. Aquí estaba su refugio, entre muros manchados y alguna que otra vidriera redonda con reflejos cobrizos sobre cristal antiguo. De camino, pasó por delante de un tropel de niños que cantaban cogidos de la mano, con sus profesores por delante y por detrás provistos de sujetapapeles. Las agudas voces desplazaron las losas de su memoria, removiendo los sedimentos. Frunciendo mucho el entrecejo, pensó otra vez en madame Klein y el padre Rochet, y Jacques y Victor, y París y... todo aquello.

1. Se refiere a la tumba de William Hogarth (1697-1764), pintor y artista gráfico londinense cuya tumba se halla en el cementerio de la iglesia de St. Nicholas, en Chiswick Mall, Chiswick, al suroeste de Londres. *(N. de la T.)*

No habían crecido los verdes brotes del olvido. La memoria permanecía como recién cortada, conocida sólo por Arthur. Y ahora ella iba a morir, sin solución alguna del pasado, sin monumento alguno en memoria de los otros. Pero ¿cómo podría ser de otro modo?

Al doblar la esquina después del puesto de periódicos, divisó el río. La brisa soplaba sobre el agua, despeinando a un niño pequeño que sacaba los remos fuera del tiempo. Aflojó el paso, atrapada inesperadamente por la fuerte decepción que siempre la golpeaba como un calambre repentino cuando rendía homenaje a la cruel circunstancia.

–Los cabos sueltos se atan sólo en los libros –dijo en voz baja, y apartó, probablemente para siempre, la persistente e irracional esperanza de que un autor bondadoso pudiera aún reparar su vida. Se detuvo y se echó a reír. Se dio la vuelta, volvió de nuevo al quiosco de prensa y compró dos cuadernos.

2.

Esa noche, Freddie y Susan llegaron en coche desde Kensington, y Lucy tomó el metro desde Brixton.

Era como una pieza mala de teatro: Freddie de pie junto a la ventana del mirador, Susan jugueteando con el cable de la tetera y Lucy, la hija de ambos, intermediaria no oficial, sentada un poco tensa en un sillón enfrente de Agnes, que estaba, a su pesar, en el centro del escenario.

–Se llama esclerosis lateral amiotrófica.

Nadie dijo nada de inmediato. Freddie continuó apartando los ojos. Lucy miraba a su madre, que permanecía inmóvil, con el cable suspendido entre las manos.

–Abuela, ¿dijo algo más? –preguntó Lucy con vacilación.

–Sí. Espera que el proceso sea más bien rápido. Llegará un momento en que no seré capaz de andar ni de hablar, pero yo nunca fui...

Freddie cruzó la habitación y se arrodilló junto a la silla de Agnes. Puso la cabeza en su regazo y Agnes, madre otra vez, le acarició el pelo.

Susan lloraba. Agnes no estaba segura de si era por ella o por ver a Freddie deshecho. No importaba. Continuó:

–... yo nunca fui muy habladora, ¿verdad?

Después de una taza de té, Freddie y Susan se marcharon. Se habían sentido sorprendentemente relajados uno en presencia del otro y Freddie había dicho que volvería la noche siguiente. Parecían una familia. Lucy se quedó.

Unidas por un silencio familiar, se sentaron a la muy deslucida mesa de la cocina para preparar un montículo de judías verdes, cortando las puntas con las uñas. Ocho minutos después se acurrucaron con sendos cuencos entre las piernas, chupando la mantequilla de los dientes de los tenedores.

Agnes no veía la televisión muy a menudo, pero aquella noche sí lo hizo. Cuando Lucy se fue, esperó con el volumen bajado a que apareciera algo interesante. Las imágenes parpadeaban en la pantalla, lanzando escuetas sombras en las paredes, iluminando su cara y apagándola.

Sonó el teléfono. Era Lucy, para ver qué tal estaba. Cuando colgó el auricular, a Agnes le llamó la atención un documental en blanco y negro, con mucho grano, sobre aquellas elegantes avenidas que había conocido tan bien, los esbeltos árboles y la curva del río. Era el París de antes de la guerra, hacía casi sesenta años.

–No, no lo es –dijo, buscando el mando a distancia–. Es la Ocupación. Todas esas malditas banderas. *Merde!* ¿Dónde está?

Cuando miró de nuevo a la pantalla, le vio y se quedó sin respiración: un apuesto joven en sepia, de labios gruesos, sensuales, un prefecto en el que todo el mundo puede confiar. Se quedó petrificada, con los ojos atrapados en el llamativo uniforme.

–Dios mío, es él. Tiene que ser él –susurró.

Entonces vio a un monje sombrío sacudiendo la cabeza. La noticia debía de haber concluido.

No se movió durante una hora. Luego, con determinación, abrió el cajón de su escritorio y sacó uno de los cuadernos que había comprado esa mañana. Como le había sucedido otras veces, Agnes estaba impresionada por la desconcertante confluencia de acontecimientos que ocurrían por casualidad: que ella hubiera decidido poner por escrito el pasado justo el día en que parecía que las circunstancias iban a sacarlo a la luz.

Capítulo uno

I.

–Acogerse a sagrado.

–¡Una porra!

–En serio.

El prior, el padre Andrew, era aficionado a bajar de tono, para su uso monástico, las expresiones más crudas que se conocían, pero el sentimiento seguía siendo en buena parte el mismo. Era un irreformable escocés de Glasgow domesticado por una educación excesiva, pero el tono del camorrista callejero tenía tendencia a salir cuando lidiaba con los problemas más insólitos de la comunidad.

–Se abolió hace siglos. No es posible que hable en serio.

–Pues sí que es en serio –dijo Anselm.

–¿Cuándo ha salido con eso?

–Esta mañana, cuando Wilf le pidió que se fuera.

El prior frunció el ceño.

–Supongo que se negó a hacer el favor.

–Sí. Y le dijo a Wilf que no tiene otro lugar adonde ir.

Los dos monjes estaban sentados en un banco de madera, en el césped del crucero de la zona sur de las ruinas de la antigua abadía. Era el lugar preferido de Anselm en Larkwood. Frente a ellos, en la pared del claustro que daba a South Walk, había restos de los oscuros peldaños del dormitorio comunitario, ahora desaparecido. A Anselm le gustaba sentarse allí y cavilar sobre sus antecesores del siglo XIII. El césped, devorado por el musgo, se extendía ondulante hacia el recinto cercado y aún más allá, hasta el sendero de jacintos silvestres que conducía al convento. Era una mañana muy clara. El prior acababa de regresar de un viaje a Londres, y se las había arreglado para perderse la noticia más importante de todos los informativos. Al volver a casa se había encontrado con una pandilla de reporteros y equipos de televisión acampados en el umbral de su puerta.

–Cuéntamelo otra vez, en orden –dijo el prior, que siempre insistía en que la cronología tenía que ser precisa.

–La noticia tuvo que ir a salir precisamente en un periódico local. Cuando los policías quisieron llegar a su casa, él ya estaba aquí, reclamando la protección de la Iglesia.

–¿Qué le dijo Wilf?

–Algunas palabras en el sentido de que la policía no prestaría ninguna atención a Clemente III.

–¿Quién fue Clemente III?

–El Papa que otorgó a la Orden el derecho de asilo.

–Confío en que Wilf sabrá de eso –y desconcertado, añadió–: ¿Cómo es que lo sabías?

–Tuve que preguntar también.

–Muy bien. –Volvió a su lista mental–. Sigue; entonces ¿qué pasó?

–Wilf llamó a la policía. Lo primero que supe fue que los medios de comunicación estaban en la verja. Hablé un poco con ellos, evitando las preguntas tontas.

El padre Andrew se examinó las uñas, pasándose el pulgar sobre cada uno de los dedos.

–Pero ¿por qué reclama el derecho de acogerse a sagrado? ¿De dónde ha sacado la idea?

Anselm se agitó incómodo. Contestaría a esa pregunta en el momento oportuno, pero no ahora. Ésa era una de las primeras lecciones que había aprendido después de someterse voluntariamente a la Obediencia Sagrada: hay un tiempo y un lugar para la sinceridad, y es el siervo el que tiene el privilegio de elegir el momento de humillación con su amo.

El prior se levantó y caminó por el terreno, con los brazos ocultos bajo su escapulario. Dijo:

–Estamos entre la espada y la pared.

–Ya lo creo.

Se miraron, reconociendo en silencio lo delicado de la situación. El prior habló por los dos.

–Si se va, habrá cobertura internacional sobre un anciano que, afirmando su inocencia, es entregado a la policía; si se queda, nos condenarán por apoyar a un nazi. En cualquier caso, y por decirlo vulgarmente, la hemos cagado.

–Para hablar sucintamente.

El prior se apoyó en el alféizar de una arcada abierta en la pared del crucero de la zona sur y rozó pensativamente el liquen desprendido con el dorso de la mano. Anselm se unió a él.

–Padre, creo que una de las dos opciones del dilema es mejor y más llevadera que la otra.

–Continúa.

–Cuanto antes se vaya, mejor. De lo contrario nos arriesgamos a que la opinión pública encuentre fascinante averiguar por qué vino aquí, para empezar.

Con una inclinación de cabeza, el prior arrastró de allí a Anselm y le condujo hacia los escalones para pasar por encima de la verja, en dirección al sendero de jacintos silvestres.

–Voy a averiguar lo que piensan las hermanas. Tenían Capítulo esta mañana.

Mientras caminaban por la hierba, húmeda por el rocío, Anselm continuó con su argumento.

–Si se le obliga a irse ahora, cualquier protesta durará poco. Y hay una explicación que podemos dar en el futuro si nos critican por echar a la calle a un hombre inocente.

–¿Y es?

–Esto es un monasterio, no una prisión preventiva para los ancianos.

Anselm se sintió satisfecho de la frase. Era concisa, expresiva y redonda: sonaba bien mordaz... preparada por anticipado.

El prior asintió, no muy convencido. Anselm insistió, observando al prior como lo había hecho a menudo al observar a los jueces en otra vida, cuando trataba de leer sus mentes.

–La alternativa es la opción más ardua. Si se muda aquí, y eso es lo que sucedería, estamos en un lío. Podría haber un juicio. –Anselm hizo una pausa–. Nada de lo que digamos convencerá a nadie de que no estamos de su parte.

Llegaron a los escalones y el prior saltó al sendero con el hábito negro bajo el brazo y el escapulario blanco echado sobre un hombro. Anselm sintió que iba a la deriva, inmerso en sus pensamientos privados.

–Averiguaremos más mañana por la noche. El detective comisario de policía Milby viene a las seis. Me gustaría que Wilf y tú estuvierais presentes. Después tendremos un Capítulo especial. Házselo saber a todos, ¿de acuerdo?

–Sí, por supuesto.

Anselm miró al padre Andrew mientras éste desaparecía por el sendero, a través de una neblina azul y morada, con su hábito meciéndose en la brisa y la cabeza gacha.

2.

Anselm se había reunido con el detective comisario de policía Milby varias veces en el pasado. En aquellos días, Milby era un soldado de infantería de la brigada de estupefacientes. Llevaba pelo largo y vestía vaqueros, pero aun así se las arreglaba para parecer un policía. Anselm era un picapleitos de la abogacía londinense y sus encuentros se habían limitado a hacer repreguntas meramente formales sobre las trampas de la incriminación y la violencia excesiva. Como todos los policías familiarizados con los tribunales, Milby se lo había tomado con calma. Aquello había sucedido hacía más de diez años y ambos habían progresado desde entonces.

Apoyándose en la verja de los escalones, Anselm casi podía oler el pesado perfume a cera para suelos de sus antiguas cámaras, y escuchar de nuevo la risa estentórea de las voces que competían en el cuarto del café. Sonrió para sí mismo triunfalmente.

Cuando Anselm dejó el cuerpo de abogados no causó una gran sensación, sin duda porque se trataba de una de las maravillosas historias de la Sala del Vestuario. Como era inherente a la profesión tratar cosas semejantes con gravedad privada y levedad pública, Anselm sólo oyó voces bajas de empatía compartida: «Dime, hijo, ¿es verdad? ¿Te vas a un monasterio? Todo lo que puedo decirte es que todos tenemos deseos secretos. El trabajo no lo es todo...».

Anselm había despertado a una llamada de diez años pero, y esto no lo sabían sus colegas, no había estado nunca por completo asentado en el equipo. Había una inquietud que empezó a crecer poco después de convertirse en inquilino. Imperceptiblemente, comenzó a sentirse fuera de lugar, como si estuviera en tierra extranjera. Había otro lenguaje, rara vez hablado, y él quería aprenderlo. Los decididos intentos de vivir una vida «normal» como profesional luchaban por mantenerse a flote a intervalos frecuentes pero impredecibles. Podía estar esperando un taxi o yendo a los tribunales, haciendo algo habitual, y de repente se sentía curiosamente enajenado por su entorno. Era una especie de añoranza, normalmente leve, pero aguda en ocasiones. Más tarde llamó «inspiraciones» a estos ataques por sorpresa. Todo lo que Anselm sabía en aquella época es que su origen era vagamente religioso. Reaccionó comprando varias traducciones de la Biblia y libros de oraciones, como si la respuesta al rompecabezas estuviera en algún lugar entre sus páginas. En una ocasión salió de una librería después de hacer un pedido de una edición en treinta y ocho volúmenes de *Early Church Fathers*[1]. Se quedaron como llegaron, en tres cajas de cartón atadas con cinta adhesiva, que él apiló en una esquina de su salón y utilizaba como la última y poco elegante morada de tazas de café y desechos de comida preparada. Anselm se recuperaba después y continuaba con su

1. *Early Church Fathers (Los antiguos padres de la Iglesia)* es una colección de escritos sobre los primeros ochocientos años de la Iglesia. *(N. de la T.)*

vida en el cuerpo de abogados hasta que otro impulso procedente de Dios le tendía una emboscada. Era una suerte de guerra de guerrillas para la que siempre se encontró sin preparación o mal preparado. Y mientras tanto, su colección se hizo más grande, más completa y nunca leída. Al final dejó de comprar libros. Un día, mientras miraba a través de un gran angular, se dio cuenta de que quería hacerse monje.

Fue una experiencia un poco extraña. Al salir del Tribunal de Apelación una tarde a finales de noviembre, le paró en el camino un turista chino que no cesaba de sonreír. Varias gesticulaciones más tarde, Anselm estaba de pie debajo del arco de entrada de los Tribunales Reales de Justicia, mirando a la cámara de un completo desconocido.

De repente sintió la necesidad de poner las cosas en su lugar, de decir: «Mire, está equivocado. Yo no soy lo que usted piensa que soy; soy un fraude». Este hombre feliz venido de un lugar tan lejano había entreabierto una puerta interna y Anselm supo al instante lo que había al otro lado. Bajó las escaleras mientras sonaban en sus oídos protestas incomprensibles, de sí mismo y del turista que sin querer le había arrastrado lejos de la abogacía. Cogió el autobús a Victoria y, tras pasar por delante de la librería, entró en la catedral de Westminster, donde se sentó bajo los oscuros ladrillos entrelazados de la nave y rezó. Éste iba a ser el único momento próximo a la certeza de la posterior vida religiosa de Anselm. El vaivén entre la duda y la perseverancia vendría más tarde. Pero aquella vez comprendió, por fin, cuál había sido el problema subyacente. Había sido el priorato de Larkwood todo el tiempo.

Capítulo dos

I.

Lucy Embleton hizo un intento de lavar los platos y después tomó el metro a Brixton, a sabiendas de que su abuela los lavaría de nuevo. Habían acabado todas las judías e incluso se habían peleado por las que se habían quedado mustias y frías en el escurridor. Era macabro, porque Agnes pronto estaría muerta y comer se había convertido de repente en una actividad particularmente trivial.

Al decir adiós con la mano, Lucy sintió que cada gesto tenía ahora otro significado que cada uno de ellos reconocería, pero no articularía nunca, determinado por la aletargada proximidad de la muerte. Su ánimo se hundió en un silencio escalofriante: una parte de su pasado estaba a punto de finalizar y ella ni siquiera había podido entenderla nunca.

Lucy tenía veinticinco años y había pasado una gran parte de ese tiempo tratando de entender los irresistibles encantos de su familia. Nunca había sido capaz de localizar ningún momento particular de crisis en la historia familiar que pudiera dar cuenta del enredo del presente. Era más bien un proceso acumulativo formado a partir de diminutos, y por lo demás insignificantes, cubos de construcción, apretados juntos fuertemente y consolidados con el paso del tiempo. De niña hacía preguntas agudas que nacían de su inocencia; guardaba las respuestas con tal cuidado que, cuando fue mayor, le llovieron las confidencias, pero nunca de Agnes ni de Arthur. Lucy se convirtió en la persona a la que le fueron encomendadas las distintas facetas del pasado, como si fuera ella la encargada de reunirlas todas. Y desde esa posición privilegiada concluyó que, si había una explicación simple para lo que su padre llamaba «el desastre», esta explicación residía en los años de la guerra.

La historia que le habían contado era la siguiente: Agnes era mitad francesa, mitad inglesa, y había vivido en París durante la Ocupación. Estaba allí cuando el negro velo de las reservas de petróleo ardiente pendía sobre la ciudad. Vio a las tropas alemanas hacer fotos de «La Marsellesa»[1] del Arco de Triunfo. Oyó la fina y aguda voz del mariscal Pétain decir que haría un regalo a Francia, que buscaría un armisticio con Hitler. Podía hablar sobre este periodo. Era el periodo después de éste el que tenía que manejarse, si acaso se mencionaba, con cuidado. De niña, Lucy era lo suficientemente pequeña como para avanzar lentamente con su curiosidad bajo las evasivas, moviéndose mes a mes hasta los años siguientes. Pero los detalles procedentes de su abuela se hacían siempre más sobrios, dolientes; su humor estaba cada vez más alterado, sus respuestas eran más cortantes, hasta que Lucy se dio cuenta de que se estaba aproximando al lugar tenebroso desde donde no podía continuar más lejos, donde, como Freddie soltó una vez ardiendo de vergüenza, Agnes se convertía en La Muette: la muda.

Por supuesto que la familia sabía lo que había más allá de la alambrada. Una ciudad y un pueblo: Auschwitz y Ravensbrück. Pero en cuanto al porqué, eso era un misterio. Susan decía a menudo que sólo el abuelo Arthur sabía dónde había estado ella y por qué, pero Lucy, como siempre, se movía tan próxima a la línea como podía, tratando de averiguar.

1. Se refiere a uno de los conjuntos escultóricos del Arco de Triunfo. El relieve que se conoce como «La Marsellesa» está ubicado en la parte que da a los Campos Elíseos, fue realizado por François Rude y representa la partida de los voluntarios de 1792. *(N. de la T.)*

–No, no participé nunca en la Resistencia –decía Agnes cansinamente en respuesta a una de las infatigables preguntas de colegiala de Lucy.

–¿Conociste a personas que lo hicieran?

–Sí, las conocí.

–Entonces, ¿estabas implicada con ellos?

–En realidad no. Yo sólo estaba por allí cerca.

–¿Eran valientes?

–Muy valientes.

–Entonces tú debes de haberte acercado a la valentía.

Agnes se quedaba muy quieta, distraída.

–Éramos todos tan jóvenes, tan sumamente jóvenes.

–¿Así que tú hiciste algo? –presionaba Lucy mientras comía chocolate.

–Nada que valga la pena contar. Y ahora, deja de hacer preguntas.

Ahí era donde cesaba normalmente la investigación. Pero esta vez Lucy probó suerte y presionó hacia el lugar de las sombras:

–No puedes tener un gran secreto y no decirnos lo que ocurrió.

Agnes emitió un gruñido animal enseñando los dientes.

–Ya está bien.

Fue la primera experiencia de miedo atávico que sintió Lucy. Comenzó a tener miedo de su propia abuela. Para Freddie, que estaba sentado en el rincón, observando por encima de un periódico doblado, se trataba simplemente de un ejemplo más del temperamento totalmente introspectivo de su madre. Pero Lucy, a la edad de catorce años, aún poseía la formidable e irracional perspicacia de la niñez, y era lo bastante joven para ser extremadamente sensible a algo que ni ella, ni ninguna otra persona, podía nombrar o comprender. Eso fue lo que la hizo retroceder instintivamente: se respiraba en el aire.

De modo que la razón de su arresto y lo que había sucedido durante los dos años y medio de encarcelamiento estaba fuera de su alcance. El hilo narrativo se reanudó, ante la insistencia de Lucy, en el momento en que habían puesto en libertad a Agnes, como si no hubiera pasado nada antes:

–Un soldado ruso me miró boquiabierto. No era más que un muchacho, y su fusil parecía un juguete maltratado. Él no pudo decir nada. Yo no pude hablar. Estaba de pie rodeada de niños. Lloró. Nosotros sólo lo mirábamos. Al final dijo en inglés: «Ahora sois libres».

Agnes pasó con cansancio una mano venosa por su pelo gris, recolocando un prendedor plateado, y añadió:

–Salí de Babilonia, pero no había ningún Sión. Ninguna tierra prometida.

–¿Qué es eso, abuela? –inquirió Lucy, desconcertada.

–Es sólo una vieja canción sobre la nostalgia. Y la esperanza.

–¿Una de Boney M?

–Un salmo.

Fue un diálogo poco claro, y todavía más raro teniendo en cuenta que Agnes no era una mujer religiosa.

Después de la guerra, Agnes volvió a París, donde conoció al capitán Arthur Embleton en un hospital. Se casaron en menos de dos meses y permanecieron en Francia un par de años más, durante los cuales tuvieron gemelos: Freddie y Elodie. Después de dejar el ejército, el abuelo Arthur trajo a la familia de nuevo a una vida aburguesada al norte de Londres. Él se hizo abogado de un gran bufete de Londres y en apariencia llevaron una vida cómoda y predecible, excepto para aquellos que sabían que no era así. Tras la desconcertante conversación con su abuela, Freddie le habló a Lucy acerca de sus propias memorias inexplicables de la niñez.

A veces Agnes era encantadora y extrovertida, explicó Freddie, pero de repente y sin que hubiera motivos aparentes se quedaba abrumada, abstraída.

Era como si el aparato de su personalidad se apagara, como un gran generador que pierde la fuente de alimentación. La vida que había en ella se iba agotando hasta que todas las luces titilaban, parpadeaban antes de apagarse. Y entonces estaba ausente, aunque estuviera aún en la misma habitación, y todos los demás se quedaban desorientados e incómodos, tratando de establecer contacto en el espacio que dejaba su ausencia.

Esto era lo que el abuelo Arthur llamaba «una retirada táctica del campo de batalla», en un débil intento de bromear con los niños. Pero decía la verdad. La vida normal era una batalla para Agnes. El padre de Lucy recordaba también aquellos aterradores momentos: cuando Agnes se quedaba de repente congelada, como si la agarrara el vértigo, temblando y sudando, sujetándose en el borde del fregadero, el filo de la mesa, el respaldo de una silla, hasta que el abuelo Arthur la calmaba.

Más tarde, cuando la relación de Lucy con su padre se hizo más complicada, su madre le contó algo más de la historia, para que Lucy pudiera entender mejor al hombre con el que ya no se comunicaba de manera fluida.

–Trata de entender a tu padre –le dijo Susan suplicante–. No lo tuvo fácil de niño, aunque el abuelo lo intentara.

El abuelo Arthur, dijo, había tratado de ofrecer algo de coherencia a Freddie y a Elodie, dándoles lo que él creyó que era una cálida educación inglesa, muchos relatos de Gilbert y Sullivan, tebeos anuales de la colección «Wisden» (que a Elodie le encantaban) y meriendas regulares a las cuatro en punto. Pero no podía protegerlos por completo. A veces Agnes tenía una actitud muy abierta y asequible, y al día siguiente, Freddie en particular corría hacia ella y la encontraba encerrada en sí misma. Hubo un pequeño incidente que Freddie no había olvidado jamás:

–Mamá, mira lo que me ha dado Alex. Es Excalibur, la espada sacada de una piedra.

Freddie sujetaba la pieza de plástico con las dos manos, sujetándola fuerte por si acaso alguien trataba de llevársela. Agnes disminuyó su actividad por un momento, pero continuó pelando zanahorias.

–Mamá, mira, es Excalibur. Me la ha dado Alex.

Agnes continuó quitando las mondas bruscamente, consciente de que Freddie estaba a su lado, ignorando que él sostenía un juguete que ya no querría nunca más.

Y Susan continuó:

–¿Lo ves? Las cosas no fueron fáciles para tu padre. Elodie lo pasó mejor.

–¿Por qué? –preguntó Lucy, y le siguieron contando la historia.

Parte del problema de Freddie era que Elodie no necesitaba a Agnes tanto como él. Irónicamente, eso hizo que las relaciones entre madre e hija fueran moderadamente relajadas. Elodie sacaba agua de otro pozo. Ella giraba naturalmente en torno a su padre, con quien compartía su afición al críquet, y dejaba atrás a Freddie, resentido. El promedio de bateo no significaba nada para él y buscaba en vano algo que pudiera acercarle a su madre, pero ella no le daba pistas. Así que se encontraba incapaz de llegar a su madre y celoso de su hermana. Cuando crecieron y abandonaron el hogar, la distancia entre los hermanos se salvaba apenas con tarjetas de Navidad e incómodas llamadas telefónicas, la más memorable de las cuales había sido cuando Elodie llamó para decir que tenía cáncer. Freddie no sabía qué decir y para su horror no dijo nada trascendente. Tanteó el lenguaje que una vez compartieran de niños, pero ya se había esfumado hacía tiempo. Hizo preguntas, pero no pudo evitar ese tono de estar preguntando por cortesía. Dijo adiós como si no hubiera pasado realmente nada. La enfermedad siguió su curso, arrastrando a Elodie a pesar de los tratamientos, prescritos o no. Curiosamente, cuando Freddie se enteró de los detalles del declive sintió la necesidad de hablar con ella. La llamaba espontáneamente, en mitad del día, sin saber lo que diría. Casi siempre la conversación fluía fácilmente, y algo empezó a crecer. Fue a verla varias veces, con la intención de seguir haciéndolo. Y Elodie murió, sedada y sin el consuelo de su familia, a los treinta y dos años de edad. Se culpó a sí mismo por haberse convertido en un extraño. Y, de alguna manera, Freddie culpó a Agnes.

Y entonces Susan concluyó:

–Así que, ¿ves?, las cosas no han sido tan fáciles para tu padre.

Lucy podía recordar a su padre intentándolo arduamente a pesar de su confusión. El abuelo Arthur había dicho siempre, con orgullo, que Agnes era una pianista estupenda. Así que su padre compró un piano. Pero Agnes no lo tocó nunca. Compró varios discos, pero Agnes nunca los escuchó. En las típicas horas de sosiego familiar después de la comida del domingo, el piano y los discos se convirtieron en una acusación silenciosa. La tapa no se había levantado; los discos estaban aún envueltos en celofán. Fue Lucy la primera de la casa que acarició las teclas y empezó a hacer ejercicios, tocando *Chopsticks*[1]. Fue Lucy quien trató de tocar el *Romance sans parole,* de Fauré, deseosa de los tranquilizadores halagos de los mayores. El intento fue un contratiempo simbólico, porque la segunda de esas tres pequeñas piezas para piano era la melodía favorita de su abuela. Ésa había sido la razón por la que Freddie lo había comprado.

A Lucy le parecía, como es lógico, que los intentos de su padre por acercarse a su madre se habían hecho más deliberados, y por obligación, su necesidad estaba constreñida por una fina capa de autoprotección. Y sin embargo, simultáneamente, con el paso del tiempo, los cambios de humor de Agnes habían sido sustituidos por una inaccesibilidad más moderada. Pero para entonces parecía que ya era demasiado tarde para Freddie. No podía mudar de piel. El recuerdo que tenía Lucy del abuelo Arthur en esa época era el de un hombre cansado que había aprendido a vivir más o menos solo. Murió tranquilamente un día mientras dormía, de un derrame cerebral repentino, como si se hubiera escapado en zapatillas por la puerta de atrás, inadvertidamente.

1. Partitura para principiantes, a modo de ejercicio. *(N. de la T.)*

Agnes se mantuvo extrañamente serena hasta el funeral, cuando su dolor estalló como un torrente. Luego se hundió como una piedra bajo aguas tranquilas. Sin embargo, se negó a permanecer en el hogar familiar y lo vendió en dos meses, mudándose a un espacioso piso en Hammersmith, a la orilla del río.

La pérdida del abuelo Arthur dejó a Freddie desconsolado. Y Agnes era la que menos podía ayudarle de todos. Los vínculos que aún quedaban entre ellos empezaron a fragmentarse, y afloró la furia de Freddie contra su madre. Chocaba con ella con más frecuencia, sus arrebatos tenían ya menos de protesta y más de acusación: por ser su madre a regañadientes.

2.

Incluso mientras Lucy se enteraba de la historia viva de su familia y la experimentaba, se daba cuenta de que los problemas de su padre habían repercutido totalmente en Susan y habían enturbiado sus propios años de formación.

Lo que debería haber sido un patio de recreo para una niña, había resultado ser más bien una tierra de nadie donde se esparcían los desechos de los adultos. Al tratar de corretear, se había enganchado en obstáculos ocultos, hasta aprender por experiencia a localizar y trazar el mapa de los espacios particularmente peligrosos que había entre todos sus familiares. A los quince años, Lucy había adquirido la habilidad de moverse entre su familia con la suprema facilidad de un adulto experimentado. Se convirtió en la más habilidosa, sacando a la gente de los campos de minas trazados. Parecía sabia.

Fue esta característica lo que llevó a su padre a hablar sin reservas, y a su madre a decir aún más cosas a modo de explicación más concienzuda. Ellos no querían hacerle daño, pero dijeron lo suficiente para empañar, sin darse cuenta, el brillo de la inocencia de Lucy. Sólo Agnes y el abuelo Arthur la dejaron en paz.

Así que no era de extrañar que, tras la muerte del abuelo Arthur, Agnes y Lucy fueran acercándose la una a la otra imperceptiblemente, sin ningún esfuerzo, decisión ni intercambio de heridas íntimas. Empezaron a disfrutar de la compañía mutua, sin exigirse nada. No existía el lastre de las expectativas. Podían compartir largos periodos de silencio, salpicados por una conversación cómoda, en fragmentos. Era obvio, para cualquiera que estuviera en la misma habitación, que estaban muy unidas. Pero esto no hizo más que provocar en su padre unos celos que él era incapaz de reconocer, y que sin embargo no podía dejar de expresar, aun cuando algo mucho más serio estuviera en juego. Como ocurrió cuando Lucy anunció que dejaba el hogar para vivir con un hombre:

–¿Un hombre?

–Sí.

–¿Podrías ser más específica?

–Más bien alto...

–No seas tan descarada con tu padre –dijo su madre, sonrojada.

–¿Le conozco? –insistió él.

–No. Pero la abuela sí.

–¿La abuela sí? –dijo su padre, incrédulo y agachando la cabeza.

–Sólo le vi una vez, Freddie, por casualidad –dijo Agnes disculpándose desde su silla al lado de la chimenea.

–Se llama Darren y tiene treinta y siete años.

–Pero tú sólo tienes veinte –dijo Susan, pálida y desesperada, mientras se alisaba la blusa.

–¿Darren, dices?

Su padre recogió el abrigo y salió de la habitación, al tiempo que decía:

–Lucy, me voy a casa. Puedes decirme lo que te parezca cuando te dé la gana. O tal vez la abuela me lo pueda contar el próximo domingo.

Esa noche se deshizo en disculpas por su mal genio; para entonces ya se había dado cuenta del problema que realmente le preocupaba. Cuando Lucy hizo su anuncio, acababa de abandonar sus estudios en Cambridge, después de haber obtenido una beca para estudiar económicas en uno de sus colegios universitarios, el King's. El triunfo había sido más para Freddie que para ella –había conseguido que fuera a la misma universidad a estudiar la misma carrera que él–. Era simplemente maravilloso... aunque Lucy estuviera interesada en la literatura, no en la ciencia de la distribución de la riqueza. Cuando Lucy dejó la universidad al final del primer año, su padre entró en una especie de duelo. Lo mismo hizo Lucy, que se vestía de negro y se tiñó el pelo. Durante un breve periodo, atacó la estructura de *El Capital* cobrando el paro. Su padre habló con un antiguo colega: la plaza estaba libre para el curso académico siguiente. Pero ella encontró un trabajo como empleada administrativa en una compañía pequeña que fabricaba sillas de pino. ¿Sillas de pino?, gritó Freddie. Sí, y unas cuantas mesas. Dios mío, dijo él. Su madre compró una mecedora. Y luego, en una fiesta, Lucy conoció a Darren, que tenía un vivo interés en Lenin. Era la única persona que ella conocía que hubiera leído las mortecinas frases de Joseph Schumpeter[1]. Él la inició en la amplia y liberadora sencillez de *Other People's Misery*[2], pero extraía su autoridad de la falta de autoestima de Lucy. La edad y la fuerza de la educación arrollaron la sutileza innata y refinada de ella, que se convirtió en su discípula. La gran casa llamada Hogar cayó bajo la pesada arma del escrutinio ideológico. Se mudó de casa. Freddie no pudo decir nada. Su madre lloró y lloró.

El aspecto más interesante de este episodio fue que a Agnes tampoco le gustaba Darren. Pero sabía instintivamente que tenía que dejar que los acontecimientos siguieran su curso. Como resultado, mientras Lucy estuvo con Darren siguió vi-

1. Pensador y ensayista que escribió sobre teoría económica, haciendo crítica de Marx y Keynes. *(N. de la T.)*

2. Referencia al título de una canción, *El sufrimiento de otra gente,* de un grupo de Irlanda del Norte, llamado Therapy, formado a finales de los años ochenta. *(N. de la T.)*

sitando a su abuela; casi nunca iba a su propia casa. Eso era lo que Agnes tenía de especial, ahí radicaba el misterio: mientras que era inaccesible para la gente «normal», la vía estaba abierta para los marginales, como la vagabunda que veía frecuentemente en el parque, como Lucy, en cierto sentido.

Así, mucho después de que Darren hubiera desaparecido, Lucy seguía apareciendo en Chiswick Mall, en casa de Agnes, mientras su padre se quedaba escuchando el críquet (había descubierto últimamente sus placeres secretos, pero sólo después de que los otros dos «hubieran sido eliminados»).

–Papá, conseguí una plaza para estudiar inglés en el King's College.

–¿Cambridge? –dijo él, mientras se le iluminaba la cara.

–No, Londres.

Él sonrió de oreja a oreja. Al menos tenía el mismo nombre que su antigua universidad. Susan hizo un pastel. Y Agnes, la persona que siempre había estado allí, a quien no se le había hecho nunca una fiesta de recibimiento, fingió que no había pasado nada.

3.

Al dejar el toma y daca de la venta de sillas y convertirse en estudiante universitaria, Lucy entró en otro tipo de tierra de nadie que no estaba del todo exenta de atractivo. No había hecho amistades duraderas en la oficina y sus nuevos compañeros juveniles del King's estaban interesados en general en beber y ensayar los estadios preliminares de una crisis emocional que probablemente alcanzaría su plenitud en el segundo año. Se trataba de un territorio conocido y poco atractivo. Así que, el primer año de sus estudios de inglés, a los veinticinco años, Lucy se encontraba entre una vida que había dejado atrás y un futuro que aún no había encontrado su molde.

Lucy había retenido, no obstante, un pequeño vínculo con su pasado. Se materializó una mañana cuando iba caminando por High Holborn. Entre las cabezas que se movían, pudo ver una cabellera rubia y una indagatoria mirada fija que se transformó en reconocimiento. Era Cathy Glenton, una chica que Lucy había conocido en Cambridge. Era una de las pocas personas con las que Lucy había encontrado alguna afinidad. Su atracción mutua parecía residir en puras diferencias. Cathy era brillante sin tener que esforzarse y estaba dotada de un talento generalizado, era como una máquina que se ponía en funcionamiento sin problemas en cada actividad de la que ella quisiera hacerse cargo. Desde montar en globo hasta actuar en el club de teatro, sacaba buenas notas en todos sus trabajos. Comía lo que quería sin engordar. Lo tenía todo, y un novio magnífico que se llamaba Vincent. Incluso la mala fortuna parecía quedarse sin dientes para atacar ante la exuberancia de Cathy. Poco después de empezar su primer año de universidad había tenido un accidente en una carrera de borrachos en bicicleta; se estrelló contra un poste en un puente estrecho sobre el riachuelo Hobson, salió despedida de la bicicleta y aterrizó en las verjas, cortándose en las manos y en la cara. Le había quedado una cicatriz casi insignificante, más bien un pliegue de la piel situado sobre su mejilla izquierda. A cualquier otra persona, las consecuencias le hubieran hecho tambalear psicológicamente. Pero no a Cathy. No podría haberle importado menos. Cuando Lucy se la encontró en High Holborn, notó la sutil presencia de un maquillaje rosado, algo que Cathy nunca utilizaba, y se preguntó por qué había de necesitarlo ahora. Después de los preliminares y las historias truncadas, Lucy dijo:

–¿Todavía montas en globo?

–No.

–¿Interpretación?

–No.

–¿Qué tal Vincent?

–Desapareció del mapa.

–Ah.

–Sólo trabajo. Nada más que el maldito trabajo. Y baños turcos por placer.

–¿Baños turcos?

–Todas las semanas –rió.

Cathy se había metido en el mundo de la publicidad; pensaba en formas inteligentes de persuadir a la gente de que deseaba lo que no necesitaba.

–Soy una hechicera –dijo.

Intercambiaron los teléfonos y a partir de entonces se daban un telefonazo de vez en cuando. Se reunían, lo pasaban bien y se despedían sin planear otro encuentro, lo que de algún modo parecía apropiado. Por diversas razones, ambas estaban solas, atravesando campos diferentes.

4.

Lucy apretó el paso en el frío aire de la noche y emprendió el camino a su piso, en Acre Lane, tratando una vez más de moverse entre los diversos retazos de historia que, vistos en conjunto, podrían dar una explicación coherente de las sendas rotas de su familia. Estaba la guerra, los campos de concentración, un matrimonio rápido y el misterio que era Agnes. ¿Cómo encajaba todo junto? ¿Había algo más? Sólo Dios sabía.

Lo que Lucy lamentaba una y otra vez era que las cosas podían fácilmente haber sido distintas para todos: Agnes no tenía que haberse perdido para los que la rodeaban; el abuelo Arthur no tenía que haberse sacrificado tanto; Freddie no tenía que haberse sentido tan rechazado; Susan no tenía que haber sido arrollada por un pasado ajeno; y Lucy podría haber tenido una infancia, al menos por un tiempo. Todos ellos, en mayor o menor medida, habían sido dañados innecesariamente. Observando el funcionamiento del mundo y de todo lo que hay en él, a Lucy le parecía que todo debía de haber estado enlazado de manera bastante agradable en algún momento del pasado, sólo que ahora no funcionaba muy bien. Y nadie sabía por qué. Pero ahora que su abuela se estaba muriendo, las explicaciones no tenían importancia. Si la tenían, sólo Agnes lo sabía, y tal vez fuera mejor que se llevara el secreto con ella.

Cuando llegó a su piso, encendió el televisor y corrió las cortinas, dejando fuera la noche. Llamó a su abuela impulsivamente, justo cuando las noticias iban a empezar.

–¿Estás bien?

–Por supuesto que sí. No te preocupes.

–¿Tienes miedo?

Era una pregunta personal, del tipo de las que no había formulado nunca antes.

La respuesta llegó suavemente:

–No. No hay mucho más en esta vida de lo que una pueda asustarse, ¿no crees?

–Supongo que no. Buenas noches, abuela.

–Buenas noches, Lucy.

Lucy vio las noticias con interés. Pensó que el monje había manejado la estúpida cuestión sobre la complicidad bastante bien.

Capítulo tres

El hermano Sylvester, el portero, acompañó a Robert Milby, detective comisario de policía, y a Madeleine Armstrong, detective inspectora, a la sala de la entrada principal al priorato. A los noventa y tres años de edad, la memoria de Sylvester estaba ahora mejor equipada para tratar de su juventud, mientras que las décadas posteriores habían quedado de algún modo poco definidas. Su mente estaba a menudo en otro lado y regalaba a la mayoría de los visitantes incursiones en su pasado sin que hubiera necesidad de hacer ninguna investigación en particular.

–¿Va a regresar a Martlesham esta noche, detective comisario?

–No, no, tengo que continuar hasta Londres. No hay descanso para los malvados.

–Sí lo hay –dijo el hermano Sylvester. Se apoyó en la puerta abierta, contemplando el germen de una idea lejana–. La última vez que estuve en Londres fue con Baden-Powell[1]...

–Hermano, gracias.

Las palabras del prior sonaron firmes, con un familiar trasfondo de súplica. El hermano Sylvester, un poco sobresaltado, se retiró de mala gana.

El prior, Anselm y Wilf se sentaron en torno a una gran mesa. Milby había cambiado muchísimo desde la última vez que Anselm le había visto. Los días en que arrojaba a los proveedores de drogas sobre el capó de los coches habían terminado y, gracias a la promoción, se había acomodado

1. Fundador del movimiento Scout. *(N. de la T.)*

dentro de un traje y un cierto aire de gravedad estudiada. Al sentarse, Milby anunció:

–Éste es un asunto de la policía metropolitana, pero compartirán con nosotros la dirección de la investigación porque el sujeto está en nuestra zona –alzó una mano, grande, hacia su colega–. La detective inspectora Armstrong se encargará de nuestra participación.

Anselm la miró pensativamente. Sus modales sugerían reserva, distanciamiento. Su pelo corto y negro azabache la hacía destacar claramente de su entorno, como un grabado. Las largas pestañas, también negras, se movieron con lentitud al echar un vistazo a un taco de notas que estaba sobre la mesa.

Milby dijo:

–Madeleine, ¿podrías explicarnos qué es lo que ha salido a la luz?

Ella hizo un gesto con la cabeza al padre Andrew, como si fuera él quien la hubiera invitado a hablar. Su voz era acompasada, controlada, con un ligero tono crispado.

–Se llama Eduard Walter Schwermann. Parece que fue un oficial de bajo rango de las SS destinado en París durante la guerra. Se le incrimina la deportación de miles de judíos a los campos de exterminio.

El padre Andrew estaba sentado con las manos juntas, pero sólo se tocaban las puntas de los dedos, un gesto característico que, como Anselm sabía, significaba una concentración intensa y agitada.

–Fue capturado en 1945, disfrazado de cura y con un salvoconducto para Inglaterra.

–¿De cura? –repitió el prior.

–Me temo que sí. Le reconocieron en un tren y fue detenido posteriormente. En ese momento, parece ser que informó a la policía militar de que estaba viajando con otra persona, un francés llamado Victor Brionne. Este último también fue detenido. Ambos tenían documentos falsos. A ambos los entrevistó el capitán Lawson. Ambos fueron puestos en libertad y continuaron su tránsito hacia este país.

El prior frunció el ceño.

–¿Por qué fueron puestos en libertad?

–No tenemos ni la más remota idea. Dentro de unos días voy a hablar con el oficial que los entrevistó. Ahora es miembro del Partido Laborista. Por aquel entonces era un capitán del servicio de Inteligencia Militar.

–¿Quién les proporcionó los documentos, los salvoconductos?

–No lo sabemos. Pero el hecho de que Schwermann fuera capturado vestido de cura podría sugerir una conexión eclesiástica.

–Pero por otra parte –agregó el prior con lógica, no a la defensiva–, eso no es necesariamente cierto. Podría haber un vínculo diplomático, aunque no puedo imaginarme por qué o cómo.

El prior se puso la mano sobre los labios apretados.

–Por supuesto. Lo extraño es –los gestos de ella se alteraron de repente, haciéndose más cálidos, menos analíticos– que parece que no quedaron registrados los documentos falsos. Como si se les hubiera permitido la entrada al país y alguien hubiera borrado silenciosamente el rastro para encontrarlos.

–¿El capitán Lawson?

–Eso parece.

Siguió una pausa reflexiva, hasta que Anselm dijo:

–¿Y qué pasó en los cincuenta años siguientes?

–Nada, hasta que Pascal Fougères, un joven francés corresponsal de *Le Monde* en el extranjero, encontró en Estados Unidos un memorando sobre el que se había levantado el secreto oficial, y allí estaba la información que les acabo de dar. Resulta que tiene un interés personal, porque Schwermann fue el responsable de la deportación de su tío abuelo, Jacques Fougères. Aparentemente se trata de un héroe de la Resistencia.

–Y entonces, ¿qué hizo? –preguntó Anselm.

–Escribió un artículo, de esto hace ahora año y medio, alegando que dos criminales de guerra habían encontrado refugio seguro en Gran Bretaña. Causó un gran revuelo en el continente, pero aquí sólo cosechó algunos comentarios. Y entonces sucedió de nuevo algo extraño. Fougères recibió una carta anónima que le revelaba el nombre bajo el cual se había escapado Schwermann: Nightingale.

–El número de personas que sabían eso no puede ser muy grande –dijo el padre Andrew pensativo.

–No, pero Fougères no ha seguido esa pista. Tengo que decir que lo encuentro desconcertante. En cualquier caso, lo que hizo fue contactar con organizaciones de judíos y con antiguas organizaciones de la Resistencia en Francia, que empezaron a preparar discretamente el caso contra Schwermann.

–¿Y Brionne?

–No, contra él no, lo que es incluso más desconcertante. Cuando estaban listas las líneas generales de la causa, la presentaron en el Ministerio del Interior. De alguna manera, Schwermann lo supo antes de que pudiéramos detenerle y luego nos enteramos de que estaba aquí, pidiendo acogerse a sagrado.

Miró al detective comisario de policía Milby, que añadió rápidamente, con un deliberado fruncimiento de entrecejo:

–Eso de acogerse a sagrado nos parece un poco raro.

–Fue un derecho otorgado por Clemente III. No tiene validez legal –dijo el padre Andrew dándole poca importancia.

Anselm captó la mirada de Wilf –había sido historiador antes de ser fraile– y leyó en sus ojos el asombro ante la oculta erudición del prior.

–Pero ¿de dónde sacó él esa idea? –preguntó la detective Armstrong.

–El padre Anselm se lo explicará.

Anselm contó otra vez a los oficiales de policía lo que le había dicho al prior la noche anterior justo antes de completas, cuando caía el Gran Silencio sobre Larkwood y era menos probable que surgieran ocasiones para hacer reproches. El día en que llegó Schwermann, Anselm estaba encargado de las confesiones de la tarde. No había venido nadie. Al dejar el confesionario había sólo una persona en la nave, un anciano sentado al fondo, tan quieto como una figura pintada en un friso. Cuando Anselm pasó por delante, se movió de repente y, agarrando el hábito de Anselm, dijo:

–Padre, ¿qué puede hacer un hombre cuando todo el mundo se ha vuelto contra él?

Anselm hizo una pausa, más desconcertado por la fuerza con que asía su hábito que por la pregunta que le había hecho. Era una de esas preguntas pesadas que los que son monjes tienen que responder.

–En el pasado –respondió, tirando de la ropa– reclamaría «acogerse a sagrado», la protección de la Iglesia, si la acusación era injusta.

–¿Y estaría a salvo?

–Claro que sí.

–¿De veras?

–Se lo prometo.

–Gracias –había dicho el anciano, con una calma que Anselm reconocería más tarde como el umbral de la decisión.

En ese momento había caminado, simplemente, reflexionando de manera despreocupada sobre las excentricidades de los fieles y las cosas tan curiosas que les preocupaban.

–Luego, me temo que se tomó unas palabras dichas a la ligera como una invitación –dijo Anselm a Milby y a la detective Armstrong.

El padre Andrew se volvió hacia el hermano Wilfred y dijo:

–Ahora es un buen momento para que nos diga lo que sucedió después.

Wilf era el tipo de hombre delicado, reflexivo, que no podía hablar con la policía sin sentirse como si hubiera cometido un delito. Visiblemente nervioso, explicó:

–Estaba hablando con el hermano Sylvester en la recepción acerca de una noticia que acababa de oír, en la que habían dicho que un habitante de estos contornos acusado de crímenes de guerra había desaparecido de su hogar. Entonces entra y dice, de lo más sereno, que pide acogerse a sagrado. Le dije que aquel derecho había sido abolido. Le pedí que se fuera y rehusó hacerlo, así que me fui a llamar a la policía.

–Y entonces –dijo el padre Andrew, reflexionando–, las tropas de Midian llegaron a nuestras verjas armadas de cámaras.

Se quedó esperando una respuesta, con sus plateadas cejas ligeramente elevadas.

El detective comisario de policía dijo:

–La prensa. Siempre van un paso por delante.

–Ya lo creo –dijo el padre Andrew secamente–. ¿Qué pasará ahora?

–Habrá una investigación y luego revisaremos las pruebas –informó la detective Armstrong.

–No es eso lo que quise decir –dijo el padre Andrew con tacto–, quise decir, ¿cómo piensan sacarle de aquí?

La detective Armstrong miró a su superior, a juicio de Anselm, con la expresión endurecida. Milby se apoyó en la mesa adoptando una postura desgarbada. En tono confidencial dijo:

–Lo hemos estado pensando. Si fuera posible, creemos que debería quedarse aquí, al menos como medida a corto plazo, aunque sólo sea para protegerle.

–Detective comisario de policía, esto es un monasterio, no un centro tutelar de ancianos.

Las palabras le sonaron extrañamente familiares a Anselm.

–Lo comprendo, pero...

–Y nuestro primer deber es para con nuestra vida en comunidad.

–Por supuesto.

–Y tenemos la extraña sensación de que se nos ha comprometido a propósito.

Al surgir de improviso a partir de una cortesía acomodaticia, la acusación escoció al detective comisario de policía. Desde el punto de vista de Anselm, siguió un delicioso silencio que ya había disfrutado en el pasado. El bochorno de la policía es el placer ilícito de los abogados defensores, y todos los años de comprometida vida monacal no habían logrado disminuir este apetito. Y, curiosamente, en esta ocasión parecía que el placer, mal reprimido, era compartido por la detective Armstrong.

De modo poco convincente, pero listo para pelearse, Milby dijo:

–Me parece que no le entiendo.

El padre Andrew sonrió benignamente. No entablaba nunca discusiones inútiles. En ausencia de una admisión donde se requería que la hubiera, cerró la conversación abruptamente. Era un instrumento poderoso, desconcertante. Volviendo a su gentileza anterior, aclaró:

–Les comunicaré nuestra posición en una semana a partir de hoy –se dirigió a la detective Armstrong–. Le estoy muy agradecido por todo lo que nos ha contado.

Cuando acabó la reunión, Anselm acompañó a los oficiales de policía al patio delantero de Larkwood. La gravilla crujía bajo sus pies cuando surgió la pregunta del detective comisario de policía:

–¿No nos conocemos de antes?

–Sí, yo era abogado. Seguro que tuvimos unas cuantas disputas en la sala del tribunal. He progresado.

Milby se rió y dijo:

–Bueno, hizo bien. Me gustaría haberme hecho monje.

Se desplomó en la parte trasera de un coche particular y dio un portazo.

La detective Armstrong parecía dudar. Miró a su alrededor como si no quisiera marcharse y dijo:

–Éste es un sitio muy agradable. Buenas noches, padre.

Anselm volvió a la sala para reunirse con el padre Andrew y el hermano Wilfred. El hermano Sylvester había entrado en la habitación arrastrando los pies y estaba colocando una selección de folletos en el aparador. Dijo:

–Cuando Wilf le dijo a ese tipo que el derecho de acogerse a sagrado había sido abolido, él dijo que lo había utilizado antes.

Continuó amontonando con cuidado el papel rosa y verde.

–¿Qué? –dijo el padre Andrew en voz baja.

–Cuando Wilf se fue a buscar a Anselm, él dijo que ya lo había hecho antes, hacía mucho tiempo.

La campana del priorato sonó pesadamente; los repiques, lentos y profundos, resonaron en Larkwood, llamando a los hermanos a la oración. Sylvester se puso a prepararse obedientemente.

–Me voy. No quiero llegar tarde.

Y se escabulló de la habitación, dejando a los otros monjes digiriendo las implicaciones de sus palabras.

–Me alegro de que se lo callara –dijo el prior con criterio.

Anselm se alegraba también. Continuó pensando, avistando una sombra cambiante.

–¿Por qué aquí? ¿Por qué ha venido a nosotros?

–Buena pregunta –dijo el prior pensativamente.

El repique había terminado.

Una concurrida confusión de pies se acercó desde el claustro.

–Vamos. Hora de silencio.

Anselm entró en la gran nave oscura y encontró su sitio en el coro. El lugar de Sylvester, detrás del suyo, estaba vacío. Llegaría, como siempre, tarde. Apoyándose en la silla y hojeando el salterio, Anselm sonrió para sí mismo mientras pensaba en el prior, en su salida sobre Clemente III y el comentario sobre el centro tutelar. El padre Andrew escuchaba siempre con cuidado a toda la gente con la que hablaba y en algún momento utilizaba lo que oía, como si estuviera recién salido de su mente. Como el Señor, recogía la cosecha de campos que no había sembrado. Meditó acerca de las razones del prior para estar tan seguro de que la policía había informado a la prensa y de que lo había hecho para forzar a Larkwood a quedarse con su huésped. Alguien, sin duda, tenía que habérselo dicho.

Capítulo cuatro

I.

Ésa era su espinita, que se le clavó sin darse cuenta cuando Anselm visitó el priorato de Larkwood en unos ejercicios espirituales del colegio a los dieciocho años. Se había inscrito para evitar otro viaje más de geografía, caminando lentamente bajo la lluvia sobre ese espantoso pavimento de piedra caliza cerca de Malham Tarn. Pero le llamó la atención un insólito reclamo en un folleto sobre vocaciones (que había colocado en la mesa un monje que decía que había conocido a Baden-Powell):

> No podemos prometerte felicidad,
> pero si Dios te ha llamado a estar aquí
> encontrarás la paz que no puede darte el mundo.

A lo largo de los años que siguieron, esas palabras entraron y salieron a hurtadillas, no cuando estaba inquieto, sino cuando estaba satisfecho. La promesa inesperada se convirtió en un aguijón, una invitación no deseada que le recordaba lo que más quería olvidar.

La pérdida de la paz –porque eso es lo que era– había abierto un camino desconocido a fuerza de pisadas. Cuando se sintió acosado por la dogmática turbulencia del periodo adolescente, Anselm se refugió en Proust. Al ver la vida de forma épica, sometió su pasado a una minuciosa investigación psicológica. Identificó fácilmente los sucesos que habían convulsionado su presente: la muerte de su madre, a quien apenas había conocido; la formalidad decimonónica de su padre; la paradójica pero definitoria inseguridad que surgía de encontrarse en una cuña entre dos hermanos mayores y dos hermanas más jóvenes; el grato matiz de destierro en un internado francés durante parte de su educación secundaria. Anselm llegó a la conclusión de que él, entre todos los hombres, tenía una seria necesidad de reparación interna.

Cuando pasó a formar parte del bufete de Roderick Kemble, abogado de la Corona al que se conocía cariñosamente como Roddy, y tuvo unos cuantos roces con algunos de los miembros más difíciles de la profesión, supo que, después de todo, no estaba en tan baja forma. Roddy era un hombre feliz, coloradote y redondón, a quien amaban y chupaban la sangre profusamente todos los que le conocían. Aunque era uno de los abogados más brillantes de su generación, lo que realmente le hacía destacar era su misericordia. Su única idea de consuelo le salía normalmente cuando estaba borracho: «Ninguno de nosotros llega hasta aquí sin romperse en pedazos por el camino, hijo. Nadie sabe por qué. Así que vamos a aguantarnos unos a otros». Y lanzándose sobre una botella, solía decir: «Ahora, vamos a celebrarlo».

El trastorno que acució a Anselm en su madurez fue, sin embargo, de naturaleza totalmente distinta y sólo pudo calmarse mediante largos periodos de soledad y... la oración: una actividad que le llevó a superarse, pero que quedó paralizada cuando se puso a pensar en lo que estaba haciendo, como cuando uno se cae de una bicicleta. Y cuando se repuso de nuevo, recordó las aterradoras palabras del folleto. Empezó a preguntarse, de forma puramente teórica, si para algunas personas (pero no para él) la vida monástica era el único modo de hallar satisfacción.

Volvió a Larkwood por curiosidad; iba a algún oficio esporádicamente y tomaba el té en el pueblo. Visitó el priorato con más frecuencia; temía el regreso a Londres, pero sin querer permanecer en Suffolk tampoco. El aciago día en que se encontró con el turista en el Tribunal de Apelación, Anselm reconoció que el roce con esta otra vida le había hecho sufrir una certera herida en la memoria, causándole una nostalgia, una añoranza, que no le permitiría asentarse en ningún otro lugar sino en la fuente misma de esa herida. Y así, Anselm comenzó su regreso a Larkwood. Después de haber estado yendo de visita dos años y de haber sido desalentado cortésmente (de acuerdo a la Regla de san Agustín), se hizo postulante. Su familia se quedó perpleja. Tenía treinta y cuatro años.

La primera sorpresa que se llevó Anselm al entrar en la vida religiosa fue el descubrimiento de que el monasterio contenía seres humanos corrientes, preocupantemente similares a uno o dos maleantes a los que había representado ante el Tribunal de Justicia. Había pensado que sólo el sistema penitenciario podría soportar el indignante comportamiento de sus miembros. Pero lo mismo sucedía en Larkwood, donde, a diferencia del encarcelamiento forzoso, cada individuo había prometido vivir una vida de conversión continua. Gracias a Dios, el hermano Bruno realizó un acto importante de misericordia el día de la llegada de Anselm. Reventó con brío cualquier expectativa razonable que pudiera haber abrigado Anselm acerca de una vida de sana tranquilidad.

Bruno había sido estibador en la zona de Tyneside durante treinta años y trajo a la vida monástica una franqueza irónica que generó varias máximas, la mayoría de las cuales se citaban sólo para no tenerlas en cuenta.

–Creo que hay algo que debes saber –le confió cinco minutos después de que hubieran sido presentados–. A medida que pase el tiempo, te darás cuenta de que los tipos buenos siempre se van y sólo se quedan los sinvergüenzas.

El tiempo pasó con la rapidez peculiar que sólo conocen los que viven sujetos al ritmo de la vida monástica. Los salmos, la rutina ancestral y el silencio reunieron misteriosamente los fragmentos del pasado de Anselm y le dieron una sensación de plenitud, pero sólo durante los primeros meses. Resultó ser una visión fugaz de quién podría llegar a ser, más que de quién era. Antes de un año, las piezas se hicieron añicos de nuevo y volvieron a quedar como estaban antes de que se hiciera postulante. Entendió lo que el agnóstico Roddy le había dicho cuando dejó la abogacía: que ser monje no tenía nada que ver con recomponer las piezas. Y entendió también el significado de otro aforismo de Bruno: «Nadie se queda por las razones que vino». El ciclo litúrgico hizo rodar los años. Algunos tipos muy agradables volvieron al mundo. Pero Anselm se quedó, abandonando cualquier pretensión de ser uno de los buenos chicos o de buscar la paz a través de la reconstrucción interna. Y algunas veces, en ese duermevela que se saborea cuando acaba la noche y al empezar la mañana, Anselm comenzó a preguntarse hasta qué punto había sido una elección y hasta qué punto se trataba de cooperación involuntaria.

La vida de Larkwood se convirtió en la vida de Anselm. El priorato se sostenía con la encuadernación de libros, la cerámica y la producción de zumo de manzana, además de una sidra de carácter especialmente vigoroso que se había hecho legendaria. Anselm aprendió las equilibradas artes del trabajo, el descanso y la oración. Después de doce años de vida monástica, los factores para vivir una vida plena estaban, en líneas generales, en orden. Un movimiento planetario de duda, certeza, dicha, angustia, soledad y aburrimiento, cada uno con su propia trayectoria, rodeaba una satisfacción que se iba desarrollando. Y muy, muy de vez en cuando, cuando no miraba, el Señor de la Danza le pasaba rozando.

2.

Un individuo del Ministerio del Interior apareció al día siguiente de la visita de Milby, antes de la reunión de la comunidad. Qué oportuno, pensó Anselm. Sin embargo, no tuvo ocasión de compartir esta idea con sus superiores, porque el padre Andrew, en los días que siguieron a la llegada de Schwermann, se había retirado del corredor y el claustro y sólo apareció para gruñir de camino al oficio y decir en el Capítulo de la mañana quién venía.

Se llamaba Wilson, al parecer. Mirando con atención a través de la ventana de la oficina de la administración, Anselm vio el Jaguar negro que atravesaba lentamente el patio delantero del priorato. El mandatario salió vestido con un traje de raya diplomática en azul profundo, el pelo de un blanco nuclear, cada mechón asumiendo obedientemente su lugar en la vida. Extendió con elegancia una pálida mano al padre Andrew, como si fuera una visita de la realeza; su leve sonrisa denotaba timidez, una debilidad remota oculta por una exquisita educación.

Lo que el señor Wilson dijo se reveló precisamente esa tarde. Las reuniones de la comunidad, al igual que las reuniones de las cámaras oficiales, eran conocidas por sacar a la luz las peores cualidades de cada uno. Para un grupo de hombres capaces de discutir ferozmente sobre cualquier tontería, las perspectivas de una discusión sensata acerca de dar asilo a un criminal de guerra no eran muy halagüeñas. Pero en esta ocasión hubo un sorprendente alarde de sentido común.

Los monjes se sentaron silenciosamente en el Capítulo, uno al lado de otro a lo largo de la pared circular. Todos los ojos estaban puestos en la adusta cara del padre Andrew. Había una sola vela ardiendo vivamente en un pedestal junto a él. Desde el lugar donde Anselm estaba sentado, se veía el diminuto baile de las llamas sobre las estrechas gafas del prior, que iluminaba sus ojos con fuego.

–Seré breve. El Ministerio del Interior nos ha pedido que demos refugio a este hombre durante un corto periodo. Ya sabéis lo que fue y lo que se dice que hizo. Debe ser alojado fuera de la mirada del público y hay que protegerle. No puede irse a casa. Tampoco se considera oportuno trasladarle a una prisión.

El padre Andrew había previsto la mayoría de las preguntas y las respondió mecánicamente en un pequeño resumen.

–Ha comenzado ya una investigación acelerada. No se presentaron acusaciones después de la guerra y se considera improbable que se formulen ahora. Él no se ha ocultado nunca de las autoridades británicas. Nuestra participación no es nada más que una cuestión de comodidad. Se pagarán los costes que tenga que afrontar el priorato y la policía lidiará con los manifestantes. Un policía permanecerá con el sujeto para su protección personal. Debería estar fuera de nuestras manos en tres meses. Eso es todo. La cuestión es ésta: ¿se queda o se va?

Inspeccionó la sala con gravedad, esperando una respuesta, y luego se examinó a sí mismo con diligencia.

–Ah, sí, hay un lord, un lord católico que refrenda humildemente la petición del gobierno.

–¿Quiere decir lord Crompton? –susurró el padre Michael con respetuoso entusiasmo.

–Lo siento, no anoté el nombre –dijo el padre Andrew bruscamente.

–¿Qué piensan las hermanas? –preguntó Anselm para centrar el debate, pero disfrutando de la forma en que el padre Andrew había golpeado el ansia de medrar socialmente que tenía Michael.

–Que debería irse.

Hubo un murmullo general de asentimiento.

El padre Jerome, un tipo musculoso aquejado ocasionalmente de asma y el único miembro de la comunidad que había estado encarcelado, puso el dedo en la llaga.

–Dejando a un lado las garantías, él ha venido a pedir protección. La petición de acogerse a sagrado trata de la inocencia sagrada, es una súplica pidiéndole a Dios una justicia superior. Nosotros no podemos ofrecerle eso. Y si no se lo merece, nos estamos buscando problemas. En este mundo y en el próximo.

–Tonterías –dijo bruscamente el padre Michael–. Si se le

niega uno y otro camino por una falsa acusación, debería quedarse. Su solicitud está respaldada por la clase dirigente. Cómo elija el resto del mundo interpretar nuestra colaboración debe traernos sin cuidado. Las apariencias no cuentan. –Y a modo de contestación añadió–: Sé exactamente lo que piensan los trotskistas que hay aquí, pero da la casualidad de que sé que lord Crompton tuvo una excelente trayectoria durante la guerra. Y conoció a la Madre Teresa. Deberíamos confiar en lo que él nos garantiza.

Y siguió en los mismos términos. Sólo dos monjes se mantuvieron en silencio: el padre Anselm, que estaba aguardando el momento oportuno, y un hermano que había profesado recientemente y que era el miembro más joven de la comunidad.

–Benedict, ¿qué piensas? –le preguntó el prior con afecto.

El joven monje se puso en pie, como era la costumbre, y miró con incertidumbre a su alrededor.

–Me temo que no tengo ninguna opinión. Sólo preguntas –dijo con voz entrecortada.

–Adelante.

–Si es inocente, ¿por qué un nombre falso?

–Buena pregunta.

–¿Por qué vino aquí?

–Otra buena pregunta.

–¿Por qué no fue acusado después de la guerra?

–No lo sé.

–Si, contra toda expectativa, hay un juicio, ¿qué sucedería entonces?

–Como el padre Jerome ha señalado con toda la razón, estaríamos en apuros, sobre todo si se le declara culpable.

El hermano Benedict se rascó el pelo, que llevaba afeitado por detrás de la oreja.

–Eso es todo lo que puedo pensar por ahora.

–Muchas gracias –dijo el padre Andrew, echándose hacia atrás–. Jerome y Benedict nos han demostrado amablemente la naturaleza del problema al que se enfrenta la comunidad.

Un silencio reflexivo se extendió entre todos los monjes que estaban reunidos. Ahora, pensó Anselm, era el momento de hacer la aportación que había planeado. Tosió y se puso en pie. El prior asintió con la cabeza.

Anselm se abstuvo de abogar por ninguna forma de acción. En su lugar, asumió el papel de asesor imparcial y elaboró un impresionante resumen de temas, cuidadosamente numerados y con recomendaciones que dependían del punto de vista que se hubiera adoptado sobre otras cuestiones que habían surgido. Fue todo muy profesional e implícitamente basado en una gran experiencia en asuntos dificultosos: consejos sensatos de un hombre que estaba al tanto de todo. Para alguien avispado, se notaba que Anselm temía que los hermanos le descubrieran, que se dieran cuenta de que estaba intentando involucrarse en el caso Schwermann.

–Gracias, Anselm –dijo el prior–. Y gracias a todos vosotros. Ahora es hora de silencio.

El padre Andrew rezó una oración corta y apagó la vela con los dedos. La reunión había concluido. Y, después de haber escuchado a todos, era el prior el que tenía que decidir por sí mismo.

El nuncio apostólico llegó a Larkwood al día siguiente; otra visita inesperada que exigía ver al padre Andrew. No se trataba de ningún patán, según exclamó el padre Michael, sino de alguien del más alto nivel. No se reveló con exactitud lo que dijo el nuncio, pero corrieron rumores de que Roma había presionado al prior para echar a Schwermann.

Y así la semana llegó a su fin. Anselm se quedó despierto hasta tarde, esperando para escuchar el programa *Sailing By* en Radio 4, y pensó, sin darle mucha importancia, en la curiosa secuencia de acontecimientos. En cuatro días, cuatro jinetes procedentes de diferentes ámbitos habían cruzado el hogar al galope: el fugitivo, el representante de la justicia, el fiel sirviente de la reina y, por último, un príncipe de la

Iglesia. Pero cuando se iba quedando dormido con el pronóstico de los temporales para los barcos en el Tyne y el Dogger, se apoderó de él un pensamiento más oscuro, y de repente se despertó. La llegada de esos jinetes era la señal de un gran reencuentro.

Capítulo cinco

I.

Lucy se recostó en la cama y apoyó cuidadosamente en sus rodillas el sobre de papel Manila. Agnes se lo había dado la tarde anterior y Lucy estuvo a punto de llorar. El suave golpeteo del reloj de pared del abuelo Arthur se sintió más fuerte, como si él estuviera llegando, como si fuera a quitarse el sombrero y sentarse.

En los tres meses que habían pasado desde que Agnes había hablado con su familia de su enfermedad, el estricto patrón de su relación, construido a lo largo de los años, había empezado a desmoronarse, amenazando algo más significativo, como las primeras dos o tres rocas que se desprenden de una ladera. Freddie iba a visitar a su madre con más frecuencia, luchando contra las viejas tensiones que él prefería eludir; el espíritu de Susan se elevó a medida que veía el advenimiento de la unión entre mundos separados, no sólo el de su marido y su suegra, sino también el de la hija de ambos. Como reconocía Lucy, ella había sido una vez el pequeño centro de una rueda donde los largos ejes de todos los demás habían hallado un punto de encuentro; ese plan se había resquebrajado hacía tiempo, pero ahora, con la noticia de que Agnes iba a morir pronto, estaba teniendo lugar una extraña reorganización de las cosas. Como sucede con todos los grandes cambios, había una constante: Lucy llegaba a menudo con verduras del mercado en bolsas de papel marrón.

La sutil transformación no se restringía al trabajo interno de Lucy y de sus padres. Agnes también había entrado en acción. Al llegar sin aviso una tarde, Lucy encontró un montón de periódicos en el pasillo. Los hojeó a escondidas: dos o tres llevaban la misma fecha y estaban recortados. Al ordenar la pila de nuevo, Lucy, desconcertada, se detuvo, mientras identificaba de repente la sutil diferencia que había en el ambiente y que le había llamado la atención tan pronto como abrió la puerta, pero a la que no había podido dar nombre: la radio estaba encendida. Entró sigilosamente en la cocina. El transistor Roberts del abuelo Arthur había sido rescatado de algún lugar remoto y ahora estaba colocado sobre la repisa de la ventana, junto al fregadero. Agnes recorría el dial y se quejaba de la música moderna.

Otro día Lucy entró corriendo en el cuarto de estar, persiguiendo a un gato callejero que había desarrollado un cariño no correspondido por Agnes y a quien, por misericordia, habían concedido el derecho a quedarse. El animal escapó por la ventana. Al darse la vuelta para irse, Lucy captó el diminuto centelleo de una luz roja. Escudriñó la conocida habitación como si fuera un viajero en tierra extraña: el tocadiscos estaba encendido, la tapa del piano estaba abierta..., había música en el atril. Lucy echó una ojeada al título: *Romance sans parole, n.º 2* de Fauré, la melodía preferida de su abuela. De repente, Lucy se imaginó a Agnes, sola, cuando sabía que no iba a aparecer nadie por allí, orientándose entre las teclas con sus largos dedos.

En cuanto a Agnes, estaba más lenta, sus movimientos más medidos, y cuando caminaba de una habitación a otra, extendía sus delgados brazos como una bailarina de ballet y tocaba los objetos ligeramente al pasar, a veces sólo las hojas de una planta, como si fuera echando bendiciones.

–No necesito hacerlo, pero me gusta sentir algo a cada lado –explicó Agnes.

Estaba perdiendo el equilibrio.

Una tarde bochornosa, a principios de julio, Lucy llamó a Cathy Glenton y quedaron para salir por la noche. Después fue a Chiswick Mall, resuelta a enfrentarse a lo que su padre llamaba «la cuestión verdadera». Permaneció de pie frente al piano, tocando *Chopsticks* lentamente, con dos dedos, sintiendo el corazón en la boca.

–Abuela, vas a necesitar la ayuda de un especialista.

–*Por favor*, cualquier cosa menos *eso* –rogó Agnes.

–Lo siento, pero es verdad. Alguien tiene que decírtelo.

–Me refiero a esa pieza. Por Dios, para.

–La he tocado cada vez que he...

–¡La he escuchado, créeme! –dijo Agnes con impaciencia.

Hubo un silencio incómodo.

Lucy se mordió el labio.

–Lo de antes iba en serio, vas a...

–Sí, sí, sí, ya lo sé. No te preocupes. Estoy bien por ahora. Y en cualquier caso, puedo recurrir a Wilma.

Lucy se quedó boquiabierta y casi exclama: «Una vagabunda..., creía que os veíais sólo en el parque...».

Agnes cortó rápidamente cualquier objeción.

–Wilma es una persona muy interesante. Solía trabajar en el teatro. Hizo un montón de representaciones. Te la presentaré. –Se alisó un pliegue de la falda–. Es mi amiga, Lucy. No la excluyas.

–Por supuesto que no –dijo Lucy con vacilación.

Antes de que pudiera poner en orden sus ideas, Agnes continuó, con falsa alegría:

–De todos modos, ya está bien de ese tema. Vamos a tomar una taza de té.

Entraron en la cocina sintiendo cierta incomodidad.

–Siempre ponen basura a estas horas –dijo Agnes, yendo hacia la radio, tocando una silla... luego la encimera... luego el fregadero.

Hizo girar el mando. De repente hubo una especie de explosión. Había una orquesta... y una banda de jazz. Y alguien, pensó Lucy, escuchando con atención... está golpeando una caja de galletas de cristal roto.

–*Posmoderno,* ya sabes –dijo Agnes al tiempo que movía la cabeza solemnemente, ignorando la tensión que había entre ellas.

Lucy preparó el té y se sentaron con las tazas en la mano, cruzando con frecuencia sus miradas. Iba a sacar otra vez el tema de la ayuda profesional, le gustara a Agnes o no. Pero las miradas de su abuela dejaron claro que no iba a cambiar de opinión, que llevaría a cabo sus propios planes. Y, a modo de banda sonora de una película muda, una banda de jazz desafinada luchaba contra una orquesta mientras alguien se lo estaba pasando bomba con un martillo.

Lucy había elegido el momento cuando una voz sabia y lánguida dio paso a las noticias de las cinco de la tarde. Pero Agnes se le adelantó con una recién descubierta pasión por los temas de actualidad. Se sentó hacia delante con un convincente despliegue de concentración. Comenzó la rápida retahíla de titulares entre los locutores, pero Agnes rechazaba cada nueva historia con un mohín antes de que acabara la introducción. Después de unos pocos minutos, hizo un gesto con la cabeza para que Lucy lo apagara. Resonó desde el comedor un ruido de platos que se caían.

–Ese maldito gato.

–Me suena a música *posmoderna* –dijo Lucy, y movió la cabeza con seriedad.

Agnes se levantó para investigar, tocando a su paso el pie de una lámpara, una silla y la puerta. No estaba dispuesta a discutir más por ese día la necesidad de ayuda.

Lucy se estaba preparando para salir cuando Agnes le dio la llave de su Morris Minor, el coche que el abuelo Arthur había comprado en 1963. Lo llamaba El Duque.

–A mí ya no me sirve.

–Pero abuela...

–Cógelo. Ya he arreglado el seguro. Pero trátalo con cariño. Es un viejo pájaro cansado.

Antes de que Lucy pudiera encontrar palabras de agradecimiento, Agnes sacó un sobre de papel de Manila. Dijo:

–Dentro hay un cuaderno. Quiero que lo leas. Pero no le cuentes a nadie lo que averigües. A nadie.

–¿De qué trata?

–Ya lo sabrás.

Lucy frunció el ceño.

–No te preocupes –dijo Agnes–. Sólo quería que supieras un poco más... de mí –dudó, un poco avergonzada– antes de que muera.

Estas últimas palabras cayeron sobre Lucy como una espada. Perdió la compostura y, mientras se le saltaban las lágrimas, se dio la vuelta rápidamente para marcharse. Junto a la puerta del vestíbulo se tropezó con una pila de periódicos. Se quedó mirándolos fijamente, como si pudieran hablar.

–La respuesta está en el cuaderno –dijo Agnes, mirando hacia un lado–. No llores por mí, por favor, no llores.

Al arrancar, Lucy miró hacia atrás para decir adiós y vio a Agnes con una mano en el marco de la puerta. Tenía la cara demacrada y parecía terriblemente pequeña y sola. Algo se había vaciado en su interior.

Más tarde, esa misma noche, Cathy abrió la puerta de su piso en Pimlico antes de que Lucy llamara al timbre.

–Me estoy arreglando –dijo Cathy–. ¿Te apetece salir a cenar?

–No, gracias.

Entraron en un salón con un caos increíble: ropa tirada por todas partes, propaganda esparcida como si fueran panfletos desechados después de una manifestación. Las paredes estaban cubiertas con pósters de varias exposiciones.

–¿Una copa?

–No...

Cathy se dejó caer en un sofá y dijo:

–¿Qué te pasa?

El hecho de que apenas se vieran, de alguna manera hizo sentir a Lucy más libre para decirle lo que no había dicho a nadie más:

–Mi abuela se está muriendo de una enfermedad de la que no había oído hablar hasta ahora. Te ataca el cuerpo, pero te deja la mente intacta. En poco tiempo, a toda marcha, te quedas ahí tumbado, incapaz de moverte o de hablar, parpadeando hacia el techo. Sientes como si te fueras a morir ahogado, pero no ocurre así. Ahí es donde te quedas, justo al borde de la muerte, pero permaneces vivo.

–Esclerosis lateral amiotrófica –dijo Cathy, incorporándose en el asiento.

–Sí, ¿cómo lo sabes?

–Leí un artículo.

Lucy se sentó en el borde de un sillón y se encogió de hombros.

–Es simplemente la vida mostrándose tal como es.

No quiso seguir hablando de ello y así lo manifestó.

Cathy se quedó pensando un momento y dijo:

–Tengo una buena idea –salió de la habitación y volvió con una baraja–. Vamos a jugar al rummy.

–No me sé las reglas.

–¿Y las de algún otro juego?

–No.

Cathy consideró la magnitud de la ignorancia.

–Pero sabrás jugar a otros juegos.

Se mudaron a la mesa del comedor y empezaron a distribuir las cartas, plis, plas, plis, plas, concentrándose en las cartas que se levantaban y esperando a que hubiera una coincidencia.

–¿Piensas alguna vez en el pasado? –preguntó Lucy.

Plis, plas.

–Nunca.

Plis, plas.

–¿Por qué?

Plis, plas.

–Está muerto.

Lucy hizo una pausa, mirando a la reina de picas.

–¿Lo dices en serio?

–No.

Plis, plas.

–Entonces, ¿por qué...?

–Porque el pasado ya ha ganado.

Plis, plas, plis, plas.

Lucy tiró sus cartas sobre la mesa y dijo:

–He cambiado de opinión. Vamos a comer algo... y a tomar una copa..., ¿te parece?

–Sólo me pondré un poco de crema ligera que me realce –dijo Cathy alcanzando la bolsa del maquillaje–. Puedes ayudarme a pensar en un eslogan para vender pólizas de un seguro de enfermedad.

Se lo pasaron bien hablando de la muerte y del dinero, a sabiendas de que pasarían unos cuantos meses antes de que se volvieran a llamar. Lucy se fue a casa apretando el sobre, pensando en su abuela, que parecía invadir ahora cada momento que pasaba despierta, cada conversación. Se metió en la cama con la soledad característica que sólo se da entre los miembros de una familia. Agnes se estaba escapando y no había tiempo para adaptarse. Había empezado su partida y estaba llegando la hora de pronunciar un difícil adiós. Ella era como una de esas extrañas plantas del desierto, aparentemente sin vida, pero que abren sus pétalos justo antes de morir bajo el calor del sol. Era tarde, demasiado tarde para ese advenimiento. Cathy tenía razón. El pasado había ganado.

Lucy apretó el edredón sobre los pliegues de su cuerpo y sacó un cuaderno del sobre. El viejo reloj de pared del abuelo Arthur dio la medianoche.

2.

A lo largo de la semana siguiente a la llegada a Larkwood de los cuatro extraordinarios visitantes, Anselm se entretenía en el claustro después de cada oficio con algún pretexto poco convincente, con la esperanza de que el prior, en un aparte, le hiciera alguna confidencia o le pidiera consejo. Pero no lo hizo. Al sexto día, el prior informó a la comunidad de su decisión en el Capítulo habitual de la mañana, después de leer el consabido pasaje de la Regla.

–Como sabéis –dijo–, he recibido la visita del nuncio apostólico. Roma me ha recomendado encarecidamente que permita a Schwermann permanecer aquí mientras la policía lleva a cabo la investigación. –Echó un vistazo en torno al recinto abovedado–. Las recomendaciones de Roma son incluso más imperiosas que la mía. Lo que yo sostengo es que no se tomarían tanto interés a no ser que hubiera implicaciones más amplias, asuntos que puede que yo no esté en posición de apreciar. Por lo tanto, he decidido que puede quedarse. –Hizo los nombramientos con la brevedad que le caracterizaba–. Se hospedará en la vieja fundición. Las medidas de seguridad están en manos de la policía y del Ministerio del Interior. El hermano Wilfred será el coordinador diario de todos los asuntos relacionados con Schwermann. El hermano Edmund se encargará de toda la información que requieran los medios de comunicación. Eso es todo.

Anselm torció el gesto. Había estado esperando con la anticipación de la certeza que su nombre fuera mencionado. Pensó, con enfado: «¿Eso es todo? Yo soy el abogado..., conozco a Milby..., hablo bien francés, ¡qué puñetas!».

El Capítulo cambió rápidamente a otro tema para tratar de una disputa en torno a los turnos de trabajo.

Anselm continuó renegando. «¿Edmund? No se habla con nadie del monasterio, por no hablar del exterior... ¿Cómo va a poder manejar a un periodista de investigación? ¿Y Wilf? Es tímido hasta el punto de la parálisis...»

El Capítulo terminó: los monjes se encaminaron en fila a sus celdas para el tiempo asignado a la *Lectio Divina*[1]; el prior hizo otro tanto; y Anselm permaneció en el claustro, mortificado por el rechazo.

Durante las semanas siguientes vinieron los abogados y la prensa hizo sus investigaciones. Wilf condujo con aprensión al primer grupo a la vieja fundición pasando por el lago, pero nunca dejó que se desatara su propia curiosidad. Edmund dio entrevistas al segundo grupo, pero no les dijo nada relevante, ni siquiera acerca de la vida monástica. Por consiguiente, nadie del priorato, ni del exterior, recogió información alguna aparte de lo que ya se había publicado. Cuando se dio cuenta de estos resultados, Anselm se percató de la astucia del prior.

Anselm vio a Schwermann solamente una vez, mientras daba un paseo por el lago después de hacer el turno de tarde en la planta embotelladora. El anciano fugitivo estaba sentado en un taburete, pintando. El pincel se movía rápidamente por el papel mientras él charlaba con finura y cortesía con el agente que se encargaba de su seguridad personal. La investigación continuó y el prior se puso cada vez más tenso. Pero no le hizo confidencias a Anselm acerca de lo que debería hacer el priorato si al final resultaba que había sido un error permitir que Schwermann se quedase. Había asuntos difíciles que tratar en los que estaban involucrados Roma, el Ministerio del Interior y los medios de comunicación. Anselm quería protestar. El prior había desaprovechado intencionadamente las destrezas que él podía ofrecer. La mente de Anselm estaba repleta de exhortaciones de las Escrituras y de la colección de *Early Church Fathers* (que al final había

1. Se trata de una práctica religiosa que consiste en una lectura pausada de la Biblia, una lectura orante para penetrar en los secretos del texto. *(N. de la T.)*

leído), tales como que no había que ser modesto, que los talentos no debían ser enterrados en el campo, que a un monje se le debería dar el trabajo apropiado a su capacidad y a sus facultades, y así sucesivamente. Sin embargo, Anselm era también obediente y no dijo nada al prior; y el prior hizo lo que le pareció prudente y no dijo nada a Anselm, hasta el día en que Anselm tuvo un encuentro devastador con un desconocido en el lago; el día que llegó el fax de Roma.

Capítulo seis

El viejo reloj de pared del abuelo Arthur dio las doce de la noche. La bala alemana había sido probablemente una bala perdida, pero entró por una ventana abierta, pasó rozando la cabeza del abuelo Arthur justo cuando se quitaba el casco y destrozó el panel de cristal del centro del reloj de pared, el resto del cual era de madera. El péndulo osciló fuera de su sitio y regresó de nuevo, como si nada hubiera ocurrido. El sordo golpeteo del tictac continuó suavemente, como antes, mientras el capitán Embleton quedaba tendido en el suelo, temblando, orinándose encima como un bebé.

El abuelo Arthur había dicho siempre que allí había una moraleja sobre la Providencia, pero que él no sabía cuál era. Se trajo el reloj a casa sin el panel que le faltaba y con un agujero en la parte de atrás, y nunca dejó que se le acabara la cuerda. Fue una especie de compañero, que sujetaba el tiempo a un ritmo medido y que le garantizaba que los tiempos difíciles siempre pasarían. Se había parado solamente una vez: el día después de que él muriera. Ahí fue cuando Lucy se echó a llorar y Agnes simplemente dijo:

–El péndulo ha dejado de oscilar.

Nunca le volvió a dar cuerda.

Cuando Lucy se fue de casa tras la pelea con sus padres, Agnes le dio el reloj y le dijo:

–Aquí tienes un viejo amigo. Dale cuerda todas las mañanas, como hacía Arthur.

Se había puesto en marcha al dar la primera vuelta a la llave. Era como si el abuelo estuviera cerca, fuera de la vista.

Lucy sonrió ante la cubierta del cuaderno escolar. Siguiendo una vieja costumbre y con la arraigada obediencia de una alumna aplicada, Agnes había escrito cuidadosamente su nombre con letra de imprenta sobre la línea de puntos, lista para entregar su trabajo y que le pusieran la nota. El texto estaba en lápiz, con una letra trabajada pero fluida, el tipo de letra que solían enseñar los maestros severos y que los alumnos perfeccionaban cuando se quedaban castigados después de clase. No había correcciones. Los rápidos trazos se habían convertido imperceptiblemente en una voz y Lucy podría oír a Agnes hablando con ella como no lo había hecho nunca anteriormente. Leyó sin descanso. El reloj de pared del abuelo Arthur hacía tictac y daba suavemente las medias. El tráfico nocturno seguía pasando, como un gemido del mar. El péndulo osciló y las diminutas campanas temblaron, como si estuvieran dormidas y se despertaran.

Lucy dejó el cuaderno a un lado. Era incapaz de moverse. Sus ojos no podían enfocar bien. Finalmente fue a trompicones a la cocina. Sacó de detrás del microondas un paquete de Camel, que había comprado el mismo día que Darren la había dejado para volver con una esposa e hijos de los que ella no tenía noticia. Lo había tirado sin abrir al otro lado de la habitación cuando volvió de la tienda de la esquina. Lucy encendió su primer cigarrillo en la cocina de gas, chamuscándose las cejas. Sentada en el suelo del salón, con un plato al lado como cenicero, fumó e hizo muecas, calmada por el golpe repentino de nicotina.

Al leer la historia de su abuela, el caleidoscopio se había dado la vuelta y casi todo lo que Lucy sabía de Agnes se había removido de su sitio, agrupándose en una nueva configuración. En su mente se agolpaban los recuerdos de cosas extrañas que su abuela había dicho y hecho en el pasado y que ahora cobraban sentido. Como esa salida para hacer compras después de Navidad, en la tienda del ejército y la marina en Victoria Street. Habían cruzado andando la plaza frente a la catedral de Westminster y el sonido del coro se había filtrado a través de las puertas abiertas. Agnes se había girado de repente y había entrado. Se había sentado en la parte de atrás durante una media hora. Los mosaicos brillaban en la distancia y la voz de un niño había viajado en espiral entre los pilares que se alzaban para sujetar la oscuridad en lo alto. Cuando estaban saliendo, Agnes había dicho con tristeza:

–La fiesta de los Santos Inocentes.

–¿Qué es eso, abuela?

–La conmemoración de una gran matanza. Después del nacimiento de Cristo, el rey Herodes quería matarle. No sabía dónde estaba, así que ordenó masacrar a todos los niños menores de dos años.

–¿Cuántos eran?

–Dos mil.

–¿Qué pasó con el que buscaban?

–Un ángel les avisó con antelación y la familia escapó.

–¿Por qué no avisó a los demás?

–Muy buena pregunta.

Lucy miró a su abuela inquisitivamente.

–¿Cómo sabes todo eso?

–Una educación decente.

–¿Crees en todas esas cosas? ¿En Dios, los ángeles, los tres Reyes Magos?

Agnes no había respondido inmediatamente, como era proclive a hacer cuando se desataba una memoria íntima.

–A veces creo que es añoranza. Sin embargo, no se puede volver atrás.

Lucy no había continuado con el tema, pero las observaciones de Agnes habían permanecido en su mente. Ahora lo entendía.

Durante su tercer cigarrillo, tumbada pero sintiendo mareo y náuseas, corrió al lavabo y vomitó. Se miró al espejo. Estudió su pelo negro, la cara oval descolorida, la piel translúcida, esas oscuras pestañas que siempre la metían en problemas. Se sentía extraña consigo misma.

Lucy preparó una gran taza de té con dos cucharillas colmadas de azúcar, para ayudar a tragar lo que era difícil de digerir. Se puso a pensar con amargura en Schwermann, que estaba protegido en un monasterio, y en Victor Brionne, el hombre de buenas palabras, el colaborador que había traicionado a Agnes. Pero ¿cómo se había escapado después de la guerra? ¿Quién demonios pudo haber querido ayudar a un hombre sordo al llanto de los niños?

Vertió el té en el fregadero y volvió a la cama, sabiendo que se levantaría por la mañana siendo una persona diferente. Su antiguo yo habría cerrado los ojos para siempre. Lucy echó una ojeada al cuaderno que estaba abierto en el suelo. «¿Qué me ha ocurrido al hacerme mayor –pensó– que puedo leer semejantes cosas sin llorar siquiera?»

Capítulo siete

Primer cuaderno de Agnes Embleton.

3 de abril de 1995

Querida Lucy:

Acabo de ver la cara del hombre que se llevó mi vida, justo el mismo día en que el doctor Scott dijo que me iba a morir. Lo intuí hace meses, cuando volvieron las voces y las caras de mi juventud, como grullas que vuelven a casa. Debería haberme dado cuenta de que Schwermann regresaría también.

Me gustaría hablarte de mí y de mis amigos de la infancia, pero no soy capaz. Pronto me habré ido y no quiero que su memoria se vaya conmigo. Ha llegado la hora de que lo sepas todo.

10 de abril

A menudo me he preguntado por qué el camino de mi vida se desvió de lo que yo esperaba y me puso en la vía para conseguir lo que tengo. Pero no sirve de nada buscar explicaciones. No existen los «hubiera podido ser». Así que miro hacia Londres y mi nacimiento en marzo de 1919.

Mi padre era francés y vino a Inglaterra en 1913 a trabajar en un banco. Conoció a mi madre, que era judía, en una recepción de trabajo. Ella era la hija de un director regional. Se casaron en menos de un año y entonces llegué yo. Solían decir que yo era la segunda gran bendición de su vida. La primera era haber escapado de la guerra. Mis primeras memorias son los juegos en Hampstead Heath, pisando margaritas, entendiendo a medias las conversaciones sobre la Gran Guerra. La mayoría de la gente que conocíamos había sufrido pérdidas. Incluso ahora, los nombres de esas terribles batallas aún evocan un extraño recuerdo de los cálidos días de verano y del sufrimiento de otra gente. ¿Te das cuenta? Por algún milagro (como mi padre solía decir), la guerra nos había pasado de largo, al tiempo que había tocado a todos los que nos rodeaban. Y así, crecí sintiéndome protegida, como si Dios nos hubiera colocado cuidadosamente más allá de la catástrofe. Hasta que mi madre murió, el 17 de agosto de 1929.

Desde ese día, mi padre quiso regresar a Francia, lejos de todo lo que pudiera recordarle a ella. A mí no me sorprendió, porque Inglaterra no había sido nunca su hogar. Siempre estaba haciendo comparaciones, lo que indica que veía las cosas desde fuera. Hasta la leche era mejor en Francia. Empezó a contarme maravillas sobre París y yo me iba a dormir viendo puentes, un río resplandeciente y mesas en la calle, iluminada con miles de velas. Nos fuimos a principios de 1931.

Supongo que él no tenía modo de saberlo. Pensó que regresaría simplemente a su antiguo banco. Pero aquéllos eran tiempos difíciles y no había puestos disponibles. Yo lo sé ahora. En esa época suponía que nos había salido todo redondo. Vivíamos en un piso bonito, yo sacaba buenas notas en el colegio y no me faltaba de nada.

El piano se me daba bien y mi padre me compró uno vertical gigantesco para Navidad. Todas las semanas iba a ver a madame Klein, mi profesora, y todas las semanas volvía a casa jurando que jamás volvería. Ella era una viuda judía que vivía en un magnífico apartamento enfrente del Parc Monceau. Mi padre me dijo que era una de las mejores profesoras de piano de París, y que había sido concertista. «Eso habría que verlo», pensé. Porque todos los sábados por la tarde subía aquellas escaleras horrorizada por el ceño fruncido que ella tenía siempre en la cara. Odiaba cada segundo que pasaba allí. Dije que ella ni siquiera sabía tocar. Porque tenía mucho cuidado con su mano derecha y sólo tocaba las teclas con la izquierda. Mi padre se reía y me enviaba de vuelta cada semana. Nunca había escrito antes su nombre y el hacerlo me hace detenerme. Puedo verla ahora como la veía entonces, vestida de seda negra, con el pelo plateado en un peinado enorme. Me mira por encima de unas gafas que no sirven para nada y que parecen ser parte de su nariz, con ojos inescrutables.

Bueno, vuelvo a mi padre. No se me ocurrió nunca preguntarle dónde trabajaba o cómo podía pagar las clases de semejante dama. Pero empecé a darme cuenta de que tenía problemas, a pesar de sus esfuerzos para ocultármelo. Puede que los niños no sepan qué preguntas hacer, pero intuyen las respuestas. Empezó a rascarse los brazos, y se arrancaba prácticamente la piel. Poco después lo hacía por todo el cuerpo. Bromeaba diciendo que eran piojos. Yo también empecé a rascarme, y nos rascábamos y nos rascábamos juntos mientras reíamos. Una mañana dijo, sin darle mucha importancia, que tenía que ir al médico. Yo tenía quince años, así que debía de ser 1934. Regresé de un campamento tres días más tarde y, para mi sorpresa, me vino a buscar una monja que me llevó al hospital. Se me quedaba mirando cuando creía que yo miraba hacia otro lado. El último recuerdo que tengo de mi padre es de ese día, dormido en una habitación blanca con el techo muy alto, vestido con un camisón blanco bajo las sábanas blancas y con un fuerte olor a desinfectante. La monja se quedó conmigo y trató de estrecharme la mano. Vino un doctor y dijo que mi padre tenía un cáncer extendido y que no podían hacer nada. Me dejaron sola, yo en una silla y mi padre dormido en la cama.

Cuando me iba a marchar, había un cura de pie detrás de mí. Era bajo y llevaba la cabeza afeitada, con bolsas debajo de los ojos. Se llamaba Rochet.

12 de abril

El padre Rochet. Conocía a mi padre desde la época del colegio y nos visitaba con frecuencia, normalmente cuando yo iba a salir. Tenía siempre el aspecto de haber dormido mal. Nunca había hablado mucho con él y él era hombre de pocas palabras. Pero le veía a menudo cuando iba a los pisos de la zona donde vivíamos, lo que supongo que era raro, porque no era su parroquia. Tenía la manía de llevar cosas debajo del abrigo. Yo pensaba que era una botella. Ahora sé más. Mi padre decía que él siempre se metía en líos con el obispo, lo que le hacía mucha gracia al padre Rochet. Bueno, como te decía, allí estaba él, detrás de mí en el hospital, con aspecto de estar recién salido de la cama. Le seguí hasta el corredor. Todo estaba arreglado, dijo. Yo tenía que ir con él y él me llevaría a la casa de un amigo. Hablaríamos sobre mi futuro en otra ocasión.

El padre Rochet me llevó en su coche. Ninguno de los dos dijo nada. Era una noche oscura y la lluvia era tan fuerte que yo no podía reconocer las calles ni los edificios. Recuerdo haber estado mirando los limpiaparabrisas, preguntándome cómo funcionaban. El agua caía como una cortina sobre el cristal. Por fin llegamos. Abrí la puerta y vi lo que menos me esperaba o lo que menos quería ver: el Parc Monceau.

Subí aquellas escaleras, chorreando por todas partes. A esas alturas yo estaba llorando. Cuando se abrió la puerta, madame Klein puso mala cara y meneó la cabeza. «Por Dios, deja de empapar el suelo.» Ésas fueron sus primeras palabras.

Mi padre murió esa noche.

El padre Rochet vino a verme después del funeral. Como de costumbre, no se había afeitado bien, y esta vez yo hubiera jurado que olía un poco a vino rancio, lo que me distraía y me impedía darme cuenta de lo que estaba diciendo. El deseo de mi padre era que yo viviera con madame Klein. Él se había ocupado de arreglar el tema económico.

Así que yo creía que los recursos de la familia me habían mantenido en el pasado y lo seguirían haciendo en el futuro. No me di cuenta de que me estaban contando una historia para salvaguardar mi dignidad.

Yo no podía saber que el padre Rochet había presentado a mi padre a madame Klein al principio de nuestra llegada a París; yo no podía saber que mi padre salía todos los días con un traje y que se cambiaba luego para ganarse la vida fregando suelos. Yo no podía saber que madame Klein era nuestra casera; que había renunciado a cobrar la renta desde el principio; que le había dado el piano a mi padre; que mis clases eran gratis; que los dos eran lo que algunos llaman santos.

13 de abril

Madame Klein era la mujer más extraordinaria que he conocido. Debía de tener setenta y pocos años cuando me fui a vivir con ella. Al principio pensé que tal vez tendría que hacer de enfermera. Nada más lejos de la realidad. Estaba demasiado ocupada para querer ayuda.

Su marido había muerto unos diez años antes. Había sido un violinista de talento y la muerte le llegó sin ningún aviso, mientras estaba en el escenario. Por lo que ella decía, le sucedió lo que a Tommy Cooper[1]. Hizo un aparte divertido y se cayó. Todo el mundo se rió, incluida madame Klein. No habían tenido hijos y el resto de la familia estaba lejos y no tenía contacto con ellos. Así que se encontraba sola. Me dijo que los primeros años fueron los peores y que la situación empeoraba. Y entonces tuvo un accidente.

Madame Klein era una conductora espantosa, que chocaba siempre con todo. Un día, por una vez, no fue culpa suya. Una furgoneta chocó contra el lateral de su coche y le rompió la muñeca derecha. Nunca más volvió a tocar el piano profesionalmente. Sin embargo, la que conducía la furgoneta era una mujer joven que trabajaba en una organización para proteger a los niños judíos, Oeuvre de Secours aux Enfants (OSE), cuyas oficinas centrales se habían trasladado de Berlín a París a principios de los años treinta, tras la subida al poder de los nazis. Fue lo que devolvió a la vida a madame Klein, justo cuando pensaba que ya no tenía ninguna razón para vivir.

1. Humorista inglés que murió sobre el escenario, en 1984, de un ataque al corazón, mientras su espectáculo estaba siendo retransmitido a millones de televidentes. *(N. de la T.)*

Tienes que entender lo que sucedía por aquel entonces. Miles de refugiados habían llegado a Francia en avalancha; había niños separados de sus padres. Habrás visto algo así en las noticias. Todavía sigue ocurriendo. Entonces, como ahora, la gente hacía lo que podía. Así que madame Klein salía todos los días, a hacer no sé qué. No hablaba de ello. Pero a menudo se llevaba el violín de su marido.

Algunas tardes había reuniones con los amigos que había conocido a través de la OSE. Yo nunca estaba presente. Pero venían los mismos hombres y mujeres. A mí, con mis ojos infantiles, me parecía que iban siempre vestidos de negro y que llegaban formando una lenta fila después del anochecer. Se reunían en el salón, con las luces bajas y las cortinas cerradas. Yo pensaba que era muy emocionante. Y me moría de ganas de saber de qué hablaban. Así que empecé a escuchar detrás de la puerta.

A medida que te hagas mayor, Lucy, descubrirás que te empiezas a ver a ti misma desde fuera. Sobre todo tu infancia. Verás a una niña representando su papel inocentemente, mientras tú la miras, sabiendo lo que va a ocurrir pero sin poder intervenir. En cuanto a mí, la necesidad de intervenir, si hubiera podido hacerlo, viene más tarde. Por ahora me veo a mí misma en camisón, con los pies descalzos, inclinada sobre una gran puerta blanca con un bello picaporte de latón reluciente. Estoy tratando de respirar lo más quedamente que puedo, mientras miro por la cerradura esos brazos gesticulantes y esas caras sombrías.

Nunca parecían conversar. Había siempre alguna discusión, incluso cuando estaban de acuerdo. ¿Qué es lo que iba a pasar después? Eso era lo que discutían. ¿Estaban a punto de verse en el mayor pogromo que hubieran conocido nunca? ¿Y qué se podía hacer? Había habido matanzas desde 1930. Pocos meses después de que Hitler se hiciera canciller, ya había campos de concentración. Recuerdo una voz al otro lado de la habitación que dijo con temor: «Si nos han matado en la calle, nos matarán en los campos». Y entonces una voz profunda, cerca de la puerta, habló tan cerca de mí que casi di un salto hacia atrás. Era el padre Rochet. «No estáis a salvo en Francia. No estáis a salvo en ningún lugar.» Después hubo un silencio espantoso. A través del ojo de la cerradura sólo podía divisar a un hombre viejo que sujetaba un bastón entre las piernas. Todavía llevaba puesto el abrigo y un sombrero oscuro. No recuerdo su nombre, pero he pensado en su rostro durante años, atrapado en la luz amarilla de la lámpara. Tenía el aire de reconocer lo que allí se decía: para él era una advertencia antigua, familiar.

Cuando oí el chirrido de una silla, corrí hacia arriba. Sentada en el rellano, con los brazos alrededor de las rodillas, les oí salir en tropel, como con rencor, y les vi desde la ventana dispersarse en la noche, de dos en dos y de tres en tres, cogidos del brazo.

Con el tiempo, estas reuniones tuvieron lugar con más frecuencia. Se seguían de cerca los acontecimientos de Alemania y Francia. Algunos hablaban de emigrar. No había necesidad de ello, decían otros. «Los alemanes no nos molestarán, estamos a salvo.» «Todavía no», dijo el padre Rochet.

Siempre se quedaba detrás, el padre Rochet, para consultar en privado con madame Klein. Nunca averigüé de qué hablaban. De vuelta en el ojo de la cerradura, sólo les veía arrimarse a la mesa, como madre e hijo, cuchicheando. Sabe Dios por qué. No había nadie escuchando.

Capítulo ocho

Aún quedaba media hora para vísperas, así que Anselm se había ido a fumar un cigarrillo a escondidas. Dio un paseo por el camino de los jacintos silvestres y tomó un sendero estrecho a través del bosque, que conducía a un trecho angosto cerca de la orilla del agua. Entonces le vio por entre las ramas cargadas de hojas y se detuvo. Anselm calculó que tendría cerca de sesenta años. Era un hombre muy pequeño, con los pies más diminutos que Anselm había visto en su vida. Quienquiera que fuera el desconocido, se mantenía completamente inmóvil, como un monumento esculpido, mirando silenciosamente al lago.

–Sospecho que usted y yo nos estamos haciendo una pregunta similar –dijo el desconocido sin desviar un ápice su mirada.

Su voz era inquietantemente grave, como la gravilla húmeda que se revuelve, musical y melancólica a un tiempo.

Anselm salió de la sombra. El desconocido continuó:

–Se preguntará por qué estoy aquí. Lo mismo que yo me pregunto por qué está él ahí.

En el lago, que se veía sólo a través de los árboles que le rodeaban, brilló el tejado rojo de la vieja fundición, donde Schwermann había sido acomodado.

–¿Puedo preguntarle quién es usted y qué está haciendo aquí? –dijo Anselm con vacilación, caminando lentamente hacia el lado del desconocido.

El hombre miró a Anselm con aire de gravedad a través de unas gafas de montura muy pesada, con ojos agrandados y penetrantes, y dijo:

–He venido a mirar al padre de mi dolor.

Anselm siguió su mirada; la confusión daba paso a las primeras palpitaciones de miedo.

–No se preocupe –dijo el desconocido sin vehemencia–, no estoy loco. Pero tengo afición por las frases contundentes. –Sonrió de una manera paternal–. Me llamo Salomon Lachaise.

Anselm observó el cárdigan holgado y las botas de goma, la gran relajación en unas circunstancias que deberían haberle producido vergüenza: era, después de todo, un intruso dentro del recinto. Salomon Lachaise se comportaba como un hombre en su propio salón que recibía a un invitado para tratar de un asunto de gran importancia. Hablando para sí mismo tanto como para Anselm, dijo:

–¿Tiene idea de lo doloroso que es para mí estar aquí –hizo un gesto hacia el agua con aire vacilante– sabiendo quién duerme allí?

Anselm sintió el lento rubor de la humillación. Salomon Lachaise sonrió con tristeza y sacó una pipa y tabaco del bolsillo de su chaqueta. Empezó el interminable ritual de apretar con el pulgar, sacar el aire y pasar cerilla tras cerilla por el hornillo.

–Lo siento. Es un viejo truco de los rabinos –dijo a través de una voluta de humo–. Hacer una pregunta a un hombre que no puede responder sin descubrir su propia vergüenza. Jesús lo hizo bastante.

Anselm se había quedado estupefacto. Sin esperar respuesta, su interlocutor dijo:

–Es hora de que me vaya. ¿Cómo se llama?

–Padre Anselm, pero...

–¿San Anselmo de Canterbury? Ahí tiene un sujeto interesante. Un hombre en busca de Dios. Pero no tan aficionado a...

En ese momento, oyeron el chasquido de unas ramitas al ser pisoteadas y aparecieron tres figuras de entre los árboles, uno al frente, dos detrás. Anselm observó la mirada tranquila y concentrada del agente de policía, que vestía con ropa de sport de Marks & Spencer, y tenía una mano a sólo unos centímetros de un arma oculta; pero Salomon Lachaise mantenía la mirada fija más allá, a través de las ramas, sobre una figura que se movía entre las sombras. Una voz le hablaba suavemente a un joven que llevaba las manos hundidas profundamente en los bolsillos. Era Max, el nieto. Había venido todas las semanas desde que su abuelo había fijado su residencia en la vieja fundición.

Anselm sintió un escalofrío bajo el sol, alarmado por un repentino y oscuro presentimiento. Se presentaba ante él un cruce de caminos, una de esas raras ocasiones en que el pasado cuaja en el presente.

Schwermann empujó a un lado algunas zarzas con un bastón, salió al espacio abierto y miró hacia arriba como si estuviera en un sueño. Sus ojos se posaron levemente sobre Salomon Lachaise y continuaron moviéndose hacia Anselm, a quien saludó cortésmente con la cabeza. Sonrió con brevedad, como si se dirigiera a un amigo, y dijo:

–No le he dado las gracias por su consejo, padre.

Anselm se sintió asqueado.

–Acogerse a sagrado no es lo que yo pensaba y es más de lo que hubiera podido esperar.

No se habían encontrado desde aquel desafortunado intercambio en la parte de atrás de la iglesia. Anselm le estudió de nuevo: ¿no nos imaginamos al diablo con una cara angulosa y malvada? Si era así, no se trataba de él. Los ojos, inundados por un iris negro sin brillo, carecían de norte, y el lento y cansado parpadeo sugería... sugería ¿qué? Anselm no podía decir, por nada del mundo, si denotaba el letargo de la vejez o el signo persistente de la crueldad. No parecía diferente al feligrés encorvado que agitaba el cepillo de la colecta.

–Por lo menos aún puedo pintar. –Schwermann alzó su caja de pinturas, como hace el ministro de Economía y Hacienda con su maletín[1]–. Estos encantadores bosques me ayudan a olvidar.

1. Referencia a la tradición británica del ministro de Economía y Hacienda, que aparece en los medios de comunicación agitando un viejo maletín el día de la presentación de los presupuestos generales del Estado. *(N. de la T.)*

En ese instante, Salomon Lachaise gruñó entre dientes, se adelantó tambaleante hacia Schwermann y cayó de rodillas justo enfrente de él. La mano del policía se disparó dentro de la chaqueta. Con un gran movimiento salvaje, Salomon Lachaise se rasgó la camisa de arriba abajo, rompiendo la tela con ambas manos y exclamando a voz en grito:

–Yo soy el hijo de la sexta lamentación.

Schwermann retrocedió, horrorizado, respirando pesadamente, los rasgos de su cara repentinamente vivos.

–*Gott... mein Gott*[1]... ¡Ayúdame!

El policía se colocó rápidamente delante de Schwermann y le acompañó de regreso, a través de los árboles. El nieto, paralizado, fijó unos ojos muy abiertos y parpadeantes sobre el hombre que estaba arrodillado –con la cabeza agachada y los brazos extendidos– y luego, como si se hubiera despertado de repente, se dio la vuelta y salió corriendo.

Al cabo de un momento estaban solos, con el sonido de unos pies que se movían con urgencia a través del bosque. Los últimos rayos de sol de la tarde pasaron entre las ramas y cayeron en sus hombros. Un viento ligero vagó por la superficie del lago, arrugando los reflejos que yacían profundos en el agua. Salomon Lachaise no se movió hasta que Anselm le tocó suavemente en el hombro. Se levantó con la ayuda del monje.

–Perdóneme –farfulló pesadamente.

–¿Por qué demonios ha hecho eso?

–No lo sé.

Se cubrió la parte superior del cuerpo, como avergonzado, encorvándose sobre la piel desnuda. Anselm alzó los brazos tontamente, como si fuera a empezar una misa. Quería hacer algo, cualquier cosa, para ungir con bálsamo a este increíble hombre herido que ahora, abrazándose a sí mismo, comenzaba a andar a trompicones por el sendero del bosque que había tomado Schwermann. Anselm le siguió como un discípulo.

1. En alemán en el original. «Dios... Dios mío.» *(N. de la T.)*

Después de varios minutos, el desconocido se apartó bruscamente del camino y fue entre los árboles hacia un viejo hueco que había en el muro del monasterio, un agujero que no se había reparado nunca. Anselm pensó con aprensión: «Conoce la ruta: ha estado aquí antes». Y en un impulso preguntó:

–¿Qué le trajo aquí?

–Soy profesor de Historia en la Universidad de Zúrich. Soy medievalista, pero me gusta estar al tanto del periodo moderno. –Pasó con cuidado por las piedras caídas hacia un coche aparcado en el arcén–. Mire, salvo una o dos excepciones notables, envió a mi familia a los hornos. –Fue palpándose los bolsillos uno a uno, buscando las llaves distraídamente–. Sólo quería verle la cara, pero ahora... nos hemos conocido y todo. Lo crea o no... –suspiró y ofreció la mano, dejando que se le abriera la camisa–. *Shalom aleichem*[1], Anselm de Canterbury.

Las grandes campanas de Larkwood sonaron sobre los árboles, llamando a vísperas a Anselm. Debatiéndose entre la obligación de apresurarse y el deseo de quedarse, Anselm le pidió:

–¿Podemos vernos de nuevo? –Buscó con urgencia una excusa–: Quizá podríamos hablar... o dar un paseo.

La idea de una actividad recreativa puso una nota ridícula, pero Salomon Lachaise respondió rápidamente, con sinceridad:

–Me encantaría.

Se subió al coche, todavía aturdido. Mientras bajaba la ventanilla dijo:

–Me alojo en el pueblo, en The Grange.

El motor volvió a la vida con un estruendo y el coche se alejó, pero no cogió velocidad sino que se perdió de vista lentamente.

1. En hebreo en el original. «La paz sea contigo.» *(N. de la T.)*

Después de vísperas, los monjes fueron en procesión del coro al claustro. El padre Andrew se encontraba de pie a la sombra de un pilar, esperando a Anselm. Con un gesto le condujo a su habitación. Detrás de un escritorio, con la barbilla apoyada en el dorso de las manos, juntas en forma de arco, el prior dijo preocupado:

–He recibido un fax. Roma quiere que alguien del priorato se encargue en su nombre de un asunto relacionado con nuestro invitado. Le he recomendado a usted. El vuelo ya ha sido organizado.

Anselm, curioso al instante, dijo:

–¿Han dicho algo más?

–No.

–¿Sólo un fax? –preguntó Anselm.

–Sí.

La imaginación de Anselm percibió un matiz de irregularidad que pudo dominar:

–¡Qué raro!

Las manos arqueadas del prior se posaron en el escritorio.

–Lo es. He llamado al nuncio. Ni siquiera él sabía nada. –Miró al teléfono–. Lo lógico sería pensar que a él le habían informado. Muy extraño.

Despierto en la cama esa noche, sin poder dormir, Anselm no pensó apenas en Roma. En cambio, escuchó otra vez las palabras del intruso al enfrentarse al hombre del bosque, y pensó en las cinco lamentaciones de Jeremías, cada una un llanto por la destrucción de Jerusalén, cada una poniendo una confianza absoluta en su Protector incondicional. ¿Qué era entonces la sexta lamentación: la tragedia de un pueblo o un testimonio personal? Al hacerse esta pregunta, Anselm sintió un frío repentino, como si hubiera pasado un fantasma. No quería saber la respuesta. Cerró los ojos y vio a Salomon Lachaise de rodillas. Se puso a rezar en el acto, con ganas de llorar pero sin saber cómo hacerlo.

Capítulo nueve

Primer cuaderno de Agnes Embleton.

14 de abril de 1995

Por supuesto, las primeras semanas y meses que estuve viviendo con madame Klein no sabía nada de su pasado, ni lo que hacía cuando salía con el violín de su marido.

La primera noche me mandaron a darme un baño y a la cama. Yo pensaba que ella no tenía ni idea de cómo me sentía por haber perdido a mi padre. Estaba equivocada. Me allanó el camino con la rutina y las prácticas de piano, que tenían lugar tres veces al día: al levantarme, antes de que pudiera pensar; después de la comida, antes de volver a la escuela, y todas las noches. Se sentaba a mi lado o en el rincón, refunfuñando en voz alta por mis errores. Tenía una ristra de estudiantes; ninguno de ellos pagaba (de eso me enteré más tarde) y trataba mal a todos ellos. Fue a través de la música como llegué a conocerla, sin palabras. Nunca me ha gustado hablar mucho, tal vez me venga de ahí. Ella solía decir: «Los oídos son más importantes que la boca». Y el padre Rochet añadía que su obispo también era de la misma opinión.

Fue aproximadamente un año más tarde, alrededor de 1935, cuando madame Klein comenzó a ofrecer veladas musicales todos los domingos. Venía la misma gente cada semana. Aquellos que habían venido por la noche, tal como los habían visto mis ojos de niña, regresaron, junto con algunos otros que traía el padre Rochet. Seis familias de su parroquia y una pareja de ateos que se hacían oír bastante («mis ovejas descarriadas», los llamaba él). Con el grupo de judíos sucedía lo mismo: algunos eran creyentes devotos, otros no lo eran. La primera noche fue muy poco natural, por no decir otra cosa, pero esa sensación se fue aliviando gradualmente a medida que pasaban las semanas, a medida que escuchábamos todos la misma música. Constituíamos una audiencia formada por familias que actuábamos para nosotros mismos. Así es como conocí a Jacques y a Victor.

15 de abril

El padre de Jacques, Anton Fougères, era muy amigo del padre Rochet. Anton tocaba el piano con un entusiasmo carente de talento. Su mujer, Elizabeth, cantaba. La verdad es que ella era bastante buena. Además de Jacques, les acompañaba un hombre llamado Franz Snyman. Era un refugiado, de aproximadamente la misma edad que Jacques, que les había presentado el padre Rochet. La familia del señor Snyman procedía originalmente de Sudáfrica, pero sus negocios les habían llevado al extranjero. Durante tres generaciones habían huido de Rumanía a Alemania y luego a Francia. En el camino había perdido a ambos padres. A su padre le habían matado en Kishinev. Se mudaron a Gunzenhausen. A su madre la mataron a palos en una de las campañas para dejar «sin judíos» a los pueblos. A los catorce años, había llegado al Saar, donde una familia de amigos no judíos le ofrecieron un techo. Entonces, la zona del Saar pasó a formar parte de Alemania, así que él se tuvo que marchar de nuevo y llegó a París solo. Allí se alojaba con el señor y la señora Fougères. Vestía siempre de traje, tal vez por eso le llamáramos «señor Snyman» en vez de usar su nombre de pila, como una especie de tributo travieso y cariñoso. Era un magnífico violonchelista y él y yo tocamos juntos un montón de duetos. Jacques tenía un hermano mayor, Claude, que vivía cerca de la frontera suiza. No recuerdo mucho más sobre él. Todo lo que sé es que después de la caída de Francia, se convirtió en un vociferante partidario de Vichy y Pétain. No hay nada tan extraño como las familias.

Ahora tengo que volver a Victor. Ha jugado un papel importante en mi vida. El padre de Victor, Georges, estaba casado con una prima segunda de Anton Fougères, pero hubo una tremenda pelea entre Anton y Georges y las dos familias no se habían hablado durante años. Los Fougères eran republicanos comprometidos, mientras que Georges era monárquico. Otro miembro de los Brionne había sido incluso un Camelot du Roi, que era un movimiento juvenil monárquico; ya te contaré sobre ellos más adelante, ya que tiene que ver con Victor y supongo que con el padre Rochet. Baste decir que Anton Fougères no lo aprobaba, y eso era todo. Un serio distanciamiento.

Sin embargo, Victor iba a la misma escuela que Jacques y se hicieron íntimos amigos. Pasaba en casa de Jacques tanto tiempo como en la suya. Así que Victor tenía que engañar a sus padres cuando iba a visitar a los Fougères. Una vez dijo que era un campo de entrenamiento perfecto para un espía.

El mismo día

Andando el tiempo, me encontré a mí misma compartiendo más cosas con Jacques y Victor que con ninguna otra persona de nuestras veladas musicales. Me buscaban, y yo empecé a esperar y a desear que lo hicieran. Incluso entonces, en esa primera etapa, supe que me estaba interponiendo entre ellos. Parece que es el papel de una chica, romper el pacto entre dos muchachos. Ocurre a menudo. Pero sólo tenía dieciséis años y ellos eran apenas un poco mayores que yo. Al principio no había que elegir. Viendo las cosas en sus comienzos, todos éramos inocentes entonces, incluso Victor, y caminábamos torpemente hacia delante, alejándonos de la infancia. Nos convertimos en un trío y yo me hallaba en el medio, en un pedestal, agasajada por ambos lados. Yo dirigía las travesuras y ellos se hubieran metido en líos hasta con la Corona para defenderme. El pelo me caía por los hombros y yo me lo soltaba al viento, como si fuera necesario. Victor me fotografió una vez con una cámara, en pleno movimiento, pero nunca vi la foto; no sé qué pasaría con ella.

16 de abril

Estas reuniones se fueron sucediendo cada semana, justo hasta 1940. En verano íbamos de *picnic*, en un estruendoso autobús que conducía el padre Rochet. El tubo de escape se sujetaba en su sitio con una percha vieja, y no dejaban que madame Klein se pusiera detrás del volante. Ella se sentaba hacia el fondo, gritándole que fuera por los caminos que conducían a los jardines privados y a las casas. Siempre iba con ese violín en su regazo, porque su mano dañada podía tensar el arco. Parece que la estoy viendo ahora, de pie, a orillas del Sena, en algún lugar entre Poissy y Villennes, tocando espantosamente para el río. Y pensar que se la llevaron, que la maltrataron y la gasearon. Ni siquiera tuve la oportunidad de despedirme.

17 de abril

Se me daba muy bien el piano y participé en muchos concursos. Madame Klein, que nunca soltaba una lágrima, lloraba cada vez que yo ganaba. Decía que era una catástrofe total. Cuando me dieron una beca, hizo tanto ruido que le pidieron que abandonara el auditorio. Así que me fui al Conservatorio en 1937. Madame Klein había organizado unas cuantas clases con Ivonne Lefebure en la École Normale, donde toqué para Cortot, aunque no le causé muy buena impresión. Por si a alguien le interesa, yo no le apreciaba mucho a él, ni madame Klein tampoco. Demasiadas notas equivocadas. Y esas memorias felices me llevan otra vez a Jacques y Victor.

18 de abril

El padre Rochet dijo una vez: «Esos chicos son uña y carne». Jacques era bajo y ligeramente encorvado, encerrado en sí mismo, con unos ojos oscuros extrañamente tímidos para alguien que estaba siempre dispuesto a discutir. Ése era realmente su problema. Retraído por naturaleza, las cosas que él consideraba que estaban mal le arrastraban hacia fuera, incómodamente, hacia la luz. Yo siempre pensaba que era como un conejo en medio de la carretera: cegado por la injusticia e incapaz de echarse atrás. Hablaba muy poco, pero su cara revelaba el constante funcionamiento de su mente. Creo que eso fue lo que me atrajo hacia Jacques, la ausencia de palabras.

Ahora imagínale a él con Victor, de pie como un general, con las manos detrás de la espalda, lanzando frivolidades al primero que escuchara, bromeando alegremente sobre la indignación de Jacques. Hacía muchos guiños a los espectadores. Tenía mucho cuidado con las palabras; eso le resume bastante bien. Debajo de las chanzas había precaución y una mente calculadora. Él siempre veía las dos partes de un problema y nunca se sabía de qué lado se iba a poner. Uña y carne. ¿Cuál de los dos era qué?

El mismo día

No estoy segura de cuándo comenzó la separación. Quizá fue el día en que el padre de Jacques me llamó «Ginebra». Con esa única palabra describió el papel que representábamos cada uno. Una de las cosas más lamentables del final de la adolescencia es que sabes qué papel estás jugando sin ser capaz de comprender las posibles consecuencias. Entiéndeme, en cierto sentido engañé a Victor, y yo lo sabía. Para cualquier otra persona, no es más que una etapa en el proceso de madurar. Pero para mí, todo el tinglado se complicó con la guerra, cuando se necesitaban héroes que se adelantaran a su tiempo y cuando mis vacilaciones se convirtieron en elementos de tragedia.

No fui yo quien dio el paso que terminó separándonos. Fue Jacques. Por aquel entonces, él estudiaba Clásicas en la Sorbona. Apareció una vez «por casualidad» en el Conservatorio y le enseñé la máscara mortuoria de Chopin y un vaciado de los largos y afilados dedos de Paganini. Él dijo algo sobre las reliquias de Saint Eugène, que estaba enfrente. Cuando le conté esa noche a madame Klein nuestro encuentro, entrecerró los ojos y tras una larga pausa dijo: «Yo creo que deberías ir por él», y yo le respondí: «¡No diga tonterías!». Una semana más tarde le vi en un recital, aunque yo no le había dicho que iba a tocar. Poco después, cerca de un puesto de libros antiguo que tenía los estantes sujetos a la pared exterior, él dijo entre dientes: «Tengo que decirte una cosa». Pero no le salían las palabras. Tuve que hacerle varias sugerencias, mientras él negaba con la cabeza tristemente después de cada una de ellas. Finalmente, apartó la vista e hizo una mueca: «Creo que me siento un poco atraído por ti».

No sentí nada. Pero me desperté a la mañana siguiente con mariposas revoloteándome en la boca del estómago.

19 de abril

Victor debía de saberlo, pero no dijo nada. Tal vez, como no lo explicamos en detalle, nunca se lo tomó en serio. Recuerda que para él eran muy importantes las palabras. Si algo no se reducía al lenguaje, él no lo entendía. Y, no en vano, el hecho de escribir esa frase revela lo poco cuidadosa que fui. Porque Victor me escribía poemas y si a alguien había que tomarle la palabra, era precisamente a él. Los poemas eran elevados, llenos de alusiones clásicas, lo que los hacía lo suficientemente impersonales como para sentirme a salvo. Yo los guardaba en un libro. Debería haberle dicho que parara, pero no lo hice. ¿Te das cuenta?, en apariencia éramos un trío y yo no quería excluir a Victor. Pero detrás de ese loable sentimiento se escondía la verdad: mi reticencia a renunciar a la atención que él me brindaba. En perjuicio de mí misma, le alenté, siempre muy ligeramente, pero lo hice sin querer. Se llama vanidad.

Le dije a Jacques que Victor sólo estaba pavoneándose. Nuestra incapacidad para hablar se hizo una suerte de conspiración placentera entre nosotros, el placer del secreto que manteníamos a espaldas de Victor, que continuaba con su ceguera. Tengo un recuerdo de nosotros tres mirando sobre las aguas del Launette a la isla de los Álamos, en Ermonville. Victor recitó algo acerca del alma doliente de Euterpe ante la tumba vacía de Rousseau. Jacques y yo escuchábamos, mirando las suaves nubes moverse con el viento, haciendo nuestras sus palabras. Pero yo sabía que Victor las había escrito para mí. Quizá Jacques lo sabía también.

Y así son las cosas. Jacques y yo, y Victor, que iba a sufrir pronto una decepción. Ése fue el principio del fin.

El mismo día

Y durante todo ese tiempo, algo más estaba sucediendo. Las reuniones musicales de cada semana, las salidas veraniegas, nos habían acercado a todos nosotros y fuimos creciendo juntos. A través del ojo de la cerradura, cuando ya todos se habían marchado, un domingo por la noche, pude verlos. El padre Rochet acabándose las botellas. Madame Klein sentada a la mesa, diciéndole que no bebiera demasiado. Pero ambos parecían muy satisfechos consigo mismos. Mirando hacia atrás, puedo ver ahora que fue el principio de La Mesa Redonda. El padre Rochet estaba reuniendo a sus caballeros, para cuando llegara la hora.

Capítulo diez

I.

La presencia de Anselm durante aquella desgarradora confrontación en el bosque había establecido un entendimiento entre él y Salomon Lachaise, de forma que la futura relación entre ellos no podría ser nunca la de unos simples conocidos. Habían estado pisando el mismo terreno ardiente. Unos cuantos días después, antes de su vuelo a Roma, Anselm llamó sin previo aviso a la puerta de The Grange, una pequeña pensión que se anunciaba con un letrero de hierro pesado. Había planeado un paseo que se adentrara en el recinto del monasterio hasta el Hermitage, una casucha a la orilla de un riachuelo adonde nadie podía ir sin el permiso del prior, que él había obtenido. Salomon Lachaise salió, sonriente y expectante, y Anselm le condujo de vuelta al priorato, hasta una puerta de roble candada que había en un alto muro de pedernal sajón.

La torcida llave era antigua y muy grande, y Anselm necesitó las dos manos para girarla. La puerta se abrió con un vaivén y salieron por ella al ávido silencio de los campos. Como sucede con muchos sitios ocultos en los terrenos de un monasterio, el hecho de que estuviera aislado producía en los que entraban una sorprendente sensación de que les habían soltado, de que les habían liberado de una cautividad que apenas reconocían. Se encaminaron, a paso ligero, al Hermitage, que se veía en la distancia.

–¿Cuánto tiempo se va a quedar?

–Hasta que él se vaya.

Anselm dijo, con sentimiento:

–Fue muy desafortunado que le viera de la manera que lo hizo..., sin aviso... ni preparación.

–No hubiera podido prepararme nunca –su cara relajada oteó los campos ondulantes, la luz del sol centelleaba sobre sus gruesas gafas–. De todos modos, siempre busco algo para dar gracias.

Anselm se estremeció con la noción de agradecimiento. Pero Salomon Lachaise dijo:

–Me alegro de que mi madre no estuviera allí, para verle a él y para verme a mí ante él. Hubiera sido...

La frase se extinguió, no por la emoción, sino porque no existía la palabra adecuada.

Anselm preguntó:

–¿Sabe ella que está usted aquí?

–Murió antes de que le desenmascararan –respondió sin alterarse–. También estoy agradecido por ello.

–Hábleme de ella –dijo Anselm, tirando, sospechaba él, del único hilo significativo de una prenda sin costuras.

–En muchos sentidos, estoy aquí por ella. Su historia no se contará nunca. Y la mía tampoco.

Anselm entendió eso como un rechazo imponente, pero Salomon Lachaise continuó como si hubiera sido un prólogo:

–Como a muchos otros, la guerra le dijo quién era y quién no era. Ella creía que era una joven francesa, una parisina, con una hermana, dos hermanos y el habitual puñado de tíos y tías... y, fuera de su pensamiento, un par de abuelos alemanes lejanos a los que no había conocido nunca. Siempre hay alguien con quien el resto no se habla. Entonces cayó Francia, y el ocupante le dijo que era judía, debido a sus abuelos. Ella no había visto una sinagoga en su vida.

Anselm aflojó el paso, porque Salomon Lachaise se iba quedando un poco atrás; pero el hombrecillo mantenía la misma posición, casi fuera del campo de visión, cerca del hombro de su guía. Su voz profunda viajaba en el aire, mientras Anselm podía ver solamente los campos vacíos, la abundancia agreste de la hierba.

–Mi madre y yo escapamos a Suiza con la ayuda de un círculo de contrabandistas conocido como La Mesa Redonda. Después se cerró la frontera y el resto de la familia fue apresado...

Anselm preguntó, hacia la brisa:

–¿Conocía a alguien? ¿Se estableció allí?

–No. Como todos los demás vivió esperando, esperando, esperando... durante la guerra..., después de la guerra..., hasta que se murió. Siempre esperando de un modo u otro. Pero no sobrevivió nadie más.

La hierba desnuda se extendía hasta una línea de árboles, con sus copas borrosas en las partes en las que la fosforescencia del cielo caía sobre ellas. Un sol difuso hacía resaltar una pared inclinada del Hermitage contra el verde impreciso.

–Hitler, le gustaba decir a ella, había sido el responsable de su conversión. Para hacer frente a semejante maldad, decía, tenía que haber un Dios. Cruzó la frontera como una judía creyente. Había muchos como ella..., solos, aislados, pero libres... y había ayuda. Abrió una tienda *kosher*[1] bajo un puente..., en una especie de caverna. Los estantes estaban llenos de los últimos misterios de Salomón. Y sin embargo... ¿era el paraíso? No exactamente. La tienda se convirtió en un lugar de encuentro para aquellos que habían escapado, y todos estaban buscando a alguien, esperando que, por una extraordinaria casualidad, pudiera aparecer. Mi madre hacía lo que podía para ayudar: no aceptaba que le pagaran, hacía borrón y cuenta nueva, pero sobre todo, lo que hacía era simplemente escuchar. Nunca mencionaba su propia pérdida. Desde entonces, la esperanza, para mí, no ha significado tener expectativas... sino entereza. Como la comida que se come en la Pascua judía, me iniciaron desde una edad muy temprana en lo dulce y lo amargo.

Llegaron al Hermitage. Salomon Lachaise se quedó mirando con asombro las resecas vigas plateadas, como si fue-

1. Tienda con productos autorizados por la religión judía, principalmente alimentos. *(N. de la T.)*

ran parte de la Ciudad Santa. Con el paso del tiempo y la falta de reparación, la casucha entera se había inclinado hacia un lado. Una galería cubierta daba a un arroyo que corría rumoroso, entre tierras bajas, hacia un bosquecillo. Anselm dijo:

–Nos dejan venir aquí a pasar unos días. Hay agua corriente, una cocina, un par de sillas y una cama... y poco más.

Se sentaron a la sombra de la galería, y Anselm preguntó:

–¿Averiguó alguna vez algo sobre su familia... sobre los que perdió?

–Sólo hablamos de ellos una vez –respondió Salomon Lachaise–. Le pregunté una noche, ya tarde, cuando estaba en la cama. Me dijo: «Levántate y ponte el abrigo». Así lo hice. Volvimos a la tienda. Sacó una caja con fotografías y una *menorah*[1] y allí, bajo la tenue luz de las ocho velas, entre lágrimas, fue poniendo nombre a aquellas caras..., después las colocó otra vez debajo del mostrador. Eso era todo lo que ella podía hacer.

–¿Las guardaba en la tienda?

Como si estuviera explicando algo que no debería decirse en alto, respondió:

–Se pasaba la vida allí, en esa cueva.

Anselm retuvo en su mente la imagen de una mujer, sola, una vez hecha la caja, lista para ir a casa. Se encierra, vuelve, enciende las velas y saca la caja, esa tapa. «Ah –pensó Anselm–, ésa es la razón por la que giraba la llave..., para dejar correr libremente las lágrimas.» Dijo:

–Entonces, ¿nunca supo nada de ellos?

–No. Al principio, me inventaba vidas para ellos. Más tarde, me refugié en el estudio. Era una sensación realmente increíble, que sólo me abandonó al hacerme mayor, pero entonces yo leía toda la noche como si aquellos extraños que tenían mi misma sangre estuvieran allí, en aquel cuarto, habitando las sombras. Así era como yo los recuperaba para

1. Candelabro de varios brazos utilizado en las celebraciones de la tradición judía. *(N. de la T.)*

mí mismo. Y, con su ayuda, me iba muy bien en la escuela. Decían que yo tenía mucho potencial.

–Eso debe de haber sido una gran alegría para su madre.

–Lo era. Pero había muy poco dinero. Se suponía que yo iba a trabajar en la tienda, pero entonces... mi vida cambió.

–¿Qué ocurrió? –preguntó Anselm.

–Algo extraordinario. Al principio del trimestre, cuando iba a dejar la escuela, el director me mandó llamar a su oficina. Había un tipo muy estirado sentado en su sillón, con aire encorsetado y autosuficiente. Resultó ser un abogado que había venido a verme de parte de su cliente. Su mensaje era muy simple. Había recibido fondos de «un superviviente» para financiarme una educación universitaria.

Anselm, maravillándose, dijo:

–Algunos lo llamarían una bendición.

–Ya lo creo –replicó Salomon Lachaise con una sonrisa inquisitiva–. Así lo haría usted. Mi madre hizo lo mismo. Se pasó el resto de sus días buscando entre los nombres de todos aquellos a los que ella había ayudado, preguntándose quién podría haber sido, para poder agradecérselo. Ella veía una puerta que se abría ante mí, y a su debido tiempo, pasé por ella a una vida entera, a un universo entero que no hubiera conocido de otro modo.

–¿Y la identidad de su patrocinador continuó manteniéndose en secreto?

–Sí.

Salomon Lachaise explicó que el abogado había confiado la administración de las finanzas a otro abogado local de su elección, insistiendo en que tendrían que tener una representación por separado en caso de que surgieran conflictos de intereses entre su cliente y el joven Lachaise.

–Y así fue como conocí a un hombre excepcional, Josef Bremer, que se convirtió en algo así como un padre para mí. Durante toda mi vida, él ha sido una fuente de consejos y de ánimo.

–Increíble –dijo Anselm–. Quienquiera que fuera probablemente conocía a su madre, le conocía a usted, y simplemente lo hizo, renunciando a todo reconocimiento o recompensa. Es lo que hace que merezca la pena vivir.

–Y que merezca la pena morir.

Anselm tenía la extraña sensación de que algo jugoso se le estaba escapando. Quedaba un rastro, ligeramente ácido, como el escape de un motor, pero luego todo había desaparecido, se había dispersado rápidamente con un soplo de aire.

Salomon Lachaise dijo:

–Encontré mi hogar en el arte de la Edad Media. Me ha aportado un gran placer... y dolor. Siempre lo dulce y lo amargo.

Sin estar completamente seguro de que le hubiera llegado el verdadero significado de las palabras, Anselm pensó en la rivalidad de los académicos, que, como es sabido, a veces supera a la rivalidad de los niños. A modo de consuelo dijo:

–Como en todos los hogares.

–Y, sin duda, como en todos los monasterios –dijo Lachaise.

–Ciertamente. –De forma automática, sin sensibilidad alguna, Anselm le preguntó–: ¿Está usted solo?

–Sí..., aunque estuve a punto de casarme una vez...

–¿Qué ocurrió?

Tras una reflexiva pausa, Salomon Lachaise respondió:

–Se fugó con el profesor de matemáticas.

–Vaya por Dios.

Los dos se miraron y estallaron en una sonora carcajada.

2.

La luz del atardecer trajo un ligero frío. Volvieron juntos sobre sus pasos, a través de los campos, lejos del Hermitage, hacia el riachuelo. Cuando habían recorrido bastante distancia, Salomon Lachaise se paró y se dio la vuelta, como si estuviera tomando una instantánea de un lugar donde esconderse.

Anselm dijo, a modo de disculpa:

–Quería decirle que siento que... él esté aquí.

–Gracias. Tengo que decir que a su prior no deben de importarle nada las apariencias.

–Realmente, no. Pero no fue decisión suya.

–Entiendo.

El tacto y un repentino desasosiego impidieron a Anselm revelar que había sido una propuesta del Vaticano. Se limitó a decir:

–Sé que no parece apropiado.

–Tal vez no lo sea –dijo Salomon Lachaise–. Para alguien como yo, podría asociarse fácilmente con todas las demás fuentes de lamentación que, me temo, no son simples malentendidos.

–¿Qué quiere decir? –preguntó Anselm con aprensión. En cuanto lo dijo, deseó haber dejado pasar el asunto.

–Hay demasiadas cosas para mencionarlas. Corren desenfrenadamente, una tras otra, desde la primera acusación de deicidio... pasando por las expulsiones de la Edad Media... hasta llegar a la complicada época de angustia, silencio y diplomacia. A mi modo, yo también he conocido todo esto.

Ésa era la vieja angustia de Anselm. Se encontraba siempre enfrentándose a una iglesia a la cual pertenecía, muchas de cuyas características no podía admitir totalmente. Dijo:

–Espero que Larkwood le ofrezca algo diferente, otra clase de manantial.

Salomon Lachaise miró sobre el hombro y respondió:

–Ya he descubierto uno en el lugar donde menos esperaba encontrarlo.

Siguieron caminando; la luz iba disminuyendo rápidamente, el desenfrenado descenso de pájaros distantes terminó de repente, dejando el cielo desnudo, sin marcas. El alto muro del monasterio se hizo más grande, como un dique entre dos grandes hileras de árboles.

Salomon Lachaise dijo de pronto:

–¿Sabe qué gran novela de caballerías surge al lado de los pogromos de la Edad Media cuando éstos aparecieron por toda Gran Bretaña, Francia y Renania?

–Me temo que no.

–La poesía del rey místico... Arturo, La Mesa Redonda y el Santo Grial.

–Qué extraño.

–Es como si los ataques a los judíos y la caballería medieval pertenecieran al mismo florecimiento cultural. Y luego, hace cincuenta años, algún genio puso en marcha una Mesa Redonda para salvar a los judíos, para redimir su asociación con la antigua hostilidad.

Anselm, intrigado, miró a su acompañante. Lachaise bajó la cabeza y su rostro se ensombreció al decir:

–¿No es entonces mucho más trágico que la persona que la aniquiló fuera...?

Anselm terminó la queja, para demostrar su comprensión, su profundo pesar:

–¿... capaz de encontrar refugio en los brazos de la Iglesia?

Salomon Lachaise parecía no haber escuchado. Habían llegado a la puerta de roble que había en el muro. Anselm introdujo la llave y la giró pesadamente. Se despidieron, prometiendo verse de nuevo, y Anselm sintió la llegada lenta y desgarradora de la culpa: no había dicho nada, a propósito, sobre su planeado viaje a Roma, que se había transformado imperceptiblemente en algo desagradable. Incapaz de quitarse de encima el malestar, se apresuró a volver al priorato. Mientras subía la escalera de piedra en espiral, de camino a su cuarto, cayó en la cuenta de que Salomon Lachaise le había contado todo, y sin embargo él, con premeditación, con pesar, no le había contado nada.

Capítulo once

Primer cuaderno de Agnes Embleton.

20 de abril

¿Cómo puedo pensar ahora en mis camaradas judíos como si fueran diferentes del resto de nosotros? Formábamos un grupo. La verdad es que a ellos les habían perseguido, a nosotros no, y la cacería aún no había terminado. Supongo que yo también debería haber estado asustada, porque yo era, soy, mitad judía. Pero mi identidad a ese nivel estaba poco clara. Las tintas habían corrido juntas. Descubrí lo separadas que estaban una mañana, mientras buscaba un abrecartas en el escritorio de madame Klein. Encontré una partida de bautismo mía, otra de mi madre, el acta de matrimonio de mis padres y un certificado de defunción de mi madre. Un historial cristiano completo vivido en Normandía. Comprendí que eran los tejemanejes del padre Rochet, aunque no podía imaginar cómo lo había logrado. Fingiendo estar contrariada, le pregunté: «¿Por qué?». Me agarró de los brazos y me vino a la cara la peste a vino. «Dios quiera que no los necesites nunca –dijo bruscamente–. Son tiempos oscuros, Agnes. Si dudas de mí, lee todo lo que puedas. Lee lo que otros piensan en las calles donde caminas.» Esa noche me dio *Bagatelles pour un massacre,* de Céline. Describe Francia como una mujer violada por los judíos, que espera a Hitler para que la libere. Por primera vez en mi vida, no me sentía segura.

Llegó una avalancha de noticias de Alemania. A los judíos se les prohibía esto, a los judíos se les prohibía aquello. Uno podía hacer su propia lista, porque todo estaba en ella.

Y, por supuesto, más campos. Sabíamos que no se trataba sólo de reglamentaciones, porque el número de muertos se hizo interminable, mucho antes de la *Kristallnacht*[1] y mucho después. La música se agotó en nuestras reuniones dominicales. Había demasiadas preguntas que hacer. «¿Deberíamos salir mientras tengamos todavía una oportunidad?» «¿Cuánto costaría?» «¿Qué pasaría con los abuelos de tal y tal?» «¿Y su primo, el que estaba enfermo?» No había respuestas fáciles. Tienes que entender que esa gente había crecido en Francia o había huido desde algún otro sitio. Estaban hartos. Querían creer que estaban a salvo. Aun así, dos familias huyeron y se fueron a Canadá, pero tuvieron que dejar atrás a la mitad de los suyos por problemas de visados. Eso fue un aviso por derecho propio, porque las puertas de escape se cerrarían pronto. Hicimos una fiesta para ellos y el señor Rozenwerg cantó una canción de despedida en yidish. Era el anciano del que te hablé, el que vi a través del ojo de la cerradura y que entendió la advertencia del padre Rochet. He recordado su nombre después de todos estos años. No puedo pensar en esa noche sin ver las caras de los que se quedaron, confiando en la llegada de tiempos mejores en que cesarían las interminables despedidas. Ése es el aplastante sentimiento que yo tenía aquellos días, un desmoronamiento paulatino, de piezas rotas que se rompían aún más.

Los alemanes ocuparon la región del Sudetenland, luego invadieron Checoslovaquia y después Polonia. Se habían puesto en marcha. Se declaró la guerra. Fue entonces cuando el padre Rochet convocó la reunión.

1. Término alemán para «noche de los cristales rotos». Pogromo organizado por los nazis contra los judíos de Alemania y Austria la noche del 9 al 10 de noviembre de 1938. Miles de establecimientos y hogares de propiedad judía fueron destrozados y saqueados. Muchas sinagogas fueron incendiadas. Entre veinte y treinta mil judíos fueron arrestados y enviados a campos de concentración. *(N. de la T.)*

21 de abril

Nadie sabía quién de nosotros iba a venir. Se nos había comunicado a cada uno en secreto, aunque en mi caso se había informado ya a madame Klein. Nos conocíamos unos a otros porque éramos los miembros no judíos de las reuniones del domingo. Por entonces teníamos todos entre veinte (yo era la más joven) y veintitrés años. He de nombrarlos: Jean, Cécile, Philippe, Tomas, Monique, Mélaine, Françoise, Alban, Thérèse, Mathilde, Jacques y, por supuesto, Victor.

El mismo día

Finalmente, nos reunimos en la casa parroquial del padre Rochet el 1 de noviembre de 1939. Era un cuarto grande y amarillento, con el techo muy alto y una sola luz central sin sombras. La chimenea estaba vacía y se percibía un olor a humedad. No había cortinas. Teníamos tanto frío que ninguno nos quitamos el abrigo. Pero el padre Rochet no parecía darse cuenta.

Dijo que nos había reunido para formar una «Mesa Redonda» de caballeros dedicados a la caballería andante. Recuerdo que pensé que debía de haber estado bebiendo. Pero estaba completamente sobrio. Dijo que siempre le habían encantado las historias de Arturo, el sueño de un mundo más justo y la añoranza del regreso del rey. Lo recuerdo perfectamente, dijo que la vida es una gran espera. No había rey, por ahora, así que mientras tanto teníamos que luchar por el sueño.

«¿Hacer qué?», preguntó Victor. El padre Rochet dijo que si Francia caía, los nazis tomarían medidas contra los judíos en cuestión de meses. Muchos no podrían escapar, pero nosotros podríamos ayudar un poco. La Mesa Redonda sacaría clandestinamente a los niños para que estuvieran seguros. No podía decirnos ni cuándo, ni cómo, ni dónde, ni quién más estaba involucrado. Sólo quería saber si nosotros actuaríamos como padres jóvenes, o hermanos y hermanas mayores, llevando un niño de A a B.

Nos miramos todos unos a otros, acurrucados en el frío, sentados en torno a una enorme mesa oval. El padre Rochet dibujó un círculo en el aire con el dedo, involucrándonos a todos en su plan. Todo el mundo asintió, incluido Victor, aunque expresó algunas dudas.

Debería decir algo más sobre Victor. Era un buen organizador, tenía una mentalidad muy práctica. Era el que preparaba siempre los *picnics*, conseguía que todo el mundo llegara a tiempo al lugar de encuentro, distribuía las tareas y así sucesivamente. Le gustaba hacer listas e ir tachando cosas. Después del pequeño discurso del padre Rochet, dijo que no creía que los alemanes marcharan nunca por las calles de París. Y si lo hicieran, la supervivencia de todos, incluidos los judíos, se aseguraría mediante la cooperación, no la confrontación. Ésa sería la clave, llegar a un acuerdo. Andando el tiempo, eso fue precisamente lo que hizo Victor, a costa de todos los que estábamos en aquella habitación.

Según recuerdo, el padre Rochet respondió que Victor cambiaría pronto de idea sobre la colaboración, cuando sintiera una bota alta dándole una patada en el trasero.

22 de abril

Descubrí la explicación completa de La Mesa Redonda en dos partes: una abiertamente, la otra desde el ojo de la cerradura.

Primero, pregunté al padre Rochet y me dijo que era una broma literaria personal.

En el cambio de siglo, se había formado un movimiento político que se llamaba Action Française, dedicado a restablecer la monarquía. Era una organización de extrema derecha que atraía a cierto tipo de monárquicos y católicos. Su líder y muchos de sus miembros tenían fama de ser antisemitas. Al poco tiempo crearon un movimiento juvenil llamado los Camelots du Roi, que actuaban en París provocando disturbios en las calles con los socialistas.

Hasta ahí, lo entendía. Entonces Rochet dijo lo siguiente: él quería utilizar el mito de Arturo de la Edad Media para llevar a cabo su pequeña purga de la historia: la persecución cristiana de los judíos. La Mesa Redonda, dijo, representaría la caballerosidad denegada a los judíos en el pasado. No entendí lo que quería decir en ese momento. El padre Rochet era un hombre erudito, siempre estaba leyendo algo, y se sabía tratados de poesía medieval de memoria.

Pero ahora, lo que vi desde el ojo de la cerradura tenía un poco más de sentido.

Madame Klein le hizo la misma pregunta que yo. El padre Rochet respondió que estaba intentando darle un puñetazo a su antiguo prior, que le había expulsado. Había habido unas elecciones muy reñidas para ser el director del monasterio y uno de los candidatos tenía lazos con Action Française. El padre Rochet había armado un escándalo por ello, con la esperanza de impedir que saliera elegido. Fracasó, y poco tiempo después, el padre Rochet se vio en la calle.

¿Por estar en contra de él?, preguntó madame Klein. ¿No había otra razón?

Hubo una larga pausa, así que miré. El padre Rochet tenía la cara entre las manos. No pude oír la respuesta.

23 de abril

Los alemanes tomaron París en junio de 1940. Me temo que a partir de ese momento mi memoria está toda en pedazos, algunos grandes, otros pequeños. Muchos de los detalles más ordinarios del día a día se me han borrado, y no las cosas que preferiría olvidar. Ésa ha sido siempre mi cruz.

Tengo algunas imágenes inconexas en la cabeza.

Estoy cerca de la estación de Montparnasse. No sé lo que estoy haciendo allí. Hay miles de personas haciendo cola para los trenes, desesperadas por salir. Caras demacradas, acaloradas. Hordas de personas cargadas con todas las cosas de valor que pueden llevar, y niños corriendo alocadamente. Durante los meses siguientes había avisos de sus madres en las tiendas, con una lista de los nombres de los niños y niñas perdidos, como esos anuncios «¿Ha visto a...?» de los quioscos de prensa describiendo a los animales de compañía desaparecidos. Nombre, edad, color de pelo, etcétera.

Luego estoy a las puertas de un parque. Debe de ser más tarde. Hay un silencio sepulcral. Flota sobre la ciudad una cortina de humo negro. Un viejo jardinero me dice: «Aquello son nuestros chicos. Han prendido fuego a las reservas de petróleo. Estamos solos». Las calles están vacías. Recuerdo haber pensado que los edificios son como la pared de un escenario, donde quizá no haya nada detrás de las fachadas, excepto tablones de madera y caballetes sujetando el frente. París está hueco y si golpearas en la cúpula con un martillo, solamente podrías oír un eco. Hay dos perros que trotan calle abajo por la Rue de la Bienfaisance, olisqueando las puertas cerradas.

No recuerdo en qué momento llegaron. Pero puedo ver esas malditas banderas por todas partes, casi en cada edificio. Estoy en los Campos Elíseos viendo un desfile. Hacían eso todos los días, con una banda militar completa. En algún momento habían aterrizado incluso con un avión en la plaza de la Concordia. Eran fabulosos para hacerte saber que estaban allí, los alemanes. Hitler apareció en algún momento, pero no tengo recuerdo alguno de ese momento, lo que es grato.

Al principio eran sumamente educados, algo que sorprendió a todo el mundo. Y no sólo eso. Recuerdo haber visto un camión junto a uno de los puentes, con soldados que se asomaban por la parte de atrás y conquistaban a las chicas con bromas y chocolate. Con bastante éxito, podría añadir. Creo que fue Simone de Beauvoir quien dijo que ahora que estaban ahí iba a haber montones de alemanitos correteando.

¿Qué más? Un toque de queda, cuyas horas iban a veces cambiando. Disparos en la noche. Colas interminables para conseguir comida. Todo el mundo estaba espantosamente hambriento. Bicicletas por todas partes, porque se necesitaban permisos especiales para conducir (el padre de Jacques consiguió uno porque era médico). Gente cargando maletas por las aceras o utilizando carretillas. Ésa era la vida diaria bajo los alemanes.

Sé que no te sonará tan mal, sabiendo cuáles fueron los resultados de la guerra. Pero para aquellos de nosotros que estábamos allí, la caída de París, la caída de Francia, fue devastadora. Desde el momento en que llegaron y mancharon nuestras calles, comenzó el luto. No puedo decirte lo sombríos que me parecen esos tiempos. Y por todas partes los alemanes estaban de vacaciones. Ése es otro recuerdo que tengo. Puedo ver montones de soldados jóvenes haciendo el tonto, haciéndose fotografías delante del Arco de Triunfo. Algunos de ellos llevan una guía del uniforme reglamentario.

Creo que es la precariedad de los tiempos lo que une a la gente. Cuando ni siquiera sabes si vas a ver terminar el año y has sufrido una enorme pérdida, aprovechas cualquier tipo de felicidad que pueda llegar. En aquellos días nos aferrábamos unos a otros de diferentes maneras. Para Jacques y yo hubo una extraña y satisfactoria desesperación en torno a nuestra unión, como si estuviéramos un paso más allá de la desgracia. Una noche, madame Klein, tratando de sonsacarme para que lo admitiera, dijo: «Supongo que ves mucho al joven Fougères». Dije que sí. Y ella dijo: «Sospecho que le gustas bastante». Y le dije que parara. Era terriblemente intrigante, esa mujer.

Pero entonces las dos nos llevamos una gran sorpresa, mucho más allá de sus sospechas y de mis expectativas. Me quedé embarazada.

1 de mayo

En mi generación no se hablaba sobre este tipo de asuntos. Las cosas se nos fueron de las manos. Sólo sucedió una vez, pero como podrás apreciar, es todo lo que se necesita.

Jacques desplegó sus entrañas católicas, según lo expresó el padre Rochet, ofreciéndose a casarse conmigo esa misma semana. Mientras hablaba, de repente lo vi vestido con un respetable uniforme negro, a salvo, detrás de la barandilla de un barco enorme, lanzándome uno de esos anillos salvavidas. Detrás de su hombro había un capitán severo, con los ojos ocultos por las sombras. Luego estaba simplemente Jacques el serio, a solas conmigo junto al molino de Montmartre. Le dije que no, todavía no. Nunca he sido muy buena para dar explicaciones, así que le describí mi imagen. No pudo entender lo que le estaba tratando de decir. Le dije: «Dale tiempo».

La familia de Jacques era la mejor clase de católicos: los principios no interferían nunca con la práctica. Me acogieron a mí y a mi hijo por lo que éramos, parte de su redil. La señora Fougères estaba muy contenta: ya tenía un nieto de Claude, un niño llamado Étienne. Un día, decía ella, jugarían juntos.

Supongo que era un arreglo muy moderno. Yo vivía en un lugar con vistas al Parc Monceau y Jacques estaba a un paso, en el Boulevard de Courcelles. Nuestro bebé se movía felizmente entre los dos hogares. Creo que al final nos hubiéramos casado. En todas las cuestiones importantes, él era un padre totalmente abnegado, pero se aferraba a un desconocimiento premeditado cuando tenía que enfrentarse a las tareas más desagradables de la paternidad, como la mayoría de los hombres que he conocido (incluido Freddie).

Pese al «todavía no» al matrimonio, estuve de acuerdo con el bautismo, aunque sólo fuera porque quería que el padre Rochet le impusiera las manos a mi hijo. Todo lo que recuerdo de la ceremonia es que después me quedé en la puerta de la sala y le vi solo con mi bebé. Pensé de inmediato en la historia de Maupassant, «Le Baptême», que trata de un cura solitario que llora sobre un bebé. Fue el 21 de abril de 1941.

No he dicho nada de Victor. Descubrió lo de Jacques y yo por casualidad. Y resultó irónico que se encontrara con nosotros de la forma que lo hizo. Le dije de pasada al padre Rochet que acababa de abrirse en París una exposición antisemítica, *Le Juif et la France*. Me dijo que me mantuviera bien lejos de esa inmundicia, pero Jacques y yo decidimos ir de todos modos. Un día, Victor sugirió ir a Saint-Germain-des-Prés a codearnos con los intelectuales que resolvían los problemas de Francia en un café. Jacques y yo dimos excusas diferentes, quedamos en secreto y nos fuimos. ¿A quién nos encontramos en la exposición? A Victor. Por razones que él sabría, el padre Rochet le había pedido que fuera.

Después de aquello, sólo tengo dos o tres recuerdos más de Victor. Cuando le dije que estaba embarazada, fue como si le hubiera pegado una bofetada en la cara. No le vi mucho desde entonces, y Jacques tampoco. Se apartó, como si le hubiéramos traicionado, y sólo se presentó de nuevo para ver las consecuencias de su venganza. Porque la venganza llegó.

Capítulo doce

I.

Si le hubieran dejado arreglárselas por sí mismo, Anselm hubiera preferido andar, una caminata larga e irreverente por los viñedos de Francia, hacerse ampollas en los pies en los Alpes, beber vino en exceso y luego, alegre y sintiéndose de nuevo como un chaval, descender a Roma a través de un paisaje de frescos pintados. En lugar de eso, hizo lo que le dijeron y cogió el vuelo de las doce y cuarto de Heathrow a Fiumicino. Iba a alojarse en una comunidad de frailes en San Giovanni, en un colegio de estudios internacionales que estaba situado, de manera incongruente, entre dos restaurantes cerca de Santa Cecilia, en el Trastevere, por debajo del monte Gianicolo. Debía ir a recogerle un cura.

Anselm se encontraba en la zona de llegadas con su largo hábito negro, y empezaba a sentir el calor, cuando fue a recibirle un fraile campechano en shorts vaqueros y camiseta:

–Hola. Soy Brandon Conroy, pero llámeme Con.

Tenía la complexión de un toro afeitado, con las manos como palas. Pero el rasgo que más llamaba la atención en él eran sus ojos, de un azul porcelana, delicado y brillante, situados profundamente bajo una frente tosca.

–Supe que era usted por su indumentaria –dijo Conroy–. Traiga, deme su maleta.

Y se puso en marcha silbando, mientras Anselm le iba a la zaga, con todos los poros abiertos.

Conroy se metió a presión en el Fiat Punto de un rojo encendido, con Anselm a su lado, y cogió la autopista a la ciudad.

Al cruzar el Grande Raccordo Anulare y acelerar hacia la orilla izquierda del Tíber, Anselm sintió una desintegración gradual de la compostura tradicional de la carretera. Una bronca de bocinas, voces desconcertadas y pasión latina se introducía con alboroto por la ventanilla abierta, mientras Conroy hacía varios gestos ofensivos con la mano a diestra y siniestra.

Parecía haber un amplio vocabulario digital, cuya complejidad se le había escapado a Anselm en sus bien informados años de colegio. Todo el tumulto se resolvía bajo el dichoso calor del sol y un cielo azul cobalto sin una nube.

–Llevo un mes aquí y ahora estoy empezando a cogerle el tranquillo a esto –dijo Conroy, con el brazo con el que antes había estado gesticulando apoyado sobre la ventanilla–. Pensaba que Río estaba mal. Pero aquí tienes que jugar *a matar*. No se puede andar haciendo el idiota, ¿sabe?, o sc servirán tus *cojones* con pasta.

Anselm no sabía bien qué responder. No era el lenguaje de recreo habitual de Larkwood. Iba bien agarrado a la manecilla de la puerta mientras Conroy hacía ruido.

–Estoy repasando la teología. Después vuelvo con Paula y los chicos.

«¿Paula?, ¿los chicos?» Anselm tenía que responder. Empezaría por los niños.

–¿Chicos?

–Sí.

–¿Cuántos?

–Demasiados.

Conroy saludó con un dedo a un cura que iba en bicicleta.

Los ojos de Anselm se abrieron involuntariamente.

–Ya veo –observó, mostrándose comprensivo por cortesía, pero resuelto a no seguir haciendo averiguaciones sobre los arreglos domésticos del padre Brandon Conroy. Se miraron de reojo.

–Relájese, padre. Sólo estoy bromeando –se rió Conroy, apartando las manos del volante mientras se rascaba los hombros–. Chicos de la calle, sin hogar. São Paulo. Llevo en ello treinta y cinco años.

Anselm se rió. Se le soltaron los pequeños botones de la prenda de compostura de la niñez, cuidadosamente planchada. Nunca había conocido a nadie como Conroy en su vida, excepto a Roddy quizá: los dos prodigaban copiosamente el vino de sí mismos. El Punto se abrió camino entre las estrechas calles del Trastevere, y Conroy, cansado de irse por las ramas, preguntó:

–Bueno, ¿qué le trae a usted a las retorcidas columnas de Bernini?

–Mi prior recibió un fax en el que le pedían que yo viniera a una reunión mañana a las cuatro en punto.

–Suena a algo importante.

–Lo es. Acaba de llegar a nuestro monasterio un nazi reclamando «acogerse a sagrado».

–Mierda.

–Casualmente, eso es lo que dijo el prior.

–¿De veras? –preguntó Conroy sorprendido, gesticulando como respuesta a un ataque de bocinas.

–Bueno, no con los mismos términos.

–Ya me extrañaba.

Continuaron el camino. Conroy estaba pensativo. Redujo la velocidad y de alguna manera las carreteras parecieron más tranquilas. Dijo:

–¿Con quién tiene la reunión?

–Con el cardenal Vincenzi.

Conroy se mordió el labio inferior.

–Sólo hay otro más alto que su hombre, y ése es Él. –El bufón ya no estaba al volante. Con la seriedad de la experiencia, preguntó–: Pero ¿por qué usted?

–Fui abogado y hablo francés. Nuestro huésped estuvo destinado en París durante la guerra. Creo que debe de ser por eso.

–Padre, déjeme darle un consejo, ¿de acuerdo? Conozco este lugar.

–¿Qué quiere decir?

–Digamos que he tenido mis pequeños roces. Si se va a ver arrastrado a la política de la Iglesia, va a entrar en una de esas carpas de circo plagadas de espejos curvos, que retuercen y deforman las cosas. Tenga cuidado. No se fíe de las apariencias. Aquí nada es lo que parece.

El coche se detuvo bruscamente y entraron a pie en San Giovanni, Conroy devuelto a su ser anterior, dando voces como un verdulero, Anselm detrás siguiéndole, sumiso.

2.

El cardenal Beniamino Vincenzi, secretario de Estado del Vaticano, recibió a Anselm como si fuera un viejo amigo del que se hubiera separado por alguna desgracia terrible. Poseía un afecto encantador totalmente italiano en su exceso, que llegaba casi a ocultar su identidad formal, la del diplomático sumamente refinado, más familiarizado con las crisis que con la tranquilidad. Era bajo y regordete, con la piel oscura, aceitunada. Llevaba el peso de su cargo en unos ojos brillantes que provocaban lástima cuando hablaba. Acercó a Anselm a una de las tres elegantes sillas que formaban un triángulo íntimo en el extremo más alejado de la habitación. Una de las sillas estaba ya ocupada por un cura que llevaba una cuidada sotana negra, con una banda roja colocada sobre una de sus rodillas. Se lo presentaron como monseñor Renaldi. De piel más pálida que su maestro, transmitía un calor similar, aunque con el semblante dominado por un aire de profesional competente. Tenía el halo de felicidad de un juez recién nombrado. Anselm tomó asiento junto a una mesa pequeña, muy brillante, con las patas como las piernas de una bailarina de puntillas. Sobre ella había una carpeta de cartón verde. Un sol radiante inundaba la estancia a través de las gráciles ventanas y caía sobre algunas pinturas de hombres serios vestidos de escarlata. Miraban con ojos viejos, inexpresivos, guardándose sus propios secretos.

El cardenal Vincenzi empezó advirtiendo:

–Padre, tengo que darle información delicada, de la que no se imprime. Lo que estoy a punto de decirle no debe repetírselo a nadie, excepto a su prior. Ha de entender que, tratándose de una institución como la Iglesia, no siempre se puede dejar que toda la verdad sea del dominio público. Cada cosa en su lugar y a su tiempo, aunque a veces ese momento no llega nunca. Puede resultar muy difícil mantener silencio sobre lo que uno sabe. Esa carga del silencio es la que a partir de ahora va a soportar.

Monseñor Renaldi sonrió a Anselm infundiéndole aliento, como si fuera una carga que tenía sus compensaciones.

El cardenal añadió:

–He buscado su ayuda debido a la llegada de Eduard Schwermann a su priorato.

Halagado y dándose un poco de importancia, Anselm asintió con gravedad afectada.

–Ya se sabe bastante sobre él, pero nosotros sabemos un poco más, algo que comprometería mucho a la Iglesia si se hiciera público. –Era un hombre que se comunicaba con gestos, pero sus brazos estaban quietos, como cansados–. Monseñor Renaldi se lo explicará.

–Déjeme hacerle un resumen escueto del problema al que nos enfrentamos.

Monseñor Renaldi habló en tono confidencial, con la parsimonia de un doctor ante una operación delicada. Anselm se fijó en el color rojizo de sus mejillas, una inflamación matinal debida a un afeitado demasiado apurado que había hecho aflorar la sangre.

–Inmediatamente después de la caída de Francia, a Eduard Schwermann le destinaron a París. Tenía sólo veintidós años. Prestaba servicios como sargento de las SS en el Servicio de Asuntos Judíos de la Gestapo y entre sus obligaciones estaba supervisar la deportación de judíos a los campos de exterminio. Un policía francés que tenía aproximadamente la misma edad, Victor Brionne, fue asignado al mismo departamento. Fueron, por decirlo así, colegas. Así que tenemos a dos jóvenes, un oficial alemán de bajo rango y un colaborador, ambos involucrados en serios crímenes contra la humanidad.

Monseñor Renaldi hizo una pausa y abrió ligeramente sus cálidos ojos.

–Déjeme llevarle ahora desde París a Notre-Dame des Moineaux, un priorato de la orden de los gilbertinos en Borgoña. Es el centro de una operación clandestina para ocultar niños judíos, lo que dio como resultado que su prior, el padre Morel, fuera fusilado contra los muros del monasterio en julio de 1942.

Anselm sintió sobre él los cargados ojos del cardenal. Monseñor Renaldi se alisó pacientemente una ceja con un delicado dedo y continuó:

–Ahora entramos en nuestro problema. No sabemos qué pruebas se han presentado a la policía en Inglaterra, pero nosotros en Roma tenemos esta certeza: las fuerzas de los aliados salieron de Normandía a finales de julio de 1944. La guerra había terminado. Schwermann y Brionne huyeron de París juntos y llegaron a Les Moineaux el 20 de agosto de 1944. De Gaulle marchaba sobre París una semana más tarde. Los dos hombres estuvieron ocultos hasta diciembre de 1944. Se marcharon con documentos de identidad falsificados. Que nosotros sepamos, a ninguno de ellos se le volvió a ver.

Se produjo un silencio denso, pesado. Con la sensación de que se le invitaba a hablar, Anselm dijo:

–Es inexplicable.

–Hemos estado pensando en estos hechos más tiempo que usted, pero nuestra conclusión es prácticamente la misma –manifestó el cardenal.

–¿Quedan aún monjes de aquella época?

Monseñor Renaldi respondió:

–Sólo uno está vivo, un tal padre Chambray, pero volvió al mundo muy poco después de la guerra. Ya nos hemos puesto en contacto con él, pero lamentablemente no se mostró muy dispuesto a colaborar. –Pasando al punto siguiente con demasiada rapidez, añadió–: Tenemos la gran suerte, sin embargo, de tener un informe escrito por el prior a principios de 1945.

Alcanzó la carpeta verde que estaba sobre la mesa y sacó varias hojas de papel de un amarillo pálido.

–Antes de que lo lea –dijo–, quiero decirle algo sobre el autor. Lo escribió el padre Pleyon, un hombre que, poco a poco y sin llamar la atención, fue adquiriendo una gran reputación por su sabiduría y santidad. Procedía de una distinguida familia con una extensa red de contactos políticos y diplomáticos, y con toda probabilidad habría seguido el camino de sus antepasados en los servicios gubernamentales si el Señor no le hubiera llamado a la vida recluida. Se hizo confesor de aquellos que cargaban con las responsabilidades que él hubiera tenido que soportar, individuos que a menudo carecían de un guía suficientemente competente para entender la peculiaridad de los problemas inherentes al poder mundano. Éste fue el hombre que se convirtió en prior tras la ejecución del padre Morel, y éste fue el responsable de la fuga de los dos hombres en los que estamos interesados ahora.

Monseñor Renaldi le pasó los papeles a Anselm.

El informe estaba dirigido al prior general de la orden de los gilbertinos. Una nota adjunta mostraba que había pasado al Vaticano, a las manos del arzobispo Alfredo Poli, secretario de Hacienda, que simplemente lo había marcado con: «Anotado». Anselm volvió a la primera página. Tras las consabidas menciones, el padre Pleyon había descrito los acontecimientos de los que ya habían informado a Anselm. El texto continuaba:

> El círculo de contrabandistas se llamaba La Mesa Redonda y en él estaba involucrado un miembro de la comunidad, el padre Rochet, que había estado destinado en París. Este monje tuvo que abandonar Les Moineaux como castigo, aunque no creo que sea necesario ni pertinente revelar las circunstancias de su partida. Ruego su indulgencia en este asunto, ya que preferiría proteger la dignidad de mi hermano monje y no registrar formalmente la razón de su ignominiosa caída. Antes de su partida pude arreglármelas para conseguirle un puesto en una parroquia donde yo tenía contactos; informé por adelantado a

una familia que yo conocía desde hacía muchos años, los Fougères, quienes me aseguraron que le recibirían cordialmente. No puedo estar seguro de esto, pero parece que de ese encuentro surgió la operación de contrabando a la que me he referido. Como usted sabe, Francia cayó en junio de 1940. El padre Rochet hizo una visita a Les Moineaux en octubre, después de que los nazis hubieran ordenado hacer un censo de los judíos de París. Vino con su propuesta de La Mesa Redonda, que fue aceptada por el entonces prior, el padre Morel. La función del priorato consistía en esconder a los niños en el orfanato dirigido por las hermanas de la comunidad y proporcionar documentos de identidad y documentos de viaje falsos: dos de nuestros monjes tenían la habilidad que se requería para elaborarlos, ya que antes de ordenarse habían sido uno artista y el otro, impresor.

La Mesa Redonda se disolvió trágicamente en circunstancias desconocidas en julio de 1942 y el padre Rochet fue fusilado. Por suerte, el destacamento de soldados que vino a llevar a cabo la ejecución no registró el convento. Si lo hubieran hecho, habrían encontrado a varios niños cuyo pasaje a Suiza estaba todavía en preparación. Yo me convertí en prior y ostentaba ese cargo cuando llegaron Schwermann y Brionne en agosto de 1944.

Anselm volvió la página y leyó las últimas frases:

Utilicé mis contactos para facilitar su huida a Inglaterra con identidades falsas. A Schwermann se le dio el nombre de Nightingale; a Brionne se le llamó Berkeley. Las razones por las que di este grave paso son complejas y ahora voy a dar todas las explicaciones que, como podrá fácilmente entender, rozan con asuntos profundamente secretos. Las apariencias quizá no fueron nunca tan engañosas como lo que ahora voy a revelar.

Anselm miró el resto de la página y echó un vistazo a las líneas en blanco.

Monseñor Renaldi le explicó:

–Aunque tenemos la suerte de tener el informe, no somos tan afortunados en el sentido de que el padre Pleyon murió antes de poder terminar su revelación.

–No era un buen momento para morir –replicó Anselm devolviendo la carta a monseñor Renaldi.

–Ésa fue nuestra conclusión –manifestó el cardenal Vincenzi, fijando su paternal mirada en Anselm–. Sin duda es usted consciente de nuestra dificultad. No tenemos una explicación que se ajuste a los hechos. –Hablando con fluidez, como si no hubiera tiempo para hacer una pausa, continuó–: Puede que haya oído hablar de curas y prelados que ayudaron a escapar a los nazis –así era, pero resultaba tan vago y tan alejado de su propia experiencia de la Iglesia, que se quedaba en los márgenes de lo relevante, casi como una ficción– y ése es otro de los problemas que tengo, pero puede olvidarse de ello. –Como para apartar cualquier posible conexión, añadió–: En esa época, la Iglesia estaba muy preocupada por el avance del comunismo, y por miedo a ello, algunos de nuestros hijos más díscolos ayudaron a los fascistas en su huida. –Era un problema interno, parecía sugerir su tono–. La institución tiene siempre sus hijos pródigos. Tendré que responder por ellos a su debido tiempo. –Esbozó una sonrisa agria, decepcionada–. Pero como digo, puede olvidarse de ello.

Eliminando con soltura cualquier pausa para la reflexión, monseñor Renaldi dijo:

–La pregunta está aún sin responder: ¿por qué escondió esa comunidad a estos dos jóvenes? Quizá sea repetir lo obvio, pero los únicos que necesitan escapar son aquellos que tienen miedo de algo. Eso es lo que nos preocupa. Y, a falta de una explicación, nos vemos forzados a considerar la lógica.

Aplicar únicamente la razón a semejante problema le parecía a Anselm una medida especialmente desesperada. Y de alguna manera poco convincente. Pero no había nada oculto. Le habían dicho todo lo que sabían. Monseñor Renaldi volvió a hablar:

–Tengo entendido que fue usted abogado.

–Sí, pero no era extraordinariamente bueno. Mi práctica se limitaba a casos perdidos y solían quedarse así.

–Bueno –dijo monseñor Renaldi suplicante, pero mostrándose casi divertido–, ¿qué va a hacer con éste?

La pregunta irritó a Anselm. Era el enfoque que él solía seguir en la abogacía cuando trataba de conseguir que un sinvergüenza inteligente y obviamente culpable entendiera algo; a menudo les apartaba a un lado. Sin embargo, la vulnerable mirada de Beniamino, el cardenal Vincenzi, el hombre que estaba al cargo de la Secretaría de Estado, un noble dicasterio de la curia romana, desterraba semejantes asociaciones escabrosas. Anselm quería ayudar. Reflexionó durante un largo rato y luego dijo:

–Por lo que parece, el padre Pleyon debe de haber pensado que los dos hombres eran inocentes. Pero si ése es el caso, también debe de haber llegado a la conclusión de que las pruebas de su inocencia no serían nunca hechas públicas. De otro modo, no le hubiera parecido necesario idear una estrategia de huida.

Lenta y tranquilamente, el cardenal Vincenzi dijo:

–Pero ¿y si fueran culpables? ¿Cómo entendería usted la ayuda que se les dio?

Anselm escarbó en busca de una explicación inocente.

–Él debe de haber tenido conocimiento de algo lo suficientemente importante como para que tuviera más peso que lo que Schwermann y Brionne pudieran haber hecho.

–Sí –dijo el cardenal, aliviado–, ésas son las únicas explicaciones posibles.

–Y –añadió Anselm, adquiriendo confianza– yo hubiera pensado que el padre Pleyon debía ya de conocer y confiar en alguno de los dos; en caso contrario, no habría asumido el riesgo de facilitar su huida.

Monseñor Renaldi y el cardenal se miraron como dos jueces sentados en el Tribunal de Apelación. Compartieron una mirada de acuerdo, de aceptación de un alegato en el que no habían pensado. El caso estaba ganado. Monseñor Renaldi dijo:

–Si Schwermann es procesado, es probable que el papel de Les Moineaux salga a la luz pública. Necesitamos saber por qué el padre Pleyon actuó de la forma en que lo hizo.

–Desde luego –dijo Anselm, aunque él también estaba agobiado.

–Puede que usted sepa –continuó monseñor Renaldi– que los que le seguían la pista a Schwermann lo consiguieron porque alguien reveló la identidad bajo la que se había estado escondiendo.

Anselm asintió.

–Nosotros creemos que esa persona podría haber sido Victor Brionne. Aparte del padre Chambray, no queda vivo nadie más que supiera el nombre. Eso nos anima a pensar que puede que él esté preparado para decir la verdad, a pesar de su coste personal, si le encontramos.

El cardenal habló con un tentador tono de encargo solemne.

–Padre, me gustaría que usted averiguara el paradero de Victor Brionne y descubriera lo que realmente ocurrió en 1944.

Monseñor Renaldi se levantó e instó a Anselm a permanecer sentado. Bajo la mirada sin brillo de los cardenales de los cuadros, caminó a lo largo de la habitación hasta una gran puerta de paneles y se marchó. El secretario de Estado volvió los ojos a Anselm. Había en ellos preocupación y miedo y, para mayor satisfacción de Anselm, gratitud.

El cardenal Vincenzi hizo un llamamiento a Anselm gesticulando con la mano hacia una ventana abierta que daba a los jardines del Vaticano.

–Quiero que entienda lo delicado de la situación –le dijo en tono confidencial–. Son tiempos difíciles para la Iglesia. La relación con nuestros hermanos y hermanas judíos es especialmente frágil al tratar de resolver cerca de novecientos años de mutua hostilidad. Se ha logrado muchísimo en los cuarenta años desde que fui ordenado. Pero el papel de la Iglesia antes y durante la guerra es un escollo importante, sobre todo lo que se alega contra Pío XII.

–¿Angustia, silencio y diplomacia? –preguntó Anselm, pensado de repente en Salomon Lachaise y los campos hambrientos, vacíos.

–La cautela del Papa fue compartida por el resto del mundo –respondió simplemente el cardenal.

Miró hacia Roma, que brillaba bajo el sol, con el sordo bullicio de la actividad comercial a lo lejos.

–Tiene suerte, padre, de no tener que negociar los límites de la responsabilidad. Me temo que lidiar con la historia ha sido siempre una actividad comercial, si es que se puede calificar así. Estamos pujando por una forma de verdad que sea razonable. Es un ejercicio muy delicado, porque estoy tratando de proteger el futuro del pasado.

El cardenal se apartó de la ventana y tomó a Anselm paternalmente por el brazo.

–Lo que me lleva al caso Schwermann. En estos tiempos difíciles, lo que menos necesita la Iglesia es un juicio sobre crímenes de guerra que vuelva a abrir las heridas que estamos tratando de cerrar, y eso es lo que temo que ocurrirá si él revela precisamente quién propició su huida en 1944. Con su ayuda, tengo que prepararme para esa eventualidad.

El cardenal acompañó a Anselm hasta la puerta de paneles y apoyó una pesada mano sobre su hombro. Le dio la bendición y le dijo adiós. Al abrirse la puerta, monseñor Renaldi apareció al otro lado. Se oyó el eco de los pasos de ambos a través de altos corredores y amplias escaleras, hasta que llegaron a una puerta lateral que daba al mundo. Al abrirla, les golpeó una ráfaga de calor. Monseñor Renaldi, entrecerrando los ojos por la luz, dijo bruscamente:

–Supongo que si Berkeley pudiese demostrar la inocencia de Schwermann sería estupendo. Pero si no puede, bueno, habría sido mejor, para todos, si le hubiéramos dejado en paz. ¿No cree?

Sonrió confidencialmente y se retiró.

Anselm se dirigió hacia la puerta de hierro protegida por un guardia con un uniforme ridículo. Se adentró en la calle consciente de que le habían comprometido con una obligación, pero no estaba del todo seguro de saber de quién era la mano que se la había endosado.

3.

Conroy estaba sentado en una antigua prensa de aceitunas, instalada a modo de mesa bajo unos naranjos en medio del ornamentado claustro del siglo XV de San Giovanni. Sobre la prensa había una gran jarra de vino y un cuenco con melocotones en agua. En Larkwood estarían ahora en el Gran Silencio después de completas, pero para Conroy era la hora de «un poco de juerga».

–Y hay muchas más en el lugar de donde viene este pequeño diablo –dijo señalando la jarra–. Un poco áspero, no crea.

Anselm cogió una silla y se sentó enfrente de él, como si fueran jugadores de cartas en una película barata del oeste, rodeados de cigarras que disparaban.

–Ahora, ¿puede decirme lo que los hombres sagrados han dicho? –preguntó Conroy.

–No.

–Me lo imaginaba –respondió, complacido.

Anselm recordó la advertencia de Conroy acerca de los espejos que deformaban las cosas. Estaba equivocado, lo que no constituía del todo una sorpresa. Los tipos como Conroy son muy divertidos, pero nada propensos a entender las sutilezas de los altos cargos y lo que exigen a los que están a su servicio.

Conroy sostuvo la jarra en la mano y dijo:

–No hay mucho tiempo, sabe, así que deme esa copa. Hemos nacido para celebrar.

Escanció entrecerrando los ojos, inmerso en sus propios pensamientos, y luego, midiendo cuidadosamente sus palabras, dijo:

–Si alguna vez necesita información más allá de lo que le han dicho los hombres sagrados, hágamelo saber. Tengo un par de amigos en la biblioteca que tienen la mano muy larga.

Conroy se echó un melocotón en la copa.

Anselm negó con la cabeza. No había necesidad de algo semejante. Y entonces, consternado, se oyó a sí mismo decir:

–De hecho, la necesito.

–Dígame, entonces.

Era como si estuviera hablando otra persona que arrastrara a Anselm sin que éste pudiera hacer nada. Dijo:

–¿Qué sabe acerca de un priorato francés, Notre-Dame des Moineaux?

Anselm hizo una mueca al tomar un sorbo del vino blanco, sumamente seco. Conroy dio un buen trago y dijo:

–Eso no lo escribo.

–No, por favor, no lo haga.

–Y no escribo la respuesta tampoco.

–No, no, por favor.

Se miraron el uno al otro, unidos por el fraude.

–Coja un melocotón –dijo Conroy.

–Lo haré –dijo Anselm, riéndose sin motivo, dispuesto a celebrar no sabía bien qué.

Entonces Conroy comenzó a hablar a buen ritmo.

–¿Le he contado la historia sobre el cardenal y yo? ¿No? ¡Qué fallo! Bueno, escuche.

Conroy se llenó la copa.

–Cuando conseguí hacer ruido con mi libro, me invitaron, me *invitaron,* fíjese, a compartir una velada de oración con el príncipe de la Sagrada Congregación para la Defensa de la Fe. Bueno, me hice un lío tremendo. ¿Conoce esa antífona para la Cuaresma, «Sáname, porque he pecado contra Ti»? Bueno, pues válgame Dios, me salió mal. Trabuqué las primeras palabras con toda la solemnidad del mundo, y resultó «hincapié». Por Dios, debería haber visto la cara que puso. –Conroy estaba pescando en la copa, tratando de coger el melocotón–. Fue divertido, se lo digo yo.

–¿Cuál es el libro por el que se metió en líos? –preguntó Anselm, intrigado.

–No lo conoce. Acepté que lo retiraran. Los ingeniosos chicos de detrás de la puerta no estaban contentos con mi cristología. Demasiado baja.

–Me gustaría leerlo.

–Quemé todas las copias, miles de ellas. Pero estoy pensando en escribir otro. Ahora, padre, deme su copa, por favor; está vacía.

Anselm se hundía rápidamente. Éste era el terreno de Roddy, no el suyo. Pero al día siguiente por la noche estaría de vuelta en Larkwood, obedeciendo a las campanas, así que se lanzó al agua con Conroy y nadó para salvar la vida.

Se despertó entre las dos y las tres de la mañana, tendido en el suelo de la cocina con una barra de queso cheddar inglés en una mano y un pelador de patatas en la otra. A Conroy no se le veía por allí. No podía recordar mucho de su conversación, excepto un intercambio de palabras que parecía haberles devuelto a la sobriedad. Conroy había preguntado qué se suponía que había hecho Schwermann, y Anselm se lo había contado. La cara de Conroy se había ensombrecido y sus rasgos se habían contraído de dolor. Había jugado con la copa, girando el esbelto pie entre sus gruesos pero suaves dedos. Muy lentamente había murmurado:

–Cuando has oído a un niño pedir ayuda a gritos sin obtener respuesta, nada vuelve a ser lo mismo. Nada. Hasta Dios cambia.

Capítulo trece

Primer cuaderno de Agnes Embleton.

2 de mayo

El padre Rochet tenía razón acerca de los alemanes. Pocos meses después de que tomaran el control, ordenaron un censo de judíos. En esa época yo estaba embarazada, así que sería a finales de 1940. Madame Klein y yo nos habíamos mudado de su apartamento a una propiedad arrendada que ella tenía en el distrito once. «No quiero llamar mucho la atención», dijo. Pero fue una decisión extraña. Porque aunque se convirtió en una cara más entre la multitud, la multitud en cuestión era allí inequívocamente judía, y junto con todos los demás, la encontrarían fácilmente. Era un barrio más bien pobre, pero allí vivían muchos de sus amigos de nuestras veladas musicales. Creo que quería estar con su gente cuando llegara el fin, porque sabía que yo estaría a salvo, pasara lo que pasara, al ser «cristiana».

Madame Klein se sometió al censo. Yo no. La primera redada, de judíos extranjeros, tuvo lugar unos cuantos meses más tarde. Poco después, todos los judíos tuvieron que entregar sus radios a la policía. Ella lo hizo, pero yo no. Entonces hubo una gran redada en nuestro barrio, que duró una semana. Cuando acabaron, todos nuestros amigos del grupo de música habían desaparecido. ¿Recuerdas al señor Rozenwerg? Le vi con dos gendarmes. Caminaba lentamente hacia el autobús con el manto de oración y un gran gorro de piel maravilloso. Vinieron dos veces a nuestra puerta. Miraron dos veces mis documentos, hicieron un gesto con la cabeza y le dijeron a madame Klein, mi «abuela», que no se molestara en buscar los suyos. ¿No es extraño? Ella no iba a entregarse a ellos, pero tampoco admitiría ningún documento falsificado del padre Rochet. Así era madame Klein. La red comenzó a cerrarse; los mandatos siguientes fueron que los judíos no podían cambiar de domicilio y tenían que obedecer el toque de queda.

Sabían dónde vivías y no podías salir. Todo el podrido y repugnante asunto se había puesto en marcha.

Entonces el padre Rochet reunió a sus caballeros.

3 de mayo

Mi hijito tenía unos diez meses, así que debía de ser a principios de 1942. Era el mismo grupo que la última vez. Excepto Victor. El padre Rochet no había hablado con él desde hacía meses y algunos dijeron que le habían visto vestido de policía. El padre Rochet lo confirmó. En la familia de Victor, aparentemente, estaban muy contentos con él.

La Mesa Redonda estaba preparada para funcionar. Actuando solos o de dos en dos, nuestra tarea consistía en recoger niños en un lugar determinado y llevarlos fuera de París, donde serían escondidos. Otra persona se haría cargo de ellos después.

Jacques era el que nos coordinaba. Él era el único vínculo con el padre Rochet y se encargaría de decir a cada persona dónde y cuándo hacer «un trayecto», y de distribuir cualquier documento de viaje que pudiera necesitarse. Él era la opción natural porque algunos miembros de su familia, residentes en Ginebra, se ocupaban del otro extremo de la ruta de huida.

El padre Rochet insistió en que si nos cogían, mantuviéramos la calma y le culpáramos a él. «Lo único que tenéis que hacer es decir que yo os conté que los padres estaban enfermos y os pedí que llevarais a los niños para que se quedaran con un familiar. El resto me lo dejáis a mí.» Le pregunté si no tenía miedo de lo que pudieran hacerle. «No, no –se rió él–. He vivido entre tumbas toda mi vida; no tengo miedo de morir.» Más tarde, Jacques dijo que eso le preocupaba, porque había una veta de debilidad en el padre Rochet. Olía a vino a menudo, aunque era un cura. Era de los que bien podrían derrumbarse bajo presión.

«Nunca», dije yo.

Hice varios «trayectos», con mi propio hijo en un brazo y el pequeño a mi cuidado en el otro. Pasaron sin complicaciones ni obstáculos.

4 de mayo

Por esta época aproximadamente hubo otra orden que vino de arriba. Todos los judíos tenían que inscribir los nombres de sus hijos. Eso era lo que sucedía. De vez en cuando había un nuevo requisito o norma que afectaba a los judíos. Lo siguiente fue llevar una estrella de seis puntas con la palabra «judío» escrita encima. Jacques y algunos amigos de la universidad decidieron protestar llevando una estrella con sus nombres. Ahora que lo pienso, creo que Jacques puso «católico». Como era de esperar, le arrestaron. El recuerdo de ese día es amargo por muchas razones.

De la noche a la mañana, miles de personas se hicieron de repente visibles, diferenciados del resto por un simple pedazo de tela amarilla. Vi a dos niñas gemelas caminando cogidas de la mano, vestidas con las mismas ropas y con lazos azul cielo en el pelo. Sobre sus corazones, cuidadosamente cosidas, llevaban esas estrellas amarillas del tamaño de mi mano. Me paré en la acera para verlas pasar, atónita.

Eso me hace pensar en madame Klein, más o menos una semana antes de que la norma entrara en vigor. Está sentada cerca de una lámpara de pie alta, con las gafas en la punta de la nariz, cosiendo con cuidado la tela amarilla en sus vestidos negros. Tiene tres. No recuerdo haberla visto salir nunca más. Tomaba el aire junto a la ventana y describía las estatuas de los músicos del Parc Monceau, o las curvas de los senderos y la gente rara con la que solía encontrarse allí.

Preocupada por Jacques después de su arresto, fui a ver a Victor a la Avenue Foch, con la esperanza de que pudiera ayudarme. De camino vi al padre Rochet, que parecía más alborotado de lo normal y se coló por una calle lateral. Bueno, Victor salió de su concha y preguntó si Jacques estaba bien. Ni siquiera podía hablar conmigo. Sólo me miraba fijamente de un modo que me asustaba, y me acompañó a la salida.

Unos cuantos días después me lo encontré en los Campos Elíseos. «Sé en qué estás metida», dijo. Y me advirtió que me alejara de los actos heroicos. Supongo que debería haberme dado cuenta entonces de que era capaz de traicionarnos a todos. Pero nunca se me pasó por la cabeza. En vez de eso, hice algo que, me avergüenza decirlo, he revivido a menudo estos últimos cincuenta años. Le di un gran tortazo en la cara. Fue glorioso.

13 de mayo

El fin llegó el 14 de julio de 1942, el día de la Bastilla. Me habían dado un «trayecto». Era bastante sencillo. Fui a un club social fantasma, que había establecido la OSE, y allí recogí a un niño. Conocí a su madre, que era más o menos de mi edad pero muy guapa, con unos ojos verde oscuro. Está de más decir que estaba destrozada. Fue como una escena de una película sobre el hundimiento de un barco. Yo estoy allí, llevándome al niño que iba a sobrevivir, pero sin más espacio libre en el bote salvavidas. Sea como fuere, la madre no tenía documentos, así que el plan consistía en que yo dejara a mi niño con ella y su hijo viniera conmigo, contando con mis documentos si nos paraban. Las últimas palabras que le dijo fueron: «Te veré muy pronto».

Cogí el tren desde la estación de Lyon hasta un pueblo en Borgoña. Fue a recogerme un monje que me llevó a un convento con un orfanato. Eso fue todo. Cogí el siguiente tren de vuelta a París.

Llegué al club social a media tarde. Me dijeron que mi niño había llorado cuando me fui, así que me lo llevé directamente a casa. Subí con dificultad escalera arriba y oí una tos baja que salía de una puerta abierta. Era una vieja entrometida que vivía en el primer piso, madame Vignot, que a menudo se quejaba del ruido. Movió la cabeza, señalando al techo. Me acerqué. Susurró que se habían llevado a madame Klein. Se había resistido y la habían arrastrado por el pelo escaleras abajo. Después habían venido otros tres, hacía media hora. Estaban esperando arriba. Le pedí que los describiera y uno de ellos era obviamente Victor. Había también un soldado alemán y una enfermera.

Salí al descansillo de la escalera. Ése fue el momento decisivo de mi vida. Porque pude haber bajado las escaleras, salir a la calle y huir de París. Pero se trataba sólo de Victor. Habría venido a dar explicaciones sobre madame Klein, con la enfermera. Todos mis documentos estaban en orden. No había nada que temer. El alemán sólo querría saber por qué estaba viviendo con una judía. De todos modos, no había visto a Jacques, no podía escabullirme sin más. Así que subí la escalera. Ocurrió todo muy rápido, pero en mi mente es dolorosamente lento.

El soldado alemán era Eduard Schwermann. Le había visto antes una vez, sentado con Victor en un café. El padre Rochet me los había señalado. Bien, Schwermann gritó algo. Victor me pidió los documentos; todos: partida de nacimiento, partida de bautismo..., todos. Se los entregué. Otro grito. Quería los documentos de mis padres. Temblando como una hoja, los saqué del aparador. Mi niño empezó a llorar. Schwermann no miró ni un solo papel, sólo se los metió en el bolsillo. Gritó otra vez. «Abajo», dijo Victor. Así que salimos. La enfermera nos siguió.

Me llevaron a la calle, a la vuelta de la esquina, donde estaban esperando un par de vehículos aparcados: al fondo un camión con algunos soldados, y un coche. Los dos motores se pusieron en marcha. El resto es un recuerdo borroso. Mientras me empujaban dentro de la parte trasera del camión, Schwermann me arrebató a mi hijo de los brazos y se lo dio a la mujer. Ella corrió hacia el coche y arrancaron. Me arrastraron por los pies, mientras yo gritaba y pataleaba. Después de eso, no puedo recordar mucho más.

21 de mayo

No sé cuánto tiempo estuve encerrada en París, y no sé cuándo salí. Pero me llevaron a la prisión de La Santé y luego me trasladaron a Auschwitz.

Fue en ese lugar tan atroz donde tuve un poco de suerte. Llevaba allí unos cuatro o cinco meses. Levantarse a las tres de la mañana. De pie en el patio hasta las siete. Luego trabajar hasta caer rendida. Palizas constantes, indiscriminadas. Una tarde, llegó un grupo de mujeres francesas. Serían alrededor de doscientas. Entraron por las puertas a paso de marcha cantando *La Marsellesa.* Eran prisioneras políticas y su detención en ese campo fue más tarde objeto de protesta por parte de algún gobierno. No pude conocerlas inmediatamente porque tenía el tifus. Durante diez meses estuve en cuarentena, y eso fue probablemente lo que me salvó la vida, porque me alejaron de la rutina de Auschwitz justo cuando estaba perdiendo el deseo de sobrevivir. Durante seis meses, me acosté en una litera al lado de Collette Beaussart, anteriormente periodista, que había sido deportada a causa de lo que pensaba más que porque hubiera hecho nada. Hablábamos cada día de las cosas sencillas de la vida que nos gustaría hacer si alguna vez volvíamos a ser libres. Ella quería hacer mermelada y yo quería comerla. No recuerdo nada más de lo que decíamos, pero las palabras formaban una especie de escalera y yo me aferraba a ella, incapaz de ir hacia arriba, pero sin resbalarme hacia abajo. Cuando salí de la cuarentena, iban a trasladar a las presas políticas francesas a Ravensbrück al día siguiente, en respuesta a la protesta. Por algún error administrativo, o eso es lo que pensé, mi nombre estaba en la lista del traslado. Lo cierto es que Collette les había dicho a los oficiales del campo que yo era un miembro de su grupo.

Salimos de Auschwitz en 1944 y yo permanecí en Ravensbrück hasta que fue liberado por los rusos. Trabajé como una esclava en la fábrica de Siemens, haciendo aparatos telefónicos. Pensé que no acabaría nunca. Cuando terminó, los alemanes abandonaron el campo y dejaron a unos cuantos detrás, para que nos ocupáramos de los enfermos.

22 de mayo

A menudo me he preguntado si debía o no hablarte de tu pasado, y mucho menos del mío. Pero ahora los dos están inextricablemente unidos. No puedo decirte verdades a medias. Así que lee estas palabras despacio y ten presente que espero no hacerte daño. Te estoy contando parte de tu propia historia y, por muy dolorosa que sea, es tuya y de nadie más.

Conocí a una mujer que acababa de llegar al campo. No podía entender su idioma, así que no sé nada de ella. Ni siquiera sé cómo se llamaba. Creo que era polaca. Tenía dos hijos y estaba gravemente enferma. Ravensbrück era un campo de mujeres, así que sólo puedo suponer que a su marido, tu abuelo, le habían separado de su familia en algún momento antes de su llegada.

No hacen falta palabras para expresar ciertas cosas, o para entenderlas. Así que creo que en lo importante conectamos la una con la otra. Ella sabía que iba a morir. Sabía que sus hijos se quedarían solos. Sabía que yo era la última persona con la que ella hablaría. Las súplicas suenan igual en cualquier lengua, y me pidió que hiciera algo una y otra vez. Le sostuve ambas manos farfullando inútiles garantías en francés. Sabía que me estaba rogando que cuidara a sus gemelos, Freddie y Elodie. Y sabía que mis respuestas la reconfortaban. Murió mientras estábamos hablando. Sus manos se quedaron sin fuerza, como si hubiera soltado una cuerda, y cayó hacia atrás. No tenía nombre para ella, hasta que naciste tú. Le puse Lucy, como tú. Y tú has ido adquiriendo sus rasgos delicados, evocadores e inquietantes.

El resto ya lo conoces. Volví a París con aproximadamente otros cincuenta supervivientes de los campos. Estábamos todos horriblemente flacos y con un color gris verdoso, como la cera, con ojeras marrones. Cuando hacíamos cola en el andén de la estación del Este, todo el mundo se paraba y nos miraba en silencio. Empezaron a cantar *La Marsellesa*. Fue el momento más conmovedor de mi vida. La última vez que la había oído había sido en Auschwitz.

Mientras estaba en el hospital conocí al abuelo Arthur, que se estaba recuperando de un pie roto. Me lo encontré hablando con Freddie y Elodie. Se presentó a sí mismo. En las semanas siguientes le conté todo. Desde ese momento no necesité contarlo nunca más. Él lo entendió. Después de eso, supe que ya no querría separarme de él. Estoy deseando verle de nuevo.

Cuando me dieron de alta fui a lo que quedaba de mi hogar. No quedaba nada de la vida de madame Klein, ni de la mía ni de la de nadie de los que había conocido. Hice averiguaciones y reconstruí lo que pude. Victor nos había traicionado. Todos y cada uno de los miembros de La Mesa Redonda habían sido arrestados el mismo día que yo, la mayoría esa tarde, de una sola vez. La familia de Jacques se las había arreglado para escapar, pero él se había quedado atrás. Debía de haberme esperado en vano, porque yo no llegué. Le detuvieron esa noche, en su propia casa.

Traté de mantener mi promesa, de cuidar a los niños, pero fracasé. Y no he sido nunca capaz de olvidar a mi pequeño, que lloraba porque le había dejado con desconocidos en el club social. Arthur me ayudó a averiguar lo que había pasado. Habían llevado a mi niño a un orfanato. Todos los niños fueron deportados a Auschwitz en julio de 1942. En la Cruz Roja me dijeron lo que era obvio: no había sobrevivido nadie con ese nombre. Al menos, pasé algún tiempo en el lugar donde él encontró su fin. Eso ha sido un consuelo.

Bueno, eso es lo que ocurrió y ésa es la razón por la que soy quien soy. ¿Recuerdas las lecturas en voz alta con el abuelo Arthur, los domingos por la tarde, poniendo voces ridículas a obras serias? ¿Te acuerdas del rey Lear, cuando él comprende al final que sus errores le han costado la vida de sus hijos? Dice: «Soy un hombre que es más bien el ofendido que el ofensor». ¿Podrás pensar eso de mí?

SEGUNDA PARTE

¡Todo arde! La rosa más roja es un fantasma;
Las chispas se arremolinan, para expirar en la bruma...

LAURENCE BINYON
«La quema de las hojas», 1942

Segundo prólogo

–Seré tu amanuense –dijo Wilma con seriedad teatral.

Agnes asintió. Sería la única forma, ahora que no podía escribir.

–No hay mucho que decir, pero me gustaría dejarlo por escrito.

Desde que había terminado el cuaderno, Agnes se había enfrascado en ese espantoso periodo, enumerando el orden en el que habían ocurrido las cosas. El acto de someterse a una narración había iluminado el pasado con una luz nueva. Vio formas desconocidas hasta entonces y la insinuación de un esquema que reconocía parcialmente.

Abrió el cajón de su escritorio y sacó el cuaderno escolar que quedaba de los que había comprado seis meses antes. Se lo dio a Wilma, que se acomodó en la mesa.

–Empieza cuando estés lista –dijo Wilma ceremoniosamente, con el bolígrafo en la mano.

Agnes cerró los ojos, buscando el camino. Y comenzó:

–«Noche y día he vivido entre tumbas», coma, «cortándome con las lápidas». Punto.

Wilma escribió lentamente, con grandes movimientos.

–Me gusta esa historia.

–¿Qué historia? –Agnes reaccionó bruscamente, preguntándose si ésta era una señal de lo que había de llegar.

–La del pobre tipo en las montañas. Estaba poseído por tantos demonios que nadie podía controlarle. Vivía noche y día, justo como tú dijiste, entre tumbas. Como nosotros.

–¿Por qué te gusta? –inquirió Agnes con emoción.

Wilma dejó el bolígrafo.

–Porque al final la ayuda llegó, cuando todo el mundo se había rendido, cuando él ya no podía pedirla.

La memoria de Agnes se agitó.

–¿Qué pasó?

–El Salvador les envió a todos una piara de cerdos que se comían los mejores frutos de la tierra.

–Es cierto –recordó Agnes–. Los demonios se llamaban «legión» porque eran muchísimos.

El padre Rochet los había comparado con el ejército alemán en Francia, como las legiones romanas que habían ocupado Palestina.

–Se precipitaron por un acantilado, cayeron en un lago y se ahogaron –dijo Wilma con gran satisfacción–. Y el pobre hombre fue devuelto a su familia.

«Ah, sí, así es», pensó Agnes. El padre Rochet había dicho que había muchísimos cerdos, pero ningún acantilado y ningún Mesías aún. «Así que tenemos que actuar mientras esperamos», había dicho él.

–¿He dicho a quién iba dirigida? –musitó Agnes, debilitada por una nueva e inesperada certeza.

–No.

–Vuelve al principio entonces, por favor –cerró los ojos, tratando de evocar a un viejo amigo.

–Querido...

Capítulo catorce

Por fin solo en el salón del primer piso, que daba al mar, el viejo abrió una vez más la carta de su mujer, escrita justo antes de morir, mientras él dormía en una silla al lado de la cama de ella. Le había dicho que la leyera cada vez que la culpa amenazara con dominarle.

> Mi queridísimo Victor:
>
> Te he observado a menudo mientras duermes. Los tiempos difíciles han marcado incluso tus momentos de sosiego. No te han abandonado nunca y dudo que lo hagan alguna vez. Pero debes creerme: hiciste lo mejor en el momento más duro. Yo tenía razón cuando te dije hace tantos años que a veces tiene que haber secretos. ¡Qué gran alivio sentiríamos si soplara un fuerte viento y los erradicara todos! Pero eso no va a ocurrir. Durante veintiséis años nos hemos tenido el uno al otro y tú podías recurrir a mí, y ahora... bueno, está llegando el final. Así que esto es lo que tengo que decir. ¡Sólo fíjate en Robert! ¡Mira a todos sus hijos! ¡Fíjate en todos ellos! Ése es tu testamento. Ellos sólo ven al hombre bueno con el que me casé, aunque el mundo llegue a juzgarte algún día de plano. Yo lo sé y bendigo el día en que te conocí.
>
> Tu siempre amante
>
> ARDILLA

Pauline la Ardilla, porque nunca tiraba nada. Dobló el papel y lo puso de nuevo en su agenda de bolsillo. Las palabras no hacían efecto. Nunca lo habían hecho. No es que Victor no viera la maravilla de su familia; la veía. Pero cada cara radiante era únicamente una vela que titilaba contra la infinita sombra de la matanza que había conocido.

Tras morir su mujer, Victor se dio a la bebida. No fue un solo atracón monumental, sino más bien la acumulación paulatina de caóticas sesiones solitarias, un ritual que fue adquiriendo ritmo y que al final le dejaba tirado en el suelo casi todos los días. Aprendió lo que sólo saben los que han caído hasta el abismo: hay sinceridad en la bebida, valentía. No se trata de una forma de escape –ése es el nivel *amateur*, llevado a cabo con compañeros recién descubiertos, comida para llevar y taxis–. Se trata de lo contrario. Se trata de soportar lo tuyo, completamente solo, mientras se levantan los demonios, y se burlan, y bailan.

Al final, Robert se enteró de lo que estaba pasando a través del cura de la parroquia, el padre Lacey, que se encontró a Victor desplomado en un confesionario. No había comido ni se había lavado durante días. Se convocó una reunión. El padre Lacey dijo que conocía un buen lugar, fuera, en el campo, pero era caro. «Tendrás que hacer frente al dolor, papá», suplicó Robert, y el padre Lacey, mientras le clavaba la mirada, añadió con malicia: «Y a tu pasado».

Una vez que les permitieron hacer visitas, toda la familia le ayudó. Los profesionales que estaban a su cargo dijeron que Victor no había colaborado del todo, implicando que tenía mucha habilidad para esquivar algunos asuntos, pero que había aprendido muchísimo sobre sí mismo y que habían estado trabajando con varias «estrategias de superación». Por tanto, Victor volvió a la «vida normal». Para la mayoría de los observadores era cuestión de tener la pena bajo control; un hombre que había encontrado un modo de vivir sin su mujer. Sólo Victor y su confesor, el padre Lacey, conocían la legión de demonios que dormían escondidos.

Victor volvió a menudo a la carta de su mujer, con la esperanza de que el recitado de las líneas pudiera aún tener algún efecto, como un hechizo que requiriera únicamente un conjuro solemne y sincero para funcionar. Pero él no creía en la magia. ¿Y en la frágil luz de las velas? Sí, en ellas sí creía.

Las encendía por Robert todas las semanas en la capilla lateral, por –una ráfaga de risas estalló de repente a través de una puerta en algún sitio del piso de abajo– la mujer de Robert, Maggie, y sus nietos, por los cinco, dos chicos y tres chicas, todos ellos «pájaros que habían volado a sus propios nidos», como le gustaba decir a Robert. Dos de ellos estaban casados y le habían dado bisnietos. El clan completo lo formaban trece: una bendición de proporciones bíblicas. Sólo que no era así de sencillo, ¿lo era? Vio su reflejo en el espejo que había sobre la chimenea. Ni siquiera cuando sonreía podía ocultar esa tristeza inefable, insoluble. ¿Por qué razón, después de todos estos años, cada vez que se miraba en un espejo pensaba en Agnes y en Jacques, en la larga y espesa cabellera de ella y los oscuros ojos suplicantes de él? ¿Y por qué, por qué sus sombras se separaban siempre con un gemido, dejándole a él con otro recuerdo incurable? ¿Cómo era posible que incluso ahora, a sus setenta y tantos años, no pudiera verse a sí mismo sin ver a Eduard Schwermann? ¿Era de extrañar que no pudiera explicarles a los niños por qué no había espejos en la casa del abuelo?

Aquí, en casa de Robert, había muchos, ventanas implacables al interior de su alma y la de su cómplice. Dijo entre dientes:

«Zwei Seelen wohnen, ach! in meiner Brust.»

Al sentarse a la concurrida y repleta mesa del comedor, la noche de su llegada, la conversación giró, como Victor había anticipado, en torno al caso Schwermann. Para proteger a Stephen, el bisnieto mayor, tenían que deletrear algunos términos clave. Había alcanzado la horrible edad de cuatro años, en la que escuchar y repetir iban, sin clemencia alguna, de la mano.

–Por lo que dicen todos, era un h-i-j-o-d-e-p-u-t-a total –dijo Francis, el hijo mayor de Robert.

–Probablemente dirá que le han confundido con otro –intervino alguien.

Otras voces dieron vueltas al material que todos ellos habían escuchado y leído:

–Ah, no. Parece que no hay duda de que él estuvo allí.

–¿Qué va a decir, entonces? Tendrá que decir algo.

–No sabía lo que estaba ocurriendo, sólo obedecía órdenes. Tiene que ser una cosa o la otra.

–Eso siempre me ha parecido muy raro.

–¿Qué?

–Bueno, donde yo trabajo, hasta los de la limpieza conocen toda la mierda.

–Ése es un juego de palabras malísimo. Pásame el pollo, por favor.

–Lo mismo ocurre en nuestro trabajo. No sé cómo lo averiguan, porque nadie reconoce que les da la información. Al final, no se puede ocultar nada.

–No es pollo, es soja.

–Y uno pensaría que «hacer lo que te mandan» y «c-a-m-p-o-s-d-e-e-x-t-e-r-m-i-n-i-o» no pertenecen a la misma oración. A no ser que estés loco.

–Y él está cuerdo.

–En cualquier caso tienes razón, Francis, es un h-i-j-o-d-e-p-u-t-a.

–¿Qué es eso, papá? –preguntó Stephen con una curiosidad que, por experiencia, no se podría esquivar fácilmente.

–Nada, hijo, nada.

–Papá, ¿de qué estáis hablando?

–De un hombre malo, eso es todo. Ahora come.

Las palabras casi pusieron enfermo a Victor.

–Pero papá...

Victor no siguió escuchando. Aunque no podía estar seguro, ya que mantuvo los ojos fijos en su plato, sintió la mirada de Robert sobre él, Robert el locuaz, que por algún motivo se mantenía al margen de la conversación.

Esa dura prueba había tenido lugar la noche anterior; su reticencia se interpretó como el agotamiento de la vejez exacerbado por el retraso del tren desde Londres. Ahora se hallaba solo en el salón, esperando. No había necesidad de hacer ningún plan, él no tardaría en llegar. Repitiendo fragmentos de la carta de su mujer, Victor se acercó a la ventana mirador del muy querido hogar de Robert, The Coach House, en Cullercoats, un laberíntico montón de habitaciones que crujían sobre un acantilado bajo entre Tynemouth y Whitley Bay, con vistas al viejo puerto. Podía ver las irregulares rocas negras derrumbándose unas sobre otras al subir la marea, el gran torrente de agua metálica, siempre fría, siempre unida al cielo, siempre invitándole, en apariencia, a cruzar al fino destello de luz crepuscular donde se deja atrás la memoria. Unas gaviotas grandes, gordas, bajaban en picado con las ráfagas de viento y luego se dejaban llevar por la corriente, flotando en las alturas, fuera de la vista.

«Dios mío, dame ánimo, ayúdame.»

El fuego recién hecho chisporroteaba en la chimenea.

Se abrió la puerta silenciosamente. Oyó cómo se aproximaban, suaves, unos pasos conocidos. Una mano se apoyó en su hombro. Había llegado el momento. Tendría que hablar de cosas sobre las que había jurado no hablar jamás.

–¿Papá...?

–¿Qué, hijo?

–Dime qué es lo que te preocupa. –Habló casi en un susurro–. Vamos, ya soy abuelo, ¿sabes?

Victor respiró hondo; sus ojos escudriñaron el mar revuelto, silencioso, las largas hebras de espuma pegadas a la luz que desaparecía en la orilla. Robert se quedó a su lado, como si fuera un niño otra vez, y juntos hicieron frente a la vasta oscuridad que se iba iluminando.

–Hijo, yo no soy quien tú crees. Soy otro hombre, alguien que enterré hace cincuenta años, después de la guerra. Alguien que, si no fuera por ti, hubiera estado mejor muerto.

No hubo preguntas. Y, sin ver a Robert ni la confusión que debía de estar empañando sus ojos, Victor eligió a su modo entre todo lo que podía decirse.

–Mi nombre era Brionne. Fui un oficial de policía trasladado temporalmente, por casualidad, a la Gestapo.

La atención de Victor se centró en la mano de Robert. Estaba apoyada firmemente en él. «No la retires, te lo suplico...»

–Para algunos fui un colaborador... no podía hacer nada para impedir...

Pero eso, sencillamente, no era verdad, y él lo sabía. Su voz se fue apagando. «¿Cuánto voy a decir? Si voy demasiado lejos, pasaré el límite. Saldrá todo. No puedo..., no puedo hacer eso.»

Victor lo intentó de nuevo.

–Trabajaba como ayudante de un joven oficial alemán, Eduard Schwermann. Es el que ha solicitado acogerse a sagrado en un monasterio. Has leído los periódicos... Francis hablaba de él anoche.

Victor vivía cada instante a través de esa mano; su existencia dependía del movimiento de los dedos de otro.

–Pascal Fougères, que encontró a Schwermann, vendrá, casi con toda seguridad, a buscarme... –De nuevo, se le entrecortó la voz en el umbral de la revelación total–. Schwermann me buscará también... Me imagino que habrá otros..., todos querrán que esté en el juicio.

Sintió las garras del pánico. Se dijo a sí mismo: «Estarás bien, ya has pensado en esto». Cuando salió de Les Moineaux tenía una identidad nueva; era Victor Berkeley. Pero Schwermann y los monjes conocían ese nombre. Así que cuando llegó a Inglaterra se lo cambió de nuevo, a Brownlow. Nadie más lo sabía. Volvió a decir otra vez a los latidos de su pecho: «Estarás bien... pero no te quedes esperando...».

Ahora estaba completamente oscuro fuera. Las diminutas luces de los barcos de pesca titilaban en la distancia sobre la oculta e inquietante presencia del mar. La pesca estaba allá fuera, en algún lugar de las profundidades, pero la encontrarían y estaría en la superficie por la mañana.

–Robert, no puedo decirte nada más. Quizás un día las cosas puedan ser diferentes. Pero por ahora, si puedes, confía en mí. Confía en mí como no has confiado jamás en nadie. Créeme –Victor tragó con dificultad, buscando las palabras que podrían deslizarse por el vacío entre verdad y engaño–, haber conocido a ese hombre ha sido la maldición de mi vida.

Esperó, con los ojos cerrados, frente al abismo. La mano de Robert se apoyaba todavía en él.

–Tengo que esconderme –dijo simplemente–. Tengo que irme adonde a nadie se le ocurra buscarme, hasta que pase todo. Entonces podré enterrar a Victor Brionne por última vez. Y después... seré tu padre de nuevo... el hombre que has conocido.

Sus ojos se llenaron de lágrimas, que surgían de un profundo y antiguo dolor.

La mano de Robert se desprendió.

Tras un largo instante, Victor oyó estas palabras, pronunciadas tranquilamente:

–Yo no conozco a Brionne. Por lo que a mí respecta, está todavía muerto. No es mi padre y nunca lo ha sido. Tú lo eres. Lo has sido y siempre lo serás.

Un ruido de pasos y de voces se fundieron en la escalera. Era la hora de jugar al juego de las Consecuencias junto al crepitante fuego.

Capítulo quince

I.

–No iré al hospital. Quiero morir aquí.

–Pero no puedes.

–Puedo y lo haré. Ésta es mi casa. Aquí es donde voy a morir.

Lucy se hincó las uñas en los muslos, como si fueran parte del cuello de su padre. Susan jugueteaba con los botones de su blusa. Ésta era la inevitable confrontación entre madre e hijo. Aquella tarde se habían reunido todos en Chiswick Mall, a instancias de Freddie, para tratar del asunto «que mi madre no quiere afrontar».

Agnes caminó con parsimonia por la habitación, como si llevara un montón de libros sobre la cabeza e intentara mantener el equilibrio. Se dejó caer con confianza en su silla habitual, cerca de la ventana.

–Madre, las piernas te están fallando más a menudo, necesitas...

–Ya lo sé.

–... necesitas una silla de ruedas...

–Ya lo sé.

–Entrar y salir no va a ser tarea fácil.

–No.

–Ya necesitas ayuda para lavarte.

–Freddie...

–En poco tiempo, vas a tener problemas para comer, hablar, moverte...

–Freddie –dijo Agnes, alzando la voz y con una creciente crispación en los músculos de la cara.

–Hay que limpiar la casa, lavar las sábanas, cambiar la ropa de cama...

–Freddie...

–... qué me dices de ir al servicio...

–¡FREDDIEEeeeeeee!

El grito de Agnes se convirtió en un extraño aullido, que subió y se fue apagando. Empezó a convulsionarse con una especie de risa agónica; las lágrimas se le agolpaban en los ojos, sus finas manos temblaban de modo incontrolable.

–Mira lo que has hecho –dijo bruscamente Lucy mientras corría hacia ella.

Agnes la apartó con furia; su boca estaba desencajada y abierta de par en par.

Freddie se mesaba los cabellos, disculpándose una y otra vez. Agnes trataba de decir algo con la mano, con su cabeza echada hacia atrás mientras gemía.

Lucy apenas podía contener su ira.

–Lee esto, ¿de acuerdo? Vamos, léelo.

Se acercó al escritorio y le pasó a su padre un papel. Agnes había escrito una explicación:

> A veces me río o lloro o gimo sin motivo alguno. Por favor, mientras dure, haced como si no me oyerais. Terminará pronto. Gracias.

Lucy cogió de nuevo el papel. Agnes estaba tranquila ahora. Nadie decía nada. Susan preparó un poco de té.

Agnes bebió a sorbos de la porcelana antigua, sujetando por debajo el platillo, que tintineaba. La taza era tan frágil que la luz del sol atravesaba la cerámica, transparentando la silueta de los delicados dedos que estaban al otro lado.

–Freddie, no te preocupes. Es difícil para todos nosotros. Pero ya he tomado una decisión –dijo Agnes con amabilidad.

Freddie hizo un movimiento para hablar. Estaba resuelto, como si él también hubiera tomado una decisión. Iba a insistir en su idea. Lucy sintió una ráfaga de ira y confusión.

Había una terrible mezcla de motivos y preocupaciones. Sí, Agnes se iba a deteriorar y era necesario hacer planes. Pero había otro impulso poderoso, que era la reticencia de Freddie, por no decir su negativa, a verse atrapado en cuidados de enfermería un día sí y otro también. La enfermedad se estaba apoderando de todos ellos. Lucy podía ver el terror de su padre. No era *capaz* de darle a Agnes lo que ella necesitaba. No podía soportar la presión de una profunda dependencia de él. Y ahora estaba sintiendo cómo crecía su desesperación, moviéndose de derecha a izquierda, como si las vías de escape se estuvieran cerrando. Lucy vio toda esta agitación interior mientras su padre se sentaba completamente rígido en el sofá, con las manos en las rodillas, como para una fotografía de colegio. Y detestaba ese efecto, en él y en ella misma.

–No necesito vuestra ayuda. Ninguno de vosotros tiene que preocuparse por eso.

Freddie soltó inmediatamente una mentira:

–No estamos *preocupados, queremos* ayudar. Lo que ocurre es que tenemos que ser prácticos. Todos nosotros.

–Ya lo he planeado todo, Freddie.

Ninguno sabía qué decir. La pregunta que todos se estaban haciendo a sí mismos no necesitaba formularse. Agnes hizo una señal con la cabeza hacia la taza de té, pidiendo más.

–Y una barrita de chocolate, por favor, Lucy.

Freddie se relajó un poco con la promesa de alivio. Y, aunque se odió a sí misma por ello, también Lucy se relajó.

–He hablado con los Servicios Sociales. Cuando y según sea necesario, vendrán algunas personas cada día para ayudarme a lavarme y a vestirme. Suministran aparatos «según el presupuesto» y pueden conseguir todo tipo de juguetes del hospital o las fundaciones. Realmente no hay nada de qué preocuparse.

Susan estaba todavía jugueteando con los botones de su blusa cuando habló.

–No quiero que te cuiden extraños. No es justo. Necesitas a tu familia. Yo quiero ayudar, si no te importa, de verdad. Haré lo que tú quieras: sé cocinar, limpiar; puedo hacer... cualquier cosa... Dame la oportunidad, ¿quieres?

Agnes estaba visiblemente emocionada. Lucy había sentido siempre que Agnes apreciaba los confusos intentos de Susan para establecer unas relaciones normales con su suegra. Le costaba mucho esfuerzo, y siempre sin recompensa alguna. Susan, igual que Lucy, deseaba que las cosas fueran diferentes, y a su manera había continuado intentándolo.

–Gracias, Susan, hay mucho tiempo todavía, para nosotras dos. Naturalmente que puedes ayudar.

Freddie, avergonzado, se apresuró a decir:

–Pero todo esto no es suficiente, ¿no? Quiero decir, no basta con pequeñas ayudas a ciertas horas del día. ¿Qué pasará por la noche? Vas a necesitar... ayuda veinticuatro horas al día –y luego se lanzó por completo– de gente que sepa lo que está haciendo.

Estaba pálido. Por fin lo había dicho. Añadió que no podía convertirse en enfermero y no lo haría, ni se mudaría allí ni se llevaría a Agnes a su casa.

–Está bien, Freddie, lo he arreglado todo.

Por segunda vez, nadie sabía qué decir. Lucy, incrédula, lo adivinó enseguida. La cuestión salió de los labios de Freddie:

–¿Cómo? ¿De qué manera?

Agnes apoyó el platillo, luego la taza y después la galleta, diciendo:

–Le he pedido a Wilma que se venga a vivir aquí.

Freddie, rígido otra vez, casi dejó de respirar.

2.

Parecía que iba a ser un día de discusiones. Después de que su madre y su padre se hubieran ido, Lucy le pidió con insistencia a Agnes que hiciera una declaración a la policía.

–Si me involucro –respondió Agnes–, tu padre tendrá que enterarse de todo, y no quiero. Su vida conmigo ya ha sido bastante dura. –Hablaba sin rastro alguno de autocompasión–. Sería demasiado pedirle eso.

–¿Qué sería demasiado?

–Entenderme a mí más de lo que se entiende a sí mismo.

–Pero si supiera lo que te hicieron y cómo le salvaste...

–Lucy, te olvidas de que también le fallé. –Levantó una mano para detener cualquier protesta–. Eso no puede cambiar, ni siquiera con el perdón. Solía culparme a mí misma, pero después de conocer a Wilma, me di cuenta de que las cosas no podían haber sido de otro modo. Pero eso sólo hace que el remordimiento sea aún más insoportable. –Sus rasgos se volvieron apacibles y extraordinariamente bellos, como un niño embelesado en una pantomima, y dijo–: De alguna manera, perdería a Freddie también. No soportaría perder lo poco que me queda.

Agnes tenía una forma de decir cosas espantosas con una simplicidad total, como si estuviera haciendo un comentario sobre el papel de la pared. A no ser que se habitara un paisaje interior similar, era imposible dar una respuesta. Hasta Lucy se enfrentó a estos horribles ramalazos de tranquilidad, donde uno esperaría encontrar angustia, cuando sólo podía mirar a su abuela a distancia, con una especie de veneración asustada.

Detrás de la ventana empezaba a caer la lluvia, que rebotaba en el pavimento, juntaba la basura, limpiaba los recortes sueltos de los cuidados jardines. Agnes, serena, alcanzó el periódico que estaba a su lado y dijo:

–Hay un documental esta noche sobre La Mesa Redonda –se detuvo–. Uno de los colaboradores es Pascal Fougères. Me preocupa que pueda mencionarme... la familia no se habrá olvidado... –Sus ojos buscaron a Lucy–. Tienes que quedarte.

–Muy bien, si tengo que hacerlo...

–Tienes que hacerlo.

Lucy miró a su abuela y se quedó casi fría por el temor. Impulsivamente, con un terror repentino, le preguntó:

–¿Te da lo mismo?

Agnes levantó la vista, un poco sorprendida, y respondió:
–Pues claro que no.
–No, abuela –replicó Lucy, retorciéndose, sintiendo un hormigueo por la intimidad de la pregunta–. Quiero decir, ¿te importa que yo no sea de tu propia sangre?
Se sonrojó; el sudor le cosquilleó en la espalda y el cuello.
Agnes dejó el periódico. Con una simplicidad deslumbrante dijo:
–Eso te ha hecho totalmente insustituible.

El documental se había montado de forma que seguía los pasos de Pascal Fougères a través de un momento trágico de la historia. Para su asombro, Lucy encontró su sensibilidad adormecida, aletargada, mientras miraba las secuencias de los soldados alemanes contemplando París con la satisfacción indolente de un propietario. No podía despertar el miedo puro que ellos debían de haber representado. Las películas de guerra anodinas y las comedias sobre nazis estúpidos los habían domesticado, incluso a los ojos de Lucy.
El narrador describía cómo Fougères, un corresponsal de *Le Monde* en el extranjero, se había encontrado sin querer con un enigmático memorando recientemente desclasificado en Estados Unidos. El documento informaba brevemente de la captura y liberación de un joven oficial alemán por parte de la Inteligencia británica. El periodista reconoció inmediatamente el nombre, ya que Schwermann había sido responsable del desmantelamiento de una red de la Resistencia y de la muerte de su líder, Jacques, el tío abuelo de Pascal. Se llevaba al espectador a la época de la Ocupación, cuando Jacques, junto con otros estudiantes, formó La Mesa Redonda. El día que la estrella de David pasó a ser un atavío obligatorio, Jacques había llevado su propia estrella, con la etiqueta de «católico», en el exterior de las oficinas de la Gestapo, en Avenue Foch. Había sido arrestado e internado en Drancy durante dos semanas. Pero eso no había disuadido al joven manifestante.

–La Mesa Redonda continuó con su trabajo –dijo Pascal mientras su cara llenaba la pantalla, los ojos oscuros y pensativos–, pero Schwermann la desarticuló antes de un mes. Todos ellos fueron deportados. Ninguno sobrevivió.

Schwermann escapó de Francia después de la guerra y llegó a Inglaterra, junto con un francés, Victor Brionne, que había estado destinado en el mismo departamento de la Gestapo. Lo hicieron con identidades falsas que no fueron nunca descubiertas. Esto, y nada más, era lo que se exponía en el escueto memorando que el joven periodista había tenido la suerte de encontrar. Publicó sus conclusiones, esperando una fuerte reacción en toda Gran Bretaña. Causó una sucinta protesta en algunos sitios, en la tercera o la cuarta página, y luego se convirtió en noticia pasada. Fallaron sus intentos de localizar a Schwermann a través de los canales oficiales. Mientras tanto, en Francia se había formado un consorcio de partes interesadas y se construyó concienzudamente el caso contra el nazi fugitivo. El avance decisivo llegó cuando Pascal Fougères recibió una carta, anónima y tan breve que atormentaba, revelando el nombre falso bajo el cual se escondía Schwermann: Nightingale.

El narrador, entrevistando a Fougères, le preguntó acerca del francés cuyo paradero era aún desconocido. Pascal respondió:

–Victor era el mejor amigo de Jacques y, como a muchos otros, la guerra les separó. Huyó, creo, porque las circunstancias le habían atrapado. Era sólo un policía común, pero terminó en Avenue Foch. –Sonrió y, como gastando una broma, dijo–: Dudo que hubiera sido una buena idea tratar de razonar con la Resistencia después de que se fueran los alemanes.

En cuanto a Schwermann, dijo el narrador con voz ecuánime, había encontrado asilo en un monasterio.

Lucy apagó el televisor. Fuera estaba oscuro y la lluvia continuaba cayendo, ligera pero interminablemente. Dijo:

–No te han mencionado.

–No.

–No me había dado cuenta de que Jacques había sido el que organizó La Mesa Redonda.

–Eso no es lo que yo recuerdo.

Lucy reflexionó más a fondo sobre Pascal Fougères.

–No tiene ni idea de lo que Victor Brionne te hizo a ti y a Jacques... y a los demás.

–No –replicó Agnes, distraída.

Alisó una arruga de la tela del brazo de su butaca. Sus ojos se entrecerraron como si tratara de distinguir el contorno de una figura en la oscuridad, apenas vislumbrada, familiar, pero que se iba perdiendo de vista.

–Me pregunto quién escribiría esa carta... dando el nombre.

–Sí, yo también...

Agnes se quedó mirando fijamente a las sombras, alisando todavía la tela con calma.

Capítulo dieciséis

I.

Encontrar el paradero del padre Louis Chambray (porque no se había hecho laico) fue una tarea relativamente sencilla. Aunque era un monje gilbertino, igual que Anselm, pertenecía a un arzobispado diferente, una rama francesa que se había fundado, no obstante, como resultado de la delirante política de clausura de Enrique VIII, que había erradicado a los gilbertinos de la vida inglesa. Los que quedaron de la Orden habían buscado refugio en Borgoña, conscientes, quizá, de que sus duques habían vendido una vez a Juana de Arco a los ingleses. Gentilezas semejantes fomentan una confianza duradera, materia prima que los gilbertinos necesitaban si habían de sobrevivir. Por la razón que fuera, prosperaban las características casas dobles (monjes y monjas en edificios separados, pero juntos para los servicios de los domingos y de los días festivos), a pesar de los numerosos movimientos anticlericales que siguieron a la fiesta de la revolución doscientos años más tarde. Posteriormente, la Orden francesa restableció su presencia inglesa en el priorato de Larkwood a principios de los años veinte. Después hubo poco contacto entre los dos arzobispados, entre otras cosas porque cada casa se gobernaba independientemente. Pero la familiaridad histórica y una especie de armonía cordial religiosa ayudaron a Anselm en su propósito.

La casa matriz de los gilbertinos en Roma proporcionó a Anselm de buen grado algunos detalles sobre el padre Chambray, como evidentemente lo habían hecho en una ocasión anterior con un emisario del Vaticano. Chambray se mantenía en contacto con su Orden una vez al año: enviaba una tarjeta de felicitación navideña al prior general que él había conocido. Se había ido, pero aún quedaba ese pequeño vínculo.

–¿Por qué se ha hecho de repente tan popular? –preguntó el regordete archivero, mordiéndose una uña.

–Una historia antigua, eso es todo –respondió Anselm.

–La historia no es nunca antigua –dijo el conservador de los libros, pestañeando con aire de gravedad.

–Ya lo creo –dijo Anselm secamente.

No era demasiado aficionado a las paradojas. Solían sonar bien pero significar muy poco. Dio las gracias al joven sabio, se metió la dirección en el bolsillo y caminó sin rumbo fijo de vuelta a San Giovanni. Tenía muchas cosas que hacer antes de regresar a Inglaterra.

Previamente a dirigir sus esfuerzos a encontrar a Victor Brionne, Anselm decidió seguir la ruta de la huida desde París hasta Notre-Dame des Moineaux. Rastrear la historia tiene su propio atractivo poético, pero la geografía y el amor propio fueron los factores decisivos: Chambray vivía ahora en la capital, y ya que Anselm tenía que pasar por allí para llegar al monasterio, pensó que de paso podría seguirle la pista al único superviviente de la época. Y sobre todo, era una cuestión de amor propio, porque Anselm se consideraba especialmente hábil en el manejo de individuos catalogados como «poco dispuestos a colaborar». Ése había sido su distintivo en la abogacía. De vuelta en San Giovanni, Anselm telefoneó al padre Andrew para explicarle las cosas y obtener los permisos necesarios.

–Durante el tiempo que has estado fuera –dijo el prior–, ha habido una serie de historias en la prensa insinuando que nosotros nos mostramos comprensivos con la situación de Schwermann. Y aún peor, hay serias insinuaciones de que la Iglesia pudo haber facilitado su salida de Francia en primer lugar. Son conjeturas al azar.

–Me temo que esas conjeturas no son tan disparatadas, pero las apariencias engañan.

Un silencio incómodo se apoderó de la línea.

–Cuéntamelo todo cuando llegues a casa –la voz del prior cambió de tono–. Anselm, quiero que tengas cuidado. Recuerda que por encima de todo eres un monje. Protege lo que has llegado a ser porque puede desmoronarse fácilmente si eres poco cuidadoso. En un sentido, has dejado el mundo atrás, así que no deberías sentirte a gusto con todo lo que tienes que hacer. Si te empiezas a sentir a gusto, estás en peligro. Recuerda lo que dijo uno de los padres del desierto. La casa se derrumbó no porque la golpeara la lluvia, sino porque estaba hecha de arena.

Anselm hizo las maletas y se fue rápidamente, rezando para que Conroy no saliera de su guarida. Aterrizó en París a media tarde, cogió el metro a Porte de la Chapelle y caminó hasta Saint-Denis. Llevado por un impulso, hizo una investigación informal en la basílica. Sí, dijo un cura joven, conocían bien a Chambray, pero estaba bastante enfermo. Había estado yendo a misa diariamente durante treinta años y no había comulgado ni una sola vez.

Anselm caminó los dos últimos minutos hasta el piso, subió cuatro plantas de escaleras de áspero hormigón y golpeó con firmeza en la opaca puerta marrón. Un ojo de latón le respondió con una mirada implacable. Las luces del rellano no funcionaban y unos finos rayos de grisácea luz diurna caían sobre las paredes. Oyó al otro lado un ruido que se iba haciendo más fuerte, como de aire entrando en unos pulmones cargados. Una tapa oculta descubrió con un raspón el ocular. Anselm tragó saliva durante el largo y pesado intervalo que siguió. La puerta se abrió lenta, suavemente.

En la penumbra, vio a un hombre más bien bajo, con la hirsuta cabeza acentuada por un grueso bigote que le caía sobre la boca. El resto de sus rasgos eran poco definidos, pero Anselm no estaba mirando, realmente. Su mirada estaba fija en el largo cuchillo.

2.

–Buenas tardes –dijo Lucy.

Pascal Fougères saludó con la cabeza, con una mirada tan directa que Lucy hubiera podido jurar que había dicho algo. Le tendió la mano con una sonrisa. Lucy se la estrechó, sintiéndose cohibida de repente. Aunque tenía sólo veintiocho años, parecía mayor. Relajado en su cuerpo, como dirían los franceses, su energía se desbordaba en la rapidez de los pequeños gestos.

–Siéntate –dijo, señalando hacia una silla.

Después de ver el documental sobre La Mesa Redonda, Lucy estuvo dando vueltas a la extraña exoneración de Victor Brionne. Había crecido en ella la sospecha de que la ingenua omisión del francés era más bien una treta sutil... lo que podría ser muy bien recibido por Victor Brionne si éste hubiera visto el programa. Con creciente convicción, como alguien que ha encontrado una huella, Lucy examinó los varios recortes de periódico que su abuela había conservado. En demasiadas ocasiones para que pudieran describirse como una coincidencia, percibió un objetivo claro: la mutilación del pasado de Victor Brionne como colaborador. Con esta interpretación vino la percepción más crítica, que provocó que Lucy contactara con el productor del programa. Pasaron su información a Pascal Fougères, que le devolvió la llamada con prontitud. Quedaron en Sibyl's Cave, un bar a la orilla del río en Putney Bridge, después de una clase que Lucy tenía por la mañana.

A su llegada, Lucy reconoció al instante a Fougères, que estaba sentado al fondo de la terraza, absorto en una novela. Llevaba una camisa a rayas, con el cuello desabrochado, sin corbata, y una chaqueta bastante informe que probablemente había sido verde alguna vez. Se cubría la boca con una mano mientras sus ojos se entrecerraban fijos en la página que revoloteaba.

–No había estado nunca aquí –dijo Lucy.

–No es simplemente un bar –dijo él, cerrando el libro.

Su pelo negro caía hacia delante, bastante largo y exageradamente espeso. Lucy se imaginó que se lo cortaba él mismo.

–Por allí –continuó él, señalando hacia el salón– puedes unirte a la mesa que quieras y participar en cualquier debate que se esté desarrollando. Ni política ni religión, ésas son las únicas reglas.

Por sugerencia de Pascal, pidieron la comida y volvieron a su mesa mientras la preparaban. Lucy miró al otro lado del río, hacia Hammersmith, hacia Chiswick Mall, hacia alguien que se escapaba en la fuerza bruta de una corriente tardía.

–Las mías son unas circunstancias peculiares –dijo ella–. Por desgracia no puedo hablarte de mis orígenes porque estoy protegiendo a una persona. Digamos simplemente que tengo interés en la suerte de Eduard Schwermann. Lo sé todo sobre tu tío abuelo Jacques, Victor, el padre Rochet, madame Klein, La Mesa Redonda..., el señor Snyman..., todo, y no por los periódicos ni por los libros... Pero no puedo decir nada más, debido a una promesa.

El cuerpo entero de Pascal se tensó con interés. Miró a Lucy de nuevo, como si tratara de reconocerla.

–Por lo que he leído –continuó Lucy–, sospecho que a través de las palabras de aliento esperas que Victor Brionne se presente para testificar en el juicio.

Un viento suave alborotó el espeso pelo de Pascal y se lo echó sobre los ojos.

–Nadie está en mejor posición para poder condenar a Schwermann.

Lucy hizo una mueca ante la admisión.

–La razón por la que he pedido verte es para hacerte una advertencia. Sé que si Brionne responde, por la razón que sea: para enmendar su pasado, para dar consuelo a tu familia, lo que sea, no se puede confiar en nada de lo que diga.

La frente de Pascal se contrajo momentáneamente y se alisó por una convicción contraria más profunda. Lucy fue más lejos:

–Brionne no dirá una palabra contra Schwermann.

–Yo conozco a alguien que piensa lo contrario.

–Y yo conozco a otra persona.

Ella contempló con calma cómo flaqueaba la confianza Pascal.

–Eso es todo lo que puedo decir –dijo Lucy de modo tajante–. Excepto esto: si Victor Brionne se pone en contacto contigo, convéncele de que se reúna conmigo, aunque sea sólo unos minutos.

–¿Por qué?

–Porque después dirá la verdad de todo lo que sucedió.

Una camarera les trajo la comida. Lucy cogió su cuchillo y miró a Fougères con expectación.

–Bueno, ¿me vas a ayudar para ayudarte, para ayudar al resto?

Él bajó la vista hacia el cuchillo en la mano de ella, con las cejas elevadas:

–¿Es una amenaza?

3.

Anselm no podía apartar los ojos del pálido destello de la hoja. Uno de los extremos centelleó cuando la sombra que lo blandía dio un paso adelante en el rellano. Chambray lanzó una mirada rápida, de rastreo, sobre el hábito de Anselm.

–¿Qué diablos quiere? Estoy tratando de comer.

Había algo tan excesivo en ese enfrentamiento que convenció a Anselm de que se trataba de una interpretación que posiblemente disimulaba una bondad oculta.

Sintiéndose más seguro del terreno que pisaba, Anselm se atrevió a decir:

–Me preguntaba si podríamos mantener una conversación breve.

–¿Acerca de qué? –lanzó Chambray como respuesta.

No se movió. No hubo invitación a entrar. Su pecho subía y bajaba con ira.

Anselm titubeó. Se había equivocado por completo. No

se trataba de las bromas inocentes de un viejo que necesita una tomadura dc pelo juguetona. Anselm siguió adelante:

–Creo que estuvo una vez en Notre-Dame des...

–Ya se lo he dicho a la otra gente. No voy a contar nada, a nadie.

Anselm aprovechó la distinción:

–En realidad, yo no soy de los otros –dijo en tono seductor.

–Entonces, ¿de dónde es? –desafió Chambray, agitando la hoja del cuchillo con impaciencia y sin moverse aún.

–Soy el padre Anselm Duffy. Soy un monje gilbertino, como usted, del priorato de Larkwood. Es bastante...

Antes de que Anselm pudiera recitar de memoria algunos detalles de la guía, Chambray retrocedió con paso torpe a través de la entrada y se dio la vuelta. Cerró la puerta de golpc con un solo movimiento violento. La tapa oculta raspó el ojo de latón. Una respiración más lenta se mantuvo al otro lado, sin alejarse, mientras los dos monjes se miraban uno a otro. Después de unos largos instantes, Anselm volvió sobre sus pasos hacia la luz de la tarde.

4.

Pascal se comió un plato de salchichas con mostaza mientras Lucy buscaba las vieiras que daban nombre a su ensalada. Cuando aún no habían terminado del todo, Pascal dijo:

–Voy a hablar abiertamente... Quizás esté siendo imprudente, pero confío en ti.

–¿Por qué? –preguntó Lucy, más curiosa que satisfecha.

–Porque has mencionado al señor Snyman. Nadie que no estuviera ligado al mundo privado de mi familia podría saber ese nombre.

–Tienes razón.

–¿Y no puedes decirme la relación? –preguntó, desconcertado.

–Algún día..., pronto, de hecho. –Lucy pensó en su abuela y en la veloz y despiadada aproximación de la muerte–. Pero ahora no.

Miró instintivamente sobre el río hacia Hammersmith una vez más.

Pascal dijo:

–Estás tan segura acerca de Victor que no sé qué pensar. Mira, tengo dos buenas razones para demostrar que estás equivocada.

–¿Y cuáles son? –invitó Lucy.

–Para empezar, el señor Snyman era un amigo íntimo tanto de Jacques como de Victor...

–Ya lo sé.

–Todavía está vivo; me crié con él y no duda de que Victor condenaría a Schwermann si se le diera la menor oportunidad. El problema de Victor, claro está, es que fue un colaborador. No puede hablar sin acusarse a sí mismo, que es por lo que estoy tratando de tranquilizarle.

Lucy pensó: «Realmente no tiene ni idea de que fue Victor Brionne el que traicionó a La Mesa Redonda». Dijo:

–¿Y cuál es la segunda razón?

–Me da la sensación de que fue Victor el que me escribió dándome el nombre de Nightingale.

Sobresaltada, Lucy preguntó:

–¿Por qué?

–Porque la única explicación alternativa es que vino del individuo o la organización que le ayudó a escapar en primer lugar. No veo ninguna razón por la que tuvieran que minar lo que hicieron.

–Podrían tener remordimientos.

–Puede ser. Pero la carta estaba dirigida a mí, un pariente de Jacques, y eso sugiere un motivo personal.

–Pero tú escribiste un artículo diciendo que Brionne y Schwermann habían encontrado refugio en Gran Bretaña. Tú eras obviamente la persona con la que había que contactar.

–Una vez más, puede que tengas razón. –Pascal hizo un mohín de duda–. Es mucho más probable que Victor planeara que fuera enviada desde Francia para no dejar huellas.

Lucy apartó su ensalada a un lado. Dijo, con impaciencia pero con cortesía:

–No puedo ver la relevancia. Supongamos que fue Brionne quien te escribió. De ahí no se deduce que vaya a aportar pruebas contra Schwermann en ningún juicio.

Pascal miró con consternación al otro lado del río, hacia Hammersmith, la zona peligrosa donde había mirado la propia Lucy.

–Ésa es la razón por la que haré lo que pueda para concertar el encuentro que tú quieres.

Cuando dejaron la galería y pasaron por el salón de debates, Lucy reparó en un hombre que estaba junto a la puerta, con una mata de pelo blanco y una cara divertida y curiosa, como si alguien acabara de contarle un chiste estupendo. El bigote y la barba, también blancos, evocaban tanto a Gandalf como a Papá Noel: un distribuidor automático para suministrar sabiduría y juguetes. Saludó a Lucy con un movimiento de cabeza propio de un profesor, como si la invitara a asistir a su clase.

En el exterior, Lucy y Pascal se dieron la mano y se separaron. Ella caminó con ligereza hasta el metro, más rápido de lo habitual, pensando en lo agradable que era haber encontrado un lugar donde se pudiera discutir porque sí, y donde la gente te sonreía sin motivo alguno.

Capítulo diecisiete

I.

Anselm y el prior de Notre-Dame des Moineaux dieron un paseo por céspedes bien cuidados, entre gráciles castaños de Indias, hasta la placa memorial sobre el muro del refectorio de la Edad Media. Los gilbertinos se habían hecho cargo de una antigua abadía benedictina en el siglo XVII. Por eso se había leído la misma Regla en el mismo lugar durante ochocientos años.

–Aquí es donde fue fusilado. Lo conmemoramos todos los años.

Una pequeña lápida recordaba el nombre del prior Morel sobre una inscripción tomada del prólogo de la Regla: «Perseveraremos fieles a su enseñanza en el monasterio hasta la muerte».

El prior era un hombre bajo y fornido, con la espalda encorvada, como si su espina dorsal estuviera sujeta a un oculto instrumento de castigo. Permaneció formando un arco sobre sus manos dobladas, serio y tranquilo.

–Era una operación de lo más simple –dijo el prior, mientras tomaba a Anselm por el brazo y se apartaba–. Se traía aquí a los niños de dos en dos y de tres en tres durante el día y se les dejaba en el orfanato que dirigían las monjas. Teníamos nuestra propia imprenta para producir documentos de identidad falsos, partidas de bautismo y cosas por el estilo. Después los niños iban con guías a la zona ocupada y bajaban a Suiza, con la esperanza de que se reunieran con sus padres en algún momento en el futuro. Los guías fronterizos se hacían cargo de ellos. Como sabe, la operación fue trágicamente delatada.

–¿Por alguien desconocido?

–Sí. Pero quienquiera que fuese no sabía mucho. Cuando vino la Gestapo, no se llevó a cabo ningún registro. Ni siquiera en el orfanato. Sólo fusilaron al prior.

–¿Por qué traían clandestinamente a los niños solos? –preguntó Anselm temiendo la respuesta.

–Los adultos son difíciles de ocultar y fáciles de encontrar, y era probable que los niños revelaran los escondites. Pero aquí, a la clara luz del día, entre otros, sus posibilidades de supervivencia eran más altas. Ésa es una de las cosas más terribles de toda esta historia. Los padres estaban desesperados. Eligieron separarse de sus hijos porque estaban seguros de que sólo era cuestión de tiempo el que les detuvieran a ellos mismos.

–No tenemos ni idea, ¿verdad, padre?

–Ni la más remota. ¿Y sabe qué es lo que encuentro más conmovedor? Los caballeros de La Mesa Redonda eran estudiantes. Eran los jóvenes los que salvaban a los aún más jóvenes de los adultos.

Continuaron andando, distraídos momentáneamente por el motor rugiente de un viejo tractor.

–Por desgracia –continuó el prior– no queda nadie de esa época, así que lo único que tenemos son historias que transmiten los monjes con recuerdos poco fidedignos.

–¿Le importa contármelas?

–Claro que no. Venga, caminaremos a lo largo de un tramo de la ruta de escape. La línea del ferrocarril ha desaparecido, pero ahora hay un sendero. Es un lugar que lleva la carga de los hechos del pasado.

Dejaron los terrenos de la abadía y tomaron el camino hacia la estación abandonada. En los costados se erguían interminables regimientos de vides, entretejidas densamente sobre unas colinas de poca altura que tocaban los resplandecientes cielos de Borgoña.

–Uno de los problemas –dijo el prior– fue que la operación de contrabando se basaba por completo en la confianza. Todos los caballeros se conocían, conocían este lugar. En ningún sitio es más grave el riesgo de traición que en una mesa compartida.

–¿Puede decirme algo sobre el padre Rochet? –preguntó Anselm.

–Por lo que dicen todos, era un hombre de mucho talento... muy leído, que sentía pasión por la literatura medieval... pero su vida aquí cayó en la deshonra.

–¿Cómo?

–No se ha confirmado nunca, pero se decía que había entablado... digamos que una relación con una joven de un pueblo cercano. Ella murió al dar a luz y se decía que Rochet era el padre. El rumor no era completamente descabellado. Por lo visto él había pedido que le hicieran laico, pero retiró la solicitud después de esa muerte. Le trasladaron a una parroquia de la ciudad... Era un hombre completamente roto. Volvió únicamente para proponer el proyecto de La Mesa Redonda. Es enternecedor que después perdiera la vida salvando niños.

En esa espantosa frase, Anselm atisbó una epopeya no contada. Prosiguió con el resto de las preguntas que tenía preparadas.

–¿Cómo es que se conocía a Schwermann y a Brionne en el priorato en primer lugar?

–No se les conocía. Los dos llegaron como completos desconocidos.

–Y sin embargo, se les ocultó incluso después de la ejecución del padre Morel –dijo Anselm, con la perplejidad desesperada del que junta las piezas esparcidas de un rompecabezas.

–Y ahora llegamos al misterio más inquietante de todos. –El prior volvió a contar detenidamente la historia transmitida por vía oral, asegurándose de que los términos utilizados fueran precisos–. El padre Pleyon, el prior entonces, decidió esconder a los dos hombres. Todo lo que decía era que Schwermann había arriesgado su vida para salvar vida.

–¿Salvar vida?

–Sí.

–¿Cómo?

–Sólo el prior conocía la respuesta de ese acertijo. Pero una cosa es segura: fuera lo que fuera lo que le dijeron, le convencieron para salvar a Schwermann y Brionne. Nunca dio una explicación y murió sin desvelar el secreto.

Anselm miró hacia abajo, a las traviesas negras hundidas profundamente en el sendero, todo lo que quedaba del viejo ferrocarril que había llevado a los niños a Les Moineaux. Dijo:

–Supongo que toda la comunidad estaba al tanto de La Mesa Redonda, ¿no es así?

–No quedaba más remedio. Algunos de esos niños no hablaban francés, eran alemanes.

–¿Cuántas personas lo sabían? –preguntó Anselm.

–Unas sesenta. Pero si está pensando que uno de ellos traicionó a La Mesa Redonda, probablemente está equivocado. Recuerde, la Gestapo no estaba bien informada. Si hubiera sido alguien de aquí los niños hubieran sido encontrados y las monjas que los ocultaban hubieran compartido el castigo.

–No estaba pensando nada de eso –mintió Anselm.

–Bueno; yo lo hago, a veces. Así que no le culparía.

La conversación giró hacia asuntos más ligeros: el «Argumento Ontológico», la escasez de vocaciones y la habilidad de Eric Cantona. De repente, el prior cambió de tema:

–Padre Anselm, usted comprenderá que la aparición de Schwermann nos ha causado una ansiedad considerable. Este priorato se venera como un lugar que sirvió al espíritu de la Resistencia. Cada vez que se desenmascara a un viejo por crímenes contra la humanidad en Francia, me echo a temblar. ¿Será él? ¿Nos va a señalar? No podemos ofrecer ninguna explicación. Y ahora ha ocurrido. Tan pronto como abra la boca, el priorato se hundirá. La memoria de la Ocupación está en carne viva y aún se están removiendo grandes piedras. –Hizo una pausa, repentinamente preocupado–. Ya hemos tenido una visita.

–¿Quién? –preguntó Anselm instintivamente.

–Un superviviente, uno de los niños. Me hizo una pregunta terrible.

–¿Sí?

–Dijo: «¿Podría ser que uno de los servidores de Herodes descansara alguna vez dentro de sus muros?». Le dije que no le entendía. Más tarde me di cuenta de que debería haber dicho «No»... porque mi confusión fue una suerte de admisión. Era un hombre de lo más desconcertante.

Anselm se imaginó a Salomon Lachaise haciendo una pregunta a un hombre que no podía responder sin descubrir su propia vergüenza.

–Le he conocido. Vino a Larkwood.

–Ah, Dios mío..., nosotros, y luego ustedes... Debe de saberlo todo.

–No creo –dijo Anselm, con vacilación–. Me dijo que era el hijo de la sexta lamentación.

–¿Refiriéndose a las cinco de Jeremías?

–Sí... creo que quería decir el Holocausto.

Caminaron en silencio, hasta que el prior dijo:

–Espero que encuentre a Victor Brionne, por el bien de mi comunidad y por el bien de Larkwood. –Se paró y contempló las copas de los árboles con ojos ensombrecidos–. Creo que debería hablar con la madre Hermance –dijo–. Ella estaba aquí en aquella época. Pero se lo advierto, le va a hacer comprar una caja de galletas.

2.

Cathy Glenton había convencido a Lucy para tomar un baño turco después de una clase particularmente aburrida sobre la muerte de la novela.

–Es un lugar espantoso –dijo–, lo regentan dos antiguos luchadores de Lancashire. Un equipo compuesto de marido y mujer.

–¿Qué es lo que hacéis? –preguntó Lucy, horrorizada.

–Hay tres habitaciones, cada una está más caliente que la anterior, y cuando has sudado hasta quedarte alelada, te tumbas en una mesa y uno de los luchadores te lava. Entonces te sumerges en una piscina de agua helada.

–Da la impresión de ser un infierno.

–Lo es..., pero luego llega el paraíso. Te envuelves en una toalla caliente enorme y te tiendes en un sofá y te tiras todo el tiempo que quieras comiendo sándwiches de beicon y bebiendo té caliente y dulce. No hay nada igual en este mundo.

Estaban a punto de salir del piso de Cathy cuando sonó el móvil de Lucy. Era Pascal Fougères.

–¿Te interesaría desempeñar un pequeño papel en la preparación del juicio?

–¿Cómo dices? –respondió con incredulidad.

Él continuó:

–No es gran cosa, créeme. Yo soy una especie de coordinador entre los abogados de aquí y los que están interesados en el caso en Francia. Lo que quiere decir que tengo que hacer pequeñas tareas prácticas para la acusación. Estoy seguro de que podrías ayudar... con una grapadora, o algo. Escucha –dudó–, ¿estás libre ahora?

–Sí –dijo Lucy con alegría encubierta.

Bajó el móvil y dirigiéndose a Cathy dijo:

–Lo siento de veras, Cathy, pero no podré ir.

Cathy cabeceó con decepción mientras Lucy fijaba la hora y el lugar con Pascal. Cuando hubo terminado, Cathy dijo:

–Oigo las fuertes pisadas de un hombre.

–Qué va –respondió Lucy, sumamente tímida.

–¿Nombre?

–Pascal.

–¿Francés?

–Sí..., pero no se trata de eso.

–Claro. Nunca se trata de eso.

–De veras.

–¿No tiene un amigo de sobra que esté interesado en una mente estupenda?

–Le preguntaré.

Una hora después, Lucy se reunió con Pascal en el exterior de la National Portrait Gallery. El tráfico pasaba velozmente en oleadas detrás de ellos, bajando hacia Trafalgar Square. La muchedumbre, enloquecida con mapas e itinerarios, se empujaba en las aceras, buscando el siguiente punto de interés. Pascal cogió a Lucy de la mano y se alejaron del bullicio, adentrándose en el interior de las silenciosas salas con las reproducciones de rostros conocidos. Caminaron de sala en sala observados por Audrey Hepburn, Paul McCartney y muchos otros. Hablando en largos fragmentos, se apoyaban el uno contra el otro, mirando a su alrededor.

–¿Todavía eres periodista? –preguntó Lucy.

–Más o menos. Después de encontrar aquel memorando dejé mi trabajo en *Le Monde*. Me dan mucho trabajo para hacerlo por mi cuenta, así que sobrevivo. ¿Y tú?

–Estudiante... por segunda vez.

–¿Fueron muy pesados tus padres la primera?

–En cierto modo. –Pensó en Darren, que había hecho ese juicio específico con hostilidad, notando cómo en boca de Pascal la pregunta llevaba la promesa de la comprensión. Sin duda llegaría el tiempo en que daría explicaciones, pero no ahora. Continuó–: Pascal, he estado pensando en nuestra última conversación. No entiendo por qué tienes tanto empeño en que Brionne esté en el juicio. ¿Qué hay de las otras pruebas?

Pascal dijo en un tono alarmante:

–Este juicio va a ser tanto sobre lo que recuerdan las víctimas como sobre lo que hizo Schwermann.

Salieron del museo y se unieron a la multitud que caminaba alrededor de la columna de Nelson. El comandante de la marina descollaba sobre ellos, a salvo, mientras caminaban a través de un mar de gordas palomas que picoteaban.

–¿Te has preguntado alguna vez cómo salieron de París Schwermann y Brionne? –preguntó Lucy.

–Muy a menudo.

–Quiero decir, ¿adónde fueron y quién querría ponerlos en circulación con nombres nuevos?

–No se sabe. En un momento estaban los dos en Avenue Foch, y luego, cuatro meses más tarde, estaban en manos de la Inteligencia británica con nuevas identidades y una coartada que les permitiría entrar en Inglaterra. A veces pienso en el caso Touvier.

–¿Qué es eso?

–En esencia, Touvier fue un católico de la vieja escuela escondido por los suyos durante años después de la guerra.

–¿Un colaborador?

–Sí. Era el jefe de la red de milicias de inteligencia de Savoy.

–¿Protegido por la Iglesia?

–Es más complicado que eso, pero estuvo oculto en un monasterio. Así que en mis momentos más delirantes me pregunto si la Iglesia pudo haber estado implicada... pero es sumamente improbable. Esconder a un francés, podría ser, pero ¿a un oficial de las SS? Sobrepasa incluso mi imaginación. –Miró hacia abajo, a los pájaros que escarbaban enloquecidamente, y preguntó–: ¿Tienes hambre?

Media hora después estaban comiendo en una pequeña mesa de la cripta de Saint-Martin-in-the-Fields.

–Extraño lugar para un restaurante –dijo Pascal.

3.

El convento estaba situado a medio kilómetro del priorato. El orfanato hacía tiempo que estaba cerrado y los edificios de la escuela eran ahora un centro juvenil diocesano. Era algo que Anselm había visto ya anteriormente. Hordas de jóvenes impacientes, obsesos sexuales, que llegaban en furgonetas de tránsito, atentamente supervisados por capellanes y maestros increíblemente seguros de sí mismos, merecedores todos ellos de la Cruz de Guerra.

La madre Hermance había trabajado en el lavadero durante la guerra. Se encontraba acomodada en una silla de mimbre en la tienda de regalos del convento y recordaba aquellos viejos tiempos, cuando la vida religiosa era dura.

Anselm tuvo que llevarla de nuevo hacia el asunto de su visita.

–Ah, sí, padre, fue una época terrible, terrible. Vi al pobre prior Morel caer como un muñeco de trapo. Esperé a que se levantara. Había tres niños escondidos en el orfanato. Sonrió como sólo los muy viejos pueden hacerlo, dando a entender la aceptación de cosas que en algún momento no podían ser aceptadas.

–¿Recuerda a los dos hombres que se quedaron en la abadía en 1944? –preguntó Anselm con discreción.

–Los recuerdo, sí, pero no mucho. En aquellos días la vida religiosa se vivía como Dios manda. Una no hablaba con hombres a menos que tuviera que hacerlo.

Anselm asintió firmemente con la cabeza.

–No hablé nunca con ninguno de ellos –dijo–. Nos dijeron que era un secreto como la confesión. Estábamos acostumbradas a ese tipo de cosas. Pero sí que recuerdo una cosa, padre...

La madre Hermance se interrumpió para contestar el teléfono. La tienda estaba abierta de tres a cinco..., las galletas estaban hechas a mano... por jóvenes que no tenían nada mejor que hacer..., cincuenta francos..., valían la pena..., adiós. Colgó el teléfono y continuó como si no se hubiera producido ninguna interrupción:

–Cuando vine aquí como novicia en 1937, había treinta y nueve hermanas. La priora que había era un ogro. Su padre había estado en el ejército y...

Anselm escuchó pacientemente durante unos diez minutos antes de no poder contenerse más y recordarle lo que había estado a punto de decir.

–Ah, sí, es verdad. Venía al orfanato casi a diario.

–¿Quién venía? –presionó Anselm.

–Uno de los jóvenes que estábamos ocultando. Hablaba y jugaba con cuatro o cinco niños y niñas alemanes. Aquéllos fueron los últimos niños judíos que vinieron aquí. Sus padres habían huido a Alemania y Francia, sólo para que los cazaran de nuevo. Salvaron a sus hijos y luego perecieron.

Era un buen hombre, visitaba a esos pobres ángeles. Uno de ellos nunca hablaba y tenía los ojos castaños más profundos que se hayan visto jamás.

–¿Recuerda quién era el que venía?

El teléfono sonó de nuevo. La monja escuchó distraídamente, pronunciando una vez más las palabras preparadas sobre la calidad de las galletas y la debilidad de los jóvenes. Colgó el auricular.

–Como estaba diciendo, la priora era un ogro...

–Madre Hermance, el joven, ¿recuerda quién era?

Buscó misteriosamente en el pasado, en la presencia de un temor desvanecido.

–Creo que era el alemán.

Desdoblando un gran pañuelo almidonado, se enjugó los ojos.

–Fue una época terrible, padre, una época terrible, terrible.

Capítulo dieciocho

I.

Agnes se sentó a la mesa de la cocina, con las manos flácidas sobre su regazo y las palmas abiertas. Tenía la cabeza ligeramente inclinada hacia delante y hacia un lado, como si estuviera en trance. No era así, por supuesto, ni mucho menos. Su postura estaba adquiriendo vida propia y arrastraba su cuerpo hacia abajo, mientras que ella tiraba calladamente hacia el otro lado, con el brillo de la resistencia en sus azules ojos. Todavía podía valerse por sí misma, pero no por mucho tiempo; se encontraba cansada por la tarde y muy pronto ese desplome abarcaría todo el día. Freddie lo sabía, pero no tenía idea de qué hacer, dado el rechazo de Agnes a que alguien experto o cualificado se ocupara de su cuidado. Como única alternativa, cada miembro de la familia hacía turnos para pasar por su casa y asegurarse de que todo estaba en orden antes de que ella se fuera a la cama. Y Agnes cooperó no porque necesitara su ayuda, sino porque sabía que ellos tenían la necesidad de ir.

Sentada frente a ella, Lucy volcó las judías verdes fuera de la bolsa y comenzó el ritual de pellizcar y tirar, quitando las puntas curvadas y colocando los largos tallos restantes en la cacerola. Agnes miraba.

–¿Cómo es él? –preguntó Agnes con absoluta calma, mientras sus ojos seguían los hábiles movimientos de los dedos de Lucy.

–Mayor que yo y más joven que yo a la vez. El pasado significa para él tanto como el futuro, quizá más.

–Te has dejado una –dijo Agnes, señalando la cacerola con la cabeza.

Lucy recuperó la bribona que se había escapado. El suave recortar de sus uñas, el golpeteo en la cacerola, el tictac de un reloj en el vestíbulo, suspendieron el acelerado paso del tiempo. Era un momento abierto, inexplorado, curativo, habitado sólo por ellas. El gato callejero, que ya no era callejero sino que estaba instalado y entronizado, examinaba ocioso sus asuntos con un desdén sin límites.

–Conoce al señor Snyman de toda la vida.

Lucy echó una mirada a Agnes y vio en sus ojos la pregunta, el ruego. Apartó la vista. No le proporcionaría la respuesta... «No, Pascal no hizo referencia a ti... lo siento», pero no parecía que supiera que Jacques había tenido un hijo. En su lugar, Lucy dijo:

–El señor Snyman cree que Brionne probablemente condenaría a Schwermann si tuviera la oportunidad.

–¿Eso cree? –preguntó Agnes, poniéndose en guardia–. ¿Estás segura?

–Sí.

Desde algún lugar inmensamente frío, dijo:

–Puede que tenga razón.

Herida por el comentario de su abuela, Lucy empujó la cacerola al otro lado de la mesa. Agnes levantó una temblorosa cucharada de sal de un cuenco y vertió los granos en el agua.

Lucy anunció:

–Voy a desempeñar una pequeña función en el juicio. Estaré allí en tu nombre.

No diría nada de su intención de enfrentar a Brionne a lo que ella sabía ahora y obligarle a ir al juicio. Su abuela lo descubriría a medida que fuera aconteciendo.

Agnes asintió con la cabeza, sin pestañear, mientras la boca se le iba hacia un lado. Era una sonrisa, contra la voluntad de un músculo que fallaba y los diminutos y agonizantes motores de los nervios. Entonces exhaló una especie de risa, inclinada hacia atrás, con la cara apartada, y dijo:

–Victor no era un estúpido.

Lucy hirvió agua, fascinada por la furia que se convertía en vapor. Se disipaba en el aire, para reaparecer sobre la ventana, agua otra vez, y bajar por la hoja del cristal, que Agnes secaba.

2.

Anselm regresó a un soleado día en Inglaterra. La vista de Larkwood le traspasó. De repente deseaba escuchar las campanas y encontrarse a sí mismo en los salmos que lo nombraban todo cuando él no podía hacerlo. A la entrada del priorato, el padre Andrew dijo:

–El nieto de Schwermann, Max, quiere verme mañana por la tarde. Me gustaría que estuvieras allí.

–Por supuesto.

–¿Te encuentras bien?

El prior le miró de reojo brevemente.

–Sí, gracias.

«Es extraño –pensó Anselm con añoranza, mirando la espalda cuadrada del prior, mientras se metía por una puerta lateral–, esto es lo que había deseado todo este tiempo: estar en la brecha, ser invitado, y ahora que está ocurriendo ha perdido, de algún modo, su sabor.»

Max Nightingale era pintor. Lo que quería decir con eso, dijo, es que era alguien que pinta cuadros que poca gente compra, pero que continúa renunciando a una carrera profesional y a la seguridad financiera para pintar más cuadros que puede que no sean nunca vendidos. Obtenía dinero regularmente trabajando como camarero o, cuando las cosas se ponían imposibles, sonriendo en la caja de un McDonald's. Anselm le echaba unos veintisiete años. Llevaba el pelo cortado al rape y mantenía siempre la cabeza ligeramente inclinada a un lado, como si esperara una bofetada repentina. Estaban tomando té en el lugar favorito de Anselm, en el césped del crucero sur. La cálida luz del sol caía sobre ellos.

Max hablaba como si el lenguaje fuera una herramienta torpe, dudando a veces, con el ojo puesto en una imagen mental que se resistía a ser representada en una frase. Pero cuando nombraba algo, resaltaba claramente, debido al inesperado ángulo de su observación.

–Le dije a mi abuelo: «Mira, cientos de miles de judíos están siendo transportados por Europa a un pueblo pequeño en Polonia. No van a caber».

–¿Qué respondió a eso? –preguntó el padre Andrew.

–Dijo: «Ve a King's Cross. Quédate allí durante una hora o dos, viendo los trenes que salen, uno detrás de otro. Luego sal afuera y mira a la gente de la calle comprando los periódicos, cogiendo un taxi. ¿Crees que saben que matarán a todos los que van en los trenes? ¿Día tras día?».

Max levantó las manos como si no hubiera más que decir, sabiendo que de alguna manera se requería una explicación.

Anselm pensó en Londres ocupado por tropas extranjeras, la ciudad acordonada en zonas mientras se detenía a un grupo étnico, se le apiñaba en los autobuses requisados y se le llevaba a la estación de ferrocarril. ¿Qué habría pensado durante la guerra, al ver los trenes adentrarse en la noche, siempre hacia el mismo destino? Una abeja se movía ligeramente empujada por el viento sobre el té y los sándwiches que no habían tocado, mientras que las servilletas de papel revoloteaban en la brisa: los perezosos movimientos de los tiempos de paz.

Max dijo:

–No estoy sugiriendo que él no supiera sobre la matanza..., sólo lo encuentro increíble, inimaginable.

–Lo increíble tiene la costumbre de perturbar las partes de nuestras vidas a las que estamos más atados –dijo el padre Andrew sencillamente, añadiendo, casi para sí mismo–: Es por lo que me hice monje.

–¿Eso lo hizo creíble? –preguntó Max.

–No mucho, pero la vida anterior se hizo inimaginable. –El padre Andrew se quitó las gafas, descubriendo unas pequeñas marcas rojas a los lados de la nariz. Limpió los cristales y se las puso de nuevo–. Todo lo que estoy diciendo es lo siguiente: tienes que tener mucho cuidado antes de descartar lo increíble, si te da un golpecito en el hombro o te pega una patada en la cara.

Max arqueó las cejas y sus ojos parpadearon. Dijo:

–Le he pedido que nos viéramos porque él mencionó algo más que creo que usted debería saber, de lo más inimaginable. Es otra patada en la cara.

Miró con franqueza al padre Andrew, al que había atrapado con sus propias palabras. Sin querer, Anselm vio la cara de monseñor Renaldi en el hombro del cardenal, sin expresión, sin comprometerse a nada, pero esperando, eternamente esperando.

–Dice que él hizo lo *contrario* de lo que se alega contra él. Pero no dirá nada más. Quiere que lo explique otra persona, alguien que estuvo allí.

–¿Quién? –preguntó el prior.

–Un francés llamado Victor Brionne, aunque ahora se llama de alguna otra manera. Tenemos a un detective privado para eso. –Miró a un monje y al otro–. Por lo visto es bastante fácil si se sabe el nombre. Y lo sabemos..., es Berkeley.

–Max –dijo Anselm, confidencialmente–, si lo encuentran, ¿te importa decírnoslo? Cualquier asunto tocante a la conducta de tu abuelo es probable que tenga un efecto, con el tiempo, en el priorato.

–Sí..., se lo haré saber.

3.

Agnes y Lucy estaban sentadas al anochecer de la reunión; dos cuencos descansaban vacíos sobre la mesa.

–¿Cuándo se va a mudar aquí Wilma? –preguntó Lucy, medio dormida.

–Cuando esté lista.

Podrían haberse escuchado respirar la una a la otra si hubieran querido hacerlo.

–¿Cómo va a saber cuándo venir?

–Lo sabrá. La gente como Wilma tiene un sentido del tiempo muy diferente. Las citas, los planes, no significan nada. No sigue los relojes. Simplemente vive cada día.

Lucy se levantó y quitó la mesa. Agnes habló desde la sombra:

–Olvida a Victor.

–¿Qué quieres decir? –preguntó Lucy, deteniéndose y mirándola.

–Nada. Está bien.

Lucy estiró el brazo y Agnes se cogió a él con ambas manos, como si fuera una barandilla. Con un gesto de la cabeza declinó más ayuda, e hizo el camino hasta el cuarto de baño para prepararse para ir a la cama. Caminó pausadamente, tocando primero a la derecha y luego a la izquierda hasta encontrar los objetos colocados en su lugar con este propósito. Lucy se quedó en la cocina, escuchando el clic de un interruptor y el débil correr del agua, simples ruidos que empiezan y terminan el día, y, supuestamente, una vida.

Levantó la vista. Agnes estaba de pie, inmóvil, como una aparición, enmarcada en la entrada, con un camisón largo y unas zapatillas afelpadas rojas, con una mano en cada jamba. La luz del atardecer, que ya casi se había ido, trazaba su nariz, los labios separados; y para Lucy era como si Agnes se hubiera muerto y éste fuera el obstinado resurgir final de la carne, una última e insistente petición para ver a Lucy sólo una vez más antes de ir y venir en la memoria.

En ese momento, el reloj del vestíbulo dio la hora. Las ruedas de latón giraron y se engranaron intrincadamente. El tiempo, que ya no estaba suspendido, parecía justificarse a sí mismo y se movía. Se miraron la una a la otra a través de una línea divisoria, escuchando el lento y brutal recuento desde lejos, quitando pedazos de todo lo que quedaba entre ellas. Lucy y Agnes se quedaron indefensas; esperaban.

–Abuela, por favor, no te vayas –dijo Lucy con una voz procedente de sus días tranquilos en la habitación del fondo, cuando todos los demás se habían ido y las habían dejado en paz.

–Tengo que hacerlo, Lucy. La muerte es como el pasado. No podemos cambiar ninguno de los dos. Tenemos que hacernos amigos de ambos.

Las lágrimas se agolparon en los ojos de Lucy, hasta desbordarse. Un trueno gimió muy lejos, hacia el este, y la habitación se oscureció de repente, como si una gran mano hubiera caído sobre el sol.

4.

Las nubes de la tormenta se habían agrupado rápidamente sobre Larkwood y, al final de la tarde, grandes gotas de lluvia se arrojaban en fuertes rachas contra sus muros. El viento estaba reuniendo fuerzas y amenazaba con forcejear contra los viejos árboles durante la noche.

Anselm y el padre Andrew estaban sentados a cada lado del gran ventanal redondo que daba al claustro. Anselm hizo un resumen de todo lo que se había enterado desde que partió hacia Roma, situando la naturaleza de la tarea que le había sido encomendada: encontrar a Victor Brionne. El prior escuchaba atentamente.

–Surge un patrón, si es que se le puede llamar así –dijo Anselm en conclusión.

–Monseñor Renaldi sólo puede pensar en algo lógico... El priorato debe haber sabido algo de gran importancia, que tuviera más peso que cualquier cosa que Schwermann y Brionne pudieran haber hecho, de otro modo no les hubieran ayudado nunca. Y eso es lo que apoya a grandes rasgos la tradición oral del priorato, que recuerda que se escondió a Schwermann debido a algún comportamiento noble no revelado..., algo que en efecto ha repetido esta tarde su nieto, que lo ha escuchado de boca de la persona a la que concierne más estrechamente.

El padre Andrew repitió lentamente las enigmáticas palabras:

–«Arriesgó su vida para salvar vida»... es una frase bien

trabajada, un estribillo publicitario... Esconde tanto como muestra.

–Al menos nos da una idea de por qué los monjes de Les Moineaux le ayudaron a escapar –dijo Anselm.

–Pero ¿por qué quiere que Victor Brionne saque el secreto a la luz? ¿Por qué no habla él mismo?

–Los dos hombres están hechos el uno para el otro...

–Como si fueran las dos partes de un único billete rasgado –interpuso el prior. Y agregó–: A propósito, un movimiento muy hábil, lo de conseguir que Max Nightingale nos avise cuando lo encuentren.

Anselm no estaba seguro de que fuera un cumplido. El prior continuó:

–Así que, ¿qué harás ahora, esperar?

–No exactamente. Un detective privado sólo puede abrir un determinado número de puertas. La franqueza de Max es sólo uno de mis recursos.

–¿Tienes otros?

–Sí, creo que sí.

El padre Andrew se quedó abstraído y dijo:

–Quizás un día te hagan cardenal.

Más tarde, esa misma noche, Anselm escuchó las campanas que tanto había echado en falta; cantó los salmos que ponían nombre a los movimientos de su alma; pero para su inquietud, no se encontró a sí mismo exactamente en el mismo lugar que había dejado. O más bien, había vuelto a Larkwood siendo una persona un poco diferente, no del todo conocida, ni siquiera para él mismo, y no sabía por qué.

5.

Lucy se sentó en la acogedora oscuridad de su piso luchando con dos emociones, mientras cada una de ellas se hacía más fuerte, mientras cada una de ellas escapaba a su control. Estaba perdiendo a su abuela: los cimientos del dolor se estaban labrando en la roca. Pero al mismo tiempo, en otra parte de su alma, estaba ganando algo. Las bases estaban ya colocadas y ella no había notado su asentamiento. Quizá se habían construido años y años atrás. Pero el resultado era que Lucy se encontraba a sí misma intrínseca y aterradoramente abierta a Pascal Fougères.

Sonó el teléfono. Levantó el auricular de mala gana.

–Soy yo, Cathy.

–Hola...

–Bueno, qué me dices, ¿te arrepientes de haberte perdido el baño turco?

–No.

–¡Ah!

–De verdad, es sólo un conocido.

–¿Adónde fuisteis?

–A comer algo.

–¿Dónde?

–A una cripta.

–Tengo la impresión de que es mi tipo. ¿Cómo lo conociste?

–Estoy demasiado cansada para dar explicaciones –dijo Lucy, riéndose por primera vez ese día.

–Ya te lo sacaré. Llámame.

Se dieron las buenas noches y Lucy colgó el teléfono con un suspiro. Como sucede con todos los malentendidos, Cathy tenía algo de razón. Desde que había conocido a Pascal, Lucy no era la misma, y no acababa de reconocer a la persona en la que se estaba convirtiendo.

Capítulo diecinueve

1.

–Apolo adoraba a la Sibila, así que le ofreció cualquier cosa que ella deseara –dijo Pascal, haciendo girar en círculos un posavasos.

Un cúmulo de otras conversaciones se desviaba de la sala de debates hacia el lugar donde estaban sentados en la galería. El puente de Putney se recortaba negro contra las dispersas luces blancas y naranjas del crepúsculo.

–¿Y? –dijo Lucy.

–Pidió vivir tantos años como granos de arena tenía en su mano. Él le concedió el deseo, pero ella se negó a satisfacer su pasión.

–A mí me parece un buen trato.

–No del todo.

–¿Por qué?

–Ella se olvidó de pedir salud y juventud.

–Ah.

–Así que se hizo vieja y horrible y vivió durante cientos de años.

–¿Haciendo qué?

–Su antiguo trabajo: escribiendo adivinanzas en las hojas, que dejaba a la entrada de su cueva. –Dio un sorbo a su bebida–. Ésa es la parte del mito que me gusta, la fragilidad de lo que ella tenía que decir; las palabras escritas en las hojas, que se harían fácilmente incomprensibles si las perturbaba un viento poco cuidadoso.

Lucy sólo podía pensar en Agnes, en la arena que casi se había ido. Dijo:

–Pero la comprendo, entiendo que ella quisiera vivir tanto.

–Sí, pero si la vida se apura demasiado, es siempre muerte lo que recibimos de vuelta. Viene la muerte. En cierto sentido, hay algo sombrío en querer posponer lo que no se puede evitar.

–Pero puede venir demasiado pronto.

–Eso es lo que pensó la Sibila.

Lucy admiró su falta de complicaciones, pero con nostalgia: su propia simplicidad se había perdido. Había visto cómo trabajaba la muerte, su laborioso respeto por los detalles y, como los hombres que excavan las carreteras, su preferencia por hacer el trabajo lentamente.

–Creo que te llevarías bien con mi abuela –dijo.

Habían quedado por sugerencia de Pascal. No dio ninguna razón, simplemente preguntó. Así que estaban sentados sin otro propósito que el deseo compartido de conocerse mejor uno a otro. Dejando atrás a la Sibila, Lucy hizo la pregunta clave:

–¿Qué piensa tu familia de que hayas dejado el periodismo por todo esto?

–No están nada contentos.

–¿Te importa si te pregunto por qué?

Mostraba el entusiasmo chispeante de un especialista.

Poniéndose cómodo, como un conductor de larga distancia que conoce la carretera, Pascal dijo:

–Todo tiene que ver con la culpa, realmente –lanzó el posavasos–, aunque ninguno de nosotros estaba en aquella época. Hablando en plata, toda la familia salió corriendo hacia el sur, y dejaron atrás a mi tío abuelo Jacques en París. De acuerdo, fue lo que él eligió, pero es un hecho desagradable. Si se hubieran quedado con él, puede que hubieran podido hacer algo cuando fue detenido. –Sorbió su cerveza, pensando–. Probablemente no es cierto, pero es una de esas sensaciones extrañas. Una vez que se piensa, no se va. Se establecieron en la frontera suiza y Jacques fue deportado a Mauthausen. Ellos sobrevivieron, él no. La falta de simetría lo dice todo. Después de la guerra se aseguraron de que Jacques fuera recordado. Era todo lo que podían hacer. Schwermann y los demás habían desaparecido. Así que crecí con una compleja memoria de remordimiento, orgullo y lo que podría llamarse un asunto pendiente.

Pero como explicó Pascal, la memoria familiar se había complicado con la carrera política de su padre, Étienne, y el complejo clima de Francia en los años sesenta. Los mitos que se habían montado después de la guerra para suavizar las realidades de la Ocupación –la mezcla de resistencia y cooperación– estaban siendo atacados. Se denunció a los héroes, se rehabilitó a los villanos. Y fue en esta contienda pública donde el padre de Pascal había pisado con mucha destreza el escenario político. Había tenido una ambición considerable y un problema también considerable: su padre, Claude, había sido partidario de Vichy y no podía hacer referencia a las hazañas de Jacques sin llamar la atención sobre la colaboración y sumergir su nombre en la vorágine de los puntos de vista en conflicto acerca del pasado. Así que, mientras Pascal crecía con la memoria de un castigo robado, la línea familiar oficial sobre los crímenes de guerra se había convertido en una mala memoria misericordiosa. Dejemos que el pasado se entierre a sí mismo. De modo que, cuando detuvieron a Paul Touvier a finales de los ochenta, Étienne se había inclinado por comprender la complejidad moral de la época, pero el altruista Pascal, que entonces tenía diecisiete años, había propugnado un castigo judicial. Después de todo, había sido un servidor francés del Reich. Esa pelea no había causado daños perdurables. Para sus padres había sido simplemente una de las más extensas entradas en el registro de diferencias que Pascal rellenaba a medida que se definía por contraposición a ellos, un comportamiento influido por la adolescencia, y por ese mismo hecho, destinado a desvanecerse en la unanimidad una vez que él hubiera madurado y viera las cosas como debía.

Pascal maduró, y las cosas efectivamente perdieron intensidad pero, como ocurre siempre, mucho menos de lo que sus padres esperaban. Se hizo periodista político con un interés adicional en Vichy y publicó una o dos noticias sensacionales sobre figuras bien conocidas que habían vivido vidas confortables en Francia después de la guerra, sin que el pasado les perturbara. Esto se acercaba al límite de tolerancia de la familia, y, mirando retrospectivamente, era sólo una cuestión de tiempo que las investigaciones de Pascal incidieran en la vida de Jacques, y consecuentemente, en la comprensión que tenía su padre de sus proyectos. Sin embargo, era la carrera de Pascal la que florecía. Nombrado corresponsal en Washington para *Le Monde,* se trasladó a Estados Unidos, y ahí fue cuando se abrió la puerta de su vida actual. Encontró por casualidad el memorando que hacía referencia a Schwermann y a Brionne.

–Después de leer aquello supe que había bastantes posibilidades de encontrarlos. Fue un momento de crisis, créeme.

Ese momento llevó a Pascal de vuelta a una clara mañana parisina, del tipo de las que podrían inspirar una canción. Su madre entraba y salía feliz del salón, aliviada al tener a su hijo en casa de nuevo; padre e hijo estaban disfrutando del tímido placer de una masculinidad compartida que había llegado demasiado pronto. Pascal habló, a sabiendas de cuál sería el coste: la pérdida de la concordia.

–Quiero encontrarle.

Étienne bajó el *Le Monde,* que leía con entusiasmo renovado desde el ascenso de su hijo, y apagó un puro. Monique entró, sugiriendo con optimismo un paseo por el parque. Se retiró, nerviosa, ante una seña de su marido.

–No puedes –dijo.

Esa orden había tenido un efecto peculiar en Pascal, empujándole en ese camino.

–Sí puedo.

–No debes.

–¿Qué ocurre con el deber?

Otro silencio.

–Pascal, Francia ha sufrido bastante.

–Ése no es el análisis.

Más silencio; un abismo abriéndose de par en par. El padre de Pascal extendió ambas manos hacia él:

–Te lo suplico –le dijo con pánico apenas reprimido–, mira las cosas con ojos más adultos, sólo por un momento, con las heridas de los que soportaron la Ocupación. ¿Por qué crees tú que De Gaulle, precisamente él, conmutó la pena de muerte de Vasseur y Klaus Barbie en los años sesenta? ¿Por qué crees tú que D'Estaing honró a Pétain en Douaumont en los setenta? ¿Por qué Mitterrand estrechó la mano de Khol en Verdun en los ochenta? Porque a veces no podemos hacer una síntesis del pasado, y llega un momento en que tenemos que *perdonar* lo que podamos perdonar, en que es mucho *mejor* olvidar lo que no puede ser perdonado. Tu generación está obsesionada con los fallos de sus predecesores. Deja que se juzguen ellos mismos. Piensa, Pascal, que tú no lo podrías haber hecho mejor.

–Estoy seguro de que no, pero ésa es la razón por la que la obligación descansa en la generación siguiente, para exponer el pasado por lo que fue. No se trata sólo de Jacques. Se trata de la *historia*. De conocerla correctamente. El mismo año que se condenó a Barbie, Le Pen dijo que las cámaras de gas eran un detalle de la guerra sin importancia. Hay un tipo de olvido que tenemos que detener.

Su padre, exasperado, dijo:

–Pascal, te estoy pidiendo que lo dejes estar. Deja el pasado en paz.

Étienne se fue furioso a su estudio sin esperar respuesta, como si la censura paterna fuera suficiente para desviar de su propósito a un hijo desobediente.

Como sucede con la mayoría de las pasiones adultas, éstas nacen en la niñez. La fuerza de la convicción de Pascal no procedía de su propia familia, sino de su mayordomo, el señor Snyman. Había conocido a Jacques y le había contado a Pascal todo sobre La Mesa Redonda. Para Pascal, él era un patriarca, el único superviviente de la época. Cuando su padre abandonaba la habitación, entró el señor Snyman.

–¿Ha oído todo eso? –preguntó Pascal.

–Sí.

–¿Qué haría usted?

–Lo que importa no es lo que yo haría; es lo que haría Jacques si pudiera.

–¿Y qué es lo que haría?

El señor Snyman se acercó un paso más, con las manos elevadas como si lo que tenía que decir fuera tan frágil que se pudiera romper si no se entregaba físicamente.

–Le daría caza. Schwermann es una de esas pocas personas responsables de algo que está más allá del perdón.

Pascal se fue escaleras arriba y llamó a la puerta del estudio.

–Papá, lo siento. Tengo que hacerlo.

–Te arrepentirás de no hacer caso a mi consejo. –Su padre permaneció de espaldas a su hijo. Dijo con una profunda decepción–: Te preocupas más de los muertos que de los vivos.

Monique se quedó en la puerta, debatiéndose entre su marido y su hijo. Estaba llorando.

Entonces Pascal dijo algo que no era cierto, algo que no decía de verdad y de lo que se arrepintió después tremendamente. Pero sonaba bien.

–Y tú te preocupas más por tu ascenso político que por la verdad.

Habían hablado desde entonces, naturalmente; y Pascal había pedido disculpas, y su padre había dicho que no importaba, y su madre había corrido a la pastelería. Pero era demasiado tarde. Ciertas cosas, una vez dichas, pueden cambiar de golpe el funcionamiento interno del amor, dejando la estructura exterior intacta. Quizá, pensó Lucy, ésa era la razón por la que Agnes se había refugiado tan profundamente en el silencio.

Pascal se puso en contacto con grupos judíos y organizaciones de la Resistencia en París que formaban un consorcio: comenzó el laborioso proceso de la reunión de pruebas. Lo que preocupaba a los investigadores era que Schwermann había tratado de pasar inadvertido en lo que a documentos se refería. Su nombre aparecía impreso rara vez, aunque las fuentes demostraran que él debía de haber estado en ciertas reuniones y haber recibido memorandos. Y nadie sabía el nombre bajo el cual se estaba ocultando. Entonces Pascal recibió una carta anónima enviada desde París.

–Contenía una línea: «El nombre que buscas es Nightingale». Pensé que era una broma, pero pasé la información.

Sin embargo, persistía el problema de construir una causa lo suficientemente fuerte como para asegurar una condena. Fue durante la discusión de este asunto con el señor Snyman cuando se instó a Pascal a que buscara a Victor. El señor Snyman había dicho:

–Conocí a Victor. Tengo la certeza de que fue como un hermano para Jacques. Las cosas se pusieron difíciles entre ellos cuando se enamoraron de la misma mujer..., olvidé su nombre..., la guerra les separó aún más... Pero ahora, después de tantos años, cuando Jacques está muerto... estoy seguro de que hablaría.

Lucy estudió la animada cara de Pascal con disimulado horror: parecía no saber nada de Agnes. La narración continuó, dejando a Lucy atónita por la omisión. Se formalizaron las acusaciones en el Ministerio del Interior. Y, lo que es la vida, no hubo repercusiones políticas que causaran problemas al padre de Pascal. La herida entre ellos permaneció abierta por culpa de un temor que, de hecho, no se materializó nunca.

Sonó una campana, apremiante y frenética, que avisaba de que se podía pedir la última ronda. Pascal y Lucy decidieron marcharse. Al salir, Lucy cruzó la mirada con el profesor universitario –como ella le había bautizado–, esa cálida fusión entre Gandalf y Papá Noel. Como la vez anterior, él hizo un saludo con la cabeza.

Una vez fuera, Lucy dijo:

–Brionne no va a ir a una comisaría. Es una esperanza vana, nada más.

–Lo sé –dijo Pascal con resignación–. Necesitamos un milagro.

–Creí que habías dicho que no podíamos mencionar a Dios.

–En ciertas circunstancias, Dios tiene la costumbre de mencionarse a sí mismo.

2.

La confianza de Anselm en encontrar a Victor Brionne no residía en su capacidad de investigación, ya que no tenía ninguna, sino en una de las características más prosaicas de la vida moderna: la proliferación de innumerables documentos con listas de nombres y direcciones. Hacienda, el Departamento de la Seguridad Social, el Registro Central del Servicio de Asistencia Sanitaria, el Registro del Departamento de Tráfico, y muchas otras, más allá de la imaginación. Un *amateur* en la curiosa posición de Anselm sólo necesitaba tres cosas: el nombre de la persona a la que buscaba, un contacto en la policía involucrada en la investigación de un delito grave (lo que abría muchas puertas) y una buena razón por la que ese contacto revelaría lo que había averiguado al *amateur*.

Anselm estaba relativamente seguro de que cumplía con las tres condiciones. Sabía el nombre, y el instinto le sugería que la detective Armstrong podría ser el contacto y estaría dispuesta a cooperar si el fundamento era encontrar a un testigo clave para un juicio importante, teniendo en cuenta que el único requisito de Anselm era hacerle la primera entrevista. El plan había cristalizado casi por sí mismo, cuando él estaba todavía en Roma. Y mientras lo hacía, el reconocimiento de Anselm de su propia importancia en el esquema de las cosas se amplió proporcionalmente, produciéndole una sensación de poder que él trataba de reprimir, pero que admitía con un oscuro arrebato de placer.

3.

Normalmente, Anselm tenía dos periodos de trabajo manual: uno por la mañana, antes de misa, y otro por la tarde, antes de vísperas. Sin embargo, el prior había acordado eximirle cuando fuera necesario para proseguir con cualquier asunto relacionado con la tarea que había recibido del cardenal Vincenzi. Este amplio principio se había extendido para incluir partidas de ajedrez con Salomon Lachaise en la casa de huéspedes. Pero desde su viaje a Roma, Anselm había encontrado difícil mirar a la cara a su compañero, porque ahora estaba lastrado con un acertijo:

–Schwermann había arriesgado su vida para salvar vida.

Y la tarea de encontrar a Victor Brionne les había separado, porque era este hombre el que revelaría el significado de esas palabras.

Estaban sentados cada uno a un lado de una mesa, negro contra blanco.

–Sin hablar –dijo Anselm cuando estaban a punto de empezar.

–Pero al principio fue el Verbo –le replicó Salomon Lachaise.

–Así es –dijo Anselm.

Entonces Salomon Lachaise salpicó las primeras fases del juego con tentaciones abstractas, un intento impropio, pensó Anselm, de distraer al oponente:

–Una violación del lenguaje es una violación de Dios. –(«Mmm», dijo Anselm)– ... En el infierno no hay palabras –(«Mmm»)–... y sin embargo, el silencio del priorato suscita palabras de alabanza. –(«Y otras cosas», murmuró Anselm)–... Las palabras redimirán el mundo.

Anselm lo anotó para utilizarlo en el futuro.

–¿No es extraño –continuó Salomon Lachaise cambiando de táctica– que Dios, según una lectura del Éxodo, se negara a revelar su nombre a Moisés cuando se dejó ver por primera vez?

–Sí –dijo Anselm.

Observó la ajustada posición de las piezas. Cada movimiento parecía augurar problemas, pero tenía que haber una salida.

–¿Y no es aún más extraño que Dios cambiara el nombre de sus siervos para marcar un nuevo comienzo?

Anselm levantó la vista bruscamente con cara de curiosidad reprimida.

–¿Qué quiere decir?

–Dios hizo un pacto con Abram y éste se convirtió en Abraham. Simón el pescador se convirtió en Pedro, la piedra. Hay montones de ejemplos.

–Ya veo –dijo Anselm, poniendo su atención de nuevo en la batalla.

–El cambio de nombres borra sus pasados y les otorga un futuro bienaventurado.

–Ésa es una buena observación. Puede que la use algún domingo.

–Y cuando la sinagoga de Amsterdam expulsó a Spinoza por sus ideas, invocaron a Dios para tachar su nombre bajo el cielo.

–Eso es interesante –dijo Anselm sinceramente.

–Así que, ¿quién se atrevió a ponerse en el lugar de Dios y dar a ese hombre al otro lado del lago un nombre nuevo, una vida nueva?

Los dos hombres se miraron uno a otro. La sensación de un rápido escorzo llevó la dulce mirada de Salomon Lachaise insoportablemente cerca del secreto de Anselm. Se sentaron como amigos: uno de ellos esperando pacientemente una sentencia, el otro, Anselm, envuelto en una iniciativa que podría eximir de la necesidad de un juicio: la esperanza y su adversario en una sola mesa.

–Ésa es otra buena observación.

Eran las únicas palabras que Anselm podía ensamblar sin tener que mentir.

Salomon Lachaise repasó el estado del juego en el tablero y, con una mirada de regocijo contenido, derribó a su rey.

–Anselm de Canterbury, renuncio.

Capítulo veinte

I.

Era un plan sensato. Al fondo del piso había dos habitaciones juntas, una de las cuales tenía una cristalera que daba al jardín. Ahí era donde dormía Agnes. La otra fue para Wilma. Por la noche dejaban las puertas entreabiertas.

Lucy se quedó pasmada de la limpieza de Wilma. Durante quince años había ido y venido afanosamente de Hammersmith a Shepherd's Bush, a un centro de acogida junto a una iglesia. Se duchaba allí, tomaba el desayuno y volvía para echar de comer a los pájaros en Ravenscourt Park. Había conocido a Agnes mientras perseguía a una paloma. Había ido creciendo una amistad desconocida para todos los de la familia, incluida Lucy. Siempre pasaba lo mismo con Agnes. Tenía pequeños espacios secretos en su vida que sólo se descubrían accidentalmente. Los interrogantes de sorpresa eran una violación de la intimidad, así que la familia se acostumbró a enterarse de cosas por casualidad y fingir que no había descubierto nada. Y así ocurrió. La familiaridad de Wilma con Agnes pasó sin comentario alguno, aunque desde el inicio, una corta relación fue suficiente para confirmar que Wilma era agradable pero estaba un poco loca.

Agnes tenía ahora una silla de ruedas pero no quería sentarse en ella. La empujaba por toda la casa, moviéndose con lentitud y calma relajada, como si estuviera sorteando obstáculos en una carrera, sonriendo ante las pequeñas victorias y haciendo un gesto de dolor al golpearse con los muebles. Las fronteras de su mundo se contraían y se frotaba contra ellas. Ya no iba al parque, ni a la orilla del río a ver los barcos, pero se desplazaba de habitación en habitación, de la silla a la cama, y siempre que podía, salía al jardín, al frescor de las plantas.

Wilma estaba arreglando su habitación de nuevo cuando Lucy decidió mencionar la pistola. Estaba hurgando en un armario, buscando algo que Wilma había guardado, cuando tocó el cañón. La había dejado allí, envuelta en un trapo del polvo, con cuatro balas corroídas. La incongruencia de Agnes con un revólver no podía dejarse pasar sin comentarios. Éste era un espacio secreto que tenía que ser invadido, con mucha diplomacia, cuando se sentaran en el jardín de atrás.

–Un oficial francés se la dio a Arthur –explicó Agnes–. La trajo con su reloj. Fueron sus únicos recuerdos. Se me había olvidado por completo.

–Pero es ilegal. Debería haberla entregado.

–Llévasela a la policía cuando yo haya muerto –dijo Agnes.

La palabra golpeó a Lucy como una bofetada del revés. Pero para Agnes no era más que un sonido. Dijo:

–Me gustaría ir adentro, ahora.

Regresaron lentamente a la casa. Durante un buen rato, Agnes zangoloteó la silla de ruedas en la cristalera, tratando de que pasara por encima de una protuberancia. Lucy la observó desde atrás, odiando el impulso que sentía de darle un empujoncito para pasar y hacer que las cosas se movieran, para escapar de ese constante y lento espectáculo de la enfermedad.

–Me imagino que estás quedando bastante con el joven Fougères –dijo Agnes, echándose hacia delante para empujar.

–No mucho.

–Me parece que le gustas.

–Basta ya, abuela.

Al pasar por la puerta del despacho de Agnes, Lucy vio una hoja de cartulina.

–¿Qué es eso?

–Un alfabeto.

Las letras estaban escritas muy cuidadosamente en cuatro líneas, formando seis columnas.

Agnes se detuvo y se dio la vuelta; sus azules ojos estaban tan alarmados como si se le echara encima, pesadamente, una nueva y amenazante máquina.

–Cuando ya no pueda hablar, señalaré.

Se miraron la una a la otra, impotentes.

Cada vez que Lucy veía a Agnes ocurría algo que hería su memoria. Una galería de huellas colgadas perpetuamente. Esa tarde se sumó al resto. Podría ver ya para siempre a su abuela, de pie junto a una puerta, con sus flacos brazos sobre una silla de ruedas y los ojos posados sobre el alfabeto.

2.

Anselm estaba leyendo *La vida de san Antonio,* de san Atanasio, cuando el prior llamó a la puerta. Siempre había disfrutado de toda esa lucha con los demonios, porque le parecía una poderosa metáfora de algunos aspectos de su propia vida interior, cuyas batallas se libraban con demonios menos fáciles de distinguir.

El prior había venido para decirle que la detective Armstrong estaba por allí, y que si podía encargarse él, ya que tenía que ver con Schwermann. Anselm cerró el libro y fue a la sala de visitas. Ella caminaba de un lado a otro, preocupada. Después de intercambiar saludos, ella dijo:

–Padre, hay un par de cosas que me gustaría mencionar. Primero, que vamos a interrogar a Schwermann, creo que durante varios días. Si a la comunidad no le importa, preferiríamos traer el equipo y hacerlo aquí antes que llevarle a la comisaría. Aquí hay una lista de fechas, pero puede que no las necesitemos. Depende de lo que él diga.

–Por supuesto, se lo plantearé al prior –dijo Anselm, al tiempo que cogía la hoja de papel.

La agente Armstrong vaciló. Como Anselm sabía por experiencia, el último punto que se mencionaba en una serie era siempre el más importante, y, si era alguna cosa de carácter delicado, se empezaba normalmente con reticencia.

–¿Le gustaría dar un pequeño paseo por los jardines? –preguntó él–. Revitaliza bastante mirar el trabajo de otros.

Pasaron a través de una verja de hierro que se balanceaba todavía sobre uno de sus goznes desde Dios sabía cuándo y entraron en la majestuosa jungla de un jardín húmedo mantenido sólo a medias.

–Entonces, ¿cuándo se lo van a llevar de nuestras manos? –inquirió Anselm, dirigiendo la pregunta a la fuente del supuesto malestar.

–Ésa es la segunda cosa. Es realmente por lo que estoy aquí, como probablemente habrá adivinado. Podría haber enviado las fechas de los interrogatorios por correo.

–Sí –dijo Anselm de manera cómplice, aunque no había pensado en ello.

–¿Puedo hablar con toda confianza?

–Sí.

–Schwermann se va a quedar aquí. Sé que se les dijo que era sólo por un tiempo, pero no se está haciendo ningún plan para trasladarle. También sé que se les dijo que era improbable que se presentaran cargos, pero ésas eran y son estupideces. Una vez que terminen los interrogatorios se tomará una decisión, pero la idea de que simplemente se va a ir a casa es descabellada.

–Así que, si le acusan y cuando le acusen –dijo Anselm–, la prensa va a tener otro festín a nuestra costa.

–Es de esperar, lo que me lleva a lo que realmente quería decir.

Caminaron en silencio hacia un banco junto a un cobertizo que estaba abierto. Los gorriones y pájaros pinzones daban saltitos por la hierba; sus cabecitas se sacudían a derecha e izquierda, pendientes de los vaivenes del viento.

Sentándose, la detective Armstrong dijo rotundamente:

–No puedo probarlo, pero sospecho que han tendido una trampa al priorato y no sé por qué.

–¿Cómo?

–Déjeme ponerlo todo en un contexto más amplio. Si hay un juicio, habrá un factor de bochorno colosal para el gobierno. Schwermann fue interrogado en 1945 por un joven oficial de los Servicios de Inteligencia británicos, el capitán Austin Lawson. Como sabe, se metió en política y ahora es un miembro del Partido Laborista. Hay algo inquietante, desconcertante, en el acta de interrogación. Apenas se escribió nada. De hecho, no contiene nada más que lo que estaba repetido en el memorando que encontró Pascal Fougères. Me da la sensación de que Lawson rellenó un acta sólo porque tenía que hacerlo.

–Puede que no supiera lo que Schwermann había hecho.

–Es posible. Justo después de la guerra no se sabía mucho y Lawson era joven, veinticuatro años, así que puede que fuera un poco ingenuo. Pero lo dudo mucho.

–¿Por qué?

–Porque omitió a propósito información de vital importancia... como los nombres falsos de Schwermann y Brionne, de dónde los sacaron..., y no hay constancia de ninguna entrevista con Brionne, aunque tuvo que haber hablado con él. Es como si Lawson hubiera sabido algo y los hubiera dejado marchar. No es que él hubiera tomado la decisión, pero sí habría sido tomada según su recomendación.

–¿Es católico? –preguntó Anselm de repente.

–Da la casualidad de que sí. ¿Cómo lo sabía?

–Su nombre de pila... es la abreviatura de Augustine..., sólo una conjetura.

–¿Por qué lo ha preguntado? –dijo la detective Armstrong.

En su voz había sigilo, paciencia, la punta de una garra.

–Por nada –dijo Anselm, achicándose, aferrándose a una frivolidad–. Pura curiosidad sin importancia. Un pecado especialmente católico. Lo siento.

La detective Armstrong parecía luchar con una confusión poco grata. Echó una ojeada de añoranza en torno al tranquilo recinto. Conteniéndose, dijo:

–El problema del Ministerio del Interior es que ellos no tienen control. Nosotros llevamos a cabo la investigación y si hay pruebas suficientes habrá juicio. No podrían pararlo aunque quisieran. Así que existe el riesgo de que todo este lío salga a la luz. Y Schwermann no fue el único. Hubo otros.

–¿Por qué piensa que le han tendido una trampa a Larkwood?

–Milby tiene que informar al jefe de policía cada dos semanas, y se reúnen juntos con el Ministerio del Interior por lo delicado del caso. Por supuesto que los políticos no pueden ejercer su influencia, etcétera, etcétera, pero estoy segura de que son ellos los que hacen «sugerencias» sobre lo que es mejor para la seguridad nacional, las relaciones públicas y así sucesivamente. Y sin que quiera desprestigiar demasiado a mi jefe, él es bastante propenso a hacer arreglos si no hay más remedio.

–¿El realismo de la brigada de estupefacientes?

–Sí, no ha dejado nunca del todo los callejones traseros. En cualquier caso, desde el principio le animaron a, cómo decirlo, a que hiciera saber a Schwermann que íbamos a por él. Milby tiene a unos cuantos periodistas amaestrados, ya sabe cómo funciona, favor por favor, así que le dio el chivatazo a uno de ellos, un gacetillero local. Entonces, por alguna razón, Schwermann vino aquí. Una vez que fuimos informados, Milby se lo hizo saber a uno de los nacionales.

–¿Para qué demonios lo hizo?

–No es idea suya. Debe de ser del Ministerio del Interior, y a mí me da la impresión de que han hecho lo que han podido para que parezca que Schwermann cuenta con el apoyo de la Iglesia. Es como si tuvieran algo contra ustedes que pudiera ser relevante en el juicio, pero que por razones políticas lo mantienen en secreto.

La detective Armstrong hizo una pausa. Un poco demasiado larga, pensó Anselm, y se dio cuenta de la estratagema. Pensó: «Tiene la sensación de que la Iglesia puede estar involucrada, pero no sabe cómo y espera que yo le ofrezca la respuesta. Éste es el verdadero motivo de la visita: había algo que quería saber y lo ha soltado mientras hacía una revelación, tratando de que un monje se abriera cuando era probablemente más vulnerable». A Anselm le pareció una técnica fenomenal y le hubiera gustado coronarla con el éxito. Pero tendría que fingir, porque él ahora entendía perfectamente por qué el gobierno estaba dispuesto a comprometer a Larkwood.

Schwermann estaba obligado a revelar en el juicio que un monasterio francés le había protegido después de la guerra y que los Servicios de Inteligencia británicos le habían interrogado y le habían puesto en libertad, y eso no habría pasado nunca si no hubieran creído que era inocente. Y éste era el argumento que adoptaría el gobierno, con un giro, si a pesar de todo tuviera lugar una condena. El ministro del Interior diría que los que se ocuparon del asunto en la época habían estado influidos, en gran parte, por la autoridad moral de la Iglesia, que daba la casualidad de que había protegido a Schwermann una vez más cuando sus acusadores habían mencionado sus crímenes.

La detective Armstrong había terminado lo que tenía que decir, pero su actitud era expectante. Miró a Anselm y él empezó su disimulo, impresionado y entristecido por verse tan habilidoso al recortar la verdad.

–Suena como si el gobierno quisiera tener un acompañante si, al final, hay protestas generalizadas; y quién mejor que la Iglesia. Sería el verdadero blanco de interés.

–Eso es lo que pensaba –dijo la detective Armstrong como si cerrara una línea de investigación.

Anselm se sintió un poco asqueado, porque la satisfacción de ella presuponía la sinceridad de él, y porque ahora él iba a aprovecharse de esa confianza.

–¿Cuán convincente es la causa? –preguntó él a modo de preámbulo, quitándole importancia.

–Es difícil de decir. He interrogado al antiguo capitán

Lawson y dice que no se acuerda de nada, lo que no me creo. Casi todos los testigos son mayores y muy vulnerables. La mayor parte del caso se apoya en documentos y en la interpretación de lo que significan... así que está bastante bien equilibrado. Si pudiéramos encontrar a Brionne, suponiendo que todavía esté vivo, podríamos tener alguna prueba directa, pero está desaparecido.

Anselm dijo:

–Cuando vino aquí, me preguntó si podía hablar con confianza absoluta.

–¿Y...?

–¿Puedo hacer yo ahora lo mismo?

La detective Armstrong escudriñó el rostro de Anselm.

–Sí...

–En primer lugar, no me haga ninguna pregunta, porque tengo la obligación de no contestarla. En segundo lugar, le prometo que lo que le voy a pedir ahora sirve únicamente a los intereses de la justicia, en su sentido más amplio.

La detective Armstrong frunció el ceño, pero asintió con la cabeza.

–Sé el nuevo nombre de Victor Brionne. Esto es lo que le pido: si le doy el nombre y le encuentra, ¿me dirá dónde está antes de que usted haga nada y me permitirá a mí hablar con él primero? Después de eso, es todo suyo.

La detective Armstrong se puso en pie y se alejó. Anselm siguió su mirada hacia los arcos desnudos de los ventanales de la vieja nave. Las enmarañadas serpentinas de una enredadera bermellón se mecían perezosas en el lugar donde una vez habían conspirado unos pedazos de cristal para atrapar el sol en una alabanza. El rumor de las hojas era como un pulso débil, o el agua distante de una playa de guijarros. Volviéndose hacia Anselm dijo:

–Está bien. ¿Cómo se llama?

–Berkeley, Victor Berkeley.

El trato que había hecho Anselm tenía un precio que él no había previsto. Ella estaba confiando no sólo en él, sino también en el mundo que él representaba, en su historia, en sus viejas piedras, una vez consideradas sagradas más allá de toda duda.

Anselm acompañó a la detective Armstrong hasta su coche. A modo de despedida, dijo:

–Gracias por el aviso.

–No hay de qué.

Caminaron un poco más adelante y Anselm, suspicaz, añadió:

–Una cosa más. ¿Tiene idea de por qué antes de nuestra primera reunión el padre Andrew sabía que Milby le había insinuado algunas palabras a la prensa acerca de Schwermann?

Se paró, sonriendo de oreja a oreja, de pronto joven y fuera de su papel de agente de policía, simplemente ella misma:

–Sí, se lo dije yo.

Capítulo veintiuno

Anselm observaba a menudo que los miedos que albergaba resultaban ser, al final, infundados; pero no había aprendido nunca el truco para no prestar atención a los nuevos desde su inicio. Como el hombre de la parábola del sembrador, Anselm se veía siempre a sí mismo incapaz de proteger las semillas de las piedras. Un buen ejemplo era Victor Brionne, la mención de cuyo nombre sólo le había hecho siempre dar traspiés.

Una vez más, había venido a Larkwood alguien que tenía que decir una cosa; una vez más, el padre Andrew le había pedido a Anselm que se encargara de ello; y una vez más, la persona a quien incumbía el pasado le había rozado muy de cerca, sólo que esta vez era sencillo, deliciosamente sencillo.

–Tiene alrededor de cincuenta y cinco años, diría yo –dijo el prior–. Absolutamente encantador. Le he pasado al salón.

Bajaron por la escalera de caracol que llevaba de la habitación de Anselm a la planta baja. Los rayos del sol atravesaban las estrechas ventanas como un cuchillo. Los monjes pasaban por la luz y la oscuridad en silencio, al quedo tamborileo de sus pasos.

–Quiere hablar sobre Victor Brionne. No me he enterado de cómo se llama.

Tenía la pose de un modelo relajado delante de un escultor. Su pelo corto era totalmente plateado, lo que contrastaba con sus ojos, deslumbrantes y llenos de vitalidad. Estaba sentado con un brazo apoyado a medio camino sobre una pierna cruzada.

–Padre, por razones que van a ser evidentes, prefiero no presentarme. Estoy en una situación delicada que me obliga a andar de puntillas, a escondidas.

Devolviéndole una sonrisa, Anselm dijo:

–Estoy intrigado.

–Lo que tengo que decirle no es especialmente apasionante, pero probablemente merece la pena saberlo. Mire, mi madre conoció a Victor Brionne.

A Anselm se le abrieron los ojos. Se fijó de nuevo en las facciones bien definidas, aunque no demasiado marcadas por las trampas caprichosas de la vida, en el jersey negro de cuello vuelto, en los suaves zapatos de ante.

–Fueron muy buenos amigos. Por lo que ella decía, creo que a él le hubiera gustado casarse con ella, de otro modo, no puedo entender por qué se habría quedado ella con su nombre en la cabeza. –Se rió indulgentemente, con facilidad–. Es una de nuestras peculiaridades, supongo, que todos nosotros recordamos a las personas con las que podríamos habernos casado.

–Sí, sé lo que quiere decir –dijo Anselm.

–Pero el destino no lo quiso así. Él fue una víctima de la guerra, después de todo, por pura mala suerte. Fue alcanzado por una chimenea que se desplomó, debilitada por el bombardeo alemán. No puedo entender los designios divinos por los cuales un hombre puede sobrevivir a una guerra mundial y luego le matan unos ladrillos caídos del cielo.

–Ya lo sé –reflexionó Anselm sombrío–. Todavía no he sido nunca capaz de reconciliar providencia con experiencia. Pero sigo intentándolo. –Y continuó–: ¿Su madre conoció a otro?

–Sí, pero no se olvidó nunca de Victor. Ella no podía imaginarse lo que encerraba su pasado. Es extraño pensar que mi padre podría haber sido Victor Brionne, un hombre que trabajó codo con codo con un criminal de guerra nazi. De todos modos, nadie conoce realmente a sus padres.

Anselm se sintió reconfortado por la modestia reflexiva de su invitado y dijo:

–Excepto, quizá, cuando ya se han ido.

–Sí, y entonces es demasiado tarde.

Se sonrieron mutuamente, como a través de ventanas opuestas en edificios paralelos.

El visitante explicó:

–Le he dicho esto porque supongo que debe de haber mucha gente a la que le gustaría encontrar a Victor y, para hablar sin rodeos, ni yo ni nadie de mi familia deseamos especialmente vernos implicados. Vivimos una vida tranquila, muy lejos de aquellos tiempos. Mi madre ha muerto, así que no puede prestar declaración a la policía y a mí no me haría ni pizca de gracia que los periódicos sensacionalistas hicieran un festín para los curiosos de lo poco que sabemos. Nuestra conexión con ese hombre tuvo lugar hace muchísimo tiempo y nos gustaría que se quedara así.

–Eso es perfectamente comprensible.

–Soy consciente de que no desvelar mi nombre puede ser poco atractivo –dijo el visitante–, pero es un exceso de precaución, no una falta de confianza. Si alguien llama alguna vez a nuestra puerta, y eso es posible, me gustaría saber de antemano que el priorato no ha desempeñado ningún papel en la búsqueda, aunque lo hubiera hecho de forma accidental.

–Sí, entiendo lo que quiere decir –dijo Anselm, pensando en el hermano Sylvester, cuyos progresos hacia la santidad habían dejado muy atrás la discreción de la serpiente.

–Mientras estén obligados a alojar a su huésped, si puedo decirlo así...

–Puede hacerlo; ésa es exactamente la situación...

–Entonces éste podría ser el lugar adonde vayan a venir los que tienen un interés legítimo. Por tanto, siéntase libre de repetir lo que le he dicho, pero preferiría que lo dejara sin atribuir a nadie.

–Lo entiendo.

En algunas circunstancias Anselm le tenía afecto a la muerte. Tendía a resolver todo tipo de complicaciones para los vivos, especialmente en las familias, aunque pocas estarían dispuestas a admitirlo. Pero éste era un ejemplo de la más amplia aplicación de ese principio. La muerte de Victor Brionne podría haber causado dolor en alguna parte, pero simplificaba las cosas enormemente.

El visitante se quedó a vísperas y luego Anselm lo acompañó hasta su coche.

–Me esperan muchas horas de carretera.

–No voy a preguntarle hacia dónde –replicó Anselm.

En ese instante sus ojos captaron el inconfundible rótulo rojo de *The Tablet,* un semanario católico que estaba junto a la luneta trasera. Anselm lo leía siempre de principio a fin, para fingir luego un conocimiento profundo del mundo y de los asuntos religiosos. Cuando el visitante cerró la puerta de un portazo, Anselm, incapaz de refrenar su curiosidad, se aproximó más: había vislumbrado la pequeña etiqueta blanca con la dirección. Sólo alcanzó a ver al señor Robert B... y entonces el vehículo se alejó haciendo crujir la gravilla.

Anselm dijo adiós con la mano. Había sido uno de esos encuentros, demasiado cortos, que sólo pueden terminar dejando páginas aún sin pasar. En la retraída vida de monje no ocurría todos los días que Anselm conociera a alguien como el señor Robert B. El vehículo se movía lentamente y Anselm se percató de las pegatinas de la luneta trasera: «Patrimonio Nacional», «Festival de Jazz de Whitley Bay», «Estación de Salvamento Marítimo de Cullercoats»: instantáneas de los entusiasmos de una vida.

Mientras caminaba de vuelta al priorato, Anselm pensó que no le diría nada por el momento a la detective Armstrong, cuya investigación confirmaría lo que le habían contado a él. La muerte de Victor Brionne se daría a conocer públicamente y él podría escribir a Roma y hacerles saber que al antiguo colaborador lo habían golpeado unos ladrillos caídos del cielo.

Y mientras iba sonriendo para sí mismo, se le vino a la mente lo único extraño de su conversación con Robert B. En ningún momento habían mencionado el rasgo que identificaba al renegado muerto: su nombre falso, el nombre por el cual debían de haberle conocido.

Capítulo veintidós

1.

La idea de ir al priorato de Larkwood se le ocurrió a Lucy una noche, ya tarde, después de que Cathy la acribillara a preguntas acerca de «el francés», una expresión que, para Lucy, incluía a Victor Brionne. A la mañana siguiente se saltó una charla sobre el Romanticismo y llamó a Pascal.

–Tengo una idea. Es algo excepcional, pero puede dar algún resultado.

–Sigue.

–Dondequiera que pueda estar Brionne, tiene que haberse enterado de que Schwermann ha pedido asilo en el priorato de Larkwood. Cabe la posibilidad de que él también se ponga en contacto con los monjes. Puede que esté buscando un lugar donde esconderse, o puede que quiera hablar pero que no quiera ir a la policía... hay todo tipo de posibilidades.

Hubo un ligero zumbido en la línea. Pascal dijo:

–Merece la pena intentarlo.

–Te recogeré con El Duque, un Morris Minor fabricado y comprado antes de que naciéramos.

Un monje llamado padre Anselm les condujo a un descuidado jardín de hierba y a una mesa bajo una vieja secuoya gigante, hablándoles de sus años de colegio en París. En la primera oportunidad, Pascal dijo:

–Padre, déjeme decir que yo, por lo pronto, no me he tragado la historia de que el priorato tenga ninguna compasión por la «situación de Schwermann», creo que ésa era la frase. He sido periodista, así que reconozco las reflexiones de los gacetilleros cuando las veo.

–Se lo agradezco mucho –dijo el padre Anselm, con la apariencia de no estar sintiéndose muy cómodo–. Parece que vivimos en una época en que cualquier ataque a la Iglesia suena creíble, lo que probablemente es tanto culpa de la Iglesia como de los demás.

–Puede ser, pero una de las primeras cosas que aprendí como periodista fue que si se pone algo en letra impresa, por extraño que sea, parece verosímil.

El monje replicó:

–Por desgracia, algunas historias sobre la Iglesia son ambas cosas: extrañas y ciertas.

Volviendo al asunto de su visita, Pascal dijo:

–Padre, Eduard Schwermann es una de esas inquietantes personas que trabajaron con diligencia en un sistema de asesinatos como si fuera una fábrica de Peugeot. Después, alguien le escondió.

El monje parecía no sorprenderse ante algo que siempre le había parecido a Lucy increíble.

Pascal continuó:

–Habrá un juicio, pero eso no significa que se vaya a hacer justicia. Volver al pasado es un poco como despertar el Leviatán. Puede suceder cualquier cosa, y algunas veces a quien se devora es al inocente.

–He visto los estragos muchas veces.

–Para impedir que eso suceda necesitamos a alguien que le conoció y vio cómo trabajaba.

–¿Quién? –la pregunta sonó artificial.

–Un hombre llamado Victor Brionne. Ésa es la razón por la que estamos aquí. Sé que es poco probable, pero si se pone en contacto con el priorato por alguna razón, ¿le instarán a que se presente? No le estoy pidiendo que vaya a la policía, sólo que hable conmigo y con mi colega en privado.

Pascal movió la cabeza hacia Lucy.

El monje se inclinó hacia delante; su expresión era una miniatura de arrepentimiento y ligera confusión.

–Yo era abogado –dijo, como si estuviera desvelando un secreto imperdonable–, así que sé lo importante que podría ser un testigo como Victor Brionne en un caso como éste. Y da la casualidad de que ha venido una persona para hablar sobre él, un hombre cuya madre le había conocido. Pero vino sólo para decir que Brionne había muerto en un accidente. El hombre mantuvo su anonimato porque no quería verse implicado.

–¿Cómo murió?

–Le golpeó una chimenea al desplomarse –el monje parecía encontrar su propia respuesta claramente insatisfactoria.

Pascal frunció el entrecejo.

–Murió bajo los escombros de una chimenea... ¿No le dio la impresión de que era demasiado oportuno?

–No tenía ninguna razón para dudar de él.

Lucy sintió un malestar creciente.

Pascal preguntó bruscamente:

–¿Sabía el nombre, el nombre detrás del cual se escondía?

El monje palideció.

–¿Mencionó esa persona el nombre?

–Me temo que no.

–Entonces ¿no hay ningún modo de confirmar lo que le dijeron? La muerte produce más documentos que ninguna otra cosa.

Lucy volvió la vista de Pascal al monje, que ahora parecía ligeramente alejado de la conversación. Miró hacia arriba como si fuera a hablar, pero su boca se congeló. Lucy se giró en la dirección de la mirada de él y vio a un monje mayor caminando por la hierba con un joven de una edad aproximada a la de ella.

–Hermano Sylvester –dijo el padre Anselm con voz débil.

–Sabía que le encontraría escondido aquí –dijo el viejo monje, haciendo un gesto hacia su acompañante–. Éste es Max Nightingale. Estuvo en los scouts, ya saben.

2.

La inconfundible contribución del hermano Sylvester a la vida de la comunidad inspiraba dos reacciones extremas: cariño protector y deseos de matar. El terreno del medio era estrecho y se cruzaba fácilmente. Mirando cómo Sylvester se entretenía de vuelta a la recepción, deteniéndose aquí y allá para frotar y oler las hierbas por el camino, Anselm pasó rápidamente de la primera a la segunda.

Como portero, una de las tareas de Sylvester era responder al teléfono y coger los mensajes, pero la idea que tenían todos es que sólo llegaban la mitad de ellos más o menos. Por consiguiente, Anselm no tenía ni idea de que Max Nightingale iba a venir, y ahora Sylvester le había puesto en contacto, a la ligera, con el hombre que había desenmascarado a su abuelo.

Pascal se levantó con fría formalidad y dijo:

–Gracias por su atención, padre. Será mejor que nos vayamos. Si vuelve el visitante sin nombre, yo de usted le haría más preguntas.

Se puso en marcha rápidamente detrás del hermano Sylvester, seguido de la señorita Embleton.

–¿Es ése Pascal Fougères? –preguntó Max.

–Sí –respondió Anselm con resignación.

Max dio un paso, se detuvo y luego dijo:

–Esperad..., sólo un momento..., habladme de Agnes... y de un niño...

La joven, que apenas había dicho nada durante la breve reunión, se giró bruscamente, mostrando un involuntario fogonazo de dolor. Se apresuró por delante de Fougères y salió por la verja.

–Le enseñé un recorte a mi abuelo la semana pasada –dijo Max, viendo cómo se marchaban–. Era sobre él, Pascal Fougères. Mi abuelo no se había dado cuenta de que estaba involucrado en el grupo que le había descubierto...

Parpadeó rápidamente, medio bizqueando:

–Cuando me quise dar cuenta él estaba caminando de

un lado a otro..., hablando entre dientes... y soltó ese nombre..., como si pudiera verla allí, en la habitación... Yo apenas podía oírle después... pero dijo «niño» como si le hubiera visto en carne y hueso.

Estaban solos ahora, en un jardín perfumado.

Max dijo:

–Le he preguntado hoy qué es lo que quiso decir y lo único que ha dicho es que era Victor Brionne el que sabía la respuesta.

Anselm sintió una repentina relación de complicidad con el joven. Ambos confiaban en el francés desaparecido para poder entender las fidelidades forzadas.

–¿Sabe qué pienso, padre? –dijo Max–. Creo que nos encontramos en una posición muy parecida. Mi abuelo se ha plantado aquí, detrás de estos muros, y a veces me pregunto si se refugió en mi infancia..., otro lugar apartado donde las preguntas no tienen que ser respondidas. –Miró sin comprender los rastros de pintura que tenía en las uñas–. Pero ahora he crecido.

–Por desgracia –dijo Anselm–, eso no es nunca más obvio que cuando hacemos la primera pregunta prohibida. Quizás es entonces cuando realmente dejamos de ser niños. –Pensando en la joven de los ojos angustiados, Anselm continuó–: Me pregunto quién podría ser Agnes.

Max dijo:

–Me da la sensación de que Pascal Fougères no lo sabe... pero la chica sí. –Hizo ademán de irse y añadió con un matiz de desinterés–: Sólo he venido para que supiera que todavía no hay señales de Victor Brionne.

–Todavía hay tiempo –dijo Anselm esperanzado–. Habrá quedado algo en algún documento.

Después de que se hubiera ido Max, Anselm dedicó media hora a la decimosexta conferencia de John Cassian, «On Friendship». Al dejar el texto cuando sonó la campana llamando a vísperas, a Anselm se le ocurrió una respuesta, en vista de las cosas y no relacionada con la lectura, incluso antes de que formulara la pregunta. ¿Conocía Agnes a Victor? Sí, le conocía; lo más seguro es que le conociera. Y los dos habían conocido a Jacques, un hecho interesante que había escapado de la educación familiar de Pascal Fougères.

Anselm sacudió la cabeza, maldiciendo el esquema que sólo le permitía descubrir las grandes verdades accidentalmente.

3.

Viajaron en silencio durante aproximadamente un kilómetro y medio. Las carreteras estaban vacías y el sol del atardecer comenzaba a descender por detrás de los árboles, que se iban oscureciendo.

–¿Quién es Agnes? –preguntó Pascal.

Una lenta y fría sensación se extendió sobre el cuero cabelludo de Lucy: «Es un hecho, no ha oído nunca hablar de ella». Orgullosa, vehementemente, dijo:

–Mi abuela.

–¿Y el niño?

–Su hijo.

–¿Y el padre?

Había adivinado la respuesta: su propia historia, el guión del redactor se había partido en dos.

Lucy miró al espejo y se paró en un área de descanso cerca de la verja de una granja. El sol cayó aún más, como un fuego agonizante. Ella dijo:

–Jacques Fougères, tu tío abuelo.

–¿Qué le pasó al niño?

Lucy no pudo leer la expresión que tenía él. El rencor y la desesperación ahogaron las palabras.

Ahora saldría toda la historia completa. Pascal bajó la ventanilla y recibió una bofetada de aire fresco, y Lucy rompió la promesa que le había hecho a Agnes.

El cielo del atardecer había adquirido un vago hechizo, como la superficie del mar, profunda pero impenetrable. Lucy conducía hacia la noche, que se estaba echando encima. Flotaban a su alrededor todos los obstáculos que se habían interpuesto entre ella y Pascal: palabras rotas en una ola creciente, un oleaje formado por dos ríos de repente unidos.

Capítulo veintitrés

I.

Pascal llamó a Lucy a su móvil mientras ella estaba comiendo con sus padres. Su padre estaba sentado a la cabecera de la mesa; su madre acababa de salir del comedor hacia la cocina. Los primeros compases de la *Quinta Sinfonía* de Beethoven, electrificada y atroz, resonaron en el bolsillo de Lucy.

–¿El destino, supongo? –preguntó Freddie inexpresivamente.

Lucy cogió la llamada.

–Creo que ocurrió un pequeño milagro cuando estuvimos en el priorato de Larkwood.

–No me enteré.

–Conocer a Max Nightingale.

–Estás bromeando. –Pensó en él con repugnancia–. Yo le llamo a eso mala suerte.

Una larga queja de esperanzas traicionadas salió flotando desde la cocina. Como siempre, su madre estaba luchando con la leche y el preparado en polvo, fuertes adversarios que no se reconciliarían.

Pascal dijo:

–No sé qué es lo que le llevó a lanzar esa pregunta sobre tu abuela, pero no tenía ni la más remota idea de quién era ella.

–Eso no es un milagro.

–Pero si sabe de ella, puede que también sepa de Victor Brionne... y de su nombre.

Su padre realineó el plato, haciéndolo tintinear contra una cucharilla de postre cuidadosamente colocada.

Lucy dijo:

–Pero él no te lo va a decir a ti, ¿no crees?

–Me gustaría averiguarlo.

–Estás de broma, otra vez.

Lucy sintió el futuro, depredador e inevitable.

–No lo estoy. De algún modo él no es diferente de ti y de mí...

Lucy soltó:

–¿Cómo?

–Él es parte de las secuelas. No es un criminal. Me gustaría conocerle, me parece... adecuado... y paso de molestarme en entender por qué.

–Tengo que dejarte –dijo Lucy.

La aprobación de su padre se convirtió en una sonrisa. Las llamadas durante las comidas no eran bien recibidas. Habían sido una de las especialidades de Darren, que lo hacía a propósito.

La llamada terminó y el padre de Lucy dijo:

–Unas cosas espantosas. ¿Quién era?

–Un amigo.

Apareció la barricada en torno a su vida privada.

Su padre andaba en busca de una abertura, de una luz entre las tablillas.

–¿Cómo vas con los estudios?

–No demasiado mal.

La frase sellaba un vacío. Lucy había detectado el verdadero significado detrás de la pregunta de su padre: «Hiciste una chapuza en Cambridge, así que, por favor, no falles de nuevo». Ella pensó: «¿Fallar a quién? ¿A ti o a mí? ¿Quién crees que salió perdiendo realmente cuando crecí? –Horrorizada de su propia benevolencia respondió–: Los dos perdimos, muchísimo», y de repente quería tocarle. Cogió el plato vacío de su padre y lo puso sobre el suyo. ¿Cuándo iban a olvidarse por fin del pasado? ¿Por qué estaban condenados a recordarlo todo?

Su madre entró en la habitación, con las manos en las caderas y la cara baja:

–Me temo que hay un montón de grumos en las natillas.

–Ay, Dios mío, otra vez no –dijo su padre mientras tomaba de la mano a Susan.

2.

Anselm llevó a Salomon Lachaise a Long Melford, un pueblo de Suffolk no muy lejos de Larkwood. Después de aparcar entraron en la iglesia de la Santísima Trinidad, un enorme edificio que parecía más bien una catedral, cuyo esplendor había sido construido sobre la devoción medieval y el comercio de la lana. Salomon Lachaise se quitó las pesadas gafas y entrecerró los ojos con asombro ante las vidrieras y los nichos de piedra vacíos de la capilla, que una vez fueron el hogar de los solemnes apóstoles. Pasaron a través del cementerio camino de la capilla de la Virgen.

–Esto fue una escuela después de la Reforma –dijo Anselm, señalando la tabla de multiplicar de los niños que estaba en la pared.

Salomon Lachaise estudió silenciosamente las marcas imperecederas de hacía mucho, mucho tiempo.

–Es una especie de burla, pero uno no puede sobrevivir sin vergüenza –dijo, al mismo tiempo que hundía sus pequeñas manos en los bolsillos de la chaqueta de punto, de modo que hacían bultos–. Es algo que nunca le pude decir a mi madre.

–¿Por qué?

–Su tranquilidad dependía de que yo fuera un chico normal, de que hiciera las sumas en el colegio como todos los demás.

Anselm dijo:

–Pero ¿por qué vergüenza?

–Porque no se puede escapar de la sensación de que se ha usurpado el lugar de otro –miró detenidamente a la pared–. Es como una deuda con Dios.

Salieron de nuevo al cementerio. Salomon Lachaise dijo:

–Cuando era niño mi madre solía decir que el infierno era el lugar indoloro donde todo había sido olvidado.

–No suena tan mal.

–No podría ser peor.

–¿Por qué?

–Porque no hay amor. Por eso es por lo que no hay dolor.

Caminaron bajo un cielo lechoso con retazos de un azul persistente. Anselm miró hacia arriba y preguntó:

–Entonces ¿qué es el cielo?

–Un infierno donde te quemas recordando todo lo que debería ser recordado.

3.

Cathy y Lucy habían ido por fin a los baños turcos. Había tres habitaciones unidas por arcos. Cada una se iba haciendo más pequeña y estaba más caliente que la anterior. Durante veinte minutos se sentaron sobre los asientos de azulejos blancos de la primera sala. El vapor se arremolinaba en torno a ellas. Sus cabezas iban cayendo lentamente bajo el peso del cráneo a medida que la fuerza se les iba agotando. A una señal de Cathy, se fueron a la siguiente fase de sufrimiento; cuando Lucy pensó que no podía soportarlo más, Cathy hizo un gesto hacia un compartimento pequeño y vacío. Ninguno de los otros usuarios había estado allí. El calor era aplastante. Lucy se desplomó en un rincón, cegada por el sudor, hasta que estuvo tan débil que apenas podía levantar sus extremidades. Cathy se apoyó en la pared, con los ojos cerrados, muy apretados. A través de la abrasadora niebla, Lucy podía ver la pequeña cicatriz sobre la mejilla sonrojada. Se mantenía en primer plano, siempre ligeramente más roja.

Cathy levantó un brazo lentamente, señalando una puerta de vaivén contigua a la entrada.

–Tú primero –musitó.

Lucy retrocedió tambaleándose, parpadeando rápidamente; su ojos se anegaron del escozor de la sal. Empujó la puerta y entró a una luminosa habitación junto a una pequeña piscina. De algún modo, como pudo, se tumbó sobre una mesa.

–Eso era un infierno –dijo–. No volveré nunca en toda mi vida.

–Todavía no se ha acabado, señorita –dijo una voz profunda.

Apareció una mujer con músculos fuertes, armada con una enorme esponja jabonosa. Al tocarla en los dedos de los pies, Lucy estalló de risa. Era demasiado; el más ligero contacto era como unas cosquillas despiadadas. Se rió histéricamente hasta que la llevaron y la empujaron hacia una ducha templada, suave. Cuando salió, la mujer de los músculos le dio un empujón y Lucy se cayó a una piscina de agua helada. Cuando salió a la superficie se quería morir. La muerte había perdido su dolor.

Tumbada en una cama turca de piel almohadillada, envuelta en una toalla caliente, Lucy experimentó la trascendencia por primera vez. A su lado, en una pequeña mesa, había una taza de té caliente y dulce y un sándwich de beicon. Cathy estaba tumbada en un diván paralelo.

–Creo en Dios –dijo Lucy.

–Me han dicho que un obispo se murió de un ataque al corazón en un lugar como éste.

–No hay mejor entorno.

–No creo que llegara a la piscina.

–¿La palmó en la mesa?

–Eso parece.

–Qué manera de morir.

Cathy alcanzó el sándwich y dijo:

–¿Seguiste mi consejo e invitaste a salir al francés?

–Pues sí que lo hice –replicó Lucy.

–¿Adónde fuisteis?

–A un monasterio.

Cathy masticó pensativamente.

–Antes de eso fuisteis a comer a una cripta. –Se lamió un dedo que tenía mantequilla derretida–. ¿Dónde iréis la próxima vez?

–A un bar, me imagino.

Capítulo veinticuatro

1.

Lucy se reunió con Pascal en una húmeda acera a la puerta del Sibyl's Cave un viernes por la noche. Ella le advirtió:

–Es un hervidero.

–Estaremos bien. –Se frotó las manos con confianza, como si estuviera a punto de tirar un par de dados sobre el tapete. Hizo un guiño y Lucy se molestó. No podía separar ese gesto de los andamios y el descaro de los silbidos con olor a cerveza. Añadió–: Tengo un buen presentimiento.

Pascal había obtenido el número de teléfono de Max Nightingale mediante el padre Anselm. Organizaron la reunión. Aparentemente él estaba entusiasmado. Cuando Pascal se lo dijo a Lucy, ella sintió una aguda y agitada indignación.

–Dios mío –consiguió decir.

Lucy tiró de la puerta del bar, dejando salir una bocanada de calor y ruido de la entrada, llena de vida. El salón estaba atestado de competitividad, de profesionales liberando a voz en grito las presiones del trabajo. Echaron una ojeada a una pequeña sala para fumadores. Sobre las mesas pendían unas gruesas volutas azules, como eructos de tantas fogatas de jardín. Había vasos vacíos amontonados. Una chica joven con una corta falda negra pasaba a empujones agarrando con fuerza un paño húmedo. Se abrieron paso hacia la entrada de la galería. En una de las jambas había un letrero colgado con una prohibición: FIESTA PRIVADA. A través del cristal de la ventana, Lucy vio trajes, piernas cruzadas de gente que estaba de pie, copas de vino apretadas contra el pecho: era la despedida del jefe. Pascal tiró del brazo de ella en dirección al salón de debates.

El afán de discusión estaba decayendo, los jóvenes se dirigían al bar o se iban a casa, dejando grupos dispares de hombres de más edad.

«¿Dónde están las mujeres?», pensó Lucy. Volvió la vista y vio a Max Nightingale sentado en un rincón. Sobre la mesa había un casco negro de motocicleta. Miraba fijamente a Lucy y ella pensó en una cabeza hueca y severa. Se unieron a él, levantando unas sillas.

–¿Quién es Sibyl? –preguntó Max Nightingale. Lucy notó la mugre oscura que tenía en las uñas: el rastro de la suciedad de su abuelo. Captando su mirada, él dijo–: Pintura. He estado pintando.

–¿Cubriendo las grietas de las paredes?

–No, cuadros.

–Ah.

–¿Sibyl? –repitió.

Pascal explicó:

–Es la protagonista de un mito trágico, una mística que se largó de la muerte y pasó siglos en una cueva. Escribió acertijos en las hojas, pero las dejó a merced del viento.

Max Nightingale le miró fijamente sin comprender.

–Pensé que era la dueña.

Lucy se rió, resistiéndose al deseo de burlarse..., ella que tampoco lo había sabido.

Pascal cambió de tema sin preámbulos:

–Hiciste una pregunta en el priorato, sobre Agnes y un niño. ¿De dónde sacaste ese nombre?

–De mi abuelo.

Hablaba con franqueza, rápidamente.

–¿Sabes quién es ella?

–No.

Pascal vio cómo se desmoronaban la cautela y el recelo.

–Me gustaría hacerte una pregunta, pero antes quiero decirte una cosa.

Max Nightingale quitó el casco de la mesa. Se abrió un

espacio, una llanura lista para ser cruzada. Lucy la contempló con horror.

Pascal continuó:

–Nacimos en los lados opuestos de una pesadilla, pero merece la pena decirlo...: no tengo nada contra ti.

Max Nightingale se estremeció. Luego, recuperado, dijo:

–Hazme la pregunta.

Lucy oyó unos pies que se arrastraban: de pie, casi sobre ellos, estaba el hombre al que ella llamaba el profesor universitario.

2.

El hermano Sylvester debía de haber estado disfrutando de uno de sus ramalazos de competencia, porque se las arregló para transferir una llamada telefónica desde la centralita hasta la extensión donde se hallaba Anselm. El impacto de la hazaña distrajo momentáneamente la atención de Anselm de las palabras de la detective Armstrong:

–Le hemos mostrado todas las pruebas a Schwermann durante los interrogatorios. Él sólo decía una cosa, una cita: «Zwei Seelen wohnen, ach! in meiner Brust».

–Lo siento, no puedo ayudarla con eso.

–No necesito ayuda, gracias. Es del *Fausto* de Goethe. Se traduce como «Dos almas viven, ¡ay!, dentro de mi pecho». Creo que es una especie de confesión.

–Pero no la llevará muy lejos ante un jurado.

–Lo sé. En cualquier caso, la investigación ha terminado. Mañana vamos a acusarle de asesinato.

–¿Una iniciativa conjunta?

–Sí.

Anselm tuvo una premonición de lo que habría de venir más adelante.

–En cuanto a Victor Brionne, o Berkeley, no ha aparecido nada. No hay documentos que indiquen si está vivo o muerto, al menos no con esos apellidos.

Anselm pensó de nuevo en el encantador Robert B., con las piernas cruzadas, confiándole lo poco que sabía; yendo a vísperas y sin prisa por marcharse.

La detective Armstrong añadió:

–Brionne fue un hombre muy cauto. Se cambiaría el apellido otra vez, quizás oficialmente, o sencillamente alegó que sus documentos habían sido destruidos: eso habría sido realmente fácil para un refugiado después de la guerra. De un modo u otro, hay muy pocas posibilidades de encontrarle. Es como si no hubiera existido nunca.

3.

–¿Os importa si me siento aquí?

Una cálida sonrisa iluminó el rostro del profesor universitario, entre una mata de pelo blanco que descendía desde la cabellera hasta la barba. Llevaba una pinta de cerveza en la mano. Sin esperar respuesta arrastró una silla y se sentó.

–Yo te conozco –dijo, haciendo una señal con la cabeza a Pascal–, de la televisión.

Max Nightingale abrió la boca para hablar, pero el desconocido se adelantó:

–Vaya, vaya, pues aquí estamos, cuatro mentes abiertas en torno a una mesa. No hay nada que no podamos cuestionar y, como en los diálogos de Platón, nuestra ignorancia combinada puede encaminarnos a la verdad. Los ciegos pueden guiar a los ciegos, después de todo –sonrió jovial.

–Mire –dijo Max Nightingale–, estamos en medio de una conversación.

–Me uno a ella.

–Lo siento, pero...

Pascal interrumpió:

–Max, éste es el salón de debates. Debería habértelo dicho... cualquiera puede participar...

–Bueno –dijo el hombre de la barba blanca, mirando afablemente en torno a la mesa–, ¿cuál es el tema?

Pascal dijo, con forzada paciencia:

–No tenemos ninguno.

–Entonces permitidme que os haga el favor –y se apresuró a decir–: Mi tesis es que para conocer la verdad hay que distinguir entre los diferentes tipos de narrativa: símbolo, alegoría, parábola y cosas por el estilo. Bien, uno de los problemas principales se presenta cuando una forma de discurso aparenta ser otra..., mito o fábula haciéndose pasar por hechos. Un cuento disfrazado de historia.

Max Nightingale parecía sumamente aburrido.

El desconocido preguntó:

–¿Habéis leído alguno de vosotros los libros de Narnia?

Mientras que Pascal y Max Nightingale parecían irritados por la interrupción, Lucy se sentía aliviada. Era un interludio en una reunión difícil, eso era todo. Pascal podría preguntar el nombre de Brionne cuando se acabara el debate. No había prisa. Y respondió:

–Yo los he leído, varias veces.

Él sonrió triunfante y dijo:

–Pero no has intentado hablar con un león, ¿verdad? Es sólo un mito sobre el bien y el mal, y el león gana.

Lucy notó que la cara de Pascal se ensombrecía con una especie de anticipación.

El desconocido añadió:

–No hay ninguna dificultad en ese caso porque no hay hechos, es sólo ficción. Pero ¿qué ocurre cuando los hechos y la ficción se mezclan? –Se alzó las gafas–. Veamos el caso del Holocausto, por ejemplo.

Lucy sintió un escalofrío por su actitud serena, por cómo utilizaba sin respeto un lenguaje cargado de connotaciones.

Él sonrió, diciendo:

–¿Cuánto es realidad y cuánto es ficción?

–Vámonos –dijo Pascal, levantándose.

–¿Soy la voz de la tentación de tu parte salvaje? –inquirió haciendo un mohín.

Lucy echó una mirada a Max. Se había puesto pálido y

parecía incapaz de responder. Ella se levantó y recogió su abrigo. Tenía las correas de su mochila enredadas en los pies. Se le cayó el monedero y las monedas rodaron por debajo de la mesa. Unas cuantas personas que estaban próximas a ellos se giraron al oír el ruido. Un anciano que estaba cerca hizo un gesto y se levantó, con la cabeza inclinada hacia Pascal y su torturador.

–Vamos –dijo Pascal bruscamente.

–Consideremos el juicio de Schwermann –dijo el profesor, extremadamente relajado–. Puede que sea condenado. Pero ¿quién va a cuestionar los viejos cuentos de hadas?

–Vamos, Lucy, por favor –dijo Pascal.

El anciano avanzó pesadamente y agarró al profesor por el hombro, tirando de la ropa. Le gritó:

–Ya estoy harto de ti, lárgate. Vamos, fuera de aquí.

El profesor se puso en pie tambaleándose; su sonrisa se torció de repente con rabia contenida.

–Quítame las manos de encima, ignorante...

–No tengo miedo de los de tu-tu calaña –tartamudeó el anciano, levantando un puño tembloroso.

Alguien gritó desde el otro lado del salón:

–Papá, ¿qué demonios...?

Max y Pascal se levantaron rápidamente y giraron alrededor de la mesa. El anciano insistió, echando hacia atrás el puño. De pronto, como en éxtasis, el profesor hizo con el brazo un movimiento de arco amplio, imperioso, y golpeó al anciano en la cara. Al mismo tiempo, Pascal se echó hacia delante con todas sus fuerzas, tratando de interponerse entre los dos hombres. Entonces Lucy dio un grito ahogado. Pascal resbaló y se cayó. Al caer se fue hacia un lado. Su brazo izquierdo se dio con el borde de una mesa, su cuerpo se retorció y se oyó un escalofriante ruido sordo. Pascal gruñó como si estuviera dormido, moviendo la cabeza de un lado a otro. Ambos brazos estaban tendidos en el suelo, flácidos. Lucy se cubrió la cara y le miró a través de unos dedos temblorosos. Brotó de ella un fino llanto que no podía parar. Sólo podía ver uno de los pies de Pascal, el resto de su cuerpo estaba rodeado de gente arrodillada, mientras que otros echaban las mesas y las sillas hacia un lado.

Llegó una ambulancia. Todo lo que Lucy pudo recordar después fueron los colores. Sábanas verdes, una manta roja, las barras de cromo brillantes de la camilla, chalecos amarillos y caras blancas, pálidas. Alguien la cogió de la mano, un brazo se posó sobre sus hombros. No había ningún sonido, ni de ella ni de nadie alrededor. Fue como si hubiera estado envuelta entre algodones y lana, flotando en el vacío, metida a fondo en el interior de su cabeza.

Lo último que vio antes de que la sacaran fuera, al aire de la noche, fue el lugar donde había ido a dar la cabeza de Pascal. Una reducida pero densa mancha de sangre brillaba en la base de una pata de mesa bastante vulgar, con un ornamento de metal que se curvaba hacia abajo hasta una pequeña bola de hierro.

Una mujer policía llevó a Lucy a casa a las tres de la mañana. Sola en su piso, rodeada todavía de una pesada sensación de aislamiento que la entumecía, vio el parpadeo de la lucecita del contestador automático. Su cuerpo se movió hacia él y apretó el botón.

–Soy yo, Cathy –se arrastró una voz en la oscuridad–. He estado tratando de localizarte en el móvil, pero no había manera y eso me confirma ciertas sospechas. Bueno, ¿qué habéis hecho esta vez, tocar las campanas? Llámame algún día.

4.

La luz de la mañana bailaba entre las colinas que rodeaban Larkwood. Cautivado, Anselm abrió las ventanas de su celda. Se sentó tranquilamente, preparándose para la *Lectio Divina,* pero enseguida se distrajo: sonaban unos pasos que se movían rápidamente en el corredor de fuera; cada vez se oían más alto. Era extraño, porque las reglas monásticas prohibían cualquier comportamiento que pudiera perturbar el espíritu de recogimiento, y era algo insólito a esas horas, era una infracción incluso. Golpearon en la puerta. Anselm se levantó y giró el picaporte con aprensión.

El hermano Jerome venía con un puñado de periódicos bajo el brazo. Tenía la tarea de leer varios reportajes y opiniones de la izquierda y la derecha y extraerlos para un boletín de noticias equilibrado al que se daba lectura durante el almuerzo. Era obvio que acababa de recoger los periódicos de la recepción. Sin decir nada señaló un pasaje de la portada de un periódico de ámbito nacional. Pascal Fougères había sido llevado al Hospital Charing Cross, en Hammersmith. Había muerto poco después, de una hemorragia cerebral sufrida durante una caída. El accidente había ocurrido, al parecer, cuando intervino en una pelea sobre la última guerra. Fuentes policiales indicaban que se había abierto una investigación.

Anselm cerró la puerta y se desplomó en una silla. Describió, con su tercer ojo, al Leviatán saliendo de un mar en ebullición, formando un alto arco en el cielo rojo, chorreando agua como si fuera lluvia.

Capítulo veinticinco

La casita de campo de Holy Island era más bien una casa solariega, con muchas habitaciones y un gran jardín azotado por el viento que llevaba hasta un muro de piedra construido por unas manos que conocían un oficio caído ya en desuso. Inmediatamente después se extendía la curva recoleta de una costa de rocas verdinegras, algunas redondeadas, pero otras angulosas a pesar de los interminables halagos del mar. Desde el cuarto de baño, Victor podía ver las ruinas arenosas de un priorato, de un rosa profundo, ahuecadas por el viento y la lluvia; desde donde dormía, podía ver el castillo de Lindisfarne, que se recortaba contra un cielo pálido, fundido con el alto peñasco sobre el que se levantaba, alargándose hacia la aurora boreal. Más allá se encontraba Broad Stones, a continuación, Plough Rock, y luego el mar sin obstáculos, silencioso, desnudo.

–Creo que estarás a salvo aquí –dijo Robert.

Habían caminado hasta el extremo norte de la isla, desde donde había vistas a Emmanuel Head.

Victor asintió.

–Le dije lo que tú me dijiste, que Victor Brionne murió después de la guerra; y le dije también lo que yo te dije a ti, que otra persona se casó con mi madre. Le dije la verdad. Si viene alguien haciendo preguntas sobre ti, les diremos que has muerto.

Victor se quedó, una vez más, al borde de un abismo. La conversación no podía seguir. Hubiera sido mejor si Robert no hubiera ido al priorato, porque se había convertido en un diminuto vínculo entre Victor y quienquiera que deseara aún encontrarle. Pero estaba tratando de ayudar a su padre y eso era todo lo que importaba. Robert no tenía que saber que Victor se había cambiado de nombre una segunda vez. Nadie lo sabía; por tanto, la posibilidad de que alguien que estuviera buscando a Victor Berkeley llegara a Victor Brownlow era remota. Quizá se había precipitado al revelarle algunas cosas. Tal vez debería haber corrido el riesgo y continuar como si no hubiera pasado nada, vivir su vida sobre los cimientos que había colocado sobre el pasado. Pero al ser descubierto Schwermann, el deseo de esconderse había sido irresistible y, a pesar del peso del secreto, había querido decirle a Robert al menos quién había sido él, dejar entrar a Robert, aunque fuera sólo un poco, en el tormento que había cubierto de inmundicias a su padre.

Brownlow: a Victor le gustaba el nombre, siempre le había gustado. Había sido una elección acertada.

Se dieron la vuelta y caminaron de regreso, del brazo, a Pilgrim's Rest, la casita de vacaciones de Robert. Una fina brisa marina, con húmedas gotas de rocío, les apremió a lo largo del camino. Y, con una tristeza que había nacido cuando él era un muchacho, Victor pensó en Jacques, y ahora en Pascal Fougères, a quien no había conocido y que quería encontrarle a él. Deberían haber podido reunirse como amigos y salvar los años, pero un gran abismo se había implantado entre ellos. Victor siguió a Robert a través de la verja del jardín y pensó con ira: «No podría haber ayudado nunca a Pascal Fougères, aunque me hubiera encontrado; eso sólo hubiera sido posible si Agnes estuviera viva. Pero está muerta, como si la hubiera matado con mis propias manos».

Tercera parte

Ha llegado la hora de dejar el espíritu desnudo,
la hora de quemar los días finitos y agotados...

LAURENCE BINYON
«La quema de las hojas», 1942

Tercer prólogo

6 de enero de 1996

La lenta destrucción física iba acompañada de una creciente claridad mental, una disociación entre carne y espíritu. Agnes sintió a menudo palpitaciones en el estómago, como si algo amarrado a una estaca estuviera tratando de soltarse. Se preguntaba si iba a vomitar.

Había estado tumbada día tras día y noche tras noche sobre la espalda, o de un lado y luego del otro. Wilma, servicial, se había encargado de girarla de una manera o de la otra. Y luego llegaba el ungüento, y las bromas, por las escaras. Una vez hecha la tarea, la dejaban en paz.

Agnes no se había dado cuenta nunca de que en una habitación hubiera tantísimas cosas que contemplar: la pintura que se levantaba, muy ligeramente, en el marco de la ventana y que pronto sería una blanda viruta cayéndose de la madera; los dibujos de débiles sombras que cambiaban imperceptiblemente con el movimiento de una nube, iluminando pequeñas cosas con una diferencia apenas notable. Pero una vez que hubo visto todo lo que había que ver, estaba muy aburrida. Y entonces, sin razón aparente, recordó cómo Merlín le había enseñado a Wart, el futuro rey Arturo, el arte de ver, convirtiéndole en otro animal. Así que Agnes se imaginó a sí misma como un pájaro que miraba hacia abajo desde la altura, a la intrincada mezcolanza de cosas, como un cernícalo a la caza que se mantuviera a flote suspendido en el viento.

Vio la embarcación en el Canal, en dirección a Francia, y a su padre con la mirada ansiosa puesta en el mar, con una niñita a su lado, una niña hermosa, de pie sobre el primer raíl, con el pelo suelto y su abrigo rojo a punto de ser lanzado a sotavento antes de que pudiera detenerla o ver el abandono en su cara. Vio al padre Rochet sosteniendo a su hijo en una sala, justo después del bautismo, mirando fijamente con valentía a través de esos ojos infantiles a otro lugar y a otro niño. Vio a madame Klein junto a los tablones astillados de un camión de ganado, empujando a otras bocas lejos de una fina corriente de aire, de pie sobre un montón de caídos que resollaban. Agnes se volvió hacia su almohada con un gemido débil y se elevó todavía más alto, sobre el creciente viento. A través de los primeros remolinos de la neblina de la tarde vio una luz sobre los Campos Elíseos y a un joven detrás de un escritorio que comprobaba listas de direcciones y los horarios de trabajo del día siguiente. Su cara se había endurecido. Ella descendió más y más rápido, sobre los castaños cargados de hojas, dentro de la habitación, a través del iris azul pizarra y dentro del tembloroso nervio óptico de él.

Y Agnes comprendió. Por fin pudo ver en el interior de Victor Brionne, el traidor. Levantó sus manos lentamente, con los frágiles dedos extendidos y agitándose. No podía hablar. Ahora era demasiado tarde para escribir nada. Y ya no podría dictar nunca más.

Wilma entraba afanosamente por la puerta con una taza de cubitos de hielo, un platillo y una cucharilla.

Capítulo veintiséis

I.

El juicio de Eduard Schwermann comenzó una cálida mañana de la segunda semana después de Pascua. Las colas para la tribuna del público se extendían desde el tribunal de Old Bailey hasta Ludgate. El público estaba sentado en sillas de lona, mordisqueando sándwiches. Los termos de té se sucedían a modo de bolos en la acera. Muchos se marcharían más tarde, cuando los bedeles les informaran de que no había ningún lugar para almacenar sus cestas. Anselm, de camino para reunirse con Roddy, se vio forzado a salir del bordillo de la acera. Cruzó la calle y miró hacia atrás, a la noble inscripción en lo alto de la pared del juzgado: «Defender a los niños de los pobres y castigar a los malhechores». Miró hacia la multitud y continuó, perturbado por la ligera insinuación de carnaval que aparecía siempre que se aireaba la tragedia de otras personas.

Con dos semanas de antelación, Schwermann había salido de Larkwood a las seis de la mañana, oculto entre un llamativo convoy de vehículos y motos. Se le mantendría en prisión preventiva lo que durara el juicio, había dicho Milby con una enorme indiferencia. La estancia de Schwermann en el priorato había durado un año. Esa misma tarde, Anselm y Salomon Lachaise se reunieron en el Hermitage para tomar una copa de oporto y jugar al ajedrez. Revisando sus muchas partidas, Anselm se había alzado como campeón absoluto, aunque eso no reflejaba la distribución del talento que había entre ellos. La suerte, parecía ser, había jugado el papel más importante. La partida que tuvo lugar a continuación había acabado en tablas; ninguno de los dos quería realmente ganar. Salomon Lachaise había salido al día siguiente hacia Londres. Se quedaría en un pequeño piso sobre las antiguas habitaciones de Anselm, que daba al patio principal del Gray's Inn y desde el cual había sólo un pequeño paseo hasta Old Bailey. La oferta había partido de Roddy en su última visita a Larkwood (aunque él no creía en Dios, venía asiduamente al priorato sólo para «echar un vistazo desde la barrera»). Tal oferta, de boca del antiguo bribón, significaba que no habría gastos. Y por tanto, el tema de la remuneración, siempre delicado para el receptor del favor, se descartó discreta y fácilmente.

Mientras caminaba con brío, Anselm concentró sus pensamientos en lo que tenía por delante. Primero, había arreglado una reunión con Roddy en las cámaras para ponerse al tanto de los agentes principales del juicio, para saborear un poco de los viejos tiempos. Después, sin embargo, Anselm cogería un tren a París para ver a la familia Fougères, con el fin de llevar a cabo una tarea más desagradable. Milby, a través de la detective Armstrong, había sugerido que podría ir de su parte, dadas las desagradables circunstancias legales que requerían de una explicación sensible.

–Creo que el jefe tiene razón –había dicho la detective Armstrong–. Sería mejor que viniera de alguien como usted.

Anselm había aceptado, pero a la vez había aprovechado la oportunidad para pedir otro favor, que adquirió tintes de mal gusto al tener un toque de negociación:

–Tengo algo que pedirle. Está relacionado con Victor Brionne.

–Ha desaparecido, me temo.

–¿Puede garantizarme lo de la última vez? Si le digo lo que he averiguado, ¿me permitirá hacer la primera entrevista?

La detective Armstrong había mirado a Anselm directamente a la cara.

–No sé lo que está haciendo, padre, pero debe de haber cruzado una línea, moral y legalmente. Creo que debería dar marcha atrás. Volver a casa.

–Me gustaría, pero no puedo. Todavía no he podido entender dónde estaba la línea.

–No, padre, todos sabemos dónde está.

–Le he dicho algo similar a otra gente en el confesionario. No lo diré nunca más.

–Yo no puedo perdonar pecados, ya lo sabe.

–Le aseguro lo mismo que la última vez. Lo que estoy haciendo es en interés de la justicia.

–Muy bien, continúe.

–Vino un hombre a verme. Me dijo que Brionne había muerto después de la guerra. De un modo extraño todo lo que dijo me pareció verdad, y todavía me lo parece, aunque ahora estoy seguro de que era falso. Mi intuición me dice que está relacionado con Victor Brionne.

Le había contado los signos que recordaba: Robert B., la suscripción al *Tablet* y todo lo demás. Ella había tomado nota en un cuaderno y había dicho:

–Padre, de verdad que no tiene que hacer un trato conmigo. Haría esto aunque se hubiera negado a ir a ver a la familia Fougères.

Anselm se había puesto colorado ante la reprimenda, sobre todo porque tenía la sensación de que la detective Armstrong ya no le vería nunca más con los mismos ojos. El monje no era tan diferente después de todo.

Roddy estaba fumando un cigarrillo lánguidamente mientras estudiaba un muro de archivos cerrados como si fueran objetos extraños descubiertos por el Museo de Historia Natural. Se hallaba diligentemente ocupado en ese viejo debate interno, cuyo resultado estaba ya decidido de antemano: ¿leer o no leer?

–Fraudes en el IVA –dijo a modo de explicación–. Creo que los hechos tienden a entorpecer una buena defensa. Me alegro de verte.

Se apartó, riéndose, y le dio la mano a Anselm. Después de ponerse al día con los chismes acerca de los últimos e inexplicables nombramientos judiciales, Roddy pasó al asunto del juicio de Schwermann.

En cuanto al juez, estaban en buenas manos: el magistrado Pollbrook, conocido como Shere-Khan por sus vocales patricias y su tendencia a estrangular los argumentos débiles mientras se rascaba la nariz. El fiscal principal de la Corona era Oliver Penshaw.

–Un tipo simpatiquísimo, bastante serio, con un trato encantador, que es probablemente por lo que ha conseguido el caso; pero es demasiado decente. Tiene tendencia a dejar ir a los testigos, justo cuando debería acabar con ellos. –Se volvió a Anselm, añadiendo–: Por eso es por lo que le han adjudicado a Victoria Matthews como abogada asociada.

–¿Cómo es ella?

–Joven, encantadora y, para los testigos desprevenidos, aparentemente inofensiva. Pero justo ahí se esconde el cuchillo. Son un buen equipo, equilibrado. Si Oliver tiene sentido común la reservará para cualquier testigo que pudiera destrozar su caso.

–¿Y qué hay de la defensa?

–Henry Bartlett, sin ningún subalterno. Un hombre pequeño con un enorme talento. Elegirá dos o tres puntos problemáticos y admitirá todo lo demás. Bruscas repreguntas. Cuando se retire el jurado hay muchas posibilidades de que sólo recuerden lo que Henry ha elegido echar por tierra. –Roddy dio una honda calada a su cigarrillo–. Será una pugna interesante. ¿Tienes entrada?

–No –dijo Anselm, sintiéndose muy lejos.

La búsqueda, la persecución, tomar parte en la destrucción, los mensajeros y las recomendaciones del jurado, dar en el larguero, quedarse atrás, las mordazas. Todo ello le sonaba ahora desagradable: la comprensible frivolidad de los soldados de primera línea.

Roddy miró sus archivos del IVA como alguien a quien le empuja una conciencia a menudo ignorada por una experiencia más astuta.

–Espero que tu vida de abstinencia se pueda suspender durante dos horas. No hemos almorzado juntos desde hace años.

–Claro, Roddy. Pero que sea algo sencillo. Tengo que coger el tren.

–¿Qué demonios es lo que esperas, hijo mío? –dijo el jefe de las cámaras, que sentía que su reputación de ser moderado había quedado profundamente ofendida.

2.

Una parte del juzgado había sido reservada para los supervivientes y sus familiares. Viejos y jóvenes unos al lado de otros. Lucy no pudo mirar hacia ellos durante mucho tiempo. Aquí, en este lugar, en este momento, tenían una majestuosidad que una vez fue sometida y degradada. Se preguntó si habría alguien más como ella, que no pudiera ocupar su lugar correspondiente a causa de la enredada trama de la historia.

Con ese pensamiento, encontró un asiento junto a un hombre pequeño que tendría alrededor de cincuenta y cinco años. Llevaba una vieja chaqueta de punto, con la boquilla de una pipa asomando por un bolsillo lateral y un par de gafas pesadas, macizas. Saludó con un movimiento de cabeza cuando ella tomó asiento. Reparó en que más allá estaba Max Nightingale. No se habían visto desde la muerte de Pascal, aunque él le había dejado su número a la policía por si ella quería hablar con él; pero ella no quiso. Sintió que debía hacerlo, pero no pudo. Y estaba demasiado débil de espíritu para resolver si era o no era justo. ¿A quién le importaba lo que era justo después de lo que había pasado? La justicia era una palabra para niños, para asegurar que cada uno tiene un turno. La vida, había aprendido ella, no era un área de recreo.

El acusado eligió no estar presente mientras se hacían en su nombre las propuestas de utilización de procedimiento inadecuado. El tribunal no estuvo ocupado mucho tiempo. El magistrado Pollbrook entró en acción reduciendo los argumentos previstos y los saludos artificiosos con una calma lánguida.

–Pasemos adelante, ¿de acuerdo? –dijo perezosamente mientras examinaba el campo de las proposiciones descartadas.

El jurado estaba formado. Se mandó llamar al acusado. Se abrieron las puertas de golpe. Él emergió flanqueado por los guardias, como si le hubieran sacado de un agujero en el suelo. Su apariencia dejó pasmada a Lucy: había esperado vislumbrar la forma del mal, pero este hombre no se diferenciaba de cualquier pensionista que hubiera visto. Su traje gris oscuro y el hecho de que estuviera un poco cargado de espaldas producían un efecto de vulnerabilidad respetable. Permaneció en pie, pasando los pulgares por el dobladillo de la chaqueta, mientras se le leyeron los cargos.

El acusado se enfrentaba a varios cargos de asesinato entre 1942 y 1943. Después de presentarle cada cargo, él hacía una declaración, con los ojos por encima del juez, fijos en el emblema del juzgado con su máxima: «Dieu et mon Droit».

–Inocente.

La persistente entonación gutural no se había extinguido.

–Más alto, por favor.

–Inocente.

–Gracias, señor Schwermann. Puede sentarse –dijo el juez vestido de escarlata y negro, sentado más alto que los demás, entre piel desgastada y paneles de roble.

Más abajo, entre el grupo de abogados, crujían los papeles y las cabezas con peluca se giraban y se inclinaban, susurrándose entre ellas. Los brazos extendidos pasaban notas hacia delante y hacia atrás. El juez abrió un cuaderno y levantó su pluma.

En medio de un silencio como Lucy no había escuchado nunca antes, el señor Penshaw se puso en pie.

–Señoras y señores del jurado, me llamo Penshaw y voy a llevar la acusación de este caso, ayudado por la dama que está detrás de mí, la señorita Matthews. El caballero a mi izquierda, más próximo a ustedes, es el señor Bartlett, que representa al acusado. Mi primera tarea es ofrecerles un sumario del caso contra el acusado. –El señor Penshaw apoyó los brazos en un pequeño atril que había delante de él, consultando de vez en cuando un fajo de notas–. Están a punto de juzgar a un hombre ordinario a quien se le imputa un delito extraordinario. El Estado les ha hecho este llamamiento con un propósito: determinar su inocencia o su culpabilidad. La acusación sostiene que dedicó los mejores años del principio de su edad adulta a la deportación sistemática de judíos de París a Auschwitz. Un viaje de tres días en camiones de ganado hacia el este, donde eran gaseados a su llegada o les hacían trabajar hasta morir. Escucharán las voces de los que sobrevivieron. Ellos les contarán todas las cosas terribles que vieron, de las cuales querrán, instintivamente, huir. Pero no deben hacerlo. Tendrán que escuchar y considerar sin apasionamiento las acciones de este hombre, cuyos crímenes ocupan uno de los capítulos más oscuros de la historia. Y me temo que ahora debo decirles que de lo que se tendrán que ocupar tiene que ver con la matanza de niños inocentes.

Lucy estaba completamente absorta en lo que la rodeaba. Nadie parecía respirar o moverse. Sólo existía la tranquila evocación de un tiempo muy lejano, extrañamente vivo para ella, como si fuera parte de su propia memoria.

–El sargento de las SS Eduard Schwermann fue destinado a París en julio de 1940, un mes después de que la ciudad cayera en manos alemanas y empezara la Ocupación. Tenía veintitrés años de edad y era voluntario. Para ser un oficial de bajo rango, estaba asombrosamente próximo a los más altos estratos del poder. Con base en el Servicio de Asuntos Judíos de la Gestapo, fue el asesor de su jefe, el representante personal de Adolf Eichmann. Este último era el jefe de Asuntos Judíos de la oficina central de la Gestapo en

Berlín, que al final fue capturado, juzgado y ejecutado por el Estado de Israel en 1962. Cuando terminó la guerra, este pequeño departamento había sido responsable de la deportación de setenta y cinco mil setecientos judíos de Francia, la mayoría de ellos a Auschwitz.

Para no extenderse demasiado, la Corona había restringido las pruebas contra Schwermann a las operaciones llevadas a cabo en París durante 1942. El caso se centraría en su participación en la famosa redada «Vél d'Hiv» (cuyo código era «Vent Printanier», o «Viento de primavera»), y la destrucción de un círculo de contrabandistas cuyo propósito había sido salvar a algunos niños que probablemente iban a ser apresados.

El señor Penshaw continuó explicando que a las cuatro de la mañana del 16 de julio de 1942, ochocientos ochenta y ocho escuadrones de detención irrumpieron en los hogares judíos de toda la ciudad. Durante dos días, en medio de gritos y alaridos, jóvenes y viejos fueron arrastrados por las calles hasta los puntos de recogida. Los autobuses, que una vez fueran utilizados para el transporte público, se los llevaron, bien al Vélodrome d'Hiver, o bien a Drancy, un complejo de viviendas sin terminar a las afueras de la ciudad. Una y otra vez estos escuadrones volvieron al viejo barrio judío, cuya historia se remontaba a la Edad Media y cuyas tortuosas calles habían sido un refugio desde la Revolución. Las noticias sobre la redada se esparcieron como el fuego. Sobrevino el pánico. Más de un centenar de personas se suicidaron. París miraba estupefacta. Nadie podría haber previsto este aspecto de la Ocupación: 12.884 personas desaparecidas, incluidos 4.051 niños.

A su debido tiempo, como la defensa admitió formalmente, las familias que habían sido apresadas en la redada del Vél d'Hiv fueron enviadas primero a otros centros de internamiento en Loiret, bien a Pithiviers o a Beaune-la-Rolande (conocidos como los «Campos de Loiret»), bien a Compiègne. Allí, los niños fueron separados de sus familias antes de ser trasladados a Drancy. Los padres fueron deportados a Auschwitz. Los niños, todos menores de dieciséis años, hicieron más tarde el mismo recorrido y sufrieron la misma suerte. Se cree que sobrevivieron alrededor de trescientos.

En los meses previos al «Viento de primavera», los rumores sobre una redada masiva se extendieron por todo París. Un grupo de jóvenes estudiantes franceses, todos ellos aproximadamente de la misma edad que Schwermann, decidieron actuar. Dirigidos por Jacques Fougères, formaron un círculo de contrabandistas conocido como La Mesa Redonda, vinculado a grupos judíos y otros grupos de resistencia de la ciudad. El objetivo era recoger a niños judíos de varios «puntos de recogida» en París y esconderlos en monasterios fuera de la capital. Desde allí los llevarían a Suiza. Fue un esfuerzo heroico y trágico. Heroico porque nunca podrían haber protegido a los miles que estaban en peligro; trágico porque todos ellos fueron capturados en los días anteriores a la redada.

Entonces, ¿qué relación tenían estos acontecimientos con el joven oficial alemán al que ahora se llevaba a juicio en el otoño de su vida? Fue un miembro del equipo que planeó el «Viento de primavera»; estuvo al acecho en la Rue des Rosiers y la Rue des Blancs-Manteaux, supervisando oleada tras oleada de arrestos; dirigió la partida final de los niños de Drancy a Auschwitz. Y en cuanto a La Mesa Redonda, se las arregló para infiltrarse en sus filas y asegurar la detención de todos los miembros, antes de que pudieran salvar a más niños de la tormenta que se avecinaba. Los estudiantes fueron más tarde transportados al campo de concentración de Mauthausen, donde encontraron la muerte. El jurado vería el elogio personal que Eichmann envió a Schwermann felicitándole por esta «hazaña».

El señor Penshaw hizo énfasis en la importancia de ver estos acontecimientos bajo la cruda luz de la época. Cientos de miles de judíos habían huido de Alemania durante los años treinta, empujados por la violencia y la maquinaria legal represiva del Estado. Muchos habían buscado refugio en Francia. Pero Francia cayó, y unos meses después de que los alemanes establecieran su administración en París, se movilizaron contra los judíos. Se dio la orden de hacer un censo; confiscaron los negocios; las primeras detenciones tuvieron lugar en mayo de 1941, y después siguieron más redadas en agosto y diciembre. Luego, el 20 de enero de 1942, en una casa a orillas del Wannsee, cerca de Berlín, el gobierno nazi decidió formalmente el destino de todos los judíos europeos. Se puso en marcha una «solución final» que exigía la «evacuación» urgente de los judíos «hacia el este». Dos meses más tarde, el 27 de marzo de 1942, el primer tren cargado de víctimas salió de París hacia Auschwitz. Las «evacuaciones» habían comenzado, y la matanza de los judíos deportados de Francia estaba a punto de ponerse en funcionamiento.

El señor Penshaw concluyó:

–La acusación contra Schwermann es simplemente ésta: él estuvo inextricablemente involucrado en la maquinaria de muerte. Y debe de haber sabido que lo que aguardaba a aquellos que eran deportados a los campos era la ejecución o daños graves. Si ustedes, el jurado, están seguros de que este hombre fue parte de esa empresa, entonces tienen que declararle culpable de asesinato con relación a cada uno de los cargos que se han formulado contra él.

Lucy se cubrió la cara con su chal y mascculló una suerte de plegaria al éter: que Victor Brionne se presentara; que Schwermann fuera condenado, y que Agnes muriera en paz. Al levantar la cabeza miró al hombre de la chaqueta de lana que estaba junto a ella, y vio las finas lágrimas que rodaban por su cara.

Capítulo veintisiete

I.

Anselm dejó al señor Roderick Kemble, abogado de la Corona, postrado en un taxi en Waterloo y se apresuró a la terminal del Eurostar, donde encontró su asiento tan sólo unos minutos antes de que el tren empezara a sacudirse hacia delante.

Echó una ojeada con pesimismo a un recorte sobre La Mesa Redonda que le había dado Wilf. Le había enseñado el texto a Roddy, que lo miró por encima mientras comía y planteó una pregunta que no conducía a nada: por qué Jacques fue interrogado en junio cuando el círculo no se rompió hasta julio. Anselm llenó el vaso del maestro con afecto. Como era de esperar, Roddy parecía no haber leído el recorte. El arresto de junio no había tenido nada que ver con los acontecimientos del mes siguiente. Sólo un abogado de la Corona del prestigio de Roddy podía quedarse tan fresco con ese tipo de metedura de pata, y lo hacía, a menudo, con un aplomo impresionante.

Una vez en París, Anselm cogió una habitación en un hotel barato cerca del Sacré Coeur. La mañana siguiente se dirigió al Boulevard Courcelles, cerca del Parc Monceau, a casa de los Fougères, preguntándose cómo iba a expresar la aplicación de la ley a la muerte de su hijo.

Todos los testigos estaban de acuerdo en los hechos esenciales: el pensionista, el señor Ogden, había agarrado al hombre de la barba blanca (Milby no lo había nombrado nunca. En vez de eso había utilizado un grosero término de arte). El hombre de la barba le había dicho que le dejara, pero el señor Ogden había echado su puño para atrás. Así que el otro le había golpeado. En ese momento, Pascal Fougères había resbalado y se había caído, golpeándose en la cabeza. También estaban de acuerdo en cuanto a los términos de la conversación previa al altercado pero, como había señalado repetidamente el policía que llevaba la investigación, nada de lo que había dicho el hombre de la barba constituía una ofensa criminal. Milby le dijo a Anselm que a la policía le hubiera gustado trincarlo; lo ideal hubiera sido acusarle de homicidio bajo la doctrina de intención transferida, interpretando que la bofetada dirigida al señor Ogden se «transfirió» técnicamente a Pascal. Pero eso no tenía en cuenta el único análisis legal convincente: el señor Ogden era el agresor y la respuesta de su víctima no era un acto delictivo. Lo brutal era que los términos de cualquier otra posible acusación no se podían forzar para acomodar la actitud ofensiva de la víctima.

Cuando se dio a conocer que Pascal había muerto, el hombre de la barba blanca informó a la policía que no insistiría en que se formularan cargos contra el señor Ogden.

2.

Étienne era hijo de Claude Fougères y sobrino de Jacques, el héroe de la Resistencia. Después de la guerra, la familia había permanecido en el sur, hasta los años ochenta, cuando la carrera política de Étienne pasó del nivel local al nacional. Eso fue lo que dio lugar al regreso a París. La casa había estado alquilada durante casi cuarenta años, así que fue realmente una vuelta a casa.

Y luego, cuando las cosas volvieron al lugar en el que estaban antes de la guerra, se habían llevado a Pascal.

Anselm fue descubriendo esto y algunas cosas más por el viejo mayordomo que hablaba entre dientes, y que abrió la gran puerta negra principal y le condujo lentamente al salón del tercer piso.

El señor y la señora Fougères eran la suave elegancia personificada, estaban sentados uno en cada extremo de una *chaise longue* rosa, con las caras ensombrecidas de dolor. Anselm se movió cuidadosamente hacia el terreno de la compasión, explicando la desagradable situación a la que se había tenido que enfrentar la investigación policial. Para su sorpresa, ellos lo entendieron perfectamente. No presentaron ninguna queja: ningún ataque contra la ley; ningún llamamiento a un mundo más justo. No esperaban que el sistema legal les diera algo para lo que no estaba, y no podía estar, diseñado: una respuesta cívica proporcional a su pérdida. Pero mientras hablaba, Anselm observó, con mucho dolor, la hendidura que se había abierto entre la madre y el padre. Estaba recién cortada.

–Le rogué que no fuera tras ese hombre. Se lo imploré. Pero él no hizo caso –dijo Étienne.

Monique Fougères cerró los ojos lentamente, con las manos ahuecadas sobre su regazo.

–Ojalá hubiera dejado en paz el pasado –dijo Étienne–. No es un lugar seguro cuando afecta a los vivos.

La señora Fougères bajó la cabeza, hablando en voz baja.

–Dígame cualquier cosa que él dijera, padre, cualquier cosa. Quiero imaginarme su voz.

–Sólo hablamos sobre Schwermann... y alguien que se llamaba Agnes.

Anselm lanzó la media verdad al tiempo que se abría la puerta y el mayordomo traía el té. Los músculos de la cara de Étienne se agarrotaron. El mayordomo sirvió el té. Étienne alcanzó una pequeña taza.

–¿Agnes? –dijo inquisitivamente.

–Sí. Me da la impresión de que era conocida en la familia.

–No, me temo que no.

Anselm pensó: «Estás mintiendo», pero se limitó a decir:

–Al parecer tuvo un hijo.

–¿Cómo? –dijo Étienne, con una ceja levantada, mientras ofrecía leche para el paladar inglés.

–Un hijo.

–Lo siento, no. Que yo sepa, Jacques no conoció nunca a nadie que se llamara Agnes.

Anselm sintió el cálido temblor del éxito: estábamos hablando de Pascal, no de Jacques...

Monique Fougères miró a su marido a través del vacío. El mayordomo cerró las puertas sin hacer ruido y la fisura entre la madre y el padre se abrió como un abismo.

3.

En la gran entrada, los coches se perseguían uno a otro hacia el Boulevard Courcelles. El mayordomo salió con Anselm; sus ojos miraban hacia las verjas ornamentadas del Parc Monceau. Dijo:

–Yo conocí a Agnes Aubret.

Anselm apenas pudo percibir las palabras.

–Tuve a su hijo en brazos.

El estentóreo sonido de los niños salía del parque y se esparcía entre los coches que pasaban.

–¿Está viva?

El mayordomo hablaba como si se estuviera muriendo.

–No estoy seguro, pero creo que sí. He conocido a una joven que la conoce.

El mayordomo metió la mano hasta el fondo de su bolsillo y sacó un sobre muy ajado.

–Padre, por favor, averigüe si está viva. Dele esto. Es de Jacques. Me pidió que se lo entregara a ella después de la guerra, en caso de que a él le cogieran y de que ella sobreviviera.

Anselm cogió el sobre.

–Dígale que el señor Snyman lo ha guardado durante cincuenta años.

El mayordomo retrocedió y se cerró la puerta. Anselm permaneció quieto, ligeramente aturdido. Dio otro paseo por el parque para calmarse. Éste estaba plagado de niños que disfrutaban del recreo de la comida y llegaban en bandadas desde una escuela cercana. Se detuvo junto a las verjas que daban a la Avenue Hoche. Entraba un grupo formado de dos en dos; cada niño llevaba una banda blanca. Y en la banda estaba escrito el nombre de la escuela y un número de teléfono, para que ninguno de ellos se perdiera.

Capítulo veintiocho

La corpulenta figura que había subido al estrado de los testigos iba vestida de negro y llevaba gafas redondas de culo de vaso. No necesitaba intérprete y respondía a las preguntas del señor Penshaw con una voz profunda y alta que resultaba muy molesta.

–¿Su nombre, por favor, señora? –dijo el señor Penshaw.

–Collette Beaussart.

–¿Nació usted en París, el 4 de octubre de 1918?

–Sí.

–¿Tiene ahora setenta y siete años de edad?

–Eso es.

–¿Pertenece usted a los Caballeros de la Legión de Honor?

–Sí, pertenezco.

–¿Fue condecorada por el general De Gaulle en los Inválidos en 1946?

–Así es.

–Por favor, confirme lo siguiente. Usted era periodista y condenó a los dirigentes nazis antes y después de la caída de Francia. Fue arrestada el 18 de febrero de 1942 y fue deportada. Es una superviviente de Drancy, Auschwitz y Ravensbrück.

–Lo soy.

Antes de ver ninguna prueba, el señor Penshaw comunicó al jurado que pensaba presentar al primer testigo, madame Beaussart, fuera del orden cronológico, para recordarles constantemente de lo que trataba el caso.

–Y por tanto, damas y caballeros, en los próximos días, cuando estén escuchando los datos desnudos, sin vida, acerca de los horarios de trenes o los métodos que se utilizaban para rellenar los registros de deportación, recuerden bien lo que madame Beaussart les va a relatar ahora.

Lucy escuchaba con una especie de desesperación de propietaria. Había reconocido el nombre. Collette Beaussart era la presa política sobre la que había escrito Agnes. Ambas habían cogido el tifus y se salvaron una a otra hablando... de mermelada. Ésta era la mujer que había reclamado que Agnes era parte del grupo al que ella pertenecía: las presas políticas que fueron trasladadas a Ravensbrück. Lucy quería levantarse, reclamar que la testigo era su amiga. Pero se había construido un muro. Escucharía, como todo el mundo; y la vería marchar, como todo el mundo.

Madame Beaussart tenía veinticuatro años cuando las puertas de Drancy se cerraron detrás de ella. Había sido testigo de la llegada de los niños que habían cogido en la redada de Vél d'Hiv, después de separarles de sus padres. Los vio marchar hacia el este.

–Los vi llegar. Los vi marcharse.

La sala estaba completamente en silencio, excepto por madame Beaussart y el suave correr de la pluma sobre el papel. Lucy estaba en el borde del asiento.

–Vinieron en furgones, todos ellos por debajo de los trece o catorce años; el más pequeño tenía poco más de un año o así. Estaban sucios, sus cuerpos llenos de heridas. Muchos tenían disentería. Los intentos de limpiarlos eran vanos. Algunos estaban gravemente enfermos de difteria..., escarlatina. Una niña, desnuda, me preguntó que por qué su madre la había dejado. Le dije que se había ido sólo un rato...

La voz de madame Beaussart, alta, temblorosa, inflexible, describió el horror de intentar cuidar a los abandonados.

–Como el resto de los prisioneros, durmieron sobre colchones de paja sucios, hasta que llegó la hora de que se los llevaran. Entonces les afeitaron la cabeza.

Al amanecer, madame Beaussart y otras internas llevaron a los niños desde donde estaban acostados hasta el patio. Algunos ni siquiera llevaban zapatos. Los metieron en autobuses en grupos de cincuenta. Cada uno llevaba el número del vehículo de mercancías. Partieron mil a la vez hacia la estación de Bourget.

Fue Schwermann quien supervisó, con otros, su partida.

–Caminaba impaciente de un lado para otro, con las listas en la mano, su rostro como una piedra, dando órdenes a gritos. Todavía puedo ver a los niños... y puedo escuchar aún los motores que se los llevaron.

El señor Penshaw se sentó.

–Madame Beaussart –dijo una voz blanda, compasiva. Era el señor Bartlett. Estaba de pie, perfectamente quieto, dando vueltas a un lápiz entre los dedos–. Si desea sentarse en cualquier momento, por favor, no dude en pedírselo a su señoría.

–Gracias, pero no.

–¿Podría, por favor, describir lo que recuerda del aspecto del campo de Drancy?

–Puedo recordarlo todo.

–Entonces elija los detalles que mejor recuerde.

–Le he dicho que puedo recordarlo todo, señor. No puedo olvidar.

–¿Recuerda los guardias armados?

–Eran franceses, mis propios compatriotas.

–¿El suministro de electricidad?

–Casi completamente inexistente.

–¿Cuántos prisioneros había por habitación?

–Alrededor de cincuenta.

–¿Sobre qué dormían?

–Literas, tablones. Muchos dormían sencillamente sobre paja.

–Si me permite decírselo, madame Beaussart, su memoria no tiene fallos.

Lucy miró al juez, que tenía la cabeza quieta mientras su mano iba escribiendo cada palabra según se pronunciaba.

El señor Bartlett cogió una hoja de papel. Parecía estar indeciso sobre su contenido; entonces habló con la misma voz calmada y alentadora.

–¿Recuerda cualquier cosa en particular sobre la apariencia del señor Schwermann?

–Era muy guapo, su pelo rubio se destacaba contra el uniforme negro.

–Déjeme poner a prueba su memoria una vez más, señora. –El señor Bartlett sonreía muy simpático–. ¿Recuerda los pantalones de montar de cuero?

–Sí, los recuerdo. Brillaban.

El señor Bartlett hizo una pausa para mirar la hoja de papel.

–¿Estaría de acuerdo en que esa forma de vestimenta era inconfundible?

–Bueno, sí.

–¿Peculiar?

–Sí.

–¿Totalmente memorable?

–Sí.

–¿Casi una caricatura de un oficial alemán, algo parecido a lo que ha visto en las películas?

–No, en las películas no. No las veo. No puedo soportarlas. Tengo imágenes propias que no se van nunca. No puedo olvidar a ese hombre y lo que hizo. Nunca, nunca.

Madame Beaussart se cubrió la boca.

–¿Quiere un vaso de agua, señora?

Ella asintió. Y trató de beber con manos temblorosas, derramándose el agua sobre los dedos.

El juez bajó su pluma, diciendo:

–Tómese su tiempo.

–Lo siento –farfulló–, he esperado toda mi vida a que llegara este momento.

–Lo entendemos todos –dijo el juez.

El señor Bartlett esperó hasta que madame Beaussart estuvo lista para continuar y entonces le dio la hoja de papel al ujier, para que se la pasara a la testigo.

–¿Sería tan amable de mirar esta fotografía?

La testigo se quitó las gafas y sacó otro par de una bolsa pequeña.

–Ése es el hombre que ha estado describiendo, ¿no es cierto?

Ella dijo sin titubear:

–Sí, es él, Schwermann.

–¿Y está usted segura de eso?

–Sí.

–¿Tiene su aspecto grabado en la memoria?

–Sí.

–Mire otra vez, señora. ¿No hay nada que le haga dudar de su opinión? Fue, después de todo, hace más de cincuenta años.

–No olvidaré nunca al hombre que forzó a aquellos niños a subir a los autobuses.

Avanzando hacia el jurado, el señor Bartlett dijo:

–Madame Beaussart, tiene razón en todo lo que le ha dicho al tribunal hoy. Excepto en un detalle importante. Pero déjeme explicarle que yo no desafío su honestidad. El hombre de la fotografía supervisó, en efecto, las deportaciones desde Drancy. Ya fue condenado por un tribunal alemán, en un juicio al que usted no pudo asistir debido a una grave enfermedad de la que, gracias a Dios, se ha recuperado.

Madame Beaussart, desconcertada, no podía hablar.

–Usted ha identificado correctamente a otra persona, no al señor Schwermann. Facilitaré los detalles al tribunal a su debido tiempo.

Se sentó, con la solapa de la toga de seda revolviendo los papeles sueltos que estaban colocados cuidadosamente delante de él.

Capítulo veintinueve

I.

Anselm regresó a Larkwood justo después de vísperas, a tiempo para una breve reunión con el padre Andrew antes de la cena. Se sentaron en el estudio del prior, que daba afuera, al jardín del claustro. Era una tarde muy tranquila y sobre la cuidada hierba se dibujaban unas sombras alargadas como las lonas de un escenario que se hubiera aplastado al caer.

El padre Andrew preguntó:

–¿Cómo se lo tomaron cuando les dijiste que la policía no podía hacer nada?

–Con ecuanimidad ejemplar. Me había preparado para una furia desbordada.

–Los que están cerca de la política a menudo entienden las limitaciones de la ley mejor que la mayoría.

–Sin embargo, había algo entre ellos, creo que procedía de la madre, algo como una acusación. Ahí es donde residía la ira, la confusión. Y entré en ese terreno sin querer, por casualidad.

–Anselm –dijo el prior secamente–, la mayoría de tus casualidades son el producto de la intuición dejada a su libre albedrío. ¿Qué dijiste?

–Estábamos hablando sobre Pascal y mencioné a Agnes; dije que ella había tenido un hijo y pregunté si la familia la había conocido.

–¿Y?

–La madre no dijo nada en absoluto, pero el padre dijo que Jacques no había conocido nunca a nadie que se llamara Agnes... No estábamos hablando de Jacques, pero él estableció la conexión.

–¿Y llamas a eso casualidad?

Anselm protestó:

–No está muy alejado. Mis mejores sesiones de repreguntas eran siempre por error. No me daba cuenta de lo ingenioso que parecía hasta que había acabado.

El prior sonrió con una vaga indulgencia. Anselm continuó:

–De todas formas, luego tuve un encuentro extrañísimo con el mayordomo. Durante todo el tiempo que sirvió el té, entró con sigilo, no dijo nada, salió con sigilo... pero cuando me acompaña a la puerta me dice que conoció a Agnes y que tuvo a su hijo en brazos. Luego me da una carta para que se la entregue a Agnes de parte de Jacques, una carta que él había guardado desde la guerra, por si acaso ella sobrevivía.

Los dos monjes reflexionaron en silencio. Frunciendo el ceño, el padre Andrew dijo:

–Está claro, por lo que te dijo Max Nightingale, que su abuelo, de alguna manera, los conoció a ambos, a Jacques y a Agnes. En todo este trágico asunto ellos son los únicos que lo han llevado a un estado de pánico. Así que deben de haberse conocido durante la guerra... –Se volvió hacia Anselm–: ¿Cuál era el acertijo que te dijeron en Les Moineaux sobre Schwermann?

–Que había arriesgado su vida para salvar vida.

El prior ladeó la cabeza como si aguzara el oído para captar voces distantes. Sus ojos brillantes desaparecieron tras grandes arrugas..., pero fuese lo que fuese lo que había percibido quedaba fuera de su alcance.

Sonó la campana para la cena. Anselm dijo:

–Lo extraño es: ¿cómo es que Étienne Fougères y su mujer llegaron a saber de la existencia de Agnes y su hijo?

Se levantaron y fueron al corredor. Desde el hueco de la escalera resonaba el sonido del movimiento de otros muchos pies que iban hacia el refectorio. El prior respondió:

–En la familia de Jacques deben de haber ido contándoselo unos a otros después de su muerte –siguió desarrollado su idea– y, con el tiempo, Étienne se lo dijo a su mujer... pero no se lo dijeron a su hijo, Pascal... un secreto que conocía un sirviente, un mayordomo... pero ¿por qué?

La intuición les falló a ambos y entraron al refectorio.

2.

La comida de la noche era la acostumbrada mezcla vomitiva de las sobras de la pensión. Anselm empujó algo morado en su plato. No había manera de saber lo que había sido en sus vidas anteriores. Después, la comunidad entró en fila en el salón de recreo, donde Anselm se reunió con Wilf en el rincón habitual, al lado de la aspidistra que nadie regaba pero que aun así, milagrosamente, no se moría nunca. Una de las grandes cualidades de Wilf era que utilizaba los acontecimientos de su vida como un impulso para investigar cosas de las que no sabía nada. Después de la llegada de Schwermann se había enfrascado discretamente en lecturas sobre la Ocupación y sus secuelas. A él le gustaba compartir lo que averiguaba y Anselm disfrutaba de la presentación de sus incursiones, marcadas como estaban por el asombro a lo David Bellamy[1] cuando encuentra un nuevo caracol en el jardín.

–Los tiempos de guerra crean sus propios y únicos dilemas morales –profirió Wilf con calma ambigua, invitando a solicitar una revelación mayor.

–¿Por qué ocurre eso? –se vio obligado a decir Anselm.

–Bueno –dijo Wilf, mostrándose gratificado y recostándose–, tenemos el extraño caso de Paul Touvier, un católico tradicionalista, pero involucrado con la milicia de Vichy. Le empujaron a ello su padre y un cura. Así que es un francés vigilando a los franceses para los alemanes.

1. Referencia a un ecologista muy conocido en Gran Bretaña, que aparece con frecuencia en los medios de comunicación. *(N. de la T.)*

–Un colaborador –contribuyó Anselm con lo obvio.

–En efecto. Y su trabajo consistía en combatir la Resistencia.

–Algo no muy devoto.

–Un poco de paciencia, padre. Porque ahí reside una cuestión interesante. La Resistencia asesinó al ministro de Información de Vichy en 1944. Los alemanes querían tomar represalias. Según Touvier, pedían la ejecución de cientos de judíos. Dice que negoció hasta bajar el número a treinta, y ordenó la muerte de siete, en Rillieux-la-Pape, como un acto de apaciguamiento para salvar a los restantes veintitrés.

–¿Dónde está la devoción?

–Bueno, no hay devoción ninguna, claro. Lo único es que me ha hecho pensar. Se trata de un hombre que, a su debido tiempo, será condenado, en ausencia, de traición. No sé nada más de él, y lo que dijo eran probablemente estupideces, pero se me ocurrió que sólo los que colaboraban eran los que estaban en posición de negociar con los nazis si se presentaba la oportunidad. Ésa no es, naturalmente, una razón para colaborar. Pero sugiere un principio abstracto interesante: en ciertas situaciones, sólo alguien que se ha perdido a sí mismo puede realizar buenas obras, aunque no pueda nunca expiar lo que ha hecho.

A continuación vino una pausa de reflexión compartida. Wilf cogió un periódico, buscó el crucigrama y dijo:

–Aun así, no puedo entender por nada del mundo por qué escondieron a Touvier en un monasterio.

–¿Cómo? –dijo Anselm.

Wilf repitió su observación, torciendo el gesto ante la primera clave.

–Fundamentalistas, al parecer. *Integristas.* No son santos de nuestra devoción. Algo complicado –añadió–, porque Touvier había sido perdonado por Pompidou. Diez años más tarde se escondió, cuando se enteró de que todavía podía ser perseguido. Al final le condenaron por los asesinatos de Rillieux en 1994; el primer francés que cayó por crímenes de guerra contra la humanidad. Fue terriblemente bochornoso para la Iglesia cuando le capturaron, por supuesto –prosiguió Wilf, dejando el periódico en su regazo–, aunque sólo fuera porque sacó a relucir los compromisos eclesiásticos del pasado. Durante la guerra, dijo, la Iglesia había estado en una posición muy difícil. Pétain y Vichy restablecieron el apoyo que había retirado antes un Estado ferozmente anticlerical. Se desarrolló una alianza que fue demasiado íntima. Fue todo bastante complicado.

Sintiéndose un poco incómodo, Anselm dejó a Wilf con su crucigrama. Cuando se preparaba para limpiar el suelo del refectorio no podía dejar de escuchar otra voz que le susurraba, y vio los ojos luminosos del cardenal Vincenzi:

–Todo es bastante complicado.

Capítulo treinta

I.

La sesión se levantó por ese día después de que el señor Bartlett hubiera hecho el sorprendente anuncio que siguió a la declaración de madame Beaussart.

–Parece un buen momento para hacer una pausa, señores –dijo el magistrado Pollbrook.

La cólera aguijoneó las tripas de Lucy y pensó con amargura: «Tienes razón. No hay motivo para continuar. Es un desastre, un maldito desastre sin sentido». Max Nightingale pasó rozándola apresuradamente, con la boca herméticamente cerrada. El hombre de la chaqueta de punto al lado de ella se levantó para dejar paso; sus facciones estaban relajadas, como si se hubiera cumplido una dolorosa expectativa. Lucy salió del juzgado con una especie de pánico, como si el aire se hubiera cargado de un olor apestoso. Corrió hacia la parada de metro de Saint Paul y se abrió paso hasta la entrada de un tren que era un hervidero de gente, lleno de codos reclamando su derecho, rígidos. La puerta del vagón se cerró deslizándose y rozándole la espalda. «Soporto esto –pensó– para poder hacerle a mi abuela un resumen de "la jugada del día".» Así es como lo había llamado uno de los abogados.

La apertura del juicio había centrado la vida de Lucy, descabalada desde la muerte de Pascal. Al tener dificultades para asistir a las clases, se había confiado a su tutor, un hombre que parecía percibir el temor a algo que ella no había mencionado: la posibilidad de que abandonara el curso, un segundo fracaso del que no podría recuperarse. Envió a Lucy a una consejera universitaria llamada Myriam Anderson. Hablar ayudaba hasta cierto punto; pero a la muerte, de entre todas las experiencias, sólo podía adaptarse uno con más sufrimiento, y en esa posibilidad se veía envuelta la muerte segura de Agnes. Estos dos acontecimientos, uno pasado, el otro por venir, se colocaban como un marco a cada lado del juicio, dándole forma. Myriam había dicho:

–Es tentador separar los problemas de la vida en miniaturas, ahí es donde empieza el problema. Tu mejor baza es que puedes ver el cuadro en su totalidad. –Myriam miró de cerca a Lucy antes de decir–: No descartes otra muerte.

–¿Perdón?

–Otra muerte, un resultado de este juicio que frustre tus esperanzas.

Cuando Lucy llegó a Hammersmith, las largas sombras de la tarde estaban tan quietas como si estuvieran pintadas, y perdían profundidad y forma a medida que la luz se iba retirando. Metió la llave en la cerradura de la puerta principal de la casa de Agnes y dio un paso hacia dentro, resbalándose en las baldosas y chocando con la pared. Maldita Wilma.

Agnes ya no podía hablar ni andar. Una enfermera venía dos veces por semana. Susan la visitaba un día sí y otro no. En cuanto a Freddie, la enorme tensión que una vez le había mantenido apartado de Agnes parecía estar desmoronándose, no en lo externo, sino muy profundamente, en sus cimientos. Lucy observó que la palidez se apoderaba de su rostro cada vez que él venía a Chiswick Mall: sencillamente, no podía soportar ser testigo del lento y martirizante deterioro que Agnes asumía con una calma tan tremenda.

Lucy avanzó sigilosamente por el oscuro corredor hacia la fina línea de luz naranja que se reflejaba en el suelo. Se paró ante la puerta y la entreabrió en silencio. Agnes estaba tumbada completamente inmóvil, tan inmóvil que Lucy pensó que había muerto. Se le aceleró el corazón. Y entonces Agnes levantó un brazo, como un César renqueante en los juegos circenses. Lucy se acercó y se sentó junto a la cama.

–El juicio ha comenzado.

Un movimiento de cabeza.

–Hoy hemos oído a madame Beaussart, la periodista que conociste en Auschwitz, la que soñaba con hacer la mermelada que tú soñabas comer. Escribiste sobre ella.

Un movimiento de cabeza.

–Se acuerda de casi todo.

Lucy no podía ir más lejos.

Agnes no respondía. No se podía leer su cara, sólo sus ojos, y estaban vueltos hacia un lado. ¿Había escuchado ya las noticias acerca de la primera testigo del fiscal abandonando el estrado, exclamando entre lágrimas que sí que recordaba a Schwermann? ¿Se había enterado del anuncio sorpresa del señor Bartlett al tribunal? Estas cosas no se las podía contar Lucy, no a la más secreta víctima de Schwermann, que estaba allí tumbada, incapaz de responder. Agnes lo averiguaría bastante pronto, cuando Wilma lo declamara siguiendo el informe de *The Times* a la mañana siguiente.

Agnes movió la cabeza hacia la mesita de noche y la cartulina con su alfabeto. Utilizaba un método muy simple. Después de señalar las letras de una palabra, se detenía y dejaba la mano en reposo. Luego deletreaba la palabra siguiente. Era lo liviano de su muñeca, que se movía como un director de orquesta, y esa pausa, con los dedos quietos sobre su pecho entre los compases, lo que destrozaba a Lucy.

P-A-S-C-A-L

Siguió una larga pausa: introducía así el tema del que quería hablar, como un titular.

T-R-A-TA

Pausa.

D-E

Pausa.

C-A-L-M-A-R

Pausa.

E-L
Pausa.
F-U-E-G-O
Pausa.
S-I-N
Pausa.
Q-U-E
Pausa.
S-E
Pausa.
E-X-T-I-N-G-A
Pausa.

Lucy asintió con agradecimiento, haciendo un esfuerzo para satisfacer la ansiedad, la súplica profunda que había dentro de los azules ojos de su abuela. Se dio cuenta de la pregunta que estaba atrapada en la cabeza de Agnes y añadió:

–Me están ayudando muchísimo en la universidad. Me han dicho que me tome unas cuantas semanas libres. Están seguros de que luego lo voy a recuperar.

Agnes tocó el brazo de Lucy, y luego continuó:

S-I
Pausa.
V-I-C-T-O-R
Pausa.
A-P-A-R-E-C-E
Pausa.
T-E-N-G-O
Pausa.
Q-U-E
Pausa.
V-E-R-L-O
Pausa.
A-N-T-E-S
Pausa.
D-E
Pausa.
M-O-R-I-R

Lucy acarició la mano temblorosa de su abuela. Agnes no podía señalar durante mucho tiempo. La angustia le empujó hacia abajo las comisuras de los labios.

–Abuela, creo que ha desaparecido para siempre.

Agnes sacudió la cabeza.

V-A

Pausa.

A

Pausa.

A-P-A-R-E-C-E-R

Lucy levantó de nuevo la mano de su abuela y le alisó la piel, como si estuviera aliviando una profunda magulladura, la herida que todavía creía que podría sanar un viejo amigo, que aparecería para reparar su error. Gran parte de su relación se había transferido ahora al encuentro de las manos. Reemplazaba al silencio voluntario que una vez había sido una comunión. Lucy alcanzó la cartulina del alfabeto. Tenía que decir algo que nunca había dicho:

T-E

Pausa.

Q-U-I-E-R-O

El picaporte de la puerta giró y Wilma entró con un cuenco de cubitos de hielo, un platillo y una cucharilla.

Cuando Lucy se marchó, el suelo del vestíbulo estaba seco y se podía pisar con seguridad. Al salir pasó por delante del salón, que ya no se utilizaba. Agnes lo había dejado para siempre. El piano, el televisor y los muebles permanecían a la espera de unos hombres de mudanzas que llegarían bromeando, vestidos con monos blancos.

2.

La mañana después de volver de París, Anselm fue a la biblioteca para escribir algunas cartas, consciente de la observación de Johnson de que un hombre debería mantener sus amistades en buen estado. Acababa de cerrar un sobre cuando el padre Bernard, el encargado de abastos, asomó la cabeza por la puerta. Había una llamada telefónica para Anselm que Sylvester había pasado a la cocina. No tenía sentido tratar de que la desviara de nuevo. Los dos se apresuraron escaleras abajo, con los hábitos agitándose como las amplias aletas de una cometa que se niega a despegar del suelo.

La llamada era del detective comisario de policía Milby, que preguntaba cómo había resultado la visita a la familia Fougères. Anselm se lo explicó y concluyó con un comentario ambiguo:

–Estoy muy contento de haber ido.

Luego Milby pasó la llamada a la extensión de la detective Armstrong.

–Creo que hemos encontrado a Victor Brionne –fueron sus primeras palabras.

–Alabado sea Dios.

–No exactamente, hubo otras personas involucradas. La persona que fue a verle era casi con seguridad Robert Brownlow. Tiene cincuenta y cinco años y vive en la costa noroeste, en un lugar llamado Cullercoats. Su padre, Victor Brownlow, vive en Londres, en Stamford Hill. El lugar parece cerrado y lleva así desde hace meses, según el cartero. El hijo, sin embargo, paga impuestos sobre una propiedad en Holy Island: Pilgrim's Rest. Hemos hecho que la policía local patrullara por allí de paisano y parece que es allí adonde se ha retirado.

–La llamaré tan pronto como haya hablado con él.

–Puede decirle también que contacte conmigo. No puede seguir escapando, no a su edad.

–Lo haré.

Anselm sacó un lápiz del bolsillo de su hábito y dijo:

–Tengo que pedirle otro favor.

–Espero que no me sorprenda otra vez, padre.

–No, esto es diferente. ¿Me puede dar el teléfono de Lucy Embleton? Tengo una carta para alguien que ella conoce.

–Padre, desde que fui al priorato de Larkwood, no he encontrado más que misterios.

Anselm caminó de vuelta a la biblioteca sumido profundamente en sus pensamientos y recogió su correspondencia antes de dar un paseo al pueblo para echarla al correo. Por el camino divisó un Fiat Punto rojo encendido con una matrícula extranjera que giraba hacia Larkwood. Le resultaba extrañamente familiar, pero Anselm se concentró en otra distracción apremiante. Había algo que estaba dándole vueltas en la cabeza y de lo que no podía acordarse con claridad. Pero estaba absolutamente seguro de una cosa: el nombre de Brownlow le era familiar, y se remontaba a sus tiempos de escuela.

3.

Lucy interrumpió su trayecto a casa pasándose a ver a Cathy Glenton sin avisar. Sólo habían hablado una vez desde la muerte de Pascal, cuando Lucy llamó para contarle lo que había sucedido. Después de eso, Lucy había desaparecido del mapa. No había contestado a un par de mensajes que había dejado Cathy en su contestador automático. Pero al salir de Chiswick Mall, Lucy sintió de repente la urgencia de ver a su antigua amiga.

La puerta se abrió un poco y Cathy se asomó sobre una cadena de seguridad. Lucy vio que llevaba un albornoz de algodón blanco y una toalla en la cabeza a modo de turbante.

–¿Es demasiado tarde?

–Qué va.

Se fueron a la cocina.

–Bueno, ¿en qué andas? –preguntó Cathy, sacando dos botellas de cerveza del frigorífico.

–Estoy yendo a un juicio sobre crímenes de guerra.

–¿Por qué?

–Es una historia muy, muy larga. No quiero hablar de ello.

–Bueno. ¿Cómo está tu abuela?

–Muriéndose lentamente. Tampoco quiero hablar de eso.

–Está bien.

Cathy se quedó en la esquina del sofá, sentada sobre sus piernas cruzadas. Miró fijamente al estrecho cuello verde de la botella y dijo:

–Lo siento, siento muchísimo haber sido tan tonta.

–¿Qué quieres decir? –preguntó Lucy, quitándose los zapatos. Se sentó apoyándose en una pared.

–Me refiero a Pascal y a ti.

–Ah –suspiró Lucy sorprendida–, olvídalo.

–Como no me devolvías las llamadas pensé que estabas enfadada conmigo.

–No, no –respondió Lucy con emoción, en tono de disculpa–. Sólo quería estar triste a solas. Ahora quiero estar triste contigo.

–Está bien.

Bebieron la cerveza.

–Siempre pasa lo mismo –dijo Cathy después de un rato–. Llegamos a esta edad y de vez en cuando recobramos el entusiasmo de la niñez, pero después nos dan otra bofetada en la cara.

Lucy miró a Cathy y dijo:

–Una vez me dijiste que tú nunca pensabas en el pasado. Eso son estupideces, ¿verdad?

–Sí.

De repente, sin dureza, Lucy preguntó:

–¿Qué ocurrió con Vincent?

–Metí la pata. Hasta el fondo.

–¿Cómo?

–Es increíble, al mirar atrás. Quiero decir, él era realmente distinto. No estaba interesado en una carrera, dinero y todo ese rollo; hacía un montón de trabajo de beneficencia, discretamente; decía grandes cosas que yo quería escribir... y terminé con todo ello.

–¿Por qué?

–Un día se quedó realmente destrozado, por completo.

Tuvimos una pelea sobre una tontería, una toalla húmeda dejada en el suelo, pero me dijo que era una bruja odiosa. –Colocó la botella con cuidado en el suelo–. Al día siguiente empecé a cubrirme la cicatriz. Dijo que lo sentía, pero no lo decía de verdad, y así sucesivamente... y entonces me di cuenta de lo que había pasado: yo había cambiado, así, sin más. –Chasqueó un dedo contra el pulgar–. No me había dado cuenta de que la confianza que yo tenía en mí misma era tan frágil. Hicimos más o menos las paces, pero poco a poco y sin parar lo fui apartando. Fui bastante indulgente conmigo misma, la verdad. Oí la llamada de la sirena de la fusión existencial, pensando que podría darme profundidades añadidas. Supongo que lo que quería es que él me persiguiera. Pero me tomó la palabra. No debería haberle soltado.

–¿Dónde está ahora?

–Casado con otra divinidad.

–Cathy, lo siento.

Lucy se sintió extrañamente avergonzada de su propia apariencia.

–No lo sientas. El maquillaje es sólo una medida provisional. Por dentro me estoy convirtiendo en una diosa que se eleva alto sobre toda la carne. Eso es. ¿Estás triste ahora?

–Sí.

–Yo también. Vamos a jugar a las cartas.

Capítulo treinta y uno

I.

Anselm volvió de la oficina de correos a tiempo para el almuerzo, que resultó ser una indescriptible combinación de pasta fría y remolacha sin ninguna otra bendición que las uniera. El boletín de noticias del hermano Jerome fue una distracción eficaz: contenía un artículo interesante sobre el juicio. Anselm decidió leer el informe completo cuando escapara del refectorio. Mientras tanto, se estaba empezando a perfilar un programa: vería a Lucy Embleton y a Salomon Lachaise al día siguiente, antes de dirigirse al norte para enfrentarse a Victor Brionne el fin de semana, otra fría posibilidad que le llenaba ahora de terror. El domingo por la noche, después de enviar un fax al cardenal Vincenzi, habría concluido su participación en todo el asunto. Después de comer, Anselm habló con el prior y recibió los permisos necesarios. Luego cogió el periódico y se fue a su banco junto a las ruinas del priorato.

Después de que Bartlett hubiera repreguntado a madame Beaussart, había sorprendido al tribunal revelando voluntariamente la defensa de su cliente. Como el juez había observado, Schwermann no tenía la obligación de hacerlo, pero Bartlett había dicho que él lo había considerado adecuado, ya que «serviría únicamente para ayudar al jurado en este caso tan particularmente difícil».

No exactamente, pensó Anselm. Era una estratagema para eludir el hecho de que Schwermann no había cooperado con la policía. Una interrogación «sin respuesta» siempre parecía sospechosa, incluso si era un homenaje a Goethe.

Por lo tanto, Bartlett estaba haciendo parecer a Schwermann lo más amable posible ante el jurado. Y debía de haber elegido el momento de hacerlo, una vez obtenidas las respuestas que necesitaba de los testigos. Enseñarle la fotografía a madame Beaussart fue jugar una carta arriesgada, pero Bartlett debía de haber notado que la acusación no había probado formalmente *cómo* había conocido ella a Schwermann. En ausencia de ese fundamento, Bartlett se había acercado a ella con cautela, mientras se iba calentando su instinto para caer sobre sus presas.

Bartlett había dicho que Schwermann ocupó un puesto administrativo menor en las SS, que no había visitado nunca un campo de concentración y que no había sido nunca «testigo de ninguna de las horrorosas escenas que tan convincentemente ha descrito la valiente testigo, cuyo testimonio acabamos de oír». Schwermann admitió que él sabía que los deportados iban a Auschwitz, pero que él creía que éste era un punto de escala en su camino a Palestina, parte de una política más amplia de emigración obligada. Y en cuanto al círculo de contrabandistas, aceptó que él había puesto en conocimiento de sus superiores la información que había llegado a su poder, pero que él no había tenido ninguna influencia ni capacidad de decisión en lo que les hubiera sucedido después. Mientras que el acusado no tenía la responsabilidad de probar su inocencia, en este caso particular se demostraría que la acusación empezaba a fallar al no tener detalles concretos, intentando aferrarse a pruebas circunstanciales.

Así que ésa era la estrategia: cuatro grandes puntos, justo como había pronosticado Roddy, tres abiertos y uno escondido. Lo primero, la negación total de haber visto nunca la maquinaria de un campo de exterminio. Segundo, una sincera creencia de que «evacuación» significaba simplemente lo que decía. Y tercero, el destino del círculo de contrabandistas se había transferido a otros. Técnicamente, esto significaba que Schwermann negaba haber sido parte de una iniciativa conjunta cuyo objeto o posible resultado fuera la muerte o los daños graves. Bartlett, con sensatez, había evitado el cuarto argumento, porque sus propiedades cómicas inherentes invalidarían su fuerza: la defensa del «yo sólo obedecía órdenes». Pero Anselm sabía que se harían insinuaciones a los miembros del jurado, con frecuentes referencias a la juventud de Schwermann, a lo modesto de su rango y al poder de los demás. No habría carcajadas y se demostraría la razón de forma convincente. Podría incluso mover a la compasión.

La revelación de Bartlett, sin embargo, era preocupante por otras consideraciones: no había referencia a Les Moineaux y no había ninguna mención de que Schwermann hubiera salvado vidas en vez de quitarlas. El acertijo continuaba siendo un secreto sin explicar. Anselm se había pasado a las páginas de necrológicas buscando un poco de entretenimiento cuando oyó una voz grave detrás del hombro.

–Padre, si no hubiéramos compartido la copa de la abundancia, creería que se está escondiendo de mí.

Anselm se estremeció.

–Pensé que estiraría un poco las piernas, antes de irme a Río. Y tengo unas cuantas respuestas del reino de Mano Larga.

2.

Lucy salió del juzgado media hora antes de que terminara la sesión de la mañana para reunirse con el padre Anselm, el monje. Se había quedado sorprendida al escuchar su voz por teléfono la noche anterior. Iba a ir a Londres y había un asunto importante que tenía que discutir con ella. Le dijo que no se preocupara. Quedaron en la puerta de la catedral de Saint Paul y se sentaron en la escalinata. Al parecer era algo que él había hecho a menudo cuando ejercía la abogacía, para tomarse un respiro en medio de una sesión feroz en el tribunal de Old Bailey.

–Ese juzgado –dijo– fue el escenario de algunos de mis más espectaculares fracasos.

Tras un momento de reflexión el monje dijo:

–Lucy, tengo una carta de un hombre que conoció a Agnes Aubret. La escribió durante la guerra Jacques Fougères, el padre de su hijo, y se la dio a este hombre para que la guardara en un lugar seguro y se la entregara a Agnes si ella sobrevivía a la guerra. Me ha pedido que se la entregue. Creo que tú conoces a la Agnes que busco.

–La conozco, es mi abuela. –La rápida mezcla de mareo y asombro actuó por un momento como un sedante. Habló con una premeditación que ella no poseía–. Tiene esclerosis lateral amiotrófica. No puede andar ni hablar, pero lo entiende todo. Su vida interior es todo lo que le queda. ¿Puedo preguntarle quién le ha dado la carta?

–El señor Snyman. Lo siento, el nombre a mí no me dice nada.

–Fue un judío refugiado, que tuvo que ir de país en país. Tocaba el violonchelo, mientras mi abuela tocaba al piano. Nunca la he oído tocar, pero se puede apreciar, una vez que se sabe, en el aspecto de sus manos... los dedos son largos y hermosos y siempre están estirándose para alcanzar algo. –Inesperadamente, comenzó a llorar; no era un sollozo trágico, de mejillas contraídas y válvulas silbantes, era simplemente agua fluyendo libre por una piel de marfil suave; agua que no podía detenerse, que ella no quería parar, que quería que corriera para siempre, bajando por su cara, por su cuerpo, hasta el mar–. Mi abuela era un miembro de La Mesa Redonda. Salvó a algunos niños, pero perdió a su propio hijo. Sobrevivió a Auschwitz y a Ravensbrück y salvó a otros dos niños; una era mi tía, que murió sin que se lo dijeran, y el otro mi padre, que todavía no lo sabe. Ahora se está muriendo, incapaz de hablar, incapaz de moverse; ha perdido todo, todo, excepto su aliento. Dígame, si es que lo sabe, porque yo no lo sé, ¿por qué no se le puede dar algo a ella, sólo por esta vez, antes de que muera?

–Supongo que esto no te sorprenderá –dijo el monje–, pero no hay ninguna respuesta satisfactoria a preguntas como ésa. Curiosamente, lo único que podemos hacer es escuchar. ¿Puedo darte algún consuelo?

–Por favor, hágalo.

–Las mejores personas que he conocido eran las que han continuado escuchando.

Lucy pensó en Agnes, a menudo silenciosa, siempre prestando atención de un modo que era ajeno a todos los que la rodeaban.

–Y otra cosa –dijo el monje–; aunque sigas escuchando, no vas a conseguir ninguna respuesta, pero la mayoría de las veces, las preguntas se van a escapar y van a dejar de ser preguntas. Lo malo es que se tarda unos diez años.

–Gracias. ¿Y qué pasa con las que permanecen?

–Podemos elegir, o bien todo el tinglado es absurdo... o es un misterio.

Lucy pensó otra vez en Agnes, absurda para nadie, un misterio para todos los que la conocían. Hurgando para sacar un pañuelo, con los ojos hinchados, que le escocían, propuso:

–Organizaré un encuentro entre usted y mi abuela, pero tendrá que ser después del juicio. Está totalmente centrada en el resultado de éste. Una carta de Jacques ahora podría abrumarla.

El monje cambió de escalón. Dijo:

–Espero conocer a Victor Brionne este fin de semana.

Una euforia sofocante se levantó e hizo presión en el pecho de Lucy mientras decía:

–Tengo que hablar con él.

–Eso sería imprudente. Si se llega a saber que alguien que ha estado observando el juicio ha hablado con un testigo clave, se echaría todo a perder... o, de hecho, si yo le dijera cualquier cosa de tu parte. Tendrás que dejar que las cosas sigan su curso.

Lucy no tuvo más remedio que reírse. El propio juicio había silenciado ahora cualquier cosa que ella pudiera haber dicho de parte de Agnes. El desplazamiento de Agnes era total. Dijo, riéndose todavía con voz ronca:

–Yo tenía la esperanza de asegurarme de que Brionne dijera la verdad sobre Schwermann.

La cara del monje se ensombreció.

–Quizá lo haga.

–Se lo digo yo –dijo Lucy abatida–: no lo hará.

Extrañamente triste, con compasión, el monje dijo:

–Si Victor Brionne testifica en el juicio, espero que no te decepcione.

Antes de que Lucy protestara, cambió de tema.

–La muerte de Pascal debe de haber sido para ti un golpe espantoso.

–Lo fue. Todavía lo es. –Lucy observó a los atareados peatones que se entrecruzaban en la acera de abajo. Habían terminado su trabajo por esa noche y salían a tomar algo, relajados y quejándose del jefe o de su hipoteca; después se irían a casa–. Una de las razones por las que se reunió con Max Nightingale fue para decirle que no tenía nada contra él. Francamente, yo no podía ver la razón para hacerlo.

El padre Anselm caviló un poco y dijo:

–Al principio de hacerme monje, había un antiguo miembro de la comunidad, un tipo horroroso, siempre enfadado, que murmuraba mucho, como decimos en nuestra forma de vida. Cuando se estaba muriendo, fui a verle y dijo: «Anselm, lo único que importa son las pequeñas reconciliaciones. Reconcíliate siempre que tengas la oportunidad». En ese momento me pareció bastante triste, pero luego me pregunté si había hecho un descubrimiento más grande que él mismo.

Lucy pensó que Pascal hubiera estado de acuerdo. ¿Y ella misma? Sí, pero todavía no, en otra ocasión. Dijo:

–¿Tiene algún consuelo para los desconsolados?

–No. Mal negocio. Nada que recomendar en absoluto.

–Estamos de acuerdo.

Se levantaron.

–Tengo que irme –dijo el monje–, tengo otra cita. Puedes venir a pasar algún tiempo en Larkwood siempre que quieras.

–No estoy segura de creer en nada.

–No tienes que hacerlo.

Con esa respuesta le ofreció la mano, de pronto reticente. Ella se la estrechó y luego lo vio desaparecer entre los trajes y los maletines.

3.

Anselm bajó por una calle lateral hacia un restaurante italiano al que Roddy tenía la entrada prohibida desde 1975. Salomon Lachaise estaba esperándole. Anselm se disculpó por llegar tarde.

–¿Cómo va evolucionando el juicio?

–Esta mañana hemos tenido a una especialista en las operaciones de la Resistencia en París, que nos ha hablado de La Mesa Redonda. Tiene treinta y ocho años, una autoridad en relación a muchos documentos del periodo, pero ella no estuvo allí. Es lo que yo me esperaba. Hay muy pocos que queden de esa época. Ahora estamos en la era de los expertos.

Anselm sirvió sendos vasos de vino de una jarra. Salomon Lachaise dijo:

–Terminó con una explicación de cómo el padre Rochet y Jacques Fougères murieron en Mauthausen. No fue, como para muchos otros, mediante el levantamiento de piedras en una cantera, ni por ejecución, ni porque hubieran enviado a los perros detrás de ellos. Un guardia golpeó al padre Rochet con un látigo. Fougères se interpuso. Fueron llevados a la fuerza hasta el alambrado eléctrico, a punta de pistola. Caminaron del brazo, observados por una multitud hambrienta y silenciosa.

El delicioso ritual de la comida compartida perdió de pronto su simplicidad.

–El acusado provocó el fin de La Mesa Redonda –prosiguió Salomon Lachaise–, aunque no se nos ha dicho cómo supo lo que estaban haciendo. La subsiguiente diligencia con que actuó mereció un elogio personal de Eichmann; un honor que yo no le llevaría a casa a mi madre.

–No –dijo Anselm.

–Las pruebas se están ofreciendo con la debida ceremonia –dijo Salomon Lachaise–. Los escribientes se inclinan sobre sus páginas, anotando lo que se dice como si no se pudiera perder nada.

El camarero vino con pan y luego desapareció, como si su trabajo hubiera concluido.

–Pero a veces me pregunto si las pruebas son sólo un palimpsesto, y no podremos averiguar nunca lo que subyace tras las palabras.

Una especie de rencor quemaba el estómago de Anselm. No quería jugar ningún papel en la destrucción de las esperanzas de otra gente, siendo el que forzaba a Victor Brionne a ir al juzgado. Incapaz de soportar ese pensamiento dijo, a modo de distracción:

–¿Ha hablado con alguno de los otros observadores?

–No.

–Hay dos jóvenes, un hombre y una mujer, que van todos los días.

Anselm los describió.

–Sí, sé a quiénes se refiere. Algunas veces se me sientan uno a cada lado.

–Se sienta entre dos extremos. Ellos se conocieron incluso en privado, el día que se mató Pascal Fougères. El hombre es Max Nightingale, un nieto del acusado.

Salomon Lachaise se puso rígido y chasqueó los dedos.

–Pensé que le había reconocido. Ese muchacho estaba allí en el bosque, junto al lago, cuando usted y yo nos conocimos... –Parecía que una especie de sorpresa le había cogido con la guardia baja–. La mujer es la nieta de Agnes Embleton. Ella era un miembro de La Mesa Redonda. Se está muriendo. Por qué no se le ha tomado declaración, es algo que no alcanzo a comprender.

–Esta mañana se leyeron en voz alta los nombres del círculo de contrabandistas. Ese nombre no estaba entre ellos.

–En esa época se llamaba Aubret.

Antes de que Salomon Lachaise pudiera responder, reapareció el demacrado camarero, con los ojos fijos en cómo giraba el mundo fuera de la ventana. Les ofreció, en algo que se asemejaba a una canción, lo que parecía ser el contenido completo de la carta. Escucharon con admiración, como una claque. Cuando hubo terminado, Salomon Lachaise dijo:

–Muchísimas gracias, pero yo tengo que marcharme. –Volviéndose a Anselm dijo, con pesar–: El tribunal vuelve a reunirse en diez minutos.

–Es culpa mía, lo siento.

–No, no. Quedaremos otra vez.

Hizo una ligera venia y se marchó, corriendo como si el edificio estuviera en llamas. Anselm contempló la mesa; se le había quitado el apetito. Había elegido este restaurante porque era uno de sus lugares favoritos en sus tiempos de abogado, cuando tenía la suerte de gozar de un triunfo accidental. Ahora había traído a él un tipo de fracaso sutil. No era algo que hubiera que celebrar. Comió el pan y bebió el vino con la debida ceremonia, y se marchó sin hacer ruido.

4.

Lucy estaba sentada en la tribuna del público, absorta en las palabras del padre Anselm. Se repetían una y otra vez en un revoltijo, como si estuviera recorriendo rápidamente las estaciones de radio, captando transmisiones parciales. Una carta de Jacques Fougères... el señor Snyman... Victor Brionne... Agnes... Pascal... muerte... reconciliación... y que las pruebas que venían podrían decepcionarla. Decir eso era algo raro, similar a lo que Myriam Anderson había dicho acerca de otro posible sufrimiento, sobre la muerte de una última esperanza. Sus reflexiones fueron perturbadas por una tos suave.

–¿Os importa que me presente? Nos sentamos aquí todos los días y ni siquiera sabemos nuestros nombres. Soy Salomon Lachaise.

La observación iba dirigida tanto a ella como a Max Nightingale.

–Pensé que quizás os gustaría acompañarme a tomar el té una tarde.

Capítulo treinta y dos

A Anselm le pareció una solicitud bastante peculiar, aunque no sin precedentes. Había llegado un huésped inesperado mientras él estaba en Londres. Había preguntado, en un inglés deficiente, si Anselm, y sólo Anselm, escucharía su confesión. Aseguró que diría quién era después. El hermano Wilfred había dejado una nota en la puerta de Anselm en la que ponía la hora que habían fijado, las ocho y cuarto de la tarde, cuarenta y cinco minutos antes de completas.

Anselm se sentó en la oscuridad del confesionario, un poco inquieto. Le costó distinguir un ruido chirriante apenas perceptible. Se dispersaba por la vasta y vacía nave y parecía venir de todas partes, pero era un ruido que llegaba veladamente, sin definición, aunque estaba, no obstante, acercándose. El sonido de unos pies fue avanzando rápidamente sobre las pulidas baldosas. Se abrió la puerta del confesionario. Un hombre soltó un taco al tropezar con el taburete para arrodillarse junto al enrejado. Una respiración agitada, curiosamente familiar, subía y bajaba. La voz con acento francés sobresaltó a Anselm, sacándole de Larkwood y llevándole a un rellano sin luz:

–No he estado en un confesionario desde hace casi cincuenta años.

–Nosotros no nos hemos deshecho de ellos.

–No es eso lo que quiero decir.

–Lo siento. Ha sido un poco tonto por mi parte.

–No estoy aquí para confesar mis pecados.

–No hay otros que pueda confesar.

–He venido para revelar los pecados de mi Iglesia y la suya. Y si todavía puede levantar las manos en señal de absolución cuando haya terminado, será un monje más valiente que yo. Yo prefiero dejárselo a Dios mismo.

–Padre Chambray –exclamó Anselm–, ¿cómo diablos ha llegado hasta aquí?

–Me costó hacer muchos planes, a mi edad y en mis condiciones. No podía dejarlo por más tiempo. He estado siguiendo el juicio y no ha salido nada de lo que yo sé. Me quedaré unos cuantos días y luego me iré a casa. Primero, tengo que hacerle una pregunta. Por lo que más quiera, dígame: ¿le dijeron ellos lo que ocurrió en el año cuarenta y cuatro?

–¿Ellos?

–Roma.

–No.

–¿Es ésa la razón por la que vino a golpear mi puerta?

–Sí.

Chambray se detuvo para pensar. Dijo entre dientes:

–Justo lo que pensaba...

Anselm se inclinó hacia el enrejado.

–¿Qué es lo que ha venido a decir aquí?

–Ellos lo saben, y lo han mantenido en silencio, incluso cuando se ha abierto el juicio; saben lo que hizo ese cabrón. Porque yo se lo dije, todo. En el cuarenta y cinco.

Chambray se levantó del taburete para ponerse de rodillas y se desplomó en una silla. Anselm miró por el enrejado entrecerrando los ojos. No había más que sombras, estaba todo negro como un pozo. La respiración se hizo más tranquila.

–Ahora se lo diré a usted. Porque también a usted le han engañado.

–¿En qué?

–Espere –dijo bruscamente, tosiendo. Hizo una pausa y se recostó–. Vinieron en medio de la noche, hacia finales de agosto de 1944. No nos enteramos hasta el Capítulo, por la mañana. El prior, el padre Pleyon, dijo que íbamos a esconderlos a los dos hasta que se organizara su huida de Francia. No dieron explicaciones. Un nazi y un colaborador, imagínese. En un lugar que pasaba a los niños judíos de contrabando para librarlos de sus codiciosas manos. –Una sombra pareció moverse en la oscuridad hacia el enrejado. Chambray, más cerca, hizo un ruido áspero–: Para entender algo, hay que mirar hacia atrás... Es lo mismo que ocurre aquí...

La presencia se retiró, dejando una dura inflexión en las últimas palabras.

–Probablemente empezó en 1930 con la elección del prior, mucho antes de mi época. –Chambray tamborileaba lentamente con los dedos en la madera–. Lo que se ha dicho siempre en el priorato es que había rencillas entre el padre Pleyon y un candidato sin muchas posibilidades, el padre Rochet. Uno, el antiguo aristócrata, el otro un republicano. A Pleyon se le conocía como *Le Comte* porque era un confesor de éxito entre unos cuantos monárquicos bien conocidos, y Rochet era *Le Sans-culotte,* porque él siempre estaba peleando por la revolución, los derechos del hombre y todo eso. Había una tradición en el priorato de poner motes.

Anselm sintió una relajación con la apertura de la memoria y preguntó:

–¿Cuál era el suyo?

Chambray se rió.

–Le Parieur, porque hacía apuestas sobre las decisiones que tomaría el prior.

La risa fue disminuyendo y se convirtió en una respiración sorda, adentro y afuera, justo a tiempo para el suave tamborileo de los viejos dedos. Retomó el hilo:

–Había dos candidatos: Le Comte era el favorito, con un tipo sencillo pero inteligente llamado Morel como segundón. –Anselm conocía el nombre. Estaba grabado en una placa en un muro del priorato, conmemorando una ejecución que iba a venir más tarde–. Las cosas se pusieron feas. Rochet se puso en contra de Le Comte, lo que no sorprendió a nadie, porque él era del otro lado del estanque. Lo sorprendente fue lo que hizo. Todo el mundo decía que había que tener cuidado con Rochet. –La voz de la oscuridad se hizo confidencial, educativa–. Tenía algunas ideas revolucionarias, pero siempre había algo en lo que decía. Veía conexiones en cosas que la mayoría de la gente no percibía. Leía mucho también. Por lo menos eso es lo que me han dicho. Y volviendo a su rivalidad con Le Comte, tenía una sospecha descabellada que entonces no importaba. Pero luego, diez años después, se demostró que tenía razón. En aquel momento sólo pensaron que Rochet había ido demasiado lejos.

–¿Qué hizo?

–Reveló que Le Comte tenía contactos con Action Française y los Camelots du Roi –respondió el padre Chambray con mucha expresividad.

–Ya veo –musitó Anselm en consonancia.

–¿Significa eso algo para usted? –su voz se endureció.

–No, lo siento.

–Señor... –Chambray esperó, mientras acumulaba toda la paciencia de que era capaz–. Extremistas que querían la restauración de la monarquía y la expulsión de judíos y masones. La objeción de Rochet era que ellos representaban los peores aspectos de la Edad Media.

–¿Qué quería decir?

–Bueno, yo no estaba allí, pero hablaba del antagonismo hacia los judíos. Según cuentan, en el Capítulo antes de la elección, Rochet dijo algo como: «La Mesa Redonda de Cristo no puede tener en el lugar de honor a un hombre que no es hermano de los judíos». Y recuerde, la violencia y las profanaciones habían comenzado ya en Alemania. En un par de años Hitler sería canciller. Como le he dicho, Rochet tenía una forma de ver las cosas...

–¿Qué ocurrió? –preguntó Anselm.

–Le Comte se convirtió en prior. Rochet había ido demasiado lejos... y Pleyon se vengó.

Anselm hizo un gesto de incredulidad. Los priores no hacían ese tipo de cosas. Pero escuchó.

–Ese año murió de parto una chica joven de un pueblo cercano. Ella nunca dijo quién era el padre. Se rumoreaba que era Rochet y basándose en ello, eso me dijeron, Pleyon le echó. Le envió a una parroquia de la capital.

–¿Había algo de cierto en el rumor?

–Bueno, parece ser que había solicitado dejar el sacerdocio, pero luego cambió de idea después de la muerte... En cualquier caso, Pleyon se deshizo de Rochet... y la comunidad derrocó a Pleyon porque muchos monjes pensaban que la eliminación de Rochet era un ajuste de cuentas. Ahí es cuando llegué yo, bajo el mando del nuevo prior, el padre Morel.

–Entonces, ¿qué le pasó a Rochet?

–Volvimos a saber de él justo antes de la caída de Francia, a principios de 1940. Se dirigió a todos nosotros en Capítulo. Yo solamente estaba haciendo los votos, pero me permitieron ir por la importancia de lo que él tenía la intención de decir. Ésta fue la única vez que estuve con él. Quería saber si el priorato se uniría al círculo de contrabandistas para sacar a los niños de París en caso necesario. ¿Quién cree que tuvo dudas?

–¿Pleyon?

–Exacto. Todo ello disfrazado de preguntas razonables, pero había poco entusiasmo. Rochet lo había previsto y venía preparado. Pleyon preguntó si el círculo tenía un nombre. «Lo tiene», respondió Rochet. «¿Cuál es?», preguntó Le Comte. «La Mesa Redonda», dijo Rochet. Fue una bofetada en la cara, propinada por el antiguo Sans-culotte. Le Comte no tuvo mucho más que decir después de eso. El prior Morel decidió unirse al plan, todos nosotros estábamos obligados a mantener silencio y los niños empezaron a llegar. Y entonces, en 1942, los cerdos aparecieron y fusilaron al prior.

–¿Cómo lo averiguaron?

–Espere, estoy llegando a esa parte. Después de la muerte de Morel, Pleyon se quedó al cargo una vez más; había una crisis, él era un hombre fuerte. Y tengo que decir –la voz se hizo más ligera, buscando, como si le asaltara una generosidad inoportuna– que dirigió la comunidad con una sensibilidad enorme. Era un hombre distinto.

–¿Y él estaba al cargo cuando Schwermann y Brionne llegaron en 1944?

–Sí. –Chambray había dejado de tamborilear con los dedos. Se estaba cansando bajo el peso de la memoria. Continuó–: Después de la ejecución no había nada que pudiéramos hacer para saber lo que había pasado. Estábamos en la zona ocupada del norte; teníamos que esperar hasta que la guerra terminara antes de poder hacer averiguaciones. La oportunidad se presentó el día en que aparecieron Schwermann y Brionne. Supimos entonces que los alemanes habían huido de París. Le pregunté a Pleyon si podía ir a la parroquia de Rochet como coadjutor temporal, para ver lo que podía averiguar. Para mi sorpresa dio su consentimiento. Se organizaron las cosas con el obispo y me marché unos días después. Cuando volví, Schwermann y su perro se habían ido, con nombres nuevos sacados de una canción. Esto es lo que averigüé.

Chambray se movió en su asiento, inclinándose hacia el enrejado.

–Rochet era un solitario. Nadie conocía su pasado de monje. Le adoraban en su parroquia. Algunos decían que bebía, ¿sabe lo que quiero decir?

–Sí.

–Muchos de sus amigos eran judíos, aunque ninguno sobrevivió a la guerra. La Resistencia sabía que él andaba metido en algo, pero no tenían ni idea de qué se trataba, así que desconfiaron de él. Un comunista, dijeron. Según la Resistencia, La Mesa Redonda fue destruida en un día. La mayor parte de las detenciones tuvieron lugar simultáneamente a primeras horas de la tarde del 14 de julio. A Rochet le cogieron a última hora de la tarde, borracho. Uno del círculo, Jacques Fougères, fue apresado esa noche en su propia casa, aunque su familia ya se había escapado. Por alguna razón, él se quedó en París, como si estuviera esperando a alguien. Nadie sabe.

Anselm lo sabía. Debía de haber estado esperando a Agnes Aubret.

–La Resistencia creía que Rochet era un traidor. Mire, él conocía a Brionne de antes de la guerra. Así que lo que pensaron fue: Rochet se lo dijo a Brionne, que se lo dijo a

Schwermann, y entonces los alemanes arrestaron a Rochet una vez que habían barrido el suelo.

–Pero ¿por qué iba a hacerlo? No tenía ningún motivo.

–Quizá perdió el control estando borracho. Trató de destruir todo lo que le rodeaba, bueno y malo. Eso pasa.

–Sí, pero no me convence. Y me da la impresión de que a usted tampoco.

–Yo sólo le estoy diciendo lo que todo el mundo cree. Le diré lo que yo pienso en un minuto. Volví a Les Moineaux y le conté a Pleyon todo. Mire, se sintió incómodo, especialmente cuando le dije que yo no me tragaba el punto de vista de la Resistencia sobre Rochet. Le dije que debía de haber sido algún otro. Todo lo que hizo fue un gesto con la cabeza. Me dijo que había utilizado los contactos diplomáticos de su familia para pasar a Schwermann y a Brionne a Inglaterra. Pero luego, fíjese bien, yo estuve obligado a mantener el secreto. Dijo que no quería especulaciones sobre Rochet que dividieran de nuevo a la comunidad.

–Entonces, si no fue Rochet, ¿quién fue?

La pesada respiración hizo un ruido como si estuviera muy lejos, en una cueva profunda.

–¿Quién más pudo haberles traicionado? –preguntó Anselm en voz baja.

La respuesta llegó, como si fuera forzada, inexorablemente distante.

–Pleyon. Él traicionó a La Mesa Redonda.

–Eso es demasiado obvio –dijo Anselm instintivamente.

–Piénselo. –La voz de Chambray se alzó más fuerte–. ¿Por qué otro motivo iban a venir Schwermann y Brionne a Les Moineaux? Ninguno de nosotros los conocíamos. ¿Cómo sabían que iban a estar a salvo, que el prior los protegería? Vinieron porque ya sabían que él era el que había traicionado al círculo. Él estaba en sus manos: si no hacía lo que le pedían, podían revelar lo que había hecho. Y le interesaba ayudarlos. Los sacó del país antes de que empezaran las represalias. ¿No se da cuenta? Pleyon fue un colaborador también. Estaba salvando su propio pellejo.

Anselm estaba fascinado por la impecabilidad de un argumento que él no había acertado a ver. Chambray continuó:

–Todo encaja. Pleyon era el que había echado a Rochet hacía muchos años; él fue el que tuvo dudas, en primer lugar, sobre el plan de La Mesa Redonda, y cuando yo volví al priorato después de mi temporada en París, me obligó a guardar el secreto...

–Pero ¿por qué iba a provocar semejante catástrofe?

–No quería. No se dio cuenta de lo que podría ocurrir. Pensó que sólo les darían un aviso. Pero estaba equivocado. Y después del fusilamiento del prior Morel, era un hombre distinto. ¿Por qué?

–¿Remordimientos? –preguntó Anselm.

–Estoy seguro.

Chambray tenía razón. Anselm sintió cómo se unían los cabos sueltos en un juicio irrefutable.

–Está claro ahora, ¿no es así?: Pleyon traiciona al círculo, pensando que será simplemente el fin del plan, pero no ha previsto el pelotón de fusilamiento. Se convierte en un hombre humilde, en un penitente. Entonces, cuando termina la guerra, llegan los dos, como fantasmas del pasado, para recordarle lo que hizo, aclamándole como a un hermano. Está atrapado por lo que ha hecho, y utiliza su autoridad y su influencia para asegurarse de que escapan de la justicia.

«Tiene razón –pensó Anselm–. Ésa es la única explicación que satisface todas las preguntas.»

Pero había aún otra cuestión.

–¿Dice que Roma lo sabe todo?

–Todo. Lo escribí en 1945, a pesar de la orden de Pleyon, y se lo envié al prior general. Me contestó diciendo que habían pasado mi informe al Vaticano. No hicieron nada, absolutamente nada. Y luego, Pleyon murió de un ataque al corazón aproximadamente un año después. Yo dejé el priorato en 1948 y no he vuelto desde entonces. No he dejado nunca la Iglesia, pero estoy sentado en el borde, ni dentro ni fuera. Encontrarán mi cuerpo en el porche.

Anselm emitió un quejido; entendía perfectamente por qué esas últimas palabras le habían golpeado tan adentro: porque eran muchos los que vivían en esa línea a los que él llegaría si pudiera.

Chambray se puso en pie con dificultad y salió del confesionario.

–Le dejaré una copia de lo que envié a Roma. Puede leerlo usted mismo.

Anselm dijo:

–Padre, ¿fue usted el que envió el nombre falso de Schwermann a Pascal Fougères?

El anciano dijo con aspereza:

–No..., yo nunca supe cuál era... pero recuerdo la canción de donde se tomaron los nombres, *A nightingale sang in Berkeley Square.*

La respiración y el arrastrar de pies se fueron alejando lentamente, como los de un animal herido, hasta que en la nave se oyó el eco de su partida. Luego siguió la apertura de una gran puerta, el portazo implacable de una ráfaga de viento y el silencio, que tendió la mano tratando de alcanzar al que se había marchado.

Capítulo treinta y tres

1.

Después de haber pasado la tarde escuchando a un historiador narrar las hazañas de La Mesa Redonda, Lucy salió del juzgado y se encaminó a Chiswick Mall para ir a una reunión organizada por su padre. En el metro enumeró las diferentes intervenciones del señor Bartlett, la mayor parte de las cuales parecían ser bastante insignificantes. Pero dejaban la impresión de un hombre que era cuidadoso con los detalles, independientemente de si eso ayudaba o no a la defensa de su cliente. Él era justo, sensato y flexible. Ayudaba a su contrincante, ayudaba al tribunal. Y no había duda de que el jurado pensaba que les estaba ayudando en todo lo que podía. Apartando su mente de eso, Lucy pensó con preocupación en la otra reunión que había propuesto con tanto entusiasmo el señor Lachaise cuando salían del juzgado. Cuando le preguntaron, Max Nightingale había dicho que era pintor. El señor Lachaise había sugerido instantáneamente que fueran los tres juntos a ver el «trabajo de Max» un sábado por la tarde. Lucy se había quedado tan sumamente alterada por la inocencia de su actitud que no se atrevió a decir que no. Pero eso sería otro día. Primero tenía que soportar esta noche.

Estaban todos sentados en el salón: el doctor Scott, la encargada de la asistencia social, un consejero de salud regional de la Asociación contra la Esclerosis Lateral Amiotrófica, Freddie, Susan, Lucy y Wilma.

–La razón por la que estamos todos aquí –dijo Pam, de los Servicios Sociales– es hablar sobre el futuro de Agnes.

–No tiene ninguno –dijo Wilma.

Pam parpadeó molesta.

–Tenemos que coordinar un plan de asistencia, para asegurarnos de dar a Agnes la facultad de encarar el futuro a su manera.

El doctor Scott se estremeció. A Freddie tampoco le gustaba, aunque probablemente por razones diferentes. Él tenía su propio plan y Lucy se dio cuenta inmediatamente, antes de que expusiera sus demandas. Quería que intervinieran profesionales (y, en consecuencia, que se fuera Wilma). Quería que vinieran todos los días visitantes de la Asociación contra la Esclerosis. Quería alquilar o comprar equipos. Cualquier cosa, todo lo que hiciera falta para limpiar la suciedad de la muerte, aunque esa palabra se evitaba deliberadamente. Freddie prefería utilizar expresiones enrevesadas que, por su abstracción, se centraban aún con más identidad en la realidad que él no se atrevía a nombrar.

Elaboraron «una posible estructura de asistencia» (frase de Pam). Freddie aprobó con entusiasmo todas las propuestas, quizá sin entender del todo la doxología reverente de Pam: «Facultar tiene que ver con dar a elegir».

Se le expuso «el paquete» (frase de Pam) a Agnes. Ella escuchó a Pam explicar las opciones, mientras Freddie confirmaba con interjecciones a medida que ella avanzaba. Cuando hubo terminado, Agnes hizo un gesto con la cabeza hacia la mesita de noche. Wilma le alcanzó la cartulina del alfabeto.

M-U-C-H-Í-S-I-M-A-S

Pausa.

G-R-A-C-I-A-S

Pausa larga.

S-Ó-L-O

Pausa.

Q-U-I-E-R-O

Pausa.

A

Pausa.

W-I-L-M-A

Freddie se embarcó en un llamamiento a que prevaleciera el sentido común, hasta que Pam le hizo olvidarlo de manera profesional, utilizando técnicas discretas. De vuelta en el salón, ella tradujo lo que realmente significaba «facultar para poder elegir»; exasperada, pero controlándose, dijo:

–Es la muerte de ella, no la suya. Déjela marchar a su manera.

Fue implacable y despiadadamente firme.

Freddie, confundido, dijo:

–No lo entiende. Lo único que yo quiero es no verla sufrir.

No pudo soportar ya más la discusión. Abrumado, se marchó bruscamente, mientras pestañeaba con rapidez para ocultar el río de lágrimas.

Pam le dio su teléfono a Lucy y le dijo que podía llamarla a cualquier hora, del día o de la noche, «dado lo que está por venir».

2.

El señor Lachaise estaba ya en el juzgado cuando Lucy tomó su asiento la mañana siguiente. También estaba Max, que ahora figuraba en su cabeza por su nombre propio, un cambio mental inquietante que había ocurrido sin aprobación formal. El señor Lachaise les ofreció a ambos un caramelo de menta. Max cogió uno, Lucy no.

La señorita Matthews, la abogada ayudante del señor Penshaw, se levantó por primera vez para «tomar declaración» a un testigo de la acusación. Llamó al doctor Pierre Vallon, un anciano historiador francés residente ahora en Estados Unidos, que había trabajado anteriormente en el Institut d'Histoire de Temps Présent de París. Estaba un poco encorvado y tenía una cara bondadosa e inquisitiva. Sus manos se sujetaban al estrado como si estuviera sobre el puente de un barco. Llevaba un traje oscuro y mustio y una gruesa pajarita.

El doctor Vallon explicó que los historiadores no se ponían de acuerdo en casi ningún asunto relacionado con la Ocupación. Después del armisticio con Alemania, dijo, Francia había sido dividida en dos regiones: la zona ocupada en el norte, bajo control alemán directo, y la zona no ocupada en el sur, dirigida por el nuevo gobierno francés, asentado en Vichy. La última manejaba todas las instituciones gubernamentales de las dos zonas, pero estaban, obviamente, sujetos a sus superiores alemanes. Y era a partir del primer momento donde la opinión de los eruditos comenzaba a dividirse. El asunto más delicado era la participación en la deportación de los judíos. Lo que era de crucial importancia (para los propósitos del juicio), la cuestión clave, era si los que estaban implicados sabían que el plan nazi era asesinar a gran escala. El doctor Vallon creía que en 1943 muchos oficiales de Vichy tenían que saber lo que estaba pasando en los campos. En cuanto a alguien que estuviera en el puesto del acusado, un oficial de las SS con sede en París, no podía haber demasiadas dudas: esa persona habría sabido con precisión lo que les pasaba a las víctimas cuando los furgones de carga llegaban a Auschwitz. Los memorandos de las SS se referían expresamente al hecho de que los judíos tenían que ser exterminados.

Al término de la prueba testifical del doctor Vallon, la sesión quedó interrumpida para ir a comer. El turno de repreguntas empezaría a las dos y diez. Lucy salió rápidamente del edificio y caminó impaciente por las calles durante una hora. Luego volvió a su asiento al lado del señor Lachaise, que le ofreció otra vez un caramelo de menta. «Sí, por favor», dijo ella.

–Doctor Vallon –dijo el señor Bartlett mientras se levantaba–, ¿conoce la expresión «palabras fuertes»?

–Sí.

Parecía estar desconcertado por la extraña pregunta, como lo estaba el juez, como lo estaba el jurado.

–Yo considero que es falso. Las palabras son débiles. ¿Está de acuerdo?

–Puede ser; no le entiendo.

El magistrado señor Pollbrook bajó su pluma y posó su torva mirada sobre el señor Bartlett, que dijo:

–En boca de unos, revelan; en boca de otros, ocultan. Las palabras no pueden resistir a la corrupción. Los que las escuchan pueden ser engañados fácilmente. ¿Está de acuerdo?

–Señor Bartlett –interrumpió el juez Pollbrook indulgentemente–, ¿va a llevarnos a los placeres de Wittgenstein?

–No, no, señoría, dudo mucho que eso fuera de ayuda para el jurado.

–Ya parecen bastante desconcertados, y yo me cuento entre ellos.

–Todo se aclarará, señoría, si puedo continuar.

–Por favor, hágalo.

–Muy agradecido.

Entonces el señor Bartlett cambió abruptamente de tema; las frases previas quedaron suspendidas en la memoria como una cuidada y bien diferenciada actuación especial.

–Doctor Vallon, usted dijo a mi distinguido amigo que en junio de 1942 Eichmann convocó a sus representantes de Francia, Bélgica y Holanda a Berlín para planificar las deportaciones. Quería empezar con Francia, ¿no es así?

–Sí. Iba a ser un gran movimiento a través de Europa, del oeste al este.

El académico se echó hacia delante, con la mirada fija, sin miedo, sobre quien le interrogaba.

–¿Y había habido una gran afluencia de judíos a Francia durante los años treinta, hasta la primavera de 1940?

–Sí.

–¿Impulsados por el terror nazi?

–Sí.

–Doctor Vallon, ¿es correcto decir que el lenguaje de la época distinguía entre «israelitas» y «judíos»?

–Sí.

–¿«Israelita» era un término relativamente cortés que describía a los judíos nacidos en Francia que estaban «asimilados»?

–Correcto.

–¿Y «judío» tenía un tono peyorativo, que hacía referencia a los judíos nacidos en el extranjero?

–Así es.

–Y esa distinción no existía, naturalmente, en el refinado vocabulario de las autoridades alemanas.

–En absoluto.

–Dicho eso, ¿sería correcto decir que Eichmann aprovechó eficazmente esa distinción para comenzar su programa de expulsión con las mínimas protestas posibles?

–Sí, aunque no sé si él pensaba en esos términos. Quería utilizar la maquinaria administrativa francesa en las deportaciones planeadas, así que empezó con los judíos sin Estado, los refugiados políticos, sabiendo que los dirigentes relevantes eran reacios a pagar el coste de su reasentamiento en Francia.

–Ése es un giro idiomático muy desafortunado, dadas las circunstancias...

–No quise...

–Por supuesto, lo ha utilizado inocentemente. Sin embargo, doctor Vallon, la inocencia del lenguaje es un tema al que volveremos, indudablemente. –El señor Bartlett frunció el entrecejo, mirando al jurado. Luego dijo–: Sin embargo, vamos a quedarnos con esa palabra, «reasentamiento». ¿Acepta que la cooperación de las autoridades de Vichy se basaba en el acuerdo de que esos judíos fueran reasentados en el este?

–Ésa es una cuestión demasiado amplia. En los niveles más altos, no creo que el acuerdo tuviera nada que ver. Varios oficiales de Vichy eran abiertamente antisemitas, y para ellos el traslado de judíos fuera de Francia necesitaba poco estímulo o explicación. Sin embargo, en los diferentes departamentos del gobierno que llevaban a cabo las órdenes, había obviamente toda clase de opiniones y niveles de conocimiento.

–¿Es justo decir que un número sustancial de personas, funcionarios y miembros de la sociedad, no era consciente de las matanzas, y creía que «reasentamiento» significaba sólo lo que la palabra indicaba?

–Muchos pueden haberlo creído así, sí, pero solamente al principio.

–Con posterioridad, ¿continuó la cooperación francesa, si ésa es la palabra, sin más preocupaciones?

–No.

–¿Por qué?

–La población general estaba horrorizada por los arrestos masivos de 1942. Por lo tanto, el antisemitismo del Estado, que había predominado mediante la indiferencia o el acuerdo, fue minado poco a poco por la resistencia civil. Así, cuando Eichmann quiso ir contra los judíos franceses, las autoridades se negaron, sin duda por cautela sobre el modo en que la sociedad podría responder. La capitulación oficial se ralentizó, por las protestas, y el programa de deportaciones se tambaleó. A esas alturas, ya habían empezado a correr rumores de lo que significaba «reasentamiento». Miles de personas se escondieron. Al final de la guerra todavía había doscientos cincuenta mil judíos en Francia. Pero la escala de la matanza fue horrenda. La cuarta parte de la población judía fue asesinada.

–Señoría –dijo el señor Bartlett–, ¿puedo sugerir un breve descanso? Éstos no son asuntos fáciles de oír para el jurado.

–Ni de hecho para ninguno de nosotros –dijo el juez Pollbrook–. Media hora, señoras y señores.

3.

Lucy se quedó con el señor Lachaise y Max fuera de la sala. Max tenía las manos completamente hundidas en los bolsillos y estaba mirando al suelo fijamente. El señor Lachaise dijo:

–Lo que estamos escuchando es el preludio de un alegato de la ignorancia. Es descorazonador.

Lucy echó una ojeada al hombrecillo de modales siempre gentiles, que todavía llevaba la misma chaqueta de lana. ¿Quién había detrás de ese nombre? No se atrevía a preguntar. De alguna extraña manera, la asustaba. Él habló con una autoridad escalofriante.

–En 1941, Radio Moscú reveló que los judíos soviéticos estaban siendo masacrados por las tropas nazis que avanzaban. En 1942, la BBC describió traslados a gran escala de los judíos polacos, de los guetos a los campos. Hubo informes sobre la exterminación masiva en lugares como Chelmno, que llegaron a Londres en mayo de 1942. La resistencia polaca informó a Londres acerca de que se estaba gaseando en Auschwitz en marzo de 1943. No se puede aniquilar a un pueblo sin que el mundo se entere.

Max, con los ojos todavía fijos en el suelo y los hombros encogidos hacia dentro, doblándose hacia sí mismo, susurró de repente, con aspereza:

–El acusado es mi abuelo. Lo siento. No creo que usted quiera verme en ningún lugar cerca de usted... ni venir a mi estudio... Creo que es mejor si...

–Sé exactamente quién eres –dijo el señor Lachaise con la misma voz, seca y autoritaria–. Y tengo ganas de ver tus pinturas.

El ujier abrió la puerta de la sala y llamó a todo el mundo para que volviera. El señor Lachaise cogió a Max por el brazo y Lucy los siguió.

4.

En unos minutos, el señor Bartlett hizo referencia a los informes sobre las matanzas que le habían descrito a Lucy durante el descanso, algunos de los cuales no habían sido hechos públicos cuando se recibieron. Luego dijo:

–En cuanto a la población de Francia, ¿es posible que les llegaran rumores no específicos que algunas personas no habrían creído?

–Desgraciadamente.

–¿Porque los rumores eran increíbles?

–Eso es parte de la tragedia, sí.

–¿Razonablemente rechazados por cualquier persona sensata?

–No exactamente, señor Bartlett. Parece que se le ha escapado el razonamiento que hice antes. La cooperación se resquebrajó porque había otros que *sí* creían los rumores.

–Pero acepta que había espacio para las dos posiciones, aceptación y rechazo.

–Por supuesto.

El señor Bartlett se mantuvo en silencio unos instantes. Lucy percibió el cambio de objetivo, un alejamiento de las últimas palabras para enfocar con más nitidez lo que venía a continuación. Bartlett prosiguió:

–¿Podría atribuir al señor Schwermann las mismas creencias y sospechas que a un policía francés de veintitrés años destinado en París?

El doctor Vallon casi se rió.

–La propuesta es ofensiva. Él era parte de la maquinaria. Tenía contacto diario con Eichmann en Berlín.

–¿No hay posibilidad de duda?

–En mi opinión, no.

–¿Ninguna en absoluto?

–Ninguna.

Lucy se sintió profundamente molesta. El doctor Vallon estaba simplemente diciendo lo que el señor Bartlett esperaba que dijera.

El señor Bartlett pidió:

–¿Sería tan amable de considerar el volumen siete, sección A, página dos?

Le entregaron al doctor Vallon una carpeta de anillas. Buscó la página y movió la cabeza a modo de reconocimiento.

–Es un télex enviado desde París al Departamento IV B4 de Berlín, fechado en agosto de 1942 –dijo el señor Bartlett.

–Lo es.

–¿Del señor Schwermann?

–Sí.

–¿A Adolf Eichmann?

–Correcto.

–Por favor, dígale al jurado de lo que trata este télex.

–Informa de que mil judíos han sido transportados de Drancy a Auschwitz.

–Dé la vuelta a la página, por favor. Esto es un memorando que hace referencia al mismo transporte. ¿Qué es lo que hace constar?

–Que se ha suministrado suficiente comida para dos semanas, en camiones separados, proporcionada por el gobierno francés.

–Ésta no era una práctica poco común, doctor Vallon, ¿verdad?

–No, pero...

–No se resista a los hechos, doctor Vallon; ahí está escrito bien claro. Se estaban enviando provisiones con estos pasajeros.

–No me estoy resistiendo a los hechos...

–¿No es esto completamente coherente con un reasentamiento, más que con el exterminio?

El doctor Vallon cerró la carpeta y espetó:

–La comida no se distribuía. Se la llevaban los guardias de Auschwitz.

Impasible, el señor Bartlett dijo suavemente:

–Conteste a la pregunta, por favor. Los textos son coherentes con la política de emigración que se percibía, y totalmente contradictorios con una política de ejecución a la llegada, ¿no es así?

–Tal y como está escrito literalmente, puede ser.

–No desprecie el significado ordinario, doctor. Se trata de palabras, no de augurios.

–Soy muy consciente de ello.

–Cualquiera que leyera estos documentos podría haber entendido que reflejaban una política de reasentamiento fuera de Francia. ¿Verdad?

–Un lector ignorante podría pensar eso cincuenta años después del acontecimiento, pero no el autor. Le sigo insistiendo: él era parte de la maquinaria. Hay otros memorandos de las SS en estos archivos que dicen expresamente que los judíos iban a ser *ausgerottet:* erradicados.

–Sí, lo sé –dijo el señor Bartlett con voz paciente, mesurada–. Y ninguno de ellos fue escrito por el señor Schwermann, ¿lo fue?

–No, pero...

–Y no hay ni una sola prueba de que el señor Schwermann los leyera jamás.

–Bueno, no lo sabemos.

–No hay indicios de que él mismo utilizara ese lenguaje.

–No como tal, pero se deduce lógicamente que él...

–Doctor Vallon, dejaremos que el jurado haga las deducciones. Entre el conjunto de la documentación no hay una sola frase que demuestre que el señor Schwermann tuviera conocimiento explícito del exterminio, ¿la hay?

–No hay un pedazo de papel que diga eso, no.

–Y hay montones de papeles que dan cuenta de términos muy diferentes a *ausgerottet,* términos que sabemos que el señor Schwermann leyó y utilizó.

El doctor Vallon había adivinado la siguiente dirección del ataque. Dijo:

–Sí, y todos ellos son *tarnung:* camuflaje.

El señor Bartlett abrió un archivo.

–De hecho –dijo con confianza–, quizá sea la hora de considerar la inocencia del lenguaje, cuyo uso ordinario puede tan fácilmente atrapar a los incautos, incluso a los que son como usted. Por favor, vaya al expediente nueve, página trescientos sesenta y siete, y tenga en cuenta las palabras del programa.

Un actuario llevó el expediente al doctor Vallon, que tuvo que estar de acuerdo en que el alto mando alemán era extraordinariamente cuidadoso acerca del vocabulario que se utilizaba al describir el proceso de deportación a Auschwitz. Se describía de formas diversas, como *Evakuierung* («evacuación»), *Umsiedlung* («reasentamiento») y *Abwanderung* («emigración»), o *Verschickung zur Zwangsarbeit* («envío a trabajos forzados»). Incluso los arquitectos y los ingenieros de Auschwitz se referían a las cámaras de gas como *Badeanstalte für Sonderaktionen* («casas de baño para actos especiales»). Sus memorandos registraban la frase entre comillas. Y, por supuesto, el aparato de genocidio en su totalidad era denominado *die Endlosug* («la Solución Final»).

El señor Bartlett dijo:

–Todo el sentido del ejercicio es engañar al lector o al oyente, ¿no es así? ¿No se esperaba que alguien en algún lugar creyera en el significado superficial?

–Sí, eso lo acepto.

–Hubo tres reuniones que tuvieron lugar en París para planear la redada del Vél d'Hiv. El señor Schwermann asistió a dos de ellas. Lo convenido era que los detenidos serían deportados «para realizar trabajos», ¿no es correcto?

–Sí, aunque se cogería a miles de niños.

–¿Fraseología que el señor Schwermann pudo haber tomado razonablemente al pie de la letra? –presionó el señor Bartlett.

–Ya se lo he dicho, él es uno de los estafadores, no uno de los estafados. Él tenía que haber visto otros documentos que hacían referencia al exterminio.

–¿Lo hizo? ¿Lee usted siempre todas las notas de las reuniones que se pierde o que evita?

–La verdad es que sí lo hago.

–¿Lo hacen todos sus colegas?

–No. No, la verdad es que ellos no lo hacen.

–Gracias, doctor Vallon.

El señor Bartlett se sentó inmediatamente.

–Es suficiente por hoy –dijo el juez Pollbrook con el cansancio de haberlo visto ya todo antes.

5.

Lucy fue a Chiswick Mall y escuchó las noticias con Agnes. Hubo un largo reportaje sobre la declaración del doctor Vallon. Agnes escuchó sin inmutarse mientras Lucy partía cubitos de hielo en un platillo y le daba los fragmentos que se derretían con una cucharilla. Agnes les daba vueltas en la boca como si fueran caramelos de fruta, con ojos vidriosos como los de quien escucha una historia aburrida en una tarde de lluvia.

El tiempo se burlaba de los supervivientes, pensó Lucy. Todos los que duran lo suficiente se convierten en los puntos finales de la historia, y tienen que escuchar a otros haciendo juicios sobre lo que no saben. Pero ¿es que podía haber alguna duda seria después de todo este tiempo? Schwermann tenía que haber entendido los circunloquios de sus superiores, de la misma forma que Pam había entendido los de Freddie.

Capítulo treinta y cuatro

I.

Siguiendo el curso natural de las cosas, el padre Andrew había tomado muchas decisiones que había hecho pasar como «sugerencias» y que Anselm no había comprendido. Una de ellas era la propuesta de que Anselm «podría» enseñar al padre Conroy el norte del país a la vez que buscaba a Victor Brionne. En la mente de Anselm, ir a visitar lugares turísticos no combinaba bien con la tarea de enfrentarse a un colaborador fugitivo. Pero la «sugerencia» había sido hecha. Había algo de sentido común en la propuesta: resultaba, después de todo, que Con estaba escribiendo otro libro (sólo que esta vez pensaba hacer caso omiso de la posible repulsa de Roma). Los viajes frecuentes a la biblioteca de Heythrop College, en Londres, y las horas pasadas redactando el borrador le habían dejado extenuado. Necesitaba un descanso.

Y así, el día que Lucy escuchaba las ponderadas opiniones del doctor Pierre Vallon, los dos hombres salieron de Larkwood justo después de laudes. Se dirigieron a toda velocidad hacia el norte, con Conroy sentado al volante; los cielos iban haciéndose más amplios y claros, el horizonte, más llano y prolongado. La mente de Anselm se abrió como una llanura y vio esparcidas por aquí y por allá, como si fueran tótems, las siluetas de todos los que se habían cruzado recientemente en su camino; y Conroy se iba cantando a sí mismo maravillosas canciones profundamente tristes sobre una mujer traicionada y su hijo abandonado, un joven padre en un barco de reclusos británico y una cancioncilla sobre los malos tratos a los niños. Había que llorar, había que reír.

Anselm centró su pensamiento en su conversación con el padre Chambray de la noche anterior, notando amargamente lo oportuno que era que la verdad se hubiera descubierto finalmente en un confesionario. El padre Pleyon, un monje de Les Moineaux, había traicionado a La Mesa Redonda. Después había habido ejecuciones imprevistas. Y por una de esas inexplicables y casi cómicas casualidades de la vida, el padre Pleyon se había convertido en el nuevo prior. ¿Por qué sería, pensó Anselm, que la suerte ayudaba con tanta frecuencia a los malvados? A Schwermann y a Brionne se les había tendido una mano justo cuando podrían haber sido llevados ante la justicia: su cómplice se había convertido en prior y había vivido lo suficiente como para asegurar su huida.

Pero el padre Chambray había recompuesto algunos fragmentos. Había interpretado los signos. Se lo había contado a Roma y ellos no habían hecho nada. Y, desesperado, había abandonado su priorato y su iglesia, convirtiéndose para siempre en un cura marginal, sin sacramentos.

–Con –dijo Anselm–, ¿le importaría dejar de cantar un momento?

–Está bien.

–Dígame otra vez lo que le dijo Mano Larga.

Ya se lo habían contado a Anselm, pero ahora que había hablado con Chambray, quería poner en contexto lo poco que Conroy había averiguado.

Conroy frunció los labios, pensando.

–El archivo secreto del Vaticano guarda dos informes sobre Les Moineaux, y los dos fueron retirados por su hombre, Renaldi, a principios de abril de 1995.

–Justo después de que Schwermann fuera descubierto.

–Sí. El primero lo escribió Chambray poco después del final de la guerra.

Anselm sabía lo que contenía, y pronto podría ver una copia.

–El segundo lo había escrito Pleyon alrededor de un año después, justo antes de que el Señor lo llamara a su seno. Lo envió a Roma el nuevo prior con una nota en la que decía que el pobre tipo no había tenido la oportunidad de terminar lo que fuera que quisiera decir.

Anselm, como el padre Chambray, podía ahora leer los signos que habían caído en sus manos. Se colocó ante un serio y sincero monseñor discretamente observado por un atento cardenal, ambos conocedores de la narración completa que había expuesto Chambray. Pero sólo habían revelado el informe incompleto de Pleyon, a sabiendas de que era el comienzo de una ficción para su propia supervivencia.

–Estoy tratando de proteger el futuro del pasado –había dicho el cardenal.

Conroy volvió a sus cantos y Anselm se durmió. Comieron y luego continuaron, sin hablar mucho. Cuando las nubes del final de la tarde se concentraban sobre la cadena de montes de Cheviot Hills, Conroy señaló el poste indicador que conducía al escondite de Victor Brionne. Después de varios kilómetros de carretera vacía, azotada por el viento, llegaron a un tablón de anuncios que informaba a los incautos de que Lindisfarne era una isla afectada por las mareas. Estaban justo a tiempo de cruzar el estrecho paso elevado antes de que el frío mar azul pizarra trepara sobre la arena y les cortara el paso a la tierra firme. Cuando encontraran la pensión donde había hecho la reserva Wilf la noche anterior, nadie podría llegar a la isla ni salir de ella.

Al caer la noche, Anselm dejó a su acompañante en el bar y caminó sin rumbo fijo, hacia un grupo de sólidas ruinas monacales, una fortaleza que se recortaba en el cielo. A solas, con el viento en la cara, se unió a los monjes celtas que una vez se habían congregado bajo los inquietantes arcos a orillas de un mar que corría hacia los confines de la tierra; dijo los salmos de completas, como ellos lo habían hecho una vez, mientras le envolvía la intensa noche. Luego caminó a lo largo de la costa rocosa hacia una casa grande que tenía las luces encendidas y en la que se habían dejado las cortinas abiertas. Una placa de madera sobre un poste de la verja llevaba el nombre de Pilgrim's Rest. Anselm se apoyó en el muro contiguo, oculto en la oscuridad, para observar una representación de satisfacción doméstica.

Robert Brownlow estaba sentado al piano. Adultos y niños, que parecían muy numerosos, pasaban de un lado a otro del cristal, como si estuvieran en un escenario, cada uno con un papel de figurante. La mayoría estaba riendo; llevaban latas o tazas en la mano, los niños y niñas pequeños con jarras altas rematadas con una pajita, y ninguno parecía reparar en el anciano que estaba sentado junto a la ventana, mirando hacia la noche como si estuviera solo.

«Ése debe de ser Victor Brionne –pensó Anselm–, y nadie de su familia se da cuenta de que lleva consigo un secreto, excepto quizá Robert. Todas las generaciones existentes se han reunido para una fiesta, sin que les afecte el juicio de Londres, que no ha sido nunca más que palabras en un periódico, remotas pero perturbadoras si se leen, destinadas a ser tiradas a la basura con las sobras frías más o menos después de un día.» Anselm sufrió una puñalada de dolor en su nombre. ¿Era realmente necesario echar por tierra lo que se había construido durante cincuenta años? ¿Debía perder el niñito de la jarra al abuelo que creía que tenía? ¿O ir a la escuela y oír cuchicheos o insultos? Pero por otra parte, Agnes Embleton estaba llegando a su muerte, desconocida en el proceso judicial, una víctima olvidada. Lucy había sido una vez una niña con una jarra rematada con una pajita, pero a ella no se la había puesto a salvo mediante la ignorancia. La exoneración de una familia conllevaba la destrucción de otra.

Anselm se apartó apesadumbrado, y deseó de verdad no haber tenido que jugar el papel que tenía asignado: el horrible papel de un personaje menor que lleva noticias que no entiende, cuyo breve discurso hace añicos unas vidas hasta entonces confiadas, y que luego se marcha para fumar en el camerino. Ésa sería la contribución de Anselm a la historia de la familia Brownlow.

Brownlow. De nuevo Anselm se esforzaba en rescatar en el fondo de su mente un impulso que evocaba una sensación placentera. Era un nombre que él había conocido de niño.

2.

El estudio de Max Nightingale consistía en una única habitación sobre una pajarería en Tooting. Dijo que vivía en otro sitio, pero había una cama portátil plegada en el rincón junto a un pequeño frigorífico, un Primus, un riel para ropa, poco firme, y muchísimas otras señales de ocupación continua. Apoyados en cada pared había lienzos apilados en grupos de tres o cuatro. Las paredes mismas estaban cubiertas con trabajos en curso. Flotaba la luz entre el color. Había una paz extraordinaria.

Max era tímido, pero parecía encantado de llevar a Lucy y al señor Lachaise a su rincón privado. Miró con calma las paredes, como si representaran una tranquila reunión de su silenciosa familia, no de la que tenía la capacidad de causarle una vergüenza profunda.

El señor Lachaise pasó lentamente por delante de cada lienzo, sin gafas, mirando con ojos de miope las fluidas marcas del pincel, una vez húmedas y que ahora brillaban en el tiempo. Se alejó unos cuantos pasos y se colocó de nuevo las gafas.

–Una maravilla –dijo, casi para él mismo.

Max se había retirado a un extremo donde había un caballete orientado a contraluz, junto a una mesa con tarros y platillos apiñados en una caja estropeada. Se mantenía alejado de Lucy, aunque disimuladamente, mientras reorganizaba pinceles y tubos de pintura. Al darse la vuelta, ella vio una pintura colgada detrás de la puerta.

El cuadro trazaba el esbozo de un rostro, quizá una boca abierta gritando, entre franjas de un amarillo y naranja magníficos, descompuestas en algunos sitios en pequeñas pinceladas transparentes de marrón y oro, que se levantaban de la forma en que lo harían unas pequeñas manos. Era más una sinfonía de color que una forma, pero la coincidencia de los trazos sugería una intención tan delicada que el espectador se veía obligado a hacer una lectura. Lucy comprendió el estado de ánimo que reflejaba y quiso pasar los dedos por los delicados surcos de pintura.

Dijo:

–¿Tiene título?

–*La cueva de la Sibila.*

Lucy contempló la belleza trágica, vibrante, y era incapaz de distanciarse de su influjo.

–¿Lo quieres? –preguntó Max.

En su mente tensa trató de persistir en el rechazo, pero lo quería. Lucy asintió rápidamente, manteniendo los ojos en lo que había visto.

3.

Anselm se levantó a las cinco de la mañana, tras haber pasado la noche en blanco. Trató de rezar laudes, pero una fuerte e invasora melancolía dispersó su poder de concentración. Sin embargo, su mente estaba profundamente adaptada a la importante tarea del día. No comería ni bebería ni descansaría hasta que hubiera terminado.

Conroy apareció alegre a la hora del desayuno; se comió todo lo que les llevaron de la cocina. Su incontenible entusiasmo por todos los momentos de la vida, incluso por la comida, elevaba el espíritu de Anselm. El prior no se había equivocado. Era una buena idea enseñarle a Conroy el norte del país... por el bien de Anselm. Decidió llevar a su acompañante consigo a la confrontación, siempre y cuando el muy bruto no hiciera ninguna broma.

Poco después de las diez, Anselm abrió la verja de Pilgrim's Rest. Conroy le siguió hasta el porche de piedra. La puerta estaba entornada. Salían voces cálidas de una habitación que quedaba oculta. Anselm se imaginó de inmediato una cafetera, hogazas de pan, tarros y botes sobre una mesa, mezclados con los saludos matinales, los niños abriendo el frigorífico. Llamó a la puerta. Un segundo más tarde la puerta se abrió a manos de una niñita de grandes y curiosos ojos. Y luego apareció Robert Brownlow.

–Ah –dijo sin convicción, al tiempo que se quedaba lívido–. Han llegado a tiempo para el cumpleaños de mi mujer.

Dentro, les presentó a Maggie, su mujer, y luego a dos de sus cinco hijos, Francis y Jenny (con sus respectivas parejas); y luego a los tres nietos. Pero no a Victor. Él no estaba en la habitación. Anselm y Conroy pasaron por ser amigos de Robert, y, durante toda la farsa, ocultaron su ansiedad casi con un éxito total. Sólo Maggie, con los brazos firmemente cruzados, dejaba traslucir la sospecha de que lo comprendía todo. Después Robert condujo a sus invitados a una habitación del piso de arriba y llamó a la puerta.

«¿Es éste el aspecto que tiene semejante criminal de guerra?», pensó Anselm. Vestía en varios tonos de respetable verde, con una corbata de cuadros escoceses, la inconfundible apariencia de los hallazgos de las tiendas de beneficencia, de buena calidad pero que no sentaban bien. Sus zapatos estaban muy desgastados, pero impecablemente limpios. Robert se quedó detrás de la butaca que engullía al fugitivo.

Ahora que le había encontrado, Anselm no sabía qué decir. Cualquier investigación que el cardenal Vincenzi esperara que él llevase a cabo, cualquier presión que insinuara Renaldi con la esperanza de que él la ejercería, no iba a tener lugar. El encuentro tenía su propia agenda. Anselm se presentó y dijo:

–Schwermann no se pudo ocultar para siempre y tampoco puede hacerlo usted. La policía ya sabe que está aquí. Incluso si usted no les dice nada y Schwermann es condenado, iniciará un recurso de apelación. Sus representantes legales estaban buscándole y no le dejarán marchar una vez que sepan que ha sido encontrado. Así que si se va a ocultar, tendrá que hacerlo durante el resto de su vida. ¿Es eso lo que quiere?

Desde el jardín sonó el delicado golpeteo de una palita sobre el borde de una maceta. Anselm miró por la ventana hacia fuera. Maggie estaba ayudando a uno de los niños a plantar una flor.

–Victor –dijo Anselm–. Yo no sé lo que ocurrió en 1942 ni en 1944. Nadie lo sabe, excepto Eduard Schwermann y usted.

Se encontraba de pie sobre una alfombra desgastada, molesto porque se daba cuenta de que su vida de vocación transformaba cualquier reflexión pública en una especie de sermón. Se bajó de ese pedestal diciendo:

–Se ha formado un jurado en Londres para tomar una decisión. Se sientan allí, todos los días, y escuchan declaraciones, en su mayoría de gente que no estuvo allí. Es un viaje por la memoria con unos guías inestables que lo hacen lo mejor que pueden. Pero usted, Victor, es diferente. Usted sabe las respuestas. Schwermann cree que si usted sube al estrado de los testigos, él será absuelto. Hay otros que creen lo contrario: que usted, y sólo usted, puede probar que él es culpable. Sólo una de las dos partes puede tener razón. Me temo que voy a sonar como un cura ahora, pero la verdad encontrará su camino. ¿No ha llegado la hora de enterrar el pasado como es debido?

La cara de Victor Brionne empezó a moverse, pero sus labios no se despegaron. «Muy en el fondo –pensó Anselm–, se está aferrando a algo con mucha fuerza.» Anselm anotó el nombre y el teléfono de la detective Armstrong y lo dejó sobre un aparador. Cuando estaba cerca de la puerta, se volvió instintivamente y dijo:

–¿Conoció a Jacques Fougères?

–Sí.

Era la única palabra que había pronunciado. Su voz, aun en ese único y breve sonido, revelaba un dolor grave e imperecedero.

–¿Sabe que tenía un pariente, Pascal Fougères?

Él asintió.

–Un joven que hizo todo lo posible por llevar a juicio a Schwermann. ¿Sabe que quería encontrarle a usted?

No hubo respuesta. Robert miró por encima del hombro a Victor.

–¿Sabe por qué? –rogó Anselm–. No para desenmascararle a usted ni para culparle. Sino porque tenía fe en el cariño entre los viejos amigos. Creía que usted diría la verdad.

Victor cerró los ojos, apartando su mente de las palabras implacables de Anselm.

–Murió la misma noche que se reunió con algunos amigos para hablar de la importancia que tenía usted. No por él mismo, ni por su propia familia, sino por todos aquellos cuya memoria está siendo esparcida al viento. –Anselm abrió la puerta; su voz subió de repente, indignada y acusadora–: ¿Murió Pascal para nada..., absolutamente para *nada*?

La casa estaba vacía cuando llegaron abajo. Pudieron ver a la familia mucho más adelante, caminando tranquilamente por el sendero en dirección al castillo de Lindisfarne. Robert se unió a Anselm y Conroy en la verja. Dijo, temblando:

–Padre, lo que le dije la primera vez que nos encontramos iba en serio. Por lo que a mí respecta, Victor Brionne murió en 1945. ¿Es justo destruir su mundo?

Hizo un gesto con la cabeza señalando por encima del muro, con ansiedad, a las tres generaciones que se estaban convirtiendo en unos puntos en la distancia.

–¿Es justo dejar otras vidas hechas pedazos? –respondió Anselm–. No voy a pretender que tengo la respuesta, Robert. Dudo si su padre lo sabe o no. Pero él es el que tiene que elegir.

Capítulo treinta y cinco

I.

Lucy se llevó a casa *La cueva de la Sibila* y lo colocó sobre la repisa de la chimenea. Durante el resto del fin de semana estuvo entrando una y otra vez en la habitación para mirarlo. En ese esbozo de rostro, trazado por la pintura en amplio movimiento, veía a Agnes, joven y vieja, trascendente, por encima de su decepción.

Cuando Lucy se reunió con Max y el señor Lachaise en el juzgado el lunes por la mañana, se dieron todos la mano. Se estaban empezando a sentir cómodos entre ellos, lo que era bastante sorprendente porque Lucy (y era de suponer que también Max) no tenía ni idea de quién podría ser el señor Lachaise, su enlace. Había algo en su sencillez que desarmaba, era como tratar con un niño. Sólo que no lo era para nada; parecía mayor que ninguna otra persona que Lucy hubiera conocido jamás. Y reconocía en cada uno de los movimientos de él una especie de empatía, algo indefinible que tenía en común con su abuela. A ella le hubiera gustado que se conocieran.

Como era ahora su costumbre, se sentaron los tres en fila escuchando atentamente las declaraciones que se presentaban ante el tribunal. Durante los dos días siguientes, el señor Penshaw llamó a un amasijo de testigos para que describieran los aspectos prácticos del crimen organizado. El señor Bartlett hizo pocas preguntas, se limitó a los pequeños errores de detalle.

–De hecho, la primera deportación desde Le Bourget-Drancy se componía de vagones de tren estándar de tercera, ¿no es así?

–Sí, lo siento, tiene razón. Si es que es relevante.

–La precisión siempre es relevante –dijo el señor Bartlett con amabilidad.

Muy de vez en cuando, Bartlett dirigía una breve sonrisa al jurado. Después de todo, se habían estado viendo todos los días, escuchando a los mismos testigos. Lucy percibió que se estaba creando un buen clima entre ellos. Estaban juntos en este asunto, haciéndolo lo mejor posible, cada uno a su nivel. Dos de ellos habían empezado a devolverle la sonrisa. ¿Se trataba de cortesía o de empatía?

A Lucy le costó identificar una sensación creciente en su interior. Como por arte de magia, Schwermann se situaba a distancia del proceso judicial. La conexión entre el joven oficial de las SS y el anciano acusado que estaba delante de ellos era particularmente débil, ya que las acciones y los atributos de hacía cincuenta años tenían que achacársele a un hombre mayor, muy cambiado, y por tanto diferente. El mismo paso del tiempo había desdibujado no sólo los aspectos de la responsabilidad, sino las consecuencias del delito. Varios periódicos habían empezado a preguntarse si era apropiado el juicio «tanto tiempo después de los acontecimientos en cuestión», cuando estos acontecimientos implicaban el aspecto carnal de la matanza, el olor de la inmundicia y el sonido del miedo. El hombre más joven que había estado allí se escapaba fuera del alcance; el individuo mayor parecía, y esto era de crucial importancia, desconectado de su propio pasado.

Un programa de radio debatió sobre «el viejo problema de la identidad personal»: si Schwermann, a los setenta y seis años, no era el *mismo* hombre que había sido a los veintitrés, ¿podía ser castigado en modo alguno? Varios periódicos examinaron el alcance de la ética dentro del derecho, lo decoroso y lo que no lo era. Y mucha gente perfectamente razonable que había adoptado una u otra postura apareció en Newsnight y en menos de diez minutos se ensañaron con ellos, bastante equitativamente, poniéndolos en un aprieto. El acusado se había convertido en un problema «filosófico-legal», tanto como en un presunto asesino. Lucy absorbió todas las palabras y admiró el cuidadoso análisis de las mentes educadas, pero todo ese tiempo pensaba en las hojas... los miles y miles de ellas llevadas involuntariamente por los aires, sin que nadie supiera de dónde habían venido ni hacía dónde irían.

Al observar cómo trabajaba el señor Bartlett, Lucy pensó que alguien tenía que devolver al sargento de las SS al presente, a través de la maraña de razonables argumentos civilizados, y colocarle en el banquillo, alguien que le conociera de aquella época. Y, aparte de Agnes, quedaba sólo una persona.

2.

Anselm y Conroy regresaron a Larkwood el sábado por la noche, ya tarde. Hablaron a intervalos en el camino de vuelta, cada uno de ellos preocupado por lo que pronosticaban que le iba a ocurrir en breve a la familia Brownlow. «No me extraña que los profetas fueran gente tan triste», dijo Conroy. Echando una ojeada a la ejecución de la historia, incluso un diminuto florecimiento de la ética no resultaba un espectáculo agradable. No iba a ser un camino de rosas. Y, desgraciadamente, conseguir el equilibrio adecuado entre los hijos del presente y las equivocaciones de sus padres era una tarea que iba mucho más allá de las competencias del juzgado.

El domingo por la tarde, Anselm se retiró a su habitación a escribir un informe para el cardenal Vincenzi. El texto resultante era breve hasta rozar la insolencia. Hizo un relato de los hechos: habían encontrado a Brionne; pudiera ser que fuera a declarar; su participación no había sido revelada. El conjunto se extendió moderadamente con unas cuantas frases de conexión. Anselm firmó con una rúbrica de obediencia respetuosa.

Bajó a la oficina de la administración, con el informe en la mano. Había un fax y una fotocopiadora contiguos. En la pared de enfrente había unos casilleros, uno para cada monje; un depósito privado para el correo y algunos folletos. Anselm mandó su carta por fax directamente al cardenal Vincenzi en Roma y al nuncio apostólico en Londres. Le habían dado órdenes de no enviar una copia impresa, así que puso el texto propiamente dicho en una carpeta dirigida al padre Andrew, para su posterior depósito en los archivos del priorato.

Cuando se iba a marchar, comprobó su correo. Había un sobre. Debían de haberlo puesto ahí hacía una hora más o menos, porque el casillero estaba vacío después de la comida. Al abrirlo, Anselm sacó el informe del padre Chambray. En una nota adjunta, el autor decía que se había ido a Londres, de camino a París, esa noche. Instaba a Anselm a visitarle la próxima vez que estuviera en Francia. Era un gesto grato, ya que venía de un hombre que estaba en el límite de las cosas, un hombre que una vez le había dado con la puerta en las narices.

El material en que estaba escrito el texto era endeble, una copia hecha en papel de calco. Anselm se sentó y leyó. Todo era tal como lo había contado Chambray. La última página, sin embargo, iba bastante más lejos que su conversación previa.

El padre Pleyon aseguró el paso de Schwermann y Brionne a Inglaterra mediante contactos diplomáticos personales en París y Londres. Contactaron con una nueva fundación monástica en Suffolk, la cual había establecido una comunidad religiosa francesa poco después de la guerra. Schwermann se quedaría con los monjes durante un mes, mientras las autoridades británicas preparaban otros planes alternativos.

Anselm metió otra vez el informe en el sobre y miró al fax, pensando en su propia carta a Roma, tan breve. Sus lectores ya estarían enterados de que Eduard Schwermann había ido al priorato de Larkwood, por primera vez, en 1945.

3.

Leer las cartas de otra gente sin permiso era algo que Freddie consideraba detestable. Era una de las muchas advertencias en las que había hecho hincapié cuando Lucy era una niña y él estaba trazando las pautas de referencia para vivir con honestidad. Lo cual, por supuesto, resultó irónico, porque a él le hubiera encantado enterarse de las cosas de su hija si ella se las hubiera contado, pero ella no lo hacía, y la única posibilidad era espiar su correo, lo que nunca hizo, ni siquiera cuando habían caído sobre el felpudo las inconfundibles cartas de Darren y Lucy las había dejado abiertas y sin echar la llave en su habitación. Lo había hecho a propósito, sabiendo que él querría mirar, pero que no lo haría.

Así que fue realmente accidental que cogiera una carta del tutor de la universidad para Lucy, en la que la enviaba a Myriam Anderson, la consejera, y le daba permiso para faltar a todas sus clases durante varias semanas. Se le había caído al suelo, del bolsillo del abrigo, cuando estaba visitando a sus padres, y Lucy se marchó a Brixton sin darse cuenta. Él se la devolvió, con una disculpa, un día o dos después, en Chiswick Mall. Estaban en la entrada, justo cuando Lucy estaba a punto de marcharse. Ella la cogió, sonrojándose, y respondió a la pregunta latente que él no formularía:

–No he abandonado los estudios.

Freddie observó su cara durante un buen rato.

–Pero ¿por qué, Lucy?, ¿qué te pasa?

Ella había esperado ira, que volviera al discurso sobre las viejas esperanzas truncadas, arrojadas de ahí en adelante como si fueran agua sucia. Pero no fue así. Por una vez, él parecía perdido, inseguro de cómo sujetar los hilos que le unían a su hija. Levantó las manos y Lucy sintió el más suave de los tirones hacia él. Rápidamente dijo:

–Se ha muerto un amigo mío.

El relato parecía haberle dejado sin aliento. Ni siquiera sabía nada del amigo, menos aún de su muerte. Para gran asombro de ella, su padre se acercó, le puso un brazo alrededor y le arrimó la cabeza a su cuello. Lucy no podía recordar cuándo había sido la última vez que había hecho eso. Empezó a llorar, no por Pascal ni por Agnes, sino por ella misma... y por su padre.

–Lo siento muchísimo –dijo él.

–Yo también.

Y los dos sabían que esas palabras tenían un significado mucho más profundo que la referencia al dolor reciente; retrocedían más lejos de lo que ninguno de ellos podía haber imaginado o deseado jamás y penetraban profundamente en el pasado sin luz.

Cuando se separó de él, recibió con consternación la mirada abierta de su padre: ¿cómo sería posible hablarle alguna vez sobre el juicio, sobre el cuaderno de Agnes y sobre su propia persona?

A la mañana siguiente, Lucy asistió al juzgado y se sentó en el lugar habitual. Le preguntó a Max qué había hecho la noche anterior. «Trabajar de camarero», dijo él. «Qué horror», replicó ella. «Me da para el alquiler», respondió él. El señor Lachaise limpiaba sus gafas pensativamente, mientras escuchaba el rápido y sencillo intercambio de frases.

Los abogados entraban en fila en el juzgado pero el jurado no se había reunido, lo cual era raro. El magistrado Pollbrook subió al estrado. El señor Penshaw se puso de pie:

–Señoría, debido a que este caso ha tomado un nuevo rumbo bastante sorprendente, me temo que quizá sea necesario un aplazamiento considerable de la vista, para que...

–¿Cuánto tiempo, señor Penshaw?

–Por lo menos el resto del día.

–Puede disponer de esta mañana.

–Señoría, hay un acontecimiento significativo, y presiento la necesidad de ofrecer pruebas adicionales a mi distinguido colega, que tendrá que considerarlas con el *máximo* cuidado.

Hubo una pausa. El señor Penshaw había hablado en la clave de la abogacía. El juez recorrió con la vista a los abogados que estaban abajo.

–Muy bien. Tiene tiempo hasta mañana a las dos treinta. Eso es un día y medio. Señor Bartlett, ¿alguna objeción?

–No, señoría. A mí siempre me han gustado las pequeñas sorpresas.

–Se levanta la sesión.

Lucy pensó más rápido de lo que pudo organizar su mente: es Victor Brionne. Debe de haberse decidido a hablar. ¿Por qué otra razón habría salido de su escondite? ¿Por qué otra razón iba a disfrutar el fiscal expresando su preocupación por el señor Barlett? Viene para asestar un golpe a su antiguo amo.

Invadida de júbilo, Lucy se volvió hacia Schwermann, en el banquillo de los acusados, pero se quedó atónita cuando vio su alivio y el ligero temblor de la emoción reprimida: la expresión de alguien que ha oído el dulce advenimiento de su salvador.

Capítulo treinta y seis

I.

Lucy regresó al juzgado incapaz de olvidar la mirada de esperanza que había calmado el rostro lleno de ansiedad de Eduard Schwermann. Pero ahora, sentado en el banquillo, éste miraba a la tribuna del público con inquietud creciente, directamente hacia el asiento vacío de Max Nightingale.

El señor Lachaise estaba inusitadamente cansado, como el corredor que va en cabeza y que de repente cojea de un lado, incapaz de continuar con la carrera. Otro hombre, de una edad aproximada a la del señor Lachaise, llamó la atención de Lucy; era un nuevo observador entre la que se había convertido en una muchedumbre familiar. Destacaba no por esa diferencia, sino por la impronta de la tensión que reflejaba. Su corto cabello plateado, cuidadosamente cortado y peinado con raya, evocaba al muchacho tanto como al hombre. Sospechaba que él estaba allí con Victor Brionne, quien estaba a punto de declarar como testigo de la acusación.

Cuando todos los letrados estuvieron reunidos, el juez subió al estrado en ausencia del jurado.

–Señoría –dijo el señor Penshaw, poniéndose en pie–, el aplazamiento ha sido de considerable ayuda. Si puedo explicarlo brevemente...

–Por favor, hágalo.

–Se presentó un individuo que pensábamos que podría darnos una versión contemporánea a los acontecimientos en los que estuvo involucrado el señor Schwermann. La policía le tomó la declaración que su señoría, sin duda, habrá visto.

–Lo he hecho.

–No hay nada de lo allí depuesto que añada algo significativo al argumento de la acusación. Renuncio a llamar al testigo.

El juez levantó una ceja lánguidamente.

–¿Ha visto la declaración el señor Bartlett?

–Sí, lo ha hecho.

–Muy bien.

–Señoría –dijo el señor Penshaw–. Doy por finalizadas las pruebas testificales a favor de la acusación.

–Señor Bartlett, ¿está listo para proseguir?

–Lo estoy.

–Llamen al jurado, por favor –dijo el juez Pollbrook, empezando una nueva página en su cuaderno.

Desesperada y confundida, Lucy trataba de entender lo que había sucedido. ¿Cómo podía terminar el argumento de la acusación sin el testimonio de Victor Brionne? ¿Qué le había dicho él a la policía que era de tan poco valor? Mientras lanzaba esas preguntas que le golpeaban la mente como piedras de pedernal, el jurado volvió a sus asientos, la acusación cerró su argumento y todos los ojos se fijaron en Schwermann, que de un momento a otro tendría que dejar el banquillo de los acusados para subir al estrado de los testigos. El señor Bartlett tomó con su lápiz unas cuantas notas muy elaboradas y bebió agua. Una ansiedad colectiva se apoderó rápidamente de la sala. El juez esperó pacientemente y luego, justo cuando iba a abrir la boca para hablar, el señor Bartlett se levantó de repente, diciendo:

–Señoría, a pesar de que la práctica habitual sería llamar primero al acusado, en este caso particular llamo a declarar a Victor Brionne.

–¿Qué? –dijo Lucy, horrorizada.

El señor Lachaise se inclinó hacia ella y le dijo con voz baja y fuerte:

–No te preocupes.

Con un afecto contaminado por la ira, ella pensó: «Los que no pueden hacer nada son siempre los más generosos al consolar».

Victor Brionne atravesó las grandes puertas. El aspecto del hombre que había atormentado tantas vidas frustraba todas las expectativas. Era totalmente corriente –más bien bajo, con andares torpes, trabajosos; ojos de sabihondo, piel oscura y profundamente arrugada–, el tipo de hombre que uno se encontraría en un mercado. Le tomaron juramento. Sus ojos evitaban el banquillo de los acusados, y se dirigió sólo una vez hacia el atractivo hombre que estaba sentado a tres o cuatro asientos del señor Lachaise. Luego se volvió hacia el jurado.

El señor Bartlett construyó la prueba testifical de Brionne como un maestro cantero. Sujetaba cada pregunta con las dos manos y colocaba lentamente en su sitio cada una de las respuestas que esperaba. Interrumpía el trabajo frecuentemente, dejando que los hechos se asentaran.

–Señor Brionne, ¿trabajó usted con Eduard Schwermann entre 1941 y 1944?

–Sí.

–¿Es usted francés de nacimiento?

–Sí.

–¿Se incorporó a la Prefectura de Policía de París en junio de 1941, a la edad de veintitrés años?

–Sí, eso hice.

–Usted, sin embargo, no era un policía común, en el sentido de que estaba destinado en las oficinas de la Gestapo.

–Así es.

–Le ahorraré al jurado un juicio sobre su estatus. ¿Su lugar de trabajo le convirtió en colaborador?

No hubo respuesta. La mandíbula inferior de Brionne estaba temblando ligeramente.

–Le he preguntado si fue un colaborador. Por favor, responda.

Hablando muy bajo, Brionne respondió:

–Sí.

–Más alto, por favor.

–Sí. Fui un colaborador.

Las palabras parecían quemarle en la boca.

–Por favor, diga a los señores y a las señoras del jurado cómo es que llegó a trabajar con el señor Schwermann.

–Yo hablaba bien el alemán. Me trasladaron a un departamento de las SS en pocas semanas porque necesitaban un traductor.

–¿Y fue ése todo el alcance de su «colaboración»? –inquirió el señor Bartlett, enfatizando ligeramente la última palabra.

–Fue suficiente.

–Señor Brionne, le voy a hacer ahora algunas preguntas sobre una organización conocida como La Mesa Redonda. Tenemos entendido que al señor Schwermann se le adjudicó el mérito de descubrir la operación de contrabando. ¿Le dijo alguna vez cómo lo hizo?

–No exactamente, no –titubeó Brionne–. Lo único que dijo es que un miembro del grupo se lo había contado todo.

–¿Le dijo quién era esa persona?

–No.

–¿Se lo preguntó usted?

–No, no lo hice.

La voz del señor Bartlett estaba subiendo de volumen imperceptiblemente, imponiendo una especie de fuerza moral a sus preguntas.

–Una vez que descubrió, o quizá debería decir, una vez que le pasaron esa información, ¿qué hizo el señor Schwermann?

–Hizo un informe para su superior.

–¿Y vinieron después los inevitables arrestos?

–Sí, eso ocurrió.

–¿Recuerda la mañana del día en que los arrestos tuvieron lugar?

–Lo recuerdo.

–¿Estaba usted solo?

–No. Estaba con el señor Schwermann.

–Por favor, describa su conducta.

–Estaba ansioso, fumaba cigarrillo tras cigarrillo.

El señor Bartlett mostró un poco de sorpresa fingida.

–Vamos a ver si nos entendemos. ¿Es éste el día en que La Mesa Redonda fue destruida?

–Sí, ese día.

–¿El día por el cual recibiría posteriormente los elogios de Eichmann?

–Sí, exacto.

–Debería haber sido para él un momento de entusiasmo por los arrestos, ¿no es así?

–Sí, supongo que sí.

–¿Tiene idea, entonces, de por qué estaba tan ansioso?

–No.

–Veamos si podemos encontrar una respuesta. ¿Usted conoció a Jacques Fougères?

El abogado estaba hablando ahora en voz baja.

–Fuimos muy amigos, fuimos muy...

Era un ser afligido que vivía una pesadilla.

–Señor Brionne, ¿tenía Jacques Fougères un hijo?

Lucy se echó hacia delante.

–Sí.

–¿Un chico o una chica?

–Un niño pequeño.

–¿Conocía usted a la madre?

–Sí. Agnes Aubret.

–De acuerdo con las regulaciones raciales que implementaron los nazis, ¿a qué grupo étnico pertenecía ella?

–Era judía.

–¿Y el niño?

–Lo mismo. Era judío.

–¿Aunque su padre fuera un católico francés?

–Sí.

–Por lo que se refiere a los superiores del señor Schwermann, el niño, si le hubieran encontrado, ¿habría sido deportado sin lugar a dudas?

–Sí, a no ser que ella hubiera falsificado algunos documentos para ocultar que era judía.

–¿Dónde está Agnes Aubret ahora? –preguntó el señor Bartlett en voz baja.

–Murió en Auschwitz.

Brionne era incapaz de continuar. Su cara se estremeció repetidas veces, con tal violencia que el juez le sugirió si quería sentarse; pero el señor Bartlett siguió presionando con urgencia:

–Y el niño, el niño; ¿qué le pasó al niño?

–Se salvó –dijo Brionne entre dientes, volviendo la vista rápidamente al banquillo de los acusados–. El señor Schwermann se llevó al niño antes de que tuvieran lugar los arrestos y le escondió con una buena familia.

El señor Bartlett siguió adelante con rapidez y en voz baja, provocando respuestas fluidas, en murmullos.

–¿Cómo lo sabe usted?

–Lo vi con mis propios ojos.

–¿Cuántas veces se presentaba la oportunidad de actuar de esta manera?

–Sólo esta vez.

–¿La aprovechó?

–Lo hizo.

Lucy no pudo soportarlo más. Se desplazó apresuradamente desde su fila hacia las puertas de la sala al tiempo que el señor Bartlett se sentaba y cogía su rotulador.

2.

La carpeta estaba sellada, como si se hubiera tenido la intención de que sobreviviera al rudo trato de un niño curioso. Max miraba fijamente la superficie sin identificación, las tiras de cinta adhesiva marrón que se cruzaban una a otra como los tablones de la valla de un jardín. Sus dedos sujetaban apenas las esquinas, a regañadientes, como si la totalidad pudiera mancharlo a él.

Anselm había llevado a Max a la mesa debajo de la secuoya gigante cuando éste se presentó en Larkwood sin previo aviso. Una espesa barba de tres días le ensombrecía el cuello y las mejillas. Dijo:

–El día que mi abuelo vino aquí, me dio esto. –Max lo colocó sobre la mesa y apartó las manos–. Me dijo: «Tú eres la única persona en quien puedo confiar, siempre lo has sido, pero ahora es más importante que nunca. Guarda esto en lugar seguro. No se lo enseñes a nadie. Si encuentran a Victor Brionne, entonces tráemelo inmediatamente. Si no, si me condenan, quiero que lo quemes. Pero prométeme una cosa: que no lo abrirás».

La mente de Anselm retrocedió hasta el Génesis y la orden del Creador: no comer la fruta del árbol de la ciencia del bien y del mal. Schwermann había jugado a ser Dios, confiando con el mismo ímpetu en que sería obedecido. Max continuó:

–Ayer, la acusación pidió un aplazamiento. Supe instintivamente que se debía a que Brionne había aparecido. Acabo de oír un boletín de noticias y tenía razón. La acusación ha cerrado el argumento de su causa. Ahora mismo, Brionne está declarando en defensa de mi abuelo. Quise haber llevado esto al juzgado –señaló la carpeta– pero no puedo, no sin saber lo que hay dentro. –Lo empujó hacia Anselm–. Yo no puedo abrirlo. He traído la única parte de él que no trajo a Larkwood.

En algún lugar que quedaba fuera de la vista, uno de los hermanos estaba poniendo su empeño en hacer sonar una de las canciones de primavera: el lento rechinar del papel de lija sobre las maderas del exterior, la preparación antes de dar una capa de pintura. Anselm cogió la carpeta y la abrió con cuidado. Sacó tres documentos que estaban cuidadosamente unidos por un clip. Colocados sobre la mesa, sus esquinas se levantaban un poco con la brisa. La descolorida tinta azul tenía la leve borrosidad característica de lo que se imprimía en las antiguas máquinas de escribir. Anselm hizo señas a Max para que se acercara, para que lo viera por sí mismo.

El primer documento estaba encabezado por las palabras «Drancy-Auschwitz». Llevaba una lista de nombres con un número y era evidentemente un registro de deportación. Antes de que Anselm pudiera escrutar la página entera, sus ojos se posaron en una sola anotación:

4. AUBRET, Agnes 23.3.1919 Francesa

La esquina inferior derecha había sido firmada por Victor Brionne, lo que equivalía a decir, como era de suponer, que se había encargado o bien de la compilación de la lista o bien de la confirmación de su ejecución. Anselm pasó la página y vio el manchón de tinta desvaído en el espacio alrededor de los caracteres: la lista había sido escrita a máquina sobre una hoja de papel carbón. Éste era el original. Había un duplicado en alguna parte. Era un detalle irrelevante, que sin embargo se le quedó bien grabado.

Anselm pasó al segundo documento. Era otra lista del convoy Drancy-Auschwitz, un bloque de nombres. Las fechas de nacimiento le llamaron la atención. Miró hacia unos árboles distantes, llevando a cabo espontáneamente un cálculo espantoso. Todos ellos eran niños. Cada uno tenía una marca como si se hubiera constatado que no faltaba en un último viaje escolar. Y allí, cerca de la parte superior de la página, Anselm vio lo que había medio esperado ver: un niño llamado Aubret, de quince meses, francés, y en el margen una ancha y firme marca. De nuevo, el papel estaba firmado por Victor Brionne. Instintivamente echó una ojeada a la parte de atrás. Curiosamente, la página estaba limpia, sin las marcas del papel carbón.

Anselm pasó rápidamente a la tercera hoja. Era un memorando de las SS fechado el 8 de junio de 1942 y parecía ser un acta de interrogación. Aunque Anselm no entendía el alemán, el término *Judenkinder* estaba brutalmente claro. Había un subtítulo en francés entrecomillado, «La Table Ronde». Debajo había una lista de nombres, aproximadamente una docena, dos de los cuales reconoció: Agnes Aubret y Jacques Fougères. La parte inferior de la página llevaba la firma de Victor Brionne. Le dio la vuelta. Una vez más estaba limpia, un texto original.

El pulso de Anselm se aceleró con la indignación. Puso los documentos de nuevo en la carpeta. Surgían muchas preguntas: ¿por qué había querido Schwermann guardar todo aquello?... y ¿por qué se había quedado con los documentos originales, dejando un duplicado sólo en el caso de Agnes Aubret?

–Max –dijo Anselm–. Tu abuelo se ha preparado para este juicio justo desde el principio, incluso antes de que supiera el resultado de la guerra. Estos documentos muestran que Brionne estuvo involucrado en la traición de La Mesa Redonda y el sistema de deportación... Con esos papeles tienes la vida de tu abuelo en las manos.

Max parpadeaba con rapidez. Dijo con una voz distante, que se le quebraba:

–Debe de estar chantajeando a Brionne. Cualquier cosa que Brionne le esté diciendo al tribunal será un cuento de hadas... acordado entre ellos hace cincuenta años.

–Me temo que tienes razón.

Sonaba la suave canción de primavera: el raspar sobre la madera seca y áspera. Max se mordió el labio y dijo:

–Antes de ir a la policía... tendré que preparar a mi familia, a mi madre...

–¿Te gustaría que te acompañara? –preguntó Anselm.

–Sí. –La palabra fue apenas pronunciada.

Anselm no quería decir lo que le estaba rondando en la cabeza, pero no tenía elección:

–Max, no quiero empeorar las cosas, pero no hay mucho tiempo, tienes que hablar con la policía lo antes posible. La acusación necesita lo que tú ahora posees.

3.

–Señor Brionne –dijo la señorita Matthews fríamente–, usted ha sido muy cívico presentándose, al parecer, sin ninguna coacción exterior.

Lucy había vuelto a entrar por las puertas de la sala y se encontró con el señor Penshaw sentado y la joven letrada de pie.

–Dígame –dijo la señorita Matthews con curiosidad–, ¿cuándo descubrió que el acusado se había refugiado en un monasterio?

–En las noticias.

–Eso sería en abril de 1995, hace un año –calculó la abogada–. ¿Y no hizo ningún esfuerzo por ponerse en contacto con la policía? –agregó marcando firmemente cada palabra.

Brionne se volvió hacia el juez, como buscando ayuda. El magistrado Pollbrook le devolvió una mirada impasible.

–¿Cuándo supo por primera vez que el acusado había sido formalmente *detenido*?

–No... No estoy seguro, quizá fue... eh...

–Déjeme ayudarle, ¿en las noticias?

–Sí, exacto.

–Eso fue a mediados de agosto de 1995, ¿cuatro meses más tarde?

–Bueno, sí.

–Y sin embargo, ningún esfuerzo para contactar con la policía, ¿por qué?

Una vez más, Brionne se quedó sin saber qué decir, como un hombre con un mapa que no puede entender.

La señorita Matthews siguió presionando implacablemente.

–¿Cuándo se enteró de que al acusado se le habían presentado *cargos* por asesinato?

–Creo que fue al mes siguiente.

–Tiene razón. Aun así, usted no hizo esfuerzo alguno por contactar con la policía. ¿Por qué?

–No puedo explicarlo...

–¿Por qué no? Me da la sensación de que usted ha seguido de cerca este caso desde el día en que el acusado huyó de su casa hasta el día en que este juicio comenzó, ¿no es cierto?

–Sí, lo es.

–Sin embargo, sólo en el último minuto viene usted precipitadamente a la sala para contarnos lo que sabe. ¿Por qué ahora?

Brionne agachó la cabeza, rehusando responder o incapaz de hacerlo. La señorita Matthews pasaba pacientemente las hojas de algunos documentos. Elevó la vista y dijo sin rastro de compasión:

–¿Tiene miedo de alguien, señor Brionne?

Todavía no hubo respuesta.

–¿Del señor Schwermann, quizá?

Brionne se quedó totalmente inmóvil. Se sujetaba en los laterales del estrado de los testigos y controlaba la respiración. Pero no estaba dispuesto a hablar.

–Muy bien, señor Brionne, si no va a responder, seguiremos adelante –dijo la señorita Matthews con satisfacción–. Cuando por fin se presentó a la policía hace unos cuantos días, después de que el juicio hubiera empezado, usted contó sólo un incidente de gran heroísmo por parte del acusado. ¿No es así?

–Sí.

–Nada sobre redadas, centros de internamiento, deportaciones ni campos de exterminio. ¿Correcto?

–Así es.

–Sólo un breve, esplendoroso momento cuando se le perdonó la vida a un niño, ¿como Moisés contra las órdenes del faraón?

Lucy quería gritar: «Coge las hojas del convoy que tienes delante. El nombre del niño debe de estar ahí. Por favor, por favor, mira ahora».

–Lo siento, pero es la verdad –dijo Brionne resueltamente.

–¿De veras lo es?

La señorita Matthews cambió repentinamente de dirección hacia la sucia parte oculta de la historia del rescate. El señor Bartlett no daba muestras de sorpresa.

–¿Usted proclama que él salvó a un niño de una muerte cierta en Auschwitz?

–Eso es lo que he dicho.

–Entonces dígame. ¿Puede este jurado concluir sin temor a equivocarse que el sargento Schwermann de las SS sabía que «deportación al este» significaba una y sólo una cosa: una ejecución brutal?

Brionne se sobresaltó, cogido por sorpresa por la pregunta.

«Le tiene acorralado», pensó Lucy, mientras la señorita Matthews decía, con una indiferencia glacial:

–O bien el acusado separó a un niño de su madre sin razón alguna, o bien él estaba al tanto de la maquinaria de muerte. ¿Con qué se queda?

Sin forzar una respuesta, la interrogadora trazó una lenta línea de un lado a otro de una página, mirándole todo el tiempo. Luego se sentó, dejando a Brionne con la cabeza gacha.

Lucy sonreía para sí misma, con el corazón latiéndole a toda prisa. La señorita Matthews había aprendido del señor Bartlett una buena táctica: el extraño poder de un gesto certero y por lo demás vacío.

Capítulo treinta y siete

I.

Los curvos entramados de madera y el revestimiento de tablas de chilla de la casa de campo habrían sido sencillamente encantadores si no hubiera sido por las extensas manchas de pintura roja. La madera y el yeso la habrían absorbido y no había manera de ocultarla, a pesar de los intentos de eliminarla restregando. Éste era el hogar de Sylvia Nightingale, a orillas de un río que pasaba por Walshan-le-Willows, un pueblo a unos cuarenta y cinco kilómetros de Larkwood. Anselm fue hasta allí en coche un viernes por la mañana, el día después de su encuentro con Max; llevaba la carpeta de los documentos en el asiento de al lado.

Antes de salir, había pensado hacer fotocopias, pero no las hizo. La idea de duplicar los nombres de los muertos le parecía, de algún modo, irreverente, un acto de transgresión. Escuchando la radio durante el breve trayecto, se enteró de que el tribunal no se reuniría hasta por la tarde, debido a que Bartlett había pedido tiempo para consultar con su cliente. Ésa, pensó Anselm, era la respuesta a una plegaria que él no había hecho. Una vez que pasara la dura prueba de la mañana, él, o la familia, podrían llamar a la policía, lo que provocaría otro aplazamiento más significativo.

Max ya había llegado cuando hicieron pasar a Anselm al abarrotado y acogedor salón. El embadurnamiento de pintura había ocurrido dos noches antes, explicó la señora Nightingale. No reflejaba la actitud de la comunidad, por lo que era obra, casi con certeza, de una persona de fuera. Probablemente un borracho, un caso aislado, había dicho la policía en un intento de infundir tranquilidad ante el terror infligido a la víctima. Sus palabras no le habían dado consuelo. El miedo se había asentado en una rígida máscara. Iba muy maquillada, una cara valiente cuidadosamente construida que mostraba todo lo que quería ocultar. Su pelo, recogido en un moño, había empezado a soltarse. El cómodo desaliño de las cosas del salón sugería la suspensión imprevista de una vida muy ajetreada.

–Trabajo voluntario –dijo, señalando hacia un montón de folletos–, hasta que me dijeron que era mejor que no les ayudara más. Me he convertido en una vergüenza para ellos.

Se sentaron los tres a modo de triángulo, lo que le recordaba a Anselm las visitas parroquiales después de una muerte pero antes del funeral. Explicó, con toda la sensibilidad que pudo, los asuntos a los que se enfrentaba el tribunal, y concluyó con la revelación de que a Max se le había confiado una carpeta con documentos de crucial importancia.

–¿Por qué no dijiste nada, al menos a mí?

Max dijo:

–Hizo que sonara como si la verdad sólo pudiera salir a la luz si nadie sabía nada sobre su secreto.

–Fíjate en lo que estás diciendo, no son más que estupideces.

–Ya lo sé.

–Entonces, ¿por qué demonios te...? Ay, Max.

Miró a otro lado y apartó la vista de su hijo, con expresión de entenderlo todo por completo.

–Señora Nightingale –intervino Anselm–. Estos papeles demuestran que su padre se preparó para este juicio tan pronto como la guerra se acercaba a su fin. Conservó el testimonio de la traición de un hombre, de una revelación que le hicieron a él. Ese hombre declaró ayer en defensa de su padre. Debe de haberlo hecho bajo coacción, para salvarse. No se puede confiar en nada de lo que dijo.

La señora Nightingale miraba a la alfombra, sus ojos brillaban de resentimiento.

–Hay otros documentos –dijo Anselm a su pesar. Ella levantó la vista–. Contienen una lista de los nombres de los adultos y los niños enviados a Auschwitz.

–No –dijo ella enseguida–, no.

Utilizaba la palabra como si fuera una raqueta, devolviendo de un golpe lo que había escuchado, atacando a su oponente.

–Es verdad, mamá. Los he visto –dijo Max.

–Tú cállate –le espetó–. Déjeme ver.

Extendió la mano hacia Anselm con agresividad.

Anselm sacó las tres hojas de papel y se las pasó a la señora Nightingale. Ella revisó cada una de ellas de forma errática, mirando arriba y abajo, cambiando de una a otra, incapaz de hacer un examen comedido; se le humedeció la cara.

–¿Qué quiere que haga yo? –preguntó, mostrándose por primera vez claramente indefensa, mientras pasaba de la rabia al terror.

–Nada en absoluto –respondió Anselm de modo tranquilizador–. La policía se encargará de todo.

–¿La policía? –dijo ella con la trágica y característica estupefacción que es la última defensa de los que no pueden enfrentarse a lo obvio. Se sentó rígida en el borde del asiento–. ¿Tiene la más remota idea de lo que esto ha significado para mi familia, para Max, para mí? –Su voz se levantó de manera inquietante–. ¿Cómo sabe lo que quiere decir esto, en cualquier caso? –Agitó los papeles en el aire, como si fueran trapos–. ¿Quién demonios es usted para decirme a mí lo que hay que hacer? Nosotros somos los que tenemos que vivir con ello, no usted...

Se levantó y alzó las endebles hojas hasta sus ojos, arrugando los bordes al agarrarlos con fuerza. Sacudió los papeles hacia delante y hacia atrás, como si fueran las solapas lisas e indiferentes de la circunstancia; liberó la desesperación en sus manos, mientras de su boca se escapaba un gemido.

Anselm, asustado por la emoción que se estaba desatando, dio un salto adelante para recuperar los documentos, que ya estaban un poco rasgados. En ese instante vio los delicados anillos y la pulsera: viejos regalos, recuerdos de una vida que insinuaban el dilatado espacio de todo lo que tenía valor para ella, reducido a una ruina pública sin previo aviso, sin que hubiera hecho nada para merecer el advenimiento de esa vergüenza. Ella retrocedió, separando los brazos. Durante el destrozo que siguió, todos se quedaron mudos, horrorizados de golpe. Salió precipitadamente de la sala. Anselm contempló los pocos fragmentos que quedaban en el suelo, mientras escuchaba el veloz chasquido de una cerilla prendiéndose en otra habitación.

La señora Nightingale regresó a la sala con la inquietante serenidad que podría sobrevenir a una muerte justificada.

–Lo siento muchísimo.

Su voz era suave y fresca, como si saliera de otra mujer. Se sentó, se alisó la falda y sollozó.

Anselm se marchó. Cuando se alejaba de la casa de campo volvió la vista atrás y vio a la madre entre los brazos de su hijo.

Regresó con rapidez a Larkwood. Tendría que ver al padre Andrew urgentemente, en vista de lo que había averiguado en los documentos y lo que acababa de pasar con ellos a manos de alguien que no podía enfrentarse a lo que contenían. Sylvester le recordó que el prior estaba fuera por dos días, en un congreso, pero que él había traspapelado el número de contacto. Anselm le dejó buscando en unos trozos de papel de cartas y fue en busca de Gerald, el subprior. Localizaron al padre Andrew y éste decidió regresar a Larkwood la noche siguiente.

Anselm se fue a su habitación y trató de mantener la calma, consciente de que el juicio estaba llegando a su fin y que sólo él poseía todas las claves para su desenlace.

2.

El tribunal se reunió de nuevo el viernes por la tarde. Lucy saludó al señor Lachaise, que parecía otra vez profundamente cansado. Los dos comentaron la ausencia de Max.

La conversación superficial era un arma para controlar la tensión de la espera. Porque esa tarde, sin duda alguna, Schwermann prestaría declaración. Lucy se sentía como uno de aquellos guerreros espartanos la noche antes de la batalla de las Termópilas, que deambulaban para arriba y para abajo, desnudos, esperando a que comenzara el ataque. Según Tucídides, intimidaron al enemigo peinando sin prisa sus largos cabellos. Ella había hecho lo mismo esa mañana. Observaría la intervención de Schwermann con su mejor aspecto. No la iba a dejar derrotada ni despeinada.

Cuando los participantes principales estuvieron en su sitio, mandaron llamar al jurado. El señor Bartlett dio las buenas tardes y dijo:

–Señoría, lo que sigue es un comunicado que ha sido acordado con la fiscalía. Nos lo han facilitado esta mañana los representantes legales de Étienne Fougères.

El señor Bartlett leyó el texto en alto:

–Confirmo que Agnes Aubret tuvo un hijo de Jacques Fougères. Que nosotros sepamos, tanto Aubret como el niño murieron en Auschwitz. Mi familia no sabe nada del comportamiento que Victor Brionne le atribuye a Eduard Schwermann.

–Un modelo de brevedad, si se me permite decirlo –dijo el magistrado Pollbrook con aprobación.

–En efecto.

–Señor Bartlett, ¿ha comprobado los registros de las deportaciones?

–Lo he hecho.

–¿Hay alguna referencia a Agnes Aubret?

–Sí. Para información de su señoría, Aubret fue deportada el 24 de agosto de 1942. Se puede encontrar el texto en el archivo Q, página ciento setenta y nueve.

–Me gustaría ver el original, por favor.

El señor Penshaw sacó el archivo original y lo abrió en el lugar relevante. Se lo pasó a un ujier, que a su vez se lo dio al magistrado Pollbrook. Éste hojeó las páginas por los dos lados y luego dijo:

–El texto al que han hecho referencia es realmente una copia. ¿Qué pasó con el original?

–No se sabe, señoría –dijo el señor Bartlett con sentido pesar–. Quizá se estropeó en un accidente.

El magistrado Pollbrook examinó el archivo de nuevo. Volvió a hablar:

–Todos los nombres de las víctimas están marcados, para confirmar que no faltaba nadie, pero hay un espacio en blanco en la parte de abajo, donde debería estar la firma del agente que supervisaba. ¿Y eso por qué?

–No tengo ni idea, señoría. Lo que tiene delante es el archivo original recuperado después de la guerra. No hay nada más. El texto pertinente sigue siendo un documento coetáneo.

–Gracias –replicó el magistrado Pollbrook con inquietud. Repentinamente, con desconfianza, inquirió–: ¿Ha buscado al niño también?

–Lo he hecho. No hay ninguna mención de él en absoluto. –Tranquilamente, con la mirada puesta en el jurado, el señor Bartlett añadió–: Parece, señoría, que los registros confirman todo lo que Victor Brionne ha contado al tribunal. Aubret fue deportada, el niño no.

El juez movió los párpados lentamente y, con una expresión de profundo desdén, dijo:

–Sabía que podría decir eso.

El señor Bartlett hizo una ligera reverencia con la cabeza, luego dijo:

–Señoría, tras haberme beneficiado de una reunión con mi cliente esta mañana, y en vista del documento que acabo de leer, renuncio a llamar al señor Schwermann a prestar declaración en defensa propia.

Una gran exclamación recorrió la sala. Una vez apagada, el señor Bartlett continuó:

–Tengo plena confianza en que este jurado ya sabe la dirección en la que debe guiarles su conciencia. El argumento de la defensa está cerrado.

Lucy se volvió hacia el señor Lachaise que, a lo largo del

juicio, se había convertido en una sosegada fuente de estabilidad, especialmente cuando la razón no dejaba espacio para la esperanza. Pero por primera vez se había derrumbado; su dulce cara estaba demudada, vacía de emociones.

El magistrado Pollbrook levantó la sesión, dejando tiempo para que los abogados prepararan sus informes y para preparar él la recapitulación. Cuando el juez terminó de hacer las indicaciones al jurado, el señor Lachaise había recobrado su serenidad habitual. Sugirió que fueran a tomar un café y unas galletas. Sentados en un pequeño café a poca distancia de Newgate Street, Lucy inquirió:

–¿Por qué no se va a defender a sí mismo?

–Es demasiado peligroso –respondió el señor Lachaise–. Si se le repreguntara, la situación en la que está ahora, aunque sea muy precaria, no podría sino empeorar. Está en el filo de la navaja, muy bien descrito en lo que acertadamente señaló la señorita Matthews: o bien separó a un niño de su madre sin razón alguna, o bien sabía lo que estaba ocurriendo en Auschwitz, pero se las arregló para salvar una vida. No había pensado en eso antes. –Parecía exhausto otra vez, pero continuó–. Por supuesto, la segunda alternativa no es una defensa. Si es cierto, es un llamamiento a la compasión contra las atrocidades que debe de haber hecho. Con los jurados, la piedad es un caramelo pegajoso. A menudo se recrean en ella por encima de la justicia.

Lucy preguntó:

–¿Es usted abogado?

–No, pero me crié al lado de un hombre maravilloso llamado Bremer, el abogado de la familia, y me transmitió las máximas de su oficio, que yo he hecho mías.

–Señor Lachaise –dijo Lucy tímidamente, examinando la inescrutable expresión del rostro de él–. Mi abuela fue un miembro de La Mesa Redonda, y eso explica mi presencia. Pero ¿puedo preguntarle por qué está usted aquí?

Los grandes ojos de él brillaron detrás de las pesadas gafas. Lucy sólo podía reconocer levemente el significado de su sonrisa: se trataba de algo relacionado con la desgracia. El señor Lachaise dijo:

–Puedes hacerme todas las preguntas del mundo, pero no ésa. –Su voz quedó reducida a un susurro–: No sé la respuesta.

3.

Lucy salió del juzgado y fue directamente a Chiswick Mall. Encontró a Agnes aparentemente dormida. Sus brazos se extendían a los costados, sobre sábanas blancas; su cara estaba quieta, la boca ligeramente caída en los extremos; parecía que no respiraba. Lucy la observó, mientras el corazón empezaba a latirle fuerte en el pecho. Tocó la muñeca de su abuela: estaba fría, la piel increíblemente cerca del hueso. Lucy habló, mientras se escapaba la esperanza:

–Abuela...

Agnes abrió los ojos. Su cara parecía cambiar, un segundo de vivacidad que sugería placer. Lucy acercó una silla y se sentó. El alivio aflojó sus extremidades; tenía ganas de llorar. Sujetando la mano de su abuela dijo:

–Ya casi ha terminado.

Agnes pestañeó adrede. Lucy sabía, lo notaba en los ojos de su abuela, que Agnes tenía ganas de reír. Sí, habría dicho, ya casi ha terminado. Pronto estaré muerta.

Wilma apareció por la puerta. Era la hora habitual para leer en alto, algo que Lucy había hecho hacía años, cuando era mucho más pequeña y se sentaban juntas cuando empezaba a oscurecer. Era un pasatiempo que había reanudado Wilma, que se sentó y abrió un libro de poemas.

–«La quema de las hojas» de Laurence Binyon –dijo Wilma.

Lucy se apartó, incapaz de observar cómo la intimidad que una vez había sido suya se desempeñaba ahora con otra persona. Fijó la mirada en la pared y cerró los oídos al sonido. Pero la voz baja de Wilma cobró fuerza y dejó a un lado su resistencia:

> Ha llegado la hora de dejar el espíritu desnudo,
> la hora de quemar los días finitos y agotados,
> el vano consuelo de las cosas que ya se han ido:
> allí no hay sino esperanzas desarraigadas, deseos
> [infructuosos;
> dejémoslos ir al fuego, sin mirar nunca hacia atrás.
> El mundo que era nuestro es un mundo que ya
> [no nos pertenece.

Agnes levantó la mano derecha del cubrecama. Wilma dejó de leer a esa señal. Cerró el libro y salió de la habitación. Los limpios visillos hicieron un movimiento ondulante. Agnes hizo un gesto con los dedos para que Lucy se acercara. Lo hizo. Los dedos dijeron: más cerca. Lucy se agachó, casi tocando la piel de la cara de su abuela. Agnes apenas podía moverse, pero Lucy recibió el ligerísimo roce de un beso.

Capítulo treinta y ocho

–Cuéntame todo el lío en orden –dijo el padre Andrew.

Era una fría y húmeda noche y había encendido el fuego en su estudio. La persistente madera se resquebrajaba y chisporroteaba con los lengüetazos de las llamas. Anselm y su prior se sentaron cerca de la chimenea, en sillas que chirriaban. Sobre sus mentes concentradas bailaban destellos de luz naranja.

–Comenzó con el resentimiento –dijo Anselm–. Quizá se remonte a un periodo anterior, al tipo de diferencias de formación y de opinión que tenemos aquí, en Larkwood. Pero es bastante sencillo: Rochet le tocó mucho las narices a Pleyon en más de una ocasión. Los acontecimientos se confabularon para que Pleyon tuviera la oportunidad de devolver el golpe final. Si es cierto lo que me cuentan, parece que Pleyon podría haber sido antisemita, y alentaba el ansia de destruir a Rochet. Delató a La Mesa Redonda a Victor Brionne, que a su vez se lo dijo a Schwermann.

El padre Andrew escuchaba; sus ojos brillantes perseguían los remolinos de chispas. Dijo:

–¿Cómo sabes que Pleyon tuvo contacto con Brionne?

–No lo sé. Es sólo una suposición. No hay otra explicación de los hechos.

–¿Cómo sabía cada uno de ellos o ambos todos los nombres?

–No estoy seguro. Tengo la sospecha de que Pleyon sólo tenía información sobre Rochet, y quizá dos o tres más, pero que Brionne ya conocía al resto de antes de la guerra.

El padre Andrew miró al fuego y dijo socarronamente:

–Qué coincidencia que se encontraran y que los dos tuvieran sus propias razones para hacer caer a sus antiguos amigos.

–La tragedia surge a menudo de las coincidencias –replicó Anselm a la defensiva, tratando de ser prudente.

–Supongo que las piezas encajan.

–Las suposiciones se confirman con todo lo que sucedió después.

–Continúa.

El prior no parecía estar tomando a Anselm totalmente en serio.

–Cuando terminó la guerra, los dos fugitivos sabían adónde acudir: Les Moineaux, y el destino había colocado a Pleyon en el puesto del prior, lo que les venía muy bien. Él fue quien organizó su fuga y planeó contarle a Roma un cuento de hadas sobre apariencias engañosas para cubrir su propio delito. Pero murió antes de que pudiera hincarle realmente el diente a las mentiras. Da la casualidad de que Chambray ya le había contado a Roma toda la historia, que incluye el hecho de que Schwermann nos fue transferido a nosotros –Anselm miró a su prior: ninguna emoción interrumpía su atenta calma– y ellos no hicieron absolutamente nada.

El padre Andrew levantó las manos hacia las llamas y pasó a otra cuestión:

–Háblame de los papeles que rompió esa pobre mujer.

Anselm describió lo que había visto, la lista que exponía a los caballeros de La Mesa Redonda y los dos registros de deportación, todos firmados por el hombre al que Anselm había instado a prestar declaración. Concluyó:

–Parece que Schwermann era muy previsor. Guardó esos documentos para poder hacer chantaje a Victor Brionne en acaso de que Alemania perdiera la guerra.

–Obligándole a hacer exactamente ¿qué?

–A testificar que Schwermann salvó a alguien cuando tuvo la oportunidad... para dar un pretexto para la duda..., para la lástima.

El prior alcanzó un atizador y removió las brasas. Las llamas se abalanzaron con un silbido sobre la madera al descubierto. Las sombras se retorcieron y se estremecieron. Entonces preguntó:

–Y ¿qué piensas que estaba haciendo Roma cuando te enviaron en busca de Victor Brionne?

–Cuando Schwermann volvió a Larkwood fue como una señal, una amenaza: él podía descubrir a Roma como él mismo había sido descubierto. Eso significaba que saldría a la luz todo lo que Chambray les había contado. Parece que Roma vislumbró una solución basada en la simple dinámica de causa y efecto: si se indultaba a Schwermann, la Iglesia guardaría las apariencias.

–Hay que reconocer –observó el padre Andrew, removiendo otra vez con el atizador– que Roma a menudo se preocupa más por su aspecto que por su conducta.

–En este caso, si se han visto ambas cosas, son muy poco atractivas –dijo Anselm. La consternación por la calculada traición a su confianza se había transformado en un juicio de valor–. Parece que pensaron que si Brionne prestaba declaración había muchas posibilidades de que él absolviera a su antiguo jefe, aunque sólo fuera para protegerse a sí mismo. Todo lo que necesitaban era a alguien que provocara que él se presentara. Así que me utilizaron. –Recordó cuando estaba en el frío, mirando dentro de Pilgrim's Rest a los niños con sus tazas–, y hay una macabra ironía en todo esto...

–¿Cuál?

–Sospecho que Brionne se estaba escondiendo no sólo por su propio bien, sino también para proteger a su familia. No había razón para arrollarlos a ellos por el precio de una mentira. Pero yo le empujé y ahora la ha contado.

El fuego crepitaba sosegadamente y absorbía la oscuridad de la habitación. El padre Andrew dijo simplemente:

–Has estado pensando mucho.

Los dos monjes se sentaron juntos a meditar: Anselm cavilaba sobre el futuro; el prior... ¿qué estaba haciendo? Anselm percibió que estaba escuchando al pasado.

Anselm dijo:

–Tendré que ir a la policía.

–Quizá.

–Y se descubrirá todo.

–Quizá.

–Y Larkwood, Les Moineaux, Roma; el desprecio caerá sobre nosotros como la lluvia.

–Quizá. –La silla del padre Andrew rechinó sobre las losas y él se trasladó pensativamente a la ventana que daba al claustro, el corazón del monasterio, oculto por la húmeda noche. La luz de la lumbre titilaba sobre el cristal. El padre Andrew levantó un brazo y escribió un nombre lentamente sobre el vaho. Decía: «Agnes». Unos chorritos de agua, finos como un cabello, bajaban titubeantes por el cristal desde cada una de las letras. El padre Andrew añadió–: Algo me dice que antes deberías volver a ver a Victor Brionne.

–¿Por qué? –preguntó Anselm.

–Porque me llama la atención la única cosa que no has mencionado esta noche: él cree que Agnes murió, pero tú sabes que está viva.

Capítulo treinta y nueve

I.

Los padres de Lucy habían planeado recoger a su hija el domingo por la mañana, en su camino de vuelta de unas breves vacaciones en Canterbury. El padre, la madre y la hija irían después a Chiswick Mall para pasar la tarde con Agnes.

El timbre de la puerta irrumpió en el aire dos veces. Era un timbre más apropiado para los requisitos del cuerpo de bomberos. Lucy no podía escuchar ese alarido eléctrico sin pensar que había alguna emergencia palpitando en la calle. Su madre asomó la cabeza por la puerta, sus párpados se movían nerviosos. Entró, haciendo comentarios sobre el reloj del abuelo Arthur como si él estuviera allí, asintiendo, en la pared. Su padre entró tras ella, y le dio a Lucy una taza decorada con una foto de la catedral.

–De la tienda de regalos –dijo.

–Maravillosas vidrieras –dijo Susan–, le hacen a una pensar.

Lucy empujó la puerta para cerrarla. Cuando se reunió con ellos un instante después, su madre estaba comprobando discretamente si había polvo; su padre estaba parado delante de *La cueva de la Sibila*.

–Es fascinante –dijo.

Lucy se sumó a él; sus miradas se cruzaron y él comprendió. Su hija tenía una vida propia, elegía cuadros, ponía clavos en las paredes, todas esas pequeñas cosas que le eran desconocidas.

–¿Dónde lo encontraste? –preguntó en tono jovial.

–Un amigo me lo dio.

Las dos primeras palabras casi le secaron la boca. No esperaba describir a Max Nightingale en esos términos, pero una vez que lo había hecho no lo podía retirar. Pensó al instante en Pascal, en la última vez que se habían visto, y en el viejo monje al que conocía el padre Anselm, que murió diciendo que todo lo que importaba eran las pequeñas reconciliaciones.

–Es muy generoso –dijo Susan, agregando, como si estuviera espiando en el interior de un sobre–, un buen amigo, supongo.

–Sí, tienes razón –dijo Lucy, cogiendo su abrigo. Fue hacia el pasillo, para mantenerse a una distancia prudente–. Es pintor.

–Un artista –proclamó Susan de modo alentador–. Qué maravilla.

2.

En los periodos de dicha o de profunda incertidumbre, Anselm se retiraba siempre al pequeño lago que se encontraba al final del paseo de los jacintos silvestres, más o menos a mitad de camino entre el priorato y el convento. Se llevó con él a Conroy, que estaba en un punto muerto en el proceso de escritura de su libro. Por un momento miraron en silencio hacia la mitad del lago, donde una estatua de piedra de la Virgen María, pulida por años de viento y lluvia, se elevaba desde el agua, con los brazos abiertos en una entrega sin límites. Se subieron a una barca de remos que estaba en un embarcadero de madera poco sólido y desatracaron, haciendo mugir crujidos de los maderos verdinegros.

Los acontecimientos del año anterior habían traído cada vez más a la mente de Anselm la «Morte d'Arthur» de Tennyson, grandes fragmentos del cual le habían sido impuestos sin piedad en el colegio. Los versos le volvían a menudo, como los trozos de una canción, como recortes en la mente. Mientras miraba a la brillante superficie del lago, Anselm dijo:

–A veces pienso en el caballero Bedivere, a quien el rey moribundo le encargó arrojar *Excalibur* al lugar de donde había salido.

Conroy se orientó y comenzó a remar a un ritmo constante.

–No puede obedecer. Miente dos veces. Primero, porque está deslumbrado por la belleza de la espada. Luego, porque se hace una pregunta excepcionalmente buena: «¿Estaría bien obedecer si un rey exige un acto contraproducente para sí mismo?».

Conroy asintió con conocimiento.

–Así que miente. «¿Qué viste o escuchaste?», pregunta Arturo. «Sólo el murmullo de las olas y el chapoteo del agua.» Pero el rey sabe que la respuesta no es verdadera. Está esperando con ansiedad que ocurra algo fuera de lo normal.

Las palas de los remos cortaban la superficie del lago.

–«Me levantaré y te mataré con mis propias manos si me fallas esta última vez», dice el rey, y el leal caballero corre a la orilla del lago para salvar su vida y, con los ojos cerrados, lanza Excalibur lejos, hacia la noche. Ha obedecido pero espera que su vieja mentira se haga realidad. Sin embargo, en el último momento, ocurre algo inimaginable.

Se estaban aproximando al centro del lago.

–Cuando mira de nuevo, un brazo enfundado en gruesa seda blanca sale del agua y atrapa la empuñadura. Blande la espada tres veces y la arrastra suavemente por debajo del lago.

Conroy descansaba y se rascaba los gruesos brazos.

–Abrumado, Bedivere vuelve corriendo a contarle al rey lo que ha visto. Allí yace el rey, entre las piedras de las ruinas de una capilla. Ha perdido todo lo que le importaba en esta vida. La Mesa Redonda ya no existe; sus caballeros, uno a uno, han ido cayendo bajo la espada. Pero el sueño que esperaba y en el que tenía depositada su ilusión ha sucedido. La mano que le dio la espada ha vuelto a tomarla. Su vida tiene sentido. No muere desconcertado.

Conroy colocó los remos en sus retenes, dejando que la barca se moviera suavemente a su antojo, empujada por la corriente.

–Siempre he tenido debilidad por sir Bedivere –dijo Anselm–. Es un empírico inglés perplejo, incómodo con el misticismo. Y le echan la bronca, bastante injustamente, por mantener los pies en el suelo.

Conroy hizo una almohada con su jersey, lo colocó en la proa y se reclinó.

Anselm continuó:

–Cuando era un muchacho, me preguntaba a menudo cómo habría muerto Arturo si Bedivere hubiera vuelto y le hubiera dicho, sinceramente esta vez: «Realmente, no he visto nada más que agua salpicando los riscos. Ella no ha venido».

Un ligero viento levantó ondas en el lago e imprimió sombras y reflejos en un oscuro temblor. La barca se movía en círculos. Conroy estaba echado, con las piernas estiradas y los brazos cruzados sobre su pecho. Sin que se dieran cuenta, los remos se escurrieron silenciosamente de sus topes y se balancearon a la deriva.

–«Y Dios se satisface a sí mismo de muchas maneras» –citó Conroy.

–¿De dónde es eso? –preguntó Anselm.

–Del mismo poema; parte del testamento final del viejo rey, justo antes de morir como a mí me gustaría morir.

–¿Cómo?

Conroy se incorporó, con la cara iluminada, pícara.

–«En los brazos de tres bellísimas mujeres que lloran.»

3.

Lucy y sus padres se sentaron a la mesa a jugar al Scrabble, en el pequeño jardín del patio de Chiswick Mall. Agnes, recostada, miraba desde su cama a través de la cristalera.

Susan miró con enojo la fila de letras que tenía. Lucy se echó hacia atrás para mirar a hurtadillas: Q, F, X, L, B...

Se apartó, satisfecha. Su madre se estaba ahogando sin vocales. El juego producía en Lucy un implacable impulso competitivo que permitía pequeñas transgresiones de las reglas. Le tocaba el turno a su padre, que puso las pequeñas placas cuidadosamente sobre el tablero:

Y-U-S-O

–Eso no es una palabra –dijo Susan enfurruñada.

–¿Me estás desafiando? –respondió Freddie, con la mano en el diccionario como si fuera una pistola.

–No.

Lucy observó su propio apuro: Z, Q, F, A, R, O, A. Era un desastre.

–¿Quiere alguien un té?

Su madre asintió desesperadamente.

Lucy pasó por la cristalera y se sentó al lado de su abuela. Se echó hacia delante mientras le preguntaba:

–¿Qué se hace con esto?

Enumeró sus letras. Agnes pensó por un momento mientras Lucy sacaba la cartulina con el alfabeto de un lado de la cama. Agnes respondió:

Z-A-F-R-A

Lucy dijo, con reservas:

–¿Estás segura?

Agnes asintió con los párpados.

–Gracias.

Se fue a la cocina y puso agua a hervir. Un ruido detrás suyo la sobresaltó. Era su padre.

–¿Te pasa algo? –preguntó ella inocentemente.

–Lucy –dijo él con gravedad–, te he visto en las noticias, al fondo, saliendo de un juzgado...

Lucy se echó ambas manos al pelo, desordenándose las horquillas y pasadores que llevaba colocados tan cuidadosamente. A su padre le costó continuar.

–Tiene que ver con la abuela, ¿verdad?

–Sí –dijo Lucy, no de forma cortante ni de mala gana, sino con compasión.

–Conoce a ese canalla nazi, ¿verdad?

–Sí, papá, le conoce.

–Dios mío. –Se arregló la corbata y se restregó una ceja, diciendo–: ¿Sabré yo alguna vez lo que pasó?

Sin reflexionar, con un sentimiento cercano a la pasión, Lucy respondió:

–Sí, lo sabrás, te lo prometo, pero ahora no puede ser.

–Muy bien.

Habló como un mendigo de la calle al que se le promete un bocadillo en vez de dinero. Le dolía esa inversión del poder. Ella llenó la tetera de agua hirviendo.

Capítulo cuarenta

I.

El señor Penshaw comenzó su informe el lunes por la mañana con una presentación ordenada pero poco sistemática de los hechos estrictos, que en sí mismos no eran particularmente asombrosos. Pero imperceptiblemente surgía algo no explícito que, una vez frente a las mentes del tribunal, fue creciendo poco a poco hasta que el señor Penshaw lo nombró con desprecio.

–Requiere hacer un esfuerzo de caridad admitir que un hombre podría estar desempeñando un puesto dentro de un aparato para asesinar en masa y no saber el espantoso fin hacia el cual estarían comprometidos sus esfuerzos.

El señor Penshaw se volvió burlonamente al banquillo de los acusados, atrayendo los ojos de los miembros del jurado sobre Schwermann.

–¿Se puede concebir que un joven susceptible tuviera alguna duda del destino de los niños que pasaban por sus manos? ¿Puede creerse que un joven inteligente podía tragarse los eufemismos sin conocer la terrible verdad que escondían?

Hizo una pausa, volviendo su mirada a aquellos cuya tarea consistía en responder a estas cuestiones.

–No, no se puede. ¿Y cómo lo sabemos? Por Victor Brionne. El colaborador arrepentido, el caballero errante, el mejor amigo de Jacques Fougères.

La memoria de otras dos personas se evocó en la sala. El jurado tendría que pensar en Agnes Aubret, que murió en Auschwitz, y en su hijito, a quien se evitó que fuera a la fosa.

Para Lucy, la situación era como para llorar: era literalmente al revés.

–Si el acusado intervino entonces, lo hizo por razones que nunca sabremos y para salvar a este niño de una muerte espantosa que él sabía que le esperaba, como a muchos otros, al final de la línea del ferrocarril.

El señor Penshaw casi había terminado. Puso a un lado su texto y habló con ira creciente.

–Sólo se puede sacar una conclusión. Con todos sus sentidos y estando en plenas facultades, este hombre desempeñó por voluntad propia un papel dentro de un plan que era grandioso para los retorcidos sueños de sus arquitectos, inimaginable en sus proporciones, propósitos y consecuencias, y cuyas víctimas claman ahora justicia. No se olviden de ellos cuando se retiren a deliberar.

El juez Pollbrook pensó que ése era un buen momento para hacer un pausa de veinte minutos.

2.

Anselm trató de contactar varias veces con la detective Armstrong. No le devolvía las llamadas, así que dejó un mensaje: que le llamara urgentemente con relación a un asunto personal. Inmediatamente después se marchó a Londres, con Conroy al volante. Se había dispuesto que se alojarían en Saint Catherine, una casa de los agustinos cerca de Old Bailey. Al pasar por las verjas de Larkwood, Anselm echó una última ojeada al monasterio, con sus innumerables tejados plegados unos sobre otros, como si fueran montones de pájaros de alas rojizas, y sintió un dolor como sólo lo había sentido cuando tuvo que marcharse de su vieja vida de abogado.

El prior de Saint Catherine les proporcionó unas enormes llaves de hierro, forjadas, al parecer, en la Edad Media, y a la mañana siguiente Conroy salió hacia la biblioteca de Heythrop College. Anselm se quitó el hábito y caminó aprisa hacia el juzgado. Los periodistas, cargados con grandes bolsas repletas de objetivos, estaban ya dando vueltas alrededor de la entrada. La gran cacería se iba a producir después del veredicto. De momento, estaban disparando al azar a la masa con una languidez que intimidaba. Anselm se coló, inadvertido, y entró en el antiguo vestíbulo que había conocido tan bien antes de ser monje. En el mostrador de recepción, rodeado de gruesos cristales, preguntó por la detective inspectora Armstrong o por el detective comisario de policía Milby. Tras una larga espera vino a verle una agente de policía vestida elegantemente, que dijo:

–Lo siento, los dos están ocupados con otro caso. No creo que estén aquí hasta mañana. ¿Quiere dejar un mensaje?

–No, realmente necesito su ayuda ahora, es urgente...

Se había olvidado de que la actividad criminal casi nunca se suspendía durante un juicio.

–¿Puedo ayudarle?

–Bueno –titubeó–, quería la dirección de Victor Brionne.

La cara de la agente de policía se endureció, como si estuviera delante de un burdo impostor.

–Ése no es nuestro trabajo –comenzó a alejarse.

Anselm la agarró por el brazo.

–No soy de la prensa, de veras. Soy un monje, un cura...

La agente de policía se volvió, lanzando una mirada escéptica y cansada a los pantalones de pana y al jersey de Anselm.

–Cogeré el recado, eso es todo –para burlarse, añadió–: ¿Está bien, padre?

Una vez más, Anselm dejó su número de teléfono para la detective Armstrong, diciendo que era urgente. Al salir se detuvo, atraído por la máxima que había debajo de un emblema en la pared: «Domine dirige nos». El Señor nos dirige. Dirige, reflexionó Anselm, la raíz latina de *dirge,* un lamento... y también la primera palabra de maitines, en el oficio de los muertos.

3.

La característica más notoria del informe del señor Bartlett fue su longitud, tanto como su contenido. No habló más de un minuto.

–Señoras y señores, creo que ya nos conocemos los unos a los otros lo suficientemente bien como para que sea breve. Han escuchado las declaraciones. Conocen las pruebas tan bien como yo. No diré nada en absoluto sobre ellas. Pero disculpen si llamo su atención sobre un pequeño punto. Muchos de ustedes puede que estén ya preocupados por su trascendencia.

El señor Bartlett tenía una postura desconcertante, una mezcla de ornitólogo y cazador: muy quieto, observando durante horas, fascinado por lo que veía, pero listo para matar. Dio unos cuantos pasos por la sala hacia el jurado, saliendo de su «escondite» con su cuerpo relajado, transformándose en un hombre común, no en Bartlett, el abogado.

–No pueden declarar a este hombre culpable de haber estado involucrado en una empresa conjunta de asesinatos. El edificio construido por la acusación no se sostiene. Contra otros sí, pero no contra él. –Se apoyó en el estrado, sentándose sobre las manos–. Falta la piedra angular, que pertenece a otro edificio. Y ustedes la tienen. La rescató Victor Brionne. En agosto de 1942, un joven oficial alemán tuvo la oportunidad de salvar a un niño, a un niño judío. Un niño que se convirtió en hombre y que, mientras nosotros estamos aquí, probablemente vive y respira aún y no sabrá nunca que puede hacerlo gracias a Eduard Schwermann.

Lucy miró sin comprender a la línea de archivos delante del señor Bartlett. Uno de ellos debería contener el registro de deportación del hijo de Agnes, pero por alguna razón no estaba allí. Se trataba de la destrucción final. No había sobrevivido ni en papel.

El señor Bartlett volvió a su lugar habitual, volvió a la sala, a la contienda.

–Ésos fueron tiempos oscuros, inimaginables, lejos del

confort de esta sala. Háganse esta pregunta: si salvó a un niño judío, ¿pudo haber sido capaz de tocarle un pelo a otro? –Miró al jurado con tal fuerza en la mirada que Lucy pensó con horror, por un momento, que alguien podría responder en voz alta. Luego dijo, como una orden–: No, él no lo haría. Eduard Schwermann fue, a su manera, un miembro de La Mesa Redonda, sólo que no lo sabía. Señoras y señores, dejen libre a este hombre.

El magistrado Pollbrook comenzó su recapitulación de las pruebas, con voz vigorosa y seca. Después de unas cuantas frases, Lucy escuchó el profundo susurro del señor Lachaise cerca de su oído:

–Creo que necesitamos un trago.

Encontraron un bar y se sentaron en dos taburetes cerca de la ventana. El señor Lachaise pidió media botella de Brouilly.

–Espero que estés bien –inquirió paternalmente.

–No.

–Yo tampoco.

–Salud.

Bebieron un sorbo en desconsolada comunión. Lucy dijo:

–Simplemente no puedo entender el último comentario del señor Bartlett, eso de salvar a un niño y por lo tanto no poder hacer daño a otro. Es una estupidez.

El señor Lachaise giró su copa en pequeños y cerrados círculos, llevando el vino hasta el borde.

–Es retórica, no lógica. Palabras bien usadas. También es deliberadamente ambiguo. Salvar a un niño significa oposición al sistema de matanzas, al menos en ese caso particular. Pero también implica el conocimiento del sistema que se cobraba la vida de todos los demás y, dada su participación en lo que ocurrió, eso debería ser suficiente para condenarle. El señor Bartlett, sin embargo, está apostando por que la ambigüedad se inclinará a favor de su cliente.

–Pero ¿por qué habría de ocurrir eso? Si La Mesa Redonda sabía lo que significaba «reasentamiento» también lo sabía Schwermann –dijo Lucy.

–Lo sé. Y también lo sabe el señor Bartlett. Por eso es por lo que ha hecho lo que todos los abogados hacen con un punto fuerte que no se puede refutar.

–¿Qué ha hecho?

–Lo ha omitido, como si no estuviera ahí. En su lugar ha plantado la semilla de la compasión por un héroe olvidado.

–Pero el jurado no puede tragarse eso.

El señor Lachaise sacudió la cabeza.

–Algunas veces, a todos nos gusta creer que la respuesta correcta sólo puede hallarse tomando la decisión más difícil, la que al principio estábamos predispuestos a rechazar. Eso demuestra que nos hemos preocupado seriamente del asunto. Mi viejo y querido mentor, el señor Bremer, solía decir que no hay nada como la compasión para inclinar la balanza.

–Espero que esté equivocado.

–También yo.

Expresó su acuerdo con tanta vehemencia que Lucy levantó la vista y se quedó impactada por la formidable angustia que había en la cara de él.

4.

A primeras horas de la tarde, la detective Armstrong no había respondido aún al mensaje de Anselm. Esperar sin hacer nada parecía una ofensa en contra de las circunstancias. Se movió inquieto en su habitación, elucubrando sobre el futuro. ¿Qué pasaría si el hecho de que Agnes estuviera viva no afectaba a Victor Brionne... y se negaba a ir a la policía voluntariamente? Un enorme agujero parecía abrirse ante él, tanto más aterrador porque Anselm había decidido ya caer en él. No le ayudaba conocer las dilatadas dimensiones de antemano. Sin pensarlo, cogió el teléfono y llamó a Salomon Lachaise.

Quedaron en el mismo restaurante que la vez anterior, se sentaron a la misma mesa y les sirvió el mismo camarero. La repetición del pasado tenía la marca de una ceremonia y, bajo su peso, Anselm le reveló a su acompañante todo lo que le había ocultado en la última ocasión, incluido el papel que él mismo había desempeñado en encontrar a Victor Brionne.

–Lo siento con toda el alma, me presenté ante usted como una persona cuando en realidad era otra.

–Eso nos pasa verdaderamente a todos nosotros –respondió Salomon Lachaise–. A veces no se puede evitar. No necesita mi perdón, pero lo tiene. –Miró fijamente a Anselm con una penetrante mirada y dijo–: ¿Está realmente dispuesto a ir a la policía y destruir su propia vida, la reputación de su Iglesia, su comunidad?

–Sí.

Se sintió avergonzado por la simplicidad de su respuesta.

Salomon Lachaise se quitó las gafas, con su pesada moldura, y dejó al descubierto la vulnerable piel que se mantenía detrás del grueso cristal.

–Anselm, vaya a ver a Victor Brionne, no faltaba más. Y lleve el mensaje a Agnes Aubret. Pero prométame dos cosas.

–Sí, claro.

–Primero, no haga nada hasta que el juicio haya terminado...

–Pero...

–Prométamelo –su voz marcó las palabras.

–Está bien.

–Y segundo –añadió–, por favor, póngase otra vez el hábito. Para mí, usted es un monje hasta la médula..., y las apariencias son importantes.

Anselm volvió a Saint Catherine y encontró un mensaje clavado en la puerta: la detective Armstrong había llamado y se reuniría con él el jueves a las cinco de la tarde en la escalinata de Saint Paul. No podía verle antes debido a la investigación de un asesinato. Anselm entró en su habitación e inmediatamente levantó su hábito de la cama y se metió entre sus pliegues. Luego fue de puntillas al oratorio, que estaba en el primer piso. Sentado en la oscuridad, no podía librarse de la sensación de que Salomon Lachaise sabía de antemano gran parte de lo que él le había dicho, pero había una cuestión en particular que volvía una y otra vez: ¿por qué le había prohibido a Anselm actuar en detrimento suyo cuando era lo que se requería por lo que había hecho y por lo que sabía? Quizá la imaginación de Anselm se despertaba con demasiada facilidad, pero tenía la sensación de que su misterioso amigo estaba a punto de arrojar una luz aterradora sobre la tragedia que se había apoderado de él.

Capítulo cuarenta y uno

I.

El señor Lachaise llamó a Lucy y le sugirió que se encontraran para comer en Gray's Inn Gardens a la una y media. No le propuso asistir al final de la recapitulación. Tampoco lo hizo Lucy, al menos no a la totalidad. El lento recorrido por las pruebas era una insoportable forma de esperar.

Los jardines del Gray's Inn estaban situados en Theobald's Road, convenientemente rodeados de mansiones oficiales, elegantes mamparas de ladrillos de color magenta pálido, con ventanas regulares enmarcadas en blanco como si fueran filas de cuadros. Lucy dio un paseo por un pasadizo hasta Field Court, un recinto cerrado contiguo a un par de verjas ornamentadas de hierro forjado, apoyadas entre dos pilares. Cada uno de ellos estaba rematado por una bestia fabulosa con la cabeza y las alas de un águila. Se detuvo para observar a esos extraños guardianes sentados, que amenazaban con moverse de repente y abandonar la piedra para escabullirse, infundidos de vida, de sus pedestales, y sembrar la ira y la misericordia sobre High Holborn. ¿Qué protegían? Nada. ¿A quién salvaban? A nadie. ¿Cuándo llegaría el día del Juicio Final? Nunca. ¿Qué eran sino protestas lúgubres ante la ausencia de los ángeles?

Lucy pasó entre ellos hacia los jardines. Un sendero de grava pulida se desplegaba entre árboles bajos, cortesanos regordetes en el desfile de la tarde. Los bancos, colocados con bastante separación, aseguraban un ocio privado. En uno de ellos estaba sentado el señor Lachaise, que hablaba con seriedad a Max Nightingale.

No la oyeron cuando se aproximó. Lucy se desplazó sigilosamente al borde del sendero, en línea con el banco, lo que reducía las posibilidades de que la vieran. Albergaba la sospecha, no del todo irracional, de que el señor Lachaise se había reunido antes con Max a propósito. Mientras se acercaba, pudo oír su inconfundible y atractiva voz diciendo:

–A pesar de lo que has dicho, haz lo que te pido. No hagas nada. Quédate tranquilo, no es necesario.

Entonces, lamentablemente, la vieron. Sin embargo, la conversación continuó de forma completamente inocente, lo que decepcionó bastante a Lucy. Le había gustado la idea de las reuniones consecutivas, con los cuellos subidos y conversaciones secretas. El señor Lachaise continuó hablando mientras le hacía señas a Lucy con la mano:

–Tú puedes creer que tus pinturas no son especialmente buenas, pero yo estoy seguro de que mis colegas llegarán a otra conclusión. Como te he dicho, déjamelo a mí. La universidad hará la invitación; después de eso es todo muy sencillo. Ah, Lucy, ven con nosotros.

Lucy le dio la mano a Max. Verle fuera de la sala del tribunal acentuaba su ausencia en el juicio como una especie de incumplimiento, como si les hubiera dejado a ella y al señor Lachaise en primera línea de fuego. «Qué extraño –pensó–. Él pertenece al otro lado.»

–He traído unas provisiones muy judías –dijo el señor Lachaise, abriendo una gran bolsa de plástico–. Es siempre lo dulce o lo amargo... Lo explicaré sobre la marcha.

Comieron sentados en fila, pasándose cosas curiosas de uno a otro.

–Es un poco como *Esperando a Godot* –dijo Lucy.

–Excepto que esta vez –anunció el señor Lachaise– podría venir, después de todo, justo cuando no se espera.

2.

A las dos y media de la tarde se cerraban los jardines y, cortésmente expulsados, fueron a dar un paseo de vuelta a Field Court. El señor Lachaise les dejó de pie ante las verjas, entre los dos protectores que no se inmutaban.

En ausencia de su intermediario, Max cambió: no por torpeza, sino por una culpabilidad refinada. Lucy vio su forma, su brillo, la aversión que sentía hacia sí mismo, que procedía de una relación orgánica con el mal. La vertiginosa sensación de autoridad que ella sentía alteraba su equilibrio, como un torrente de sangre. Podía dejarle maniatado, si quería. Un delicioso chorro de algo totalmente ajeno a ella tocó sus labios. Su lengua saboreó la maldad. Huyó de sí misma y dijo:

–Max, para mí tu eres Nightingale, no Schwermann. Hay una gran diferencia.

–Eso es sólo poner un parche.

Lucy se estremeció ante el deliberado uso de sus propias palabras.

–No debí haber dicho eso nunca. Lo siento.

–No me digas eso, precisamente tú.

–Lo digo de verdad. Todos tenemos grietas, cubiertas de parches. Yo no soy diferente. No hay nada malo en ser normal.

Cuando salían de Field Court y se alejaban del ornamentado jardín protegido por mitos, Max dijo:

–No voy a asistir al resto del juicio.

–¿Por qué?

–Sé que es culpable.

–¿Cómo lo sabes?

–Supongo que lo he sabido desde el principio –dijo–, pero no sospeché nunca que me hubiera confiado la prueba de su culpabilidad.

Lucy comprendió que no iba a entrar en detalles y que éstos se hallaban en el pasado, que le habían sido revelados al señor Lachaise mientras ella estaba contemplando las inertes piedras vengadoras.

–Me alegro de que te gustara el cuadro –dijo él, evitando el tema.

–Me encanta –respondió Lucy.

Una media sonrisa se dibujó en la cara de él. Se había logrado algo. Lucy extendió la mano.

–Me marcho, entonces –dijo Max mientras se daban la mano.

Era tanto un adiós como un acto de conciliación con el pasado. Lucy le vio marchar, abriéndose paso a contracorriente. Simbólica y conscientemente, como si estuviera en el último corte de una película, le dijo adiós con la mano, mientras él, de espaldas a ella, desaparecía entre la muchedumbre.

3.

Lucy llegó a Old Bailey justo a tiempo para captar los doctos comentarios finales del juez. Sólo había espacio para estar de pie.

–Debería recordarse –dijo el magistrado Pollbrook sin alterarse– que durante cincuenta años ningún estudioso de la época supo que Jacques Fougères tenía un hijo. Ahora la familia lo admite y el tribunal lo corrobora. Por qué tuvo que ocultarse alguna vez en primer lugar escapa a mi imaginación, pero eso no debería ser un problema para ustedes. Lo importante es que ese detalle vino del señor Brionne. –Examinó a los miembros del jurado sin apasionamiento–. Si están convencidos de que habiendo dicho una verdad significativa se puede creer también en el resto de su declaración, entonces eso les permitirá inferir que el niño, de hecho, sobrevivió sólo por el comportamiento del acusado. Si ésa es su conclusión, entonces les queda la anomalía en la cual trata de basarse el señor Bartlett: que sería realmente extraño que el acusado se hubiera comprometido en una empresa que implicara la muerte o daños graves a otros niños. Sin embargo, señoras y señores, déjenme decir esto. –El magistrado Pollbrook lanzó una dura mirada al jurado–. En mi larga experiencia he visto que la gente puede ser rarísima. Fíjense en sus propias familias. ¿Cuántos de ellos les dejan perplejos a cada instante? No, deben hacerse una pregunta totalmente distinta: si están seguros de lo que la acusación alega, tendrán que declarar al acusado culpable. Si no están seguros, tienen que absolverle.

Entonces el juez repasó todos los cargos de la acusación, formulando una serie de preguntas diseñadas para determinar si el acusado era culpable o no, del tipo: si decide A, entonces se deduce B. Cuando hubo terminado, el juez cerró su libro rojo, se quitó las gafas y dijo:

–A lo largo de cualesquiera que sean los caminos a los que puedan conducirles sus reflexiones, por favor, recuerden esto: el terreno de la incertidumbre pertenece al acusado.

El jurado se retiró, obligado a cumplir su promesa de considerar qué justicia se requería según las pruebas. El magistrado Pollbrook dijo que llegados a esta fase, sólo quería un veredicto con el que todos estuvieran de acuerdo.

No cabía duda, pensó Lucy cuando salía del juzgado. A pesar de todo lo que el juez había dicho acerca de los requisitos abstractos de la ley, la inocencia o culpabilidad de Schwermann iba a estar centrada en lo que el jurado pensara sobre la extraña historia de un niño, que ellos creían que estaba vivo todavía, pero que Lucy y Agnes sabían que estaba muerto.

4.

Según lo acordado, Anselm se reunió con la detective Armstrong en la escalinata de Saint Paul.

–¿Café? –preguntó Anselm.

–No, gracias. ¿En qué puedo ayudarle?

Anselm no pudo dejar de observar la formalidad del saludo: era de cumplido, profesional.

–Me gustaría hablar con Victor Brionne.

–Eso me han dicho.

–Es importante.

–Eso fue lo que me dijo la última vez. En interés de la justicia, en su sentido más amplio, creo que dijo.

–Así es.

–Eso no es lo que pasó en el sala del tribunal.

–Lo sé.

–Padre, ¿no cree que su entrometimiento ha causado suficiente daño? Hay posibilidades de que esos disparates de Victor Brionne pudieran conducir a una absolución. ¿Es consciente de eso?

Anselm se quemaba de humillación.

–Se lo prometo, no tenía ni idea de lo que él iba a decir.

–Sus promesas no son totalmente francas, me temo.

–Pero esta vez sé lo que estoy haciendo. Antes estaba en la oscuridad.

–Como yo lo estaba, y todavía lo estoy. No quiero que me lo aclare. Aquí tiene la dirección y el número de teléfono.

Le entregó un trozo de papel. Lo llevaba escrito de antemano.

–Gracias.

–Padre, siento decirle esto, pero se lo estoy dando no porque confíe en usted, sino porque es materia de dominio público. Está en la guía telefónica.

Anselm se metió la nota en el bolsillo; mantenía la cabeza agachada, incapaz de mirar de frente a su acusadora. Cuando por fin lo hizo, la detective Armstrong ya se había dado la vuelta. Él se quedó parado, vacío, mirando mientras ella bajaba las escaleras y se alejaba de él.

5.

Anselm regresó a Saint Catherine y llamó a Victor Brionne.

–Creo que deberíamos tener otra charla.

–¿Por qué? Como resultado de nuestra última conversación, fui al juzgado. Ahora, después de mi intervención, he perdido a mi hijo. No creo que usted y yo tengamos nada más que decirnos.

–Quiero hablar sobre Agnes Aubret.

–¿Qué sentido tiene? Su curiosidad tiene un precio demasiado alto.

–Está viva.

–No, no lo está –gritó–. Si lo sabré yo.

–Victor, conozco a su nieta. Agnes sobrevivió. Está aquí, en Londres. Voy a verla dentro de unos cuantos días con un mensaje del señor Snyman.

Se produjo un silencio sepulcral en la línea. Anselm podía oír cómo tomaba aire al respirar.

–¿Snyman?

–Sí. Victor, escúcheme. Agnes está gravemente enferma. Va a morir pronto. Ahora es el momento de desvelar lo que ha estado ocultando durante cincuenta años.

Capítulo cuarenta y dos

I.

El jurado volvió a reunirse el viernes a las nueve y media de la mañana. Mientras pasaban las horas, Lucy y el señor Lachaise se sentaron en el banco como si estuvieran esperando en la consulta de un dentista. Para distraerse, Lucy describía las pequeñas glorias de El Duque, que, en esos momentos, estaba teniendo su propio tribunal en Chiswick Mall. Lucy había aparcado allí a su viejo amigo, en previsión del veredicto..., un veredicto que Lucy probablemente comunicaría a Agnes esa noche. A la hora de la comida no se había alcanzado ninguna decisión. Lucy caminó por las calles, estuvo moviéndose, cansando las piernas, hasta que llegó la hora de volver a Old Bailey.

A las dos y media el jurado indicó mediante un ujier que tenía una pregunta. Se llamó a la sala a los letrados, a los pasantes y al acusado. El magistrado Pollbrook subió al estrado. Se convocó al jurado, cuyo presidente entregó una nota al ujier, que se la dio al juez. Éste abrió la hoja de papel, la leyó y se la pasó a los abogados. La nota le fue devuelta al juez, que la leyó en voz alta:

–Nos gustaría escuchar algunas pruebas de la persona que acogió al niño al que salvó el acusado. ¿Se puede organizar?

Dirigiéndose al jurado, el magistrado Pollbrook dijo:

–Señoras y señores, no deben dejarse distraer con especulaciones sobre las pruebas que podrían haberles sido presentadas. Su tarea es sencillamente ésta: decidir el caso en base a las pruebas que han escuchado y nada más.

Mientras todo el mundo iba de acá para allá, Lucy se dirigió al señor Lachaise y dijo:

–Han decidido que salvó a un niño y creen que eso importa.

–Como ya dije, la piedad es un caramelo pegajoso –contestó él–. Yo mismo lo he probado.

2.

Anselm se encontraba delante de la casa de Victor Brionne. A través de la ventana, sólo podía ver libros, desde el suelo hasta el techo, en todas las paredes. Llamó a la puerta. Se abrió. Una espalda encorvada, dividida por unos tirantes, retrocedió. Anselm entró en un pasillo oscuro. Un pequeño cuadrado de grasienta luz diurna se suspendía en lo alto de las escaleras, por detrás de la puerta entreabierta de un cuarto de baño.

–Siéntese –dijo Victor Brionne, haciendo un gesto.

Se sentaron en unas sillas desgastadas de la tienda de beneficencia. Una alfombra de un color burdeos desvaído se extendía llena de pliegues; su estampado apenas podía distinguirse ahora. El ojo de Anselm captó el reflejo de un cristal, de una botella de vino, que estaba cerca de la silla de Victor como un intruso furtivo. Las llaves de Anselm se le clavaban en el muslo. Las sacó y las puso sobre el brazo de la silla.

–Si Agnes sobrevivió, es un milagro –dijo Brionne.

–Sobrevivió.

Brionne se pasó un dedo a lo largo de una de las profundas arrugas que se repartían por debajo de sus grandes ojos oscuros. En voz baja, asombrado, se dijo a sí mismo:

–Si lo hubiera sabido... todos estos años...

–¿Qué importancia tiene? –preguntó Anselm.

–¿Qué importancia? –rió Brionne mientras sacaba un cigarrillo de un paquete arrugado. Encendió una cerilla. La llama siseó, iluminó su cara y se extinguió–. Yo estaba presente cuando Rochet nos pidió que nos hiciéramos caballeros de una Mesa Redonda de caballería olvidada, y todos ellos dijeron: «Sí, sí, tráiganos nuestros arcos de oro candente, nuestras flechas del deseo, nuestros escudos...». –Se detuvo, tratando de divisar los rostros perdidos a media distancia–. Excepto yo. Yo pregunté por qué. –Se volvió hacia Anselm–. Yo no podía ver la poesía de la autodestrucción. –El humo azul se arremolinaba sobre su cara–. Fui a ver a Rochet después de la primera redada. Dijo que ése era sólo el principio. Pronto serían arrastrados todos. Sería una Babilonia como el mundo jamás había visto. No habría llantos sobre río alguno, no habría Éxodo. No sé lo que me ocurrió, le dije que me haría policía.

Anselm sintió calor en una habitación que no tenía fuego.

–Habían llevado a cabo detenciones, así que, ¿qué mejor lugar para ir? Sabríamos de antemano lo que los alemanes estuvieran tramando.

–¿Qué? –exclamó Anselm.

Brionne parecía no escuchar.

–¿Por qué lo hice? No pensé en ello en aquel momento, pero fue por Agnes. –Aspiró profundamente el cigarrillo–. Había abrigado lo que los novelistas decimonónicos llaman «esperanzas», que fueron hechas añicos al estilo decimonónico cuando me enteré de que estaba esperando un hijo de Jacques. Me lo dijo ella unos cuantos meses antes de que yo fuera a ver a Rochet. De alguna manera las dos cosas están relacionadas: el final de mis grandes expectativas y el hecho de que yo hiciera algo que sabía que inspiraría su eterna admiración, si lo descubría alguna vez. Había una simetría poética en el sacrificio.

Brionne se levantó y salió de la habitación. Regresó con una fotografía pequeña en blanco y negro, manchada, con las esquinas arrugadas. Se la pasó a Anselm.

–Ésa es ella, la tomé en 1936.

Tenía el pelo largo, liso, y se había captado el momento en que ella se lo echaba sobre el hombro. En la sombra que había por debajo, su boca estaba ligeramente abierta, sus ojos con pliegues de..., ¿de qué? Timidez, confianza, euforia contenida... Era todo eso y más, los dones que vienen justo antes de decir adiós a la juventud. Detrás había un hombre joven, serio, con la mirada fija en Agnes... posesivo y con deseos de ser poseído.

–Ése es Jacques. –Brionne extendió la mano para recoger la fotografía–. Así que me alisté y me transfirieron a Avenue Foch, por mi alemán. En aquel momento pensé que aquello se debía a la mano de Dios. ¿Ahora? No estoy tan seguro. Allí fue donde conocí a Schwermann.

Brionne arrastró la botella por la alfombra unos cuantos centímetros, para alcanzarla mejor, y echó vino en una taza manchada.

–Tenía un aspecto normal, pero el mal anidaba en su mente. Se envenenaba con panfletos seudocientíficos contra los judíos. Subrayaba frases y hacía marcas en los márgenes. –Bebió, con el cigarrillo apresado entre sus dedos–. Bueno, el caso es que Rochet decidió que él sería mi único contacto. Mi nombre secreto era «Bedivere», y sólo lo conocían él, el prior de Les Moineaux y su sínodo. Si necesitaba huir ellos me protegerían. Así que allí estaba, en el meollo de todo. No había estado allí mucho tiempo cuando se planeó el «Viento de primavera», aunque no se había ideado nada para los niños. Se lo dije a Rochet. –Brionne hizo una mueca–. Se podrían haber salvado muchos si no hubiéramos sido traicionados.

–¿Por quién? –preguntó Anselm discretamente.

Brionne levantó una mano, suplicando paciencia.

–Lo extraño fue que Schwermann cambió después de que se destruyera La Mesa Redonda. Abandonó sus panfletos. Hasta el día de hoy no sé por qué, pero creo que tiene algo que ver con la detención de Jacques en junio de 1942.

La memoria de Anselm retrocedió hacia atrás, a la comida con Roddy, cuando el viejo borrachín había señalado lo raro que era que Jacques hubiera sido arrestado en junio, pero que el círculo de contrabandistas no hubiera sido destruido hasta julio. Preguntó:

–¿Qué ocurrió?

–Él se había estado manifestando, cuando obligaron a los judíos a llevar una estrella, en el exterior del edificio donde yo trabajaba. Le cogieron, y a Schwermann le ordenaron que le diera un susto, por lo tanto no se necesitaba a nadie que hablara francés. En cualquier caso, Jacques hablaba alemán razonablemente bien, gracias a Dios. Si Schwermann me hubiera necesitado me habrían desenmascarado, lo que casi ocurre cuando llegó Rochet exigiendo ver a Jacques. Le arrastraron, le dieron unas cuantas bofetadas y le echaron fuera. Diez minutos después apareció Agnes, preguntando por mí... No podía creerlo, pensé que el juego se había acabado. Así que ahí nos tiene, en el corredor, ¿voy a ayudarlos, me pregunta ella, por nuestra vieja amistad? Entonces aparece Schwermann de la nada. Me está mirando fijamente a mí, y a ella, y no puedo entender por qué... no habla francés... se supone que debería estar echando un vistazo a Jacques. Así que trato de decirle a ella, con los ojos: «Aquí no, ahora no. Haré lo que pueda». –Dio otro trago de vino–. Ella no lo entendió.

Brionne estiró la mano junto a su asiento y subió la botella, apoyándola en el brazo del sillón. El cigarrillo, sin fumar, se había transformado en un largo dedo de ceniza.

–Schwermann volvió al trabajo, pero después quiso saber más cosas sobre ella. ¿Quién era? ¿Conocía a Fougères? No, sólo una antigua fulana, dije. Pero estaba preocupado. Me la encontré unos días después y le dije que se alejara de Rochet y de Jacques, por lo que me cruzó la cara de una bofetada. –Se llenó la taza, derramando vino sobre su muñeca; la ceniza se deshizo y cayó–. Luego, un mes después, una mañana, Schwermann me dijo que esa tarde iba a llevarse a una mujer francesa del distrito once y que quería que yo estuviera allí. Había una carpeta en su escritorio. Cuando se marchó, miré. Había un informe para Eichmann y la ficha de un interrogatorio, un borrador escrito a mano y una copia mecanografiada, con todos los nombres del círculo apuntados; lo había confesado a los pocos minutos de que empezaran a golpearle. Les había contado todo.

–¿Quién lo había hecho? –le espetó Anselm.

Brionne miró fijamente hacia delante; el humo le picaba en la nariz y los ojos, sentía la desesperación del momento como recién vivido.

–Cogí el borrador escrito a mano, con la arriesgada esperanza de que no lo echaran en falta. No tenía mucho tiempo. Sólo tenía tres salvoconductos que habían falsificado los contactos de Rochet. Puse la fecha en ellos y salí. Rochet estaba fuera, de manera que fui a ver a Anton Fougères. No quería recibirme porque yo era un colaborador. Así que le entregué los documentos a Snyman, que había abierto la puerta, junto con los pases para que pudieran usar los trenes. Yo no podía hacer nada más. Al anochecer La Mesa Redonda quedó hecha pedazos.

Brionne cerró los ojos mientras un denso silencio obstruía la habitación.

–Yo no sabía que íbamos a detener a Agnes hasta que llegamos allí, porque creía que ella estaba todavía en Parc Monceau. La puerta del piso estaba rota porque habían ido a por madame Klein. Nos sentamos allí y esperamos. No puedo describir el resto. –Fumó, aspirando repetidas veces unas fuertes bocanadas de humo–. Cogimos al niño y ella me gritó, un grito que traspasa el tiempo. Entonces Schwermann supo que yo estaba involucrado en La Mesa Redonda. No volví a ver a Agnes jamás. Ése es el último recuerdo que tengo de ella. Una enfermera se llevó al niño a un orfanato.

Brionne se quedó escalofriantemente quieto, como si se hubiera muerto sin hacer ruido. Y continuó:

–Tres días después, Schwermann me llamó. Colocó la ficha mecanografiada del interrogatorio al lado izquierdo de su escritorio, la que revelaba todos los nombres de La Mesa Redonda. Luego sacó dos listas de convoyes de deportación a Auschwitz, cada una con una sucesión de nombres..., incluidos Agnes y su hijo. En la parte inferior había un espacio para que firmara el oficial que lo supervisaba, el que iba marcando que estaban en el vagón de ganado. Puso las listas al lado derecho. «Siéntate –dijo–, te dejo elegir.»

»Me senté. "Si firmas estos documentos –dijo– puedes quedarte con el niño. Si te niegas a hacerlo le enviaré a Auschwitz y a ti te fusilaré." –Victor miró hacia la botella que estaba en el suelo, ahora casi vacía–. Lo firmé todo. –Una fina risa expulsó una ráfaga de humo–. En aquel momento pude ver la ironía que había en ello: al escribir mi nombre me convertía en la persona que había traicionado a La Mesa Redonda, justo después de que yo hubiera eliminado la prueba de que fue otro, ¿recuerda? Yo le acababa de dar el borrador al padre de Jacques, Anton Fougères. –Vació su taza dando grandes tragos–. Lo siguiente que ocurrió fue algo que no he olvidado jamás: le oí vomitando en el baño. Recogí al niño de un orfanato esa tarde y le llevé a casa, con mi madre. Estaba en un grupo de nueve niños. Los otros ocho fueron deportados al día siguiente. No puedo decirle lo que fue marcharse con uno de ellos.

–¿Robert?

–Sí.

–¿Robert es el hijo de Agnes?

–Sí. –Brionne se cubrió la cara con una mano temblorosa–. Schwermann supervisó la salida del convoy que se llevó a Agnes. Después se quedó con la lista original firmada por mí y colocó una copia sin firmar en el archivo. En cuanto a Robert, hizo lo mismo: se encargó de la deportación él mismo, para que no hubiera preguntas sobre el paradero de los niños. La única diferencia fue que no se hizo un duplicado de la lista. Para atar todos los cabos, contaba con un amigo en Auschwitz para alterar los documentos y hacer que fueran coherentes.

–¿Por qué?

–Me dijo que si los alemanes perdían la guerra, los documentos públicos confirmarían que había salvado a un niño cuando había tenido la oportunidad.

–¿Y eso qué significaba?

–Eso mismo le pregunté yo... y me respondió que si alguna vez tenía que luchar para salvar su vida, aquello podría ser lo que le salvara de la horca.

Brionne salió de la habitación. Anselm le oyó refrescarse la cara con un chorro de agua. Empezó a hablar desde la cocina, volviendo a su desgastado sillón.

–Leía mucho a Goethe. *«Du musst herrschen und gewinnen, oder dienen und verlieren»*, me dijo después. Hay que conquistar y mandar o perder y servir. Una justificación muy alemana. Durante el resto del tiempo que estuve en contacto con él, estaba realmente preocupado.

La obstinada ingenuidad de Anselm era de tal calibre que le dominaba por completo. Había adivinado que Schwermann estaba chantajeando a Brionne por los documentos que le había dado a Max, pero eso no significaba que Brionne hubiera hecho nada para inducir al chantaje. Era cuestión de simple lógica.

–A partir de entonces, solía decir a menudo *«Zwei Seelen wohnen, ach! in meiner Brust»*. Yo era parte de él y él era parte de mí, dos almas viviendo dentro de un mismo pecho. Yo era el que tenía que contar la historia de su heroísmo. Yo era el que podía conseguir que escapara, utilizando la estructura de La Mesa Redonda para su provecho. Y, a su debido tiempo, lo hice. Cuando se hizo patente que la guerra había terminado, lo llevé a Les Moineaux.

–Pero la comunidad no conocía a ninguno de los dos –dijo Anselm.

–Padre, sólo porque ellos no me conocieran no significaba que yo no los conociera a ellos. Le dije al padre Pleyon, el prior, que yo era «Bedivere» y fui bien recibido. Y luego tuve que poner a ese santo hombre en la misma posición que Schwermann me había puesto a mí, lo que fue espantoso, porque él había sido el monje responsable de dirigir la operación en el priorato.

–¿El padre Pleyon?

–Sí.

Anselm recordó que Chambray había hecho referencia a las dudas que había expresado el padre Pleyon cuando la operación de contrabando se presentó por vez primera a la comunidad, y vio enseguida la sabia administración del prior

Morel: le dio el cargo principal a un hombre que veía los riesgos, en vez de a un entusiasta. Y entonces Anselm vislumbró algo que no había tenido muy en cuenta. Recordó el informe que el padre Pleyon había enviado a Roma. Había sido Pleyon el que se había asegurado de que Rochet conociera a la familia Fougères...

–Le dije que si no podía escondernos, sí, un nazi sería capturado y colgado. Pero que también me capturarían a mí. Y el niño que Schwermann había salvado se enteraría de la horrible verdad de su propia historia. Pero si nos ayudaba a escapar, bueno, el niño se salvaría una segunda y definitiva vez. El chico crecería libre del pasado y se podría rescatar algo bueno de entre tanta maldad. ¿Y Schwermann? Se salvaría por el bien de un niño, lo de menos sería en esta vida, lo más importante ocurriría en el reino de los cielos. Había poesía en ello. Al padre Rochet le hubiera gustado.

Brionne encendió otro cigarrillo y le pasó uno al padre Anselm.

–El padre Pleyon preguntó si podría escribir un informe a Roma, explicando lo que había pasado. Estuve de acuerdo. Escondieron a Robert en el convento como a un refugiado y yo fui a verle todos los días hasta que nuestro viaje a Inglaterra estuvo listo.

Anselm soltó un gemido de reproche a sí mismo. El padre Chambray había malinterpretado todos los detalles y Anselm había devorado las conclusiones, sobre todo porque Roma había tratado de esconderlas.

Brionne dijo:

–Cuando reconocieron a Schwermann en un tren, saliendo de París, él los dirigió a mí, en el vagón siguiente. Fui interrogado por un joven oficial que tenía aproximadamente la misma edad que yo. Le miré a los ojos y le dije lo mismo: Schwermann sería colgado, pero ¿qué pasaría con el niño que estaba sentado afuera, en el banco? Era un hombre valiente y nos dejó marchar.

El joven capitán Lawson, que no podía recordar nada

cuando le presionaba la detective Armstrong, pensó Anselm.

–Construí una nueva vida para Robert –dijo Brionne–. Se casó, tuvo hijos... pero yo he estado siempre esperando a que descubrieran a Schwermann, porque sabía que vendría a buscarme.

–¿De manera que se escondió cuando él apareció en el priorato de Larkwood?

–Sí. Y hubiera permanecido allí si usted no me hubiera preguntado si Pascal Fougères había muerto para nada.

–Pero Victor, ¿por qué no reveló lo que había pasado?

–Quería hacerlo, pero cuando estaba allí, de pie, en el estrado de los testigos, no pude. Miré a Schwermann, miré a los supervivientes y miré a Robert. No había sido capaz de contarle nada antes de ver a la policía. ¿Cómo podía explicarle que yo no soy su padre? ¿Cómo puedo probar que yo no puse a su madre en el tren a Auschwitz? ¿Que yo no traicioné a todos los amigos de ella, y míos? Sólo el padre Rochet sabía que yo había sido un miembro secreto de La Mesa Redonda, y está muerto.

–Pero Robert le conoce, le quiere; él sí hubiera creído en usted.

–Padre, se está olvidando de una cosa. –Su voz era firme, inflexible, distante–. Yo me quedé atrapado como colaborador el resto de la guerra. Fue el precio por la supervivencia de Robert. No le podía decir eso a él. Así que cuando hice el juramento en el juzgado, dije la verdad, aunque nadie entendió el significado real de lo que dije. Es deleznable.

El veloz consumo de vino estaba produciendo sus efectos. Brionne se pasó la lengua por los labios; la cabeza se le empezó a ladear; caía de repente una y otra vez de su eje. Hablaba como si estuviera a punto de llorar.

–Y la ironía de todo esto es que después, cuando estuve con Robert en la calle, supe que lo había perdido, porque él pensó que yo había mentido. –Dejó escapar un gran suspiro–. Y todo este tiempo Agnes, su madre, mi querida amiga, estaba viva, aquí en Londres, y yo podría haber condenado a Schwermann en su nombre... Es demasiado, demasiado...

Consternado por el devastador sacrificio, Anselm dijo:

–Después de todo lo que ha sufrido, puede devolverle a Agnes su hijo. Le ha resucitado de entre los muertos. Hablaré con Robert. –Se acercó y se arrodilló junto al sillón de Brionne. Le quitó la botella de vino de la mano y dijo–: Victor, ¿quién traicionó a La Mesa Redonda?

–Ay, padre –dijo con gran dolor–, ¿tengo que decirlo en voz alta?

3.

A las cuatro y diecisiete la espera había terminado. Todos volvieron al juzgado: la acusación, la defensa, los observadores, la prensa y, por supuesto, Eduard Schwermann. Cuando todos estuvieron sentados cómodamente, el magistrado Pollbrook subió rápidamente al estrado. Lucy, sentada al lado del señor Lachaise, observó la hilera de los miembros del jurado que entraban en fila a sus sitios. Todos parecían culpables. El actuario se puso en pie con su letanía de preguntas. Después de que se dieran todas las respuestas, el actuario repitió las palabras textualmente, para eliminar cualquier posible duda. El presidente del jurado confirmó la repetición.

Habían alcanzado veredictos unánimes para todos los cargos.

Capítulo cuarenta y tres

I.

La persona que presidía el jurado era una joven que tenía alrededor de treinta y cinco años y llevaba unas estrechas gafas que insinuaban la circunspección de un ratón de biblioteca. Vestía de negro, pero su piel era blanca como la leche. Al escuchar el primer veredicto, Lucy se olvidó de todas las preguntas y respuestas anteriores; se las tragó su juicio irrevocable, final:

–Inocente.

La metódica frase apenas se había extinguido antes de que surgiera de un lado de la sala el grito ahogado más espantoso. Los supervivientes y sus familiares, que habían observado todo el proceso del juicio mudos, aunque concentrados, estallaron en una protesta desesperada. Lucy soltó un sonido estremecedor, terriblemente similar a la risa. Se volvió hacia el señor Lachaise, que estaba sentado sin moverse, con un reposo completamente ajeno al momento. Su mano se acercó a la de Lucy. Estaban unidos como padre e hija.

Se leyeron en alto los otros cargos de la acusación. Todos recibieron el mismo veredicto:

–Inocente.

Lucy se quedó en trance, fuera del tiempo, escuchando las palabras pero incapaz de relacionarlas coherentemente. No lograba desvanecer la imagen de Agnes, tendida absolutamente inmóvil, indefensa, muerta de silencio. Todo el mundo se levantó cuando el magistrado Pollbrook abandonó el estrado. Y entonces, de todas partes, llegaron ecos de confusión y estampidos, como si la sala estuviera siendo desmantelada por tramoyistas impacientes por irse a casa. El estruendo se hizo errático, menos insistente, y luego se apagó.

–Perdone, es hora de salir.

–¿Cómo? –dijo Lucy, rebulléndose.

La sala y la tribuna del público estaban vacías, sólo quedaban ella y el señor Lachaise. Todavía estaba cogida de su mano.

–Es hora de salir. Tengo que cerrar –dijo el ujier mientras señalaba hacia la puerta como un curador.

Lucy se puso en pie. El señor Lachaise sacó la pipa y manoseó la cazoleta pensativamente.

–No puede usar eso aquí –dijo el ujier oficiosamente.

–Por supuesto que no. Es sólo un viejo hábito para tener las manos ocupadas. –Con una cálida mirada dijo–: Vamos ya, Lucy.

A ella le había gustado siempre su acento y la atractiva profundidad de su voz, como si se batiera grava mojada. Al empujar las puertas de vaivén para abrirlas, oyó que él le preguntaba:

–¿Serías tan amable de hacerme un pequeño favor?...

Entonces cerraron.

Parada en Newgate Street, con la presencia de Agnes a su alrededor, invadiendo el metal, la piedra y la nube, Lucy paró un taxi.

–Hammersmith –dijo como atontada.

2.

Anselm dejó a Victor Brionne sabiendo que iba a continuar con la bebida pero que había poco que él pudiera hacer para impedírselo. Victor –no podía llamarle de otro modo– había pedido a Anselm con insistencia que le hablara a Agnes acerca de Robert. Era un secreto que no podía retener el poco tiempo que a ella le quedaba.

Anselm se marchó poco después de las cinco. Pasó por un tienda de periódicos, atraído por el estruendo de una radio que salía por detrás de una cortina desde la habitación del fondo. Hojeó un periódico, en espera del boletín de noticias de cada hora. El impactante veredicto pronunciado en el juicio dio paso a una serie de diferentes asuntos, que culminaron en el impactante traspaso de un jugador de fútbol. Dos impactos, uno en cada extremo.

Anselm salió del lugar, aturdido y mirando alrededor. Era un día precioso, polvoriento y soleado, y había niños jugando en la calle.

3.

La puerta de la calle estaba ligeramente entornada. Wilma debía de haber salido. Lucy entró resueltamente hasta la habitación de Agnes. La besó en la frente. Estaba templada y suave, perfumada con aceite de bebé, uno de los amables servicios de Wilma. Lucy cogió las manos de su abuela y dijo:

–Abuela, le han dejado libre. Ha acabado todo.

Durante un rato Agnes no respondió. Sus párpados se movieron lentamente. Luego su cabeza osciló a un lado, trazando un arco hacia atrás. De su boca, abierta al máximo, salió una fina exhalación de aire, como un chillido que Lucy creyó que no terminaría jamás.

Lucy vio en un fogonazo ardiente las instantáneas de toda una vida: la catastrófica pérdida de un hijo; los campos de concentración; el rescate de Freddie y Elodie, coronado por el fracaso; el coste del silencio; una enfermedad despiadada, que la iba despojando de todo; la exclusión del juicio; y por último, cuando ya no quedaba mucho que llevarse, la exoneración del hombre al que ella podía pero no quería condenar.

La puerta principal se cerró de un portazo. Wilma había vuelto.

Lucy, completamente desvinculada de sus actos, sin saber del todo lo que estaba haciendo, abrió el armario que estaba junto a la cama y buscó el revólver envuelto en un trapo. Lo colocó en su mochila con las cuatro balas. Agnes, aún atrapada en un alarido silencioso, trató de asir a Lucy, dejando caer la cabeza de lado a lado.

–No te preocupes, abuela. Sé lo que estoy haciendo. Esto es para Victor Brionne. No me voy a meter en ningún problema –dijo Lucy, tranquila y tranquilizadora, como una enfermera.

–¿Le importaría explicarme qué es lo que está pasando, señorita? –dijo Wilma entre bastidores.

Lucy corrió hacia fuera, recogiendo las llaves de El Duque.

4.

La radio de la tienda de periódicos emitía a todo volumen un viejo éxito de Elvis sobre una mujer, llamada con falta de cortesía «sabueso», que lloraba sin cesar. Anselm salió hacia la estación de metro de Manor House; el nombre del cantante le había recordado una confesión que escuchó una vez. El rostro oculto detrás del enrejado se había inclinado hacia delante, diciendo misteriosamente, con temor:

–¿Se da cuenta, padre...? Elvis es un anagrama de *lives*, que significa vidas..., pero también... de *evils*, demonios..., el maligno está en todas partes.

Y Anselm le había dicho: «Y *God,* Dios, es *dog,* perro, si se deletrea al revés... El perro guardián del cielo le protegerá». Y el hombre se fue curado.

De repente, Anselm dio unas palmaditas en su bolsillo derecho, quizá porque lo notaba más ligero que antes. Las llaves de hierro de Saint Catherine. Las había dejado sobre el brazo del sillón. Irritado, comenzó a volver sobre sus pasos. Pero no había prisa: Victor no estaba yendo a ninguna parte.

5.

Lucy había escrito la dirección de Victor Brionne cuando éste se la había dado al tribunal con autocompasión vacilante: Holmleigh Road, Stamford Hill. Esas palabras la habían dejado boquiabierta, porque significaban una casa y un jardín, porque ofrecían una vida libre de preocupaciones, del otro lado de la huida. Aparcó unas cuantas puertas más abajo, con la mirada fija en los marcos de las ventanas, perfectamente pintados. La noche se posó sobre su conciencia. Abrió la bolsa y desenrolló el trapo. Abrió la recámara e introdujo los cartuchos. Sus manos se movían con rapidez, profesionalmente. Ella las miraba, maravillándose de su ágil determinación, de lo ajenas que eran a ella. Caminó a buen ritmo, antes de que volviera la luz y perdiera el coraje. Al llegar a la puerta, la golpeó fuerte tres veces y la puerta se abrió lentamente. Apareció Brionne, oscilando levemente sobre sus pies.

–¿Sí?

–Soy la nieta adoptada de Agnes Aubret. Quiero hablar con usted.

Él la miró a punto de deshacerse en lágrimas.

–¿Cómo te llamas?

–Lucy Embleton.

–Pasa, pero no te fijes en el desorden. Estoy empezando una mala racha.

Ella odiaba la intimidad repentina de la bebida, la promesa de confidencias no deseadas. Y le odiaba a él.

–No me molesta.

–Eres muy amable –respondió él, refugiándose en la penumbra–. ¿Te apetece un té?

–No, gracias –dijo Lucy, cerrando la puerta y echando el cerrojo–. No me voy a quedar mucho tiempo.

6.

Anselm dobló la esquina, de vuelta en Holmleigh Road. El veredicto le pesaba en la mente, haciendo presión como una jaqueca. Junto a un muro bajo, había un grupo de jóvenes judíos hasídicos, hombres barbudos vestidos con trajes negros y sombreros de ala ancha, que charlaban animadamente; en el interior de una casa, Anselm vislumbró a varias mujeres que gesticulaban. Pasó corriendo por su lado, sin querer escuchar la conversación, y se dirigió hacia la casa de Victor, más arriba de la calle.

Cuando llegaba a la verja por la que había pasado hacía sólo un rato, oyó una voz detrás suyo:

–Perdone, padre, pero ¿podría decirme...?

7.

–Sé exactamente lo que le hizo a Agnes –dijo por fin Lucy.

Brionne movió la cabeza.

–Sé lo que le hizo a su hijo.

Él hizo un gesto otra vez, mientras se le abrían los ojos.

–Y sé lo que hizo en el juicio.

Fue hacia una botella y regresó, al ver que estaba vacía.

–Agnes morirá en menos de un mes. Me gustaría que usted muriera antes.

–¿Cómo quieres que te complazca?

–Tengo una pistola.

–Eso es un detalle por tu parte.

Lucy abrió su bolsa y sacó el revólver del abuelo Arthur. Levantó el percutor.

–Ya está cargada.

–¿Te propones hacerlo tú misma?

–No. –Se estiró desde su asiento y se la entregó a Brionne–. Pienso quedarme aquí sentada, contándole todos los detalles que conozco de Agnes, todas las cosas que sé sobre mi padre y todo lo que sé sobre mí misma, y voy a continuar hasta que me dispare o se dispare usted.

Brionne sujetó la pistola con mirada oscura, con la fascinación del estado de embriaguez. Levantó el cañón con sumo cuidado, con los ojos vidriosos y negros. Se mordió un labio agrietado y un chorro de sangre le corrió hasta la barbilla.

–Te sugiero que te vayas ahora.

8.

–Padre –dijo una mujer delgada que salía hacia la calle desde una puerta abierta–. Le vi pasar y, bueno, me preguntaba si podría rezar una oración con una intención especial.

Llevaba puesto un pañuelo a la cabeza y un delantal con flores, una combinación que recordaba el coraje de los tiempos de la guerra: esposas fregando de rodillas los umbrales de las casas, a pesar de las visitas nocturnas de los bombarderos alemanes.

–Claro que sí –dijo Anselm, volviendo sobre sus pasos.

Todas las calles eran lo mismo, pensó: escondido detrás de cada pequeña fachada había un universo de decepciones y esperanzas.

–No se ve por aquí muy a menudo a los de *nuestra clase* –dijo señalando significativamente al hábito de Anselm y haciendo un movimiento con la cabeza calle abajo, hacia los de la otra clase.

–Entiendo –dijo Anselm.

Un extraño y amargo impulso de abofetear la huesuda cara le calentó como el flujo de la sangre al sonrojarse.

–Yo soy católica, por supuesto, como su amable persona.

–Lo siento pero yo soy anglicano –mintió Anselm, levantando la mano con la palma abierta; la puso sobre la verja.

–Ah –replicó ella, desconcertada, mientras se colocaba algunos pelos sueltos teñidos bajo los pliegues del pañuelo–. Debe de ser muy agradable.

–Lo es.

–Estupendo. Pues bien.

–¿Tiene una intención especial?

–Bueno, no le voy a molestar, es sólo alguien de la familia que se está portando mal... no quiere ir a misa... no es un problema para ustedes...

Anselm oyó el cierre de una verja y miró a su alrededor. Para su asombro, allí estaba Lucy, tambaleándose sobre la acera, con los brazos colgando. Corrió, exclamando:

–¿Estás bien? ¿Qué estás haciendo aquí?

Como si estuviera soñando, Lucy miró a un lado, a la ventana en saliente. Anselm siguió con prontitud su delirante mirada: hacia Victor, que, balanceándose inciertamente, sujetaba un cañón de pistola con el que se apuntaba a la cara. Anselm se apresuró hasta la puerta, lanzando todo el peso de su cuerpo contra la cerradura. Rebotó hacia atrás, burlado por su solidez. La golpeó de nuevo como un loco, como si sus ganchos y ranuras hubieran sido los responsables de distribuir todo el dolor innecesario que él había conocido jamás. Y luego, en medio de una pausa del golpeteo, llegó un estallido ensordecedor. Lucy gritó como al nacer. Anselm contuvo el aliento hasta que la tensión de su pecho hizo salir un juramento. La mujer del delantal y el pañuelo corrió hacia dentro para llamar a la policía.

Capítulo cuarenta y cuatro

I.

El envío de una ambulancia para Victor Brionne le pareció a Anselm fuera de lugar, dadas las circunstancias.

–Procedimiento estándar –dijo el detective comisario de policía Milby con indiferencia, mientras metía la pistola en una bolsa de plástico para tomar muestras. Se la entregó a un colega, que la guardó junto con el libro dañado–. Todo en una jornada –añadió, inspeccionando los residuos de la vida de Victor Brionne.

En el suelo había botellas vacías, ceniza de cigarrillos esparcida y un paquete abierto con galletas rotas.

–Cerdo –dijo Milby.

Un policía, inclinándose sobre una butaca, recuperó un juego de llaves, que levantó como un pescado en el puesto de venta.

–Ah, ésas son mías –dijo Anselm.

El detective comisario de policía escudriñó a su antiguo adversario, pero dejó pasar el enigma. Dijo:

–¿Es posible un favorcito?

–Depende.

–La chica quiere que alguien le explique a su abuela lo que ha pasado. Está un poco mal, al parecer. Se te da mejor a ti que a mí.

–¿Qué le va a pasar a ella? –preguntó Anselm directamente, haciendo un gesto hacia Lucy.

–Armas de fuego. Ya sabes de qué va.

–Los favores a veces tienen un precio.

–Deberías haber estado en la brigada de estupefacientes.

Anselm insistió al agente que había hecho la detención en que contactaran con la detective Armstrong, para preguntarle si podía visitar a Lucy en la comisaría. Y luego aceptó la oferta de que le llevaran a Chiswick Mall en un vehículo del detective comisario.

Anselm le llevó a Agnes palabras de consuelo, tratando de mitigar la ansiedad que se albergaba en ella. Colocó su silla más cerca de la cama, para leer la cartulina del alfabeto, pero entonces entró la que gobernaba la casa empujando un televisor en un pequeño carrito.

–Señor párroco, ahora no es el momento de hablar de las últimas preguntas –le amonestó–. Puede predicar, pero después de las noticias.

2.

Lucy estaba sentada en un banco frente al escritorio del sargento instructor de la diligencia, esperando a ser procesada. A su lado estaba sentado el padre Conroy, al que el padre Anselm había mandado llamar.

–Al menos no apretaste el gatillo –dijo el cura.

–¿Hubiera cambiado algo?

–Nunca fui muy bueno en teología moral. Pero lo que sí sé es que hay gente que envía a otra gente a la cárcel, y ellos creen que hay una diferencia.

Esa declaración denotaba una carga. Con la agudeza especial que va unida a la ansiedad, Lucy preguntó:

–¿Ha estado en la cárcel?

–Sí. –Conroy se rascó el vello de sus gruesos brazos–. Varias veces.

Una curiosidad liberadora se impuso al pánico.

–¿Por qué motivo?

–Trabajar con niños de la calle en São Paulo.

–¿Le encerraron por eso?

–Es un poco más complicado, pero no se puede construir un hogar para esos diablillos sin disgustar a la gente.

El agente que había efectuado la detención llamó a Lucy moviendo un dedo. Le vaciaron los bolsillos y tuvo que firmar unos formularios que no leyó.

–Ahora, al mal paso darle prisa –dijo el sargento instructor.

Una mujer policía que estaba esperándola cogió a Lucy firmemente por el codo y la acompañó por un corredor descolorido hasta una celda. La pesada puerta azul quedó encajada de un portazo. Unas llaves giraron haciendo un ruido metálico. La mirilla cuadrada se abría y se cerraba con estrépito. Y, al ritmo del eco de los pasos que se alejaban, Lucy empezó a llorar.

La cerradura repiqueteó con el chirriar propio de hierro que gira sobre hierro. Se abrió la puerta y la detective Armstrong entró en la celda. Se sentó en una silla fijada a la pared y sentenció:

–Has sido increíblemente estúpida.

Lucy levantó las manos en un gesto de impotencia, como si no entendiera lo que había hecho. Continuó llorando, cada vez más aterrada del posible resultado de su enjuiciamiento.

La detective Armstrong dijo:

–Haré lo que pueda para suavizar las cosas, pero tengo las manos atadas. Estás metida en un buen lío.

Lucy asintió, agradecida por la promesa de amistad, aunque fuera inútil, dentro del sistema que la iba a juzgar.

–Hay novedades en el caso de Schwermann –dijo la detective Armstrong, dejando aflorar la compasión, al adivinar evidentemente el no revelado interés de Lucy en el veredicto–. No sé lo que ha pasado, pero supongo que saldrá en las noticias. Puedes verlo conmigo. Eso es algo que *sí* puedo hacer por ti.

3.

Después de la fanfarria de los titulares y las solemnes campanas, la imagen cambió a la transmisión en directo de la historia principal en Old Bailey.

La entrada a la sala del tribunal estaba flanqueada por soportes para iluminación y senderos de conexiones eléctricas. Bandadas de cámaras y micrófonos de pértiga sobre raíles metálicos, esbeltos como grullas, formaban un arco a cada lado. Los agentes de policía, con chalecos de seguridad amarillo fluorescente, estaban apostados a la distancia prescrita en torno a un fuerte y absorbente foco de luz. Muy alto, por encima de las puertas, estaba la inscripción que Anselm había leído al comienzo del juicio: «Defender a los niños de los pobres y castigar a los malhechores».

Un corresponsal de asuntos internos explicó que después de su espectacular absolución, Schwermann había sido acompañado de vuelta a las celdas, desde donde se había planeado una discreta salida. Sin embargo, cuando estaba a punto de partir, un individuo no identificado se había presentado al personal del tribunal pidiendo una entrevista urgente sobre lo que se entendió que era un asunto privado. Al oír el nombre de la persona en cuestión, Schwermann había accedido a reunirse con él.

–Lo que sí sabemos es que la charla ha terminado –dijo el reportero–. Esperamos que aparezcan por estas puertas de un momento a otro. Según tenemos entendido, este individuo bien podría ser un superviviente que... pero de hecho, se ve que hay un movimiento...

El periodista se echó a un lado cuando la entrada del tribunal dio una sacudida, quedó abierta y proyectó unas sombras negras, cortantes, sobre las paredes. Salió un hombre pequeño protegiéndose los ojos.

Lucy reconoció al señor que se había sentado a su lado en la tribuna del público día tras día, dándole ánimos cuando no había una base racional para ello, el hombre que se había convertido en un amigo, el señor Salomon Lachaise, que se movió hacia un lado cuando Schwermann salió. Al salir le siguieron los micrófonos en soportes inclinados, abriéndose camino por el aire hacia su cuello y espalda.

Schwermann se quedó parado en la acera, paralizado por la luz, al tiempo que se tocaba nerviosamente con una mano el dobladillo inferior de la chaqueta. La posición de la cámara cambió, acercándose y dejando ver a Max Nightingale detrás de un policía, con los puños metidos profundamente dentro de los bolsillos de su chaqueta.

De todas partes empezaron a dispararse preguntas que hacían imposible escuchar lo que se estaba diciendo, excepto la constante repetición del nombre de Schwermann. Salomon Lachaise miraba desde un escalón: a ojos de Anselm, como si estuviera en una tribuna para juzgar; para Lucy, era de repente un hombre afligido. Cuando Schwermann levantó la vista del suelo a las cámaras, todas las preguntas terminaron repentinamente.

Salomon Lachaise retrocedió a la sombra cuando Schwermann empezó a hablar:

–Este tribunal me ha puesto en libertad y me ha declarado inocente. Ante los ojos del mundo entero no he cometido ningún crimen. –Empezó a reírse, su cara se contrajo de dolor, como si fuera presa de un calambre que se iba extendiendo–. Empecé la guerra siendo una persona, vine a París... y de la noche a la mañana me convertí en alguien diferente... pero continué haciendo lo que había hecho antes. –Los pequeños fogonazos de la luz de los flashes caían sobre su cara como si estuviera parado cerca de un fuego irritado que chisporroteaba–. Reconozco que no grité «parad»... pero hice algo que valió la pena... y que me dio una razón para vivir..., una razón para escapar..., una razón para luchar en este juicio. Todo lo que quiero decir...

Max Nightingale cambió su posición desde detrás del policía para ver mejor a su abuelo.

–Victor Brionne dijo la verdad... pero incluso él no sabía lo que estaba diciendo... –Schwermann cayó en una alucinación privada, amenazante. El fino y suave repiqueteo de las cámaras se hizo más rápido y más ruidoso; las cortinas de llamas instantáneas bailaban y morían, una tras otra. En voz baja, quejándose de las luces, dijo–: Se salvó un niño.

Su mano derecha, temblorosa, palpaba el dobladillo de la chaqueta. Con los ojos muy abiertos, como un juguete pintado, dijo:

–¿No ha cambiado eso las cosas?

De repente, Eduard Schwermann cayó de rodillas. La cara de Salomon Lachaise se puso bajo la luz. Un policía se lanzó un paso adelante y se detuvo, confundido, mientras Schwermann, levantándose la solapa de la chaqueta, tiró del forro interior. Sacó algo y se lo puso en la boca, cerró los ojos, mordió y cayó como una marioneta cuyas cuerdas hubieran sido cercenadas de un solo tajo.

Mientras se extendía la conmoción, el espectador perspicaz pudo ver fácilmente la diminuta figura de Salomon Lachaise al fondo alejarse trabajosamente del caos, hacia las sombras, fuera de la vista.

4.

Wilma desenchufó el televisor y salió del dormitorio. La puerta se cerró con un chasquido. Durante un buen rato, Anselm estuvo tratando de leer el rostro inmóvil de la mujer que estaba esperando la muerte. No se movía nada. Sólo hubo un lento parpadeo y luego el brote de unas lágrimas que corrieron por las blandas arrugas de su piel.

Ése era un momento tan bueno como otro cualquiera, pensó Anselm. En este día de muerte debería haber palabras poderosas sobre la vida. Se aclaró la voz.

–Agnes, tengo que decirle una cosa.

Ella levantó un dedo de la colcha.

–Sé que tuvo un hijo, Robert, y que se lo quitaron.

Ella buscó la mano de él.

–Usted ha vivido como si él hubiera muerto.

Giró la cabeza, haciendo una presión muy suave en los dedos de Anselm.

–Victor no la traicionó. Se llevó a su hijo y le protegió. He conocido a Robert y no podría estar más vivo.

De repente, Agnes se incorporó en la cama, dejando sorprendido a Anselm, y profirió con voz ronca un sonido sordo de dolor o de asombro. Volvió a caer hacia atrás, agarrando con fuerza la mano de Anselm. Su boca modeló la forma de algunas palabras, pero nada se transformó en sonido.

Anselm dijo:

–Es alto.

Un apretón.

–Comparado conmigo, bastante guapo.

Un apretón.

–Tengo entendido que es un prodigio con el piano.

Un débil y prolongado apretón.

–Está casado con una mujer encantadora que se llama Maggie.

La fuerza de Agnes se había agotado; sus dedos permanecían calientes y quietos entre las manos de Anselm.

–Tienen cinco hijos. Algunos están casados y tienen hijos también. Agnes, no sólo es madre..., es abuela y bisabuela.

Los labios de ella se fruncieron, sus ojos se abrieron de par en par y se anegaron. De alguna manera se despojó de los años y Anselm pudo percibir la atmósfera de juventud captada por Victor Brionne en la fotografía que había visto más temprano aquella misma tarde. La reconoció inmediatamente por lo que había sido y por lo que había llegado a ser; era la misma persona.

Wilma entró precipitadamente con una cucharilla de café, un platillo y un cuenco con cubitos de hielo.

5.

Llevaron a Lucy de nuevo a su celda. Media hora más tarde la pesada puerta se abrió con estrépito. Una mano impaciente le hizo señas para que saliera y la llevó al escritorio del sargento instructor. El padre Conroy estaba allí todavía, junto a la detective Armstrong, que dijo:

–El detective comisario dice que te puedes ir a casa. Estarás una semana en libertad bajo fianza. Cuando vuelvas habrá un interrogatorio y puede que se presenten cargos.

Lucy recogió sus pertenencias personales y firmó más formularios, y el padre Conroy la llevó hacia fuera. Ya en la calle, le dijo:

–Vamos, te llevaré a casa.

Cuando se incorporaba a la corriente del tráfico, Lucy dijo sin alterarse:

–Los dos merecían morir.

–Dile eso al padre Anselm.

–¿Por qué?

–Siempre está lleno de sorpresas.

–¿Sobre qué?

–Las apariencias convincentes.

No hablaron durante el resto del camino. El padre Conroy la dejó cerca de Acre Lane, al lado de su piso. Cuando Lucy estaba poniendo los pies en la acera, él le dijo:

–Nada es lo que parece, ¿sabes? No te preocupes.

Fuera, en el frío, caminó apresuradamente hasta su puerta, luchando contra la creciente sensación de haberse contaminado ella misma al haber querido saborear la venganza, porque esperaba que Agnes hubiera visto las noticias y sintiera lo mismo: que ella también hubiera tratado de encontrar placer en ver al guardián de la llama extinguirse a sí mismo.

Cuarta parte

Volverán de nuevo, la hoja y la flor, a alzarse desde la miseria de la podredumbre al antiguo esplendor...

Laurecen Binyon
«La quema de las hojas», 1942

Cuarto prólogo

Agnes ya no podía levantar los brazos ni la cabeza, pero sus dedos se movían y todavía podía usar el alfabeto si todo estaba colocado en su sitio. Todavía había algunas cosas que decir.

Ahora la alimentaban mediante el gota a gota, que había conseguido Freddie cuando insistió en que su madre no muriera en una cama de hospital sino en su propio hogar. Todo el mundo se volcó con diligencia en atender sus necesidades, sin darse cuenta de que a Agnes no le importaba, sin saber nada del festival que ardía apasionadamente sin que ellos lo vieran.

Porque dentro de ella los cielos se iluminaban con repetidas explosiones de fuegos artificiales, con toda la gama de azules, y verdes, y amarillos, y rojos, dividiéndose en trillones de partículas brillantes contra un vasto raudal de danzarinas estrellas de plata. Caían como lluvia sobre su cabeza alzada, sobre sus pestañas, manteniendo un equilibrio precario en la curva de cada cabello que pudiera contar antes de caer jubilosamente en el abismo que había abajo, donde pronto caería ella después de la reunión que sin duda tendría con Robert. Había entrado en un gozo secreto, perdurable, eterno.

Capítulo cuarenta y cinco

I.

La fiabilidad de un revólver de los tiempos de la guerra después de décadas en un armario era literalmente una cuestión de suerte, a diferencia de las cápsulas de cianuro de potasio. Aquello le pareció a Anselm un feliz desequilibrio en el esquema de las cosas, dado el insensato intento de Lucy para provocar el suicidio de Victor.

Resultó que Victor no había tenido en absoluto la intención de matarse. Como todos los hombres que han sufrido de una grave dependencia del alcohol, tenía una cierta claridad mental que se agudizaba cuando estaba borracho. Y por tanto, al enfrentarse a una joven cuyo nivel de estupidez reflejaba el grado de su angustia, pensó que sería prudente aceptar la pistola que se le ofrecía. Cuando Lucy se hubo marchado, se apuntó a la cara con el cañón, mirando por el estrecho y oscuro agujero. Había sido, dijo, una especie de juego, una representación de los pasos preliminares hacia el olvido, que tenía su atractivo, pero que él no escogería. ¿Cómo podría haberlo hecho? Por mucho sufrimiento personal que hubiera soportado, por mucho grado de compromiso moral, estaban Robert, los hijos y los nietos. Ellos crecían como flores de la catástrofe de su vida, y su esplendor, por más limitado que estuviera, poseía un frágil carácter redentor. Él vivía por ellos. Y ahora, Victor había averiguado que ellos vivían para Agnes.

Y sin embargo, si no hubiera sido por la protectora mano de la suerte, Victor se hubiera disparado a sí mismo. Al bajar el cañón, el percutor se descargó de repente: resultó que estaba sujeto por un gatillo tan fino como un pelo. Se disparó la bala, destruyendo una copia especial del diccionario del doctor Johnson, que le había costado a Victor la mayor parte del dinero que le habían dado inicialmente al jubilarse.

Victor tuvo que quedarse en el hospital una noche, debido a la herida en su labio y al supuesto susto, y le dejaron marchar por la mañana, con lo cual Anselm fue a hacerle una visita muy bien recibida a su casa.

–Como le dije antes –dijo Victor–, siempre he visto la ironía de mi situación: en teoría, yo fui el que había traicionado a La Mesa Redonda. Así que cuando vine a Inglaterra decidí poner las cosas en su lugar, si me permite la expresión. Me vino la idea cuando me estaba preguntando cómo podría ocultar mi identidad aún más. Decidí cambiarme el nombre una segunda vez. ¿Qué nombre? Pensé...

–¿Brownlow? –terció Anselm con una ligera sonrisa de duda.

–El hombre que rescató a Oliver Twist –respondió Victor.

Para él era una vieja broma, mala pero imperecedera, un desaire a la adversidad.

–Claro –saltó Anselm–, sabía que me sonaba.

Abandonando las ventajas que su educación y su talento le hubieran podido reportar, Victor eligió trabajar en una fábrica como un lugar para esconderse a largo plazo. Durante la mayor parte de su vida estuvo junto a una cinta transportadora poniendo tapaderas en tarros de mostaza. Ahorró lo que pudo para el precoz talento de Robert con el piano. Conoció a Pauline, la que sería su mujer, en un puesto de libros de una feria religiosa. La naturaleza siguió su curso y ella se convirtió en una madre para Robert, pero él era lo bastante mayor para recordar la llegada de ella a su vida.

–Cuando fue lo suficientemente mayor para entenderlo, le expliqué que su verdadera madre había muerto durante un bombardeo aéreo. Los desastres son siempre convincentes.

Durante veintiséis años, Pauline había sido su fuerza, la mujer a quién le confió todo lo que le había pasado. Cuando ella supo que iba a morir de una rara dolencia del riñón, le escribió una carta a Victor, para ayudarle cuando ya se hubiera ido. Pero eran palabras sin vida, formas de tinta. Él solía mirarlas, tratando de evocar la voz que una vez le había hablado, su pasión, su confianza en él, su constante perdón por los males de los que él había sido parte. Había ido a confesarse.

–Me dio la absolución –recordó Victor– pero se negó a darme penitencia. «Sigue hablando con Pauline», dijo. Y lo hice, pero sus riñones dejaron de funcionar y murió. Ahí fue cuando empecé a beber.

Toda la familia pensó que era el dolor, lo que era cierto, pero era también la otra carga que ya no podía llevar solo. Asistió a un costoso programa de rehabilitación del que se encargó Robert y lo encontró totalmente humillante: no porque él fuera orgulloso, sino porque no podía revelar las razones de su ruina.

–Creían que yo estaba «evitando el dolor que se requería para enfrentarme a la verdad de mí mismo». Ese juicio me pareció realmente difícil de aceptar.

Se sentaron en silencio, hasta que Anselm se levantó. Tenía que coger un tren.

–Habrá que contarle todo a Robert –dijo Victor, exhausto–. Aun con todo lo difícil que pueda ser, la idea de haberlo hecho es como... un logro.

–Ya he organizado una reunión con él –dijo Anselm.

Cautelosa, reflexivamente, Victor dijo:

–Todo ha sido una inexplicable mezcla de desgracia y suerte. Pero como soy un hombre religioso, miro hacia la Providencia. Sólo que eso más bien complica las cosas, ¿no cree? Porque no se pueden estimar los dones recibidos frente a lo que fue mal, sin impedimentos, durante tanto tiempo.

Anselm no tenía respuesta para esa observación en particular.

2.

Lucy se reunió con el padre Anselm en la explanada delante de la estación de Liverpool Street Station. Ella quería verle antes de que se fuera al priorato de Larkwood, para darle las gracias, y le había llamado por tanto a Saint Catherine la noche anterior. El monje estaba detrás de su maleta como una de esas estatuas talladas de las fachadas de las catedrales, viendo pasar el mundo en su ajetreado camino hacia algún lugar importante. La vio y levantó la mano.

Lucy dijo:

–Me han dicho que gracias a usted no van a presentar cargos contra mí.

–Eso no es exactamente cierto –replicó el monje–. El detective comisario Milby y yo nos conocemos desde hace mucho. No te hubiera puesto nunca en ese trance si hubiera podido evitarlo. Pero lo que hiciste fue excepcionalmente tonto, ¿no te parece?

–En esos momentos me estaba observando a mí misma –explicó Lucy–. Era como si todo el episodio fuera parte de una obra, y una vez que había empezado a escribir el guión no podía parar. Por fin mandaba yo. Podía elegir el desenlace. Pero era irreal, sólo quería ensayar cómo sería y verlo hasta el final. –Sintió pasar de nuevo el repugnante calor de la culpa–. La detective inspectora Armstrong me dijo que una vez montado, el gatillo estaba tan suelto que se me podría haber disparado cuando lo tenía en las manos sin que lo tocara.

–Y hubieras matado al último caballero de La Mesa Redonda –dijo el padre Anselm–, el hombre que salvó a Robert. Es mejor no pensarlo.

El monje continuó haciéndole un breve relato de la verdadera posición de Victor en la trama de los acontecimientos. Horrorizada ante la magnitud de su error, humillada y avergonzada, Lucy dijo:

–Alguien debe de haber estado protegiéndome.

–Sé lo que quieres decir –respondió el monje pensativamente–. Ésa es una frase sobre la que habría que reflexionar.

–Echó una ojeada al panel de salidas–. Me parece que me tengo que ir.

Lucy le acompañó al andén.

–Tengo que decirle a mi padre quién es.

–Sí..., y yo tengo que decirle a Robert Brownlow de quién es hijo.

Lucy sintió la agitación del nacimiento de una idea que sabía que se iba a materializar. Tenía una sensación de fiesta, de serpentinas, de excursión familiar. El padre Anselm se detuvo a la puerta del tren y dijo:

–¿Sabías que a Salomon Lachaise le salvó La Mesa Redonda?

–No. –Pensó en el señor que se había hecho amigo suyo, el que en un momento determinado en el transcurso del juicio se había dirigido a ella junto con Max Nightingale–. Y sin embargo no se sentó con los otros supervivientes.

El monje la miró con curiosidad.

–¡Qué raro!... No me había dado cuenta de que...

La idea de Lucy había adquirido una forma sólida:

–Me gustaría reunir a toda esta gente, antes de que se muera mi abuela. Deberían estar todos en la misma habitación.

La sorpresa y el asentimiento iluminaron la cara del monje.

Ella dijo:

–¿Vendría usted, padre?

–Gracias, y recuerda..., también soy un mensajero del pasado.

Un mensajero: de alguna forma, a pesar de la larga e implacable conspiración del infortunio, se había ido pasando una carta, como si la hubieran llevado los corredores nocturnos, a pesar de los pistoleros, a pesar de las alambradas. Sería entregada a Agnes justo antes de que muriera.

Apareció un hombre con un uniforme gastado, que instó a subir a bordo a los rezagados. La única cuestión que quedaba salió de los labios de ella mientras la puerta comenzaba a girar en su sucio gozne:

–Me pregunto qué es lo que le diría el señor Lachaise a Schwermann...

–Sí, yo también me lo pregunto –respondió el monje.

La puerta se cerró de un portazo. Un ruidoso silbato retumbó sobre los vagones. El tren se movió hacia delante, traqueteando por los raíles. El hombre del uniforme pasó andando deprisa; había terminado su trabajo. Y el padre Anselm, con la cara enmarcada en un mugriento cuadro de cristal, se alejó.

Capítulo cuarenta y seis

Salomon Lachaise dijo que quería ir a Larkwood. Necesitaba un tiempo para estar solo y preguntó si podría quedarse en el Hermitage. El prior le concedió el permiso. Durante tres días, el invitado del priorato deambuló por los bosques, a lo largo del riachuelo y alrededor del lago. Después, una mañana, Anselm encontró una nota en su casillero. Salomon Lachaise agradecería una visita.

Anselm caminó con rapidez por los campos después de comer. A unos doscientos metros del Hermitage había un estrecho puente de madera, sin barandilla, que cruzaba el riachuelo. El hombrecillo estaba sentado sobre los maderos. Anselm se unió a él silenciosamente. Las piernas de ambos colgaban sobre la orilla.

Salomon Lachaise dijo:

–¿Recuerda que antes de que terminara el juicio me dijo que había sido conmigo una persona diferente a la que era de verdad?

–Sí. Me respondió que eso nos pasa en realidad a todos.

–Su memoria no le falla.

–Me pregunté qué es lo que quería decir.

–No estoy seguro de que vaya a ser capaz de explicarlo. Pero lo intentaré. Ya sabe que me enteré cuando era muy pequeño de que era uno de los pocos que habían escapado... que se habían llevado a toda mi familia. Mantuve vivo el recuerdo de sus nombres. Le dije que encontré la paz en el conocimiento, que debía el inicio de mi vida académica a un superviviente.

–Sí, lo recuerdo.

Por un breve instante Salomon Lachaise reflexionó sobre el torrente de agua que pasaba bajo sus pies. Dijo:

–Mi vida cambió una luminosa y fría mañana, justo después de dar una clase sobre iconografía feudal. Entré en la sala de profesores de la universidad y cogí un periódico. Un periodista había descubierto que... ese hombre... había encontrado refugio en Gran Bretaña después de la guerra.

–¿Pascal Fougères era el autor?

–Sí. Decidí contactar con él y se lo dije a mi madre. «No –dijo ella–, no, por Dios. Deja en paz el pasado.» Me dirigí al señor Bremer, le hablé de él cuando nos conocimos, el abogado que se había convertido en mi guía. Él también había visto el artículo. Él, también, me aconsejó que siguiera con mi vida..., que olvidara lo que había leído.

–¿Lo hizo?

–No.

Salomon Lachaise continuó en bajo tono monocorde.

–Fui a ver al señor Bremer. Le dije que había tomado una decisión: me iba a unir a los que estaban buscando a ese hombre. Le pedí su apoyo antes de decírselo a mi madre.

–¿Se lo dio?

–No. Se podría decir que perdió la objetividad profesional.

–¿Por qué?

–El artículo que habíamos leído ambos proporcionaba el nombre de la pequeña ciudad de donde procedía ese hombre... Wissendorf... El señor Bremer lo reconoció por su trato con el abogado contratado por mi benefactor. Hizo lo que creo que se llama una conjetura razonable de los hechos. Mi negativa a hacer caso de sus consejos le obligó a decirme que el abogado que actuaba en nombre del «superviviente» era el abogado de la familia de... ese hombre.

–¿Schwermann era el... superviviente? –preguntó Anselm, estupefacto por la apropiación de la palabra.

–Sí. Y pensar que... me labré un nombre en un campo del saber que se conoce como la era del mecenazgo.

Salomon Lachaise observó sus pies colgantes, mientras arrastraba con cuidado las suelas de los zapatos contra la fuerte corriente del agua. Con cada barrido brotaba a ambos lados plata ennegrecida.

Anselm preguntó, cautelosamente:

–¿Por qué usted?

Muy lentamente, Salomon Lachaise respondió:

–Yo fui el último niño que salvó La Mesa Redonda, el que puso a salvo Agnes Aubret justo antes de su detención.

Anselm se volvió y escudriñó el rostro de su compañero. Era un milagro de calma, una cortina de tiza que se haría polvo con tocarla. Perplejo, Anselm aventuró:

–Debe de haber contemplado su existencia como un bálsamo para acallar su conciencia.

–Mi vida académica entera se apoya en la corrupción. Todo lo que he logrado surge del veneno, son flores radiantes que salen de la inmundicia. Jamás volveré a practicar mi oficio.

A Anselm le costó hacer una objeción:

–Pero, seguramente...

Se quedó sin saber qué decir; le faltaba convicción, porque sabía que las decisiones más costosas a menudo no se toman, suceden.

–No me puse en contacto con Fougères y mi madre creyó que había seguido su consejo. Poco después murió, sin sufrir. Y aunque eso me trajo dolor, me liberó.

–¿Para hacer qué?

Anselm había percibido algo específico... algo crucial.

–El señor Bremer era un hombre meticuloso, conservaba documentos detallados que no destruía nunca. Por casualidad, una vez había habido un error en la transferencia de fondos que le hacía el abogado desde Alemania. Al arreglar el enredo había averiguado el nombre del cliente. Sacó los viejos papeles a petición mía y allí estaba... Nightingale.

–¿Y se lo dio a Pascal Fougères? –preguntó Anselm.

–Sí. Cuando ese hombre reclamó asilo, me acogí a la jubilación anticipada y seguí la ruta de su huida, de París a Les Moineaux. Tenía el presentimiento de que había hecho la misma ruta que mi madre. Entonces vine aquí, a Larkwood. Después fue sólo cuestión de esperar el resultado del juicio. –Respiró profundamente, como alguien que se agacha preparándose para mover una piedra a un lado. Dijo–: He esperado a que él hablara, para escuchar lo que tenía que decirles a los que había robado. Pero al final no dijo nada, y le soltaron. Era exactamente lo que parecía ser, sólo que el jurado tenía dudas. Había llegado el momento que había estado esperando... y que ahora no deseaba. Le dije a un ujier que quería verle y le di mi nombre.

Pasó otra vez sus pies sobre la superficie del riachuelo, mirando los cortes que se producían en la corriente plateada: se abrían, se cerraban, se abrían de nuevo. Salomon Lachaise describió cómo le habían conducido hasta un cuarto que parecía más bien el mostrador de una oficina de correos.

En la pared había una ventana con un cristal grueso. Por debajo, a cada lado, había un pieza de apoyo ancha –una mesa que pasaba a través de la partición– y una silla.

–Se abrió una puerta y de repente allí estaba él. Durante un buen rato sólo le miré, cada arruga de su cara, las uñas de sus dedos. Levantó una mano y la puso contra el cristal.

»Schwermann fue el que habló primero a través de la partición:

»–No me di cuenta de que eras tú, en el bosque...

»–Sí.

»–No puedo creer que estés aquí, que hayas venido.

»La gratitud y el asombro lleno de miedo le desdibujaban las facciones.

»–Sí, he venido.

»–¿Cómo te enteraste?

»–Estoy aquí, es todo lo que importa.

»–Me las arreglé para salvarte, ¿lo sabes?

»–Sí, lo sé.

»–Después de escaparme y tener suficiente dinero, hice que te localizaran y te ofrecí lo que podía, he seguido tus éxitos... Buscaba reconocimiento, apreciación.

»–Sí, lo comprendo.

»–He tenido una familia... una hija... un nieto, pero durante todos estos años no te he olvidado nunca... he pensado en ti, preguntándome cómo habrías madurado.

»–Sí, estoy seguro.

»–Tú eras una de las razones por las que mi vida tenía algún sentido.

»–Sí.

»–Y ahora, cuando todos los demás se han ido, eres tú el que ha venido a verme... estoy abrumado...

Quizá fue la agobiante tensión del momento, quizá fue su saturación de cultura, pero en ese instante Salomon Lachaise recordó de repente un pasaje demoledor de la *Eneida* de Virgilio, donde Eneas se alza triunfante sobre el caído Turno, un hombre de una gran fuerza, tras haberlo vencido en un único combate; Eneas levanta su espada para llevar a cabo la ejecución, pero Turno le pide clemencia, en consideración a su padre; Eneas comprueba la caída de su brazo y duda... pero entonces se fija en el cinturón de Palas, que Turno lleva al hombro como trofeo... Palas, su queridísimo amigo, que había sido muerto sin piedad...

Salomon Lachaise dijo a Schwermann con voz baja, quebrada:

–¿Y los demás, la familia de mi madre, los miles de personas, sus hijos e hijas?...

–No podía hacer nada.

–Hiciste bastante.

El anciano trató de ganar su confianza, por enésima vez.

–No tenía elección.

–Sí, la tenías. Has olvidado demasiadas cosas.

–Por favor, Salomon... ¿Es que no puedes perdonar...?

La súplica se convirtió en lamento.

–Yo no tengo ese poder. Y tampoco lo tiene Dios. Le pertenece a los que abandonaste. Ahora escúchame.

Schwermann se quedó inmediatamente paralizado, como si su corazón hubiera dejado de latir. Simplemente respiraba, una actividad de pronto ajena a su cuerpo expectante. Salomon Lachaise se levantó y dijo:

–Levanto en mis manos el polvo del que fuiste hecho y lo lanzo al viento. Que no seas nunca recordado, ni bajo el sol ni cuando se haya puesto.

Se apartó del cristal de la partición. Y del prisionero del otro lado, que sería pronto puesto en libertad, llegó el sonido de un gemido seco, resentido.

Salomon Lachaise había terminado de hablar. La desenfrenada persecución del agua bajo sus pies se hizo más enérgica. Anselm repitió lo que había leído en los periódicos:

–La policía encontró cápsulas en dos de sus chaquetas, cosidas en el mismo rincón, debajo del bolsillo izquierdo, con hilo flojo, preparadas para tirar cuando fuera necesario.

–Eso tengo entendido.

–Probablemente las quitaba y las volvía a poner después de cada visita a la tintorería.

–Sí, supongo que tiene razón.

Anselm pensó en ese ritual privado, el coser y descoser a lo largo de los años, la constante prevención para escapar de un juicio impuesto por cualquiera que no fuera él mismo. Antes de que Anselm pudiera proseguir con sus reflexiones, Salomon Lachaise dijo, con rotunda autoridad:

–Jamás volveré a hablar de él.

Como movidos por una señal, los dos se encaramaron torpemente sobre sus rodillas y después se pusieron de pie; Anselm ayudó a su compañero a recuperar el equilibrio. Mientras paseaban de vuelta al Hermitage, Anselm dijo:

–¿Qué va a hacer ahora?

–Viajar. Quiero seguir moviéndome. No tengo responsabilidades, no tengo cargas familiares.

–¿Se quedará en Ginebra?

–Sí. Aunque he dejado la universidad, sigue siendo algo así como un hogar. De todos modos –sonrió alegremente–... tengo la intención de organizar una pequeña exposición de las pinturas del joven Max. ¿Las ha visto?

–No.

–Debería verlas. Poseen una inquietante inocencia. Trataré de utilizar la ignominia de su origen a su favor. De lo contrario permanecerá como una maldición.

–Ése es un gesto muy bondadoso.

–Nada de lo que se hace por placer es bondadoso.

Llegaron a la casucha del Hermitage y Anselm se dispuso a pasear tranquilamente de vuelta al priorato. Señalando a la puerta abierta, Salomon Lachaise dijo:

–¿Puede acompañarme a tomar el último vaso de oporto? Nunca voy a ningún sitio sin una botella.

Se sentaron en las inestables sillas de madera, bebiendo a sorbos en silencio, hasta que Anselm dijo:

–¿Le gustaría conocer a Agnes Aubret?

Salomon Lachaise, con lágrimas en los ojos, no pudo responder.

Capítulo cuarenta y siete

I.

Lucy había quedado con su padre en los majestuosos jardines del Gray's Inn. Cuando entraron, ella señaló a las bestias de piedra que había sobre las columnas de la verja.

–Grifos –dijo su padre con conocimiento–. Los protectores del paraíso. ¿Es que no os enseñan nada sobre los mitos hoy en día?

El traje estaba hecho a medida de su cuerpo, impecablemente cortado y planchado. En su propio mundo, pensó Lucy, era poderoso y próspero y llevaba el uniforme de la capacidad que se valora. Cuando encontraron un banco, él sacudió unas secas partículas de nada con el dorso de la mano. Sentados como dos solitarios descarriados en una matiné, los dos con las piernas cruzadas, Lucy comenzó a quitarle el caparazón a su padre.

–Papá, ninguno de nosotros somos quienes creemos ser.

Su padre, disfrutando de la broma, contestó:

–Y supongo que nadie es como creemos que es.

–No, es cierto. –Ella cortó la elegante tela de las apariencias conocidas hasta llegar a la suave epidermis–. Es verdad en el caso de la abuela –él miró de repente con recelo– y es especialmente cierto en el tuyo.

Lucy le explicó a su padre cómo Agnes le había salvado de Ravensbrück, que era el hijo de unos padres desconocidos y asesinados, procedentes de un lugar ignoto, que habían sido enterrados nadie sabía dónde. Y le dijo que Agnes era la madre de un hijo que perdió y que había sido encontrado. Él escuchó embelesado, consternado, toqueteándose el constrictor nudo de la corbata. Cuando Lucy hubo terminado se incorporó, anonadado, como si estuviera esperando a que se encendieran las luces de un teatro y él fuera el único que quedaba en el curvado y vacío patio de butacas.

–Sabes –dijo débilmente–, creo que casi me lo dijo una vez.

–¿Cuándo?

–Hace muchísimos años..., antes de que las cosas empezaran a venirse abajo..., yo tenía quince o dieciséis años y le había echado la bronca por su silencio. –Se tocó de nuevo el asfixiante cuello–. Le dije que no le había importado nunca, ni siquiera cuando me había caído de niño y me había cortado en la rodilla.

–¿Qué te dijo? –preguntó Lucy.

Su padre se sentó derecho; el movimiento de los pies dejaba marcas en un zapato reluciente. Se limpió los labios resecos con un pañuelo y dijo:

–Realmente nada, al principio. Pero su cara se arrugó... de un modo que no he sido nunca capaz de olvidar... y justo cuando pensé que iba a decirme algo, se había ido, al interior de sí misma...

–¿No habló?

Él asintió, con la cara colorada y brillante.

–Dijo: «Ah, Freddie, dime lo que quieras, pero no me digas eso, eso no». –Unió las manos en una súplica desesperada, lamentable–. Dios mío, tengo que verla... tengo que decirle que lo siento...

Los jardines del Gray's Inn iban a cerrar; el acceso a ellos a la hora de la comida estaba a punto de ser cancelado, como dictaba la orden de la junta de directores del Colegio de Abogados. Como un torrente de obedientes refugiados, jóvenes y viejos comenzaron a abrirse paso hacia las verjas ornamentadas. Lucy y Freddie hicieron lo mismo. Regresaron por el camino por donde habían venido, distintos a quienes eran cuando habían entrado.

–Siempre había pensado, por alguna extraña razón, que no me quería.

Ésas eran palabras que Lucy apenas podía soportar escuchar. Miró hacia abajo y centró su atención en el acompasado crujido de la gravilla.

–En un sentido, supongo que es cierto...

Lucy bajó aún más la cabeza; su mentón halló una gargantilla que él le había regalado cuando cumplió diez años. Apretó fuerte contra la caliente cadena de oro mientras escuchaba:

–¿No crees que la vida es a veces una mierda? No me lo podía decir cuando yo más lo deseaba porque no lo hubiera entendido. Y ahora que soy lo suficientemente mayor para entender, no puede contármelo.

Lucy apretó los diminutos eslabones contra la piel de su cuello. Él continuó:

–Daría cualquier cosa por volver al momento en que su cara se derrumbó, para decirle que no era mi intención... pero eso es parte del infierno, sí que era mi intención... lo era. Sólo que desearía no haberlo dicho nunca. Pero por desgracia, tenemos que vivir con lo que hemos dicho al igual que tenemos que hacerlo con lo que hemos hecho.

Al llegar a las verjas, Lucy levantó la vista. Parecía que su padre había envejecido, pero las arrugas de su piel eran tiernas, bien dibujadas. Era como un hombre al que un tribunal indulgente hubiera tratado bien y hubiera puesto en libertad condicional. Sí, recomendarían su liberación; pero habían pasado tantos años de encarcelamiento que el surtidor que llevaba dentro para expresar la euforia se había oxidado, obstruido.

Todos estaban en fila, observándole, esperando a que reventara. Y él sólo podía sonreír, estrechar manos, hacer una reverencia... farfullar gracias.

Miró hacia Lucy y dijo sin rodeos:

–Todavía queda suficiente tiempo para hacer que las cosas sean distintas, ¿no te parece?

–Sí.

Entraron en Field Court y las puertas del paraíso se cerraron con delicadeza. Su padre se despidió con un beso. Extraño, pensó Lucy: sólo después de que ella le hablara a su padre de la muerte de Pascal, el tipo de intimidad que ambos deseaban se había restaurado entre ellos. Echando una ojeada hacia arriba, a uno de los grifos mudos, Lucy podría haber jurado que había visto respirar a la bestezuela.

2.

Anselm dejó a Salomon Lachaise en la soledad de Larkwood y tomó un tren a Newcastle. Desde allí cogió el rápido metro que llevaba a la costa, donde vivía Robert Brownlow.

Había quedado con Maggie, que abrió la puerta antes de que él pudiera llamar. Le condujo, mostrando inquietud, hasta el pie de la escalera. Anselm le dijo que no se preocupara y subió para reunirse con Robert en el salón.

Se colocaron junto a la ventana y miraron la bahía de Cullercoats. Allá abajo, en la playa, estaba el pequeño Stephen, amontonando arena con su padre, Francis.

–Francis es mi hijo mayor –dijo Robert–. Allí está Caroline, su mujer, con el último que ha llegado, Ian. Tiene once meses.

Una mujer, que evidentemente no estaba acostumbrada a los rigores de la soleada tarde del noroeste, estaba sentada, envuelta en un abrigo, junto a una formación de rocas. La redonda y cubierta cabeza de un bebé sobresalía entre las solapas alzadas.

–Tengo otros cuatro hijos. Dos están casados y los dos tienen hijos. Somos trece en total. Y ahora estamos destrozados.

Contemplaban dos generaciones tiritando sobre la arena.

–Robert –dijo Anselm–, cuando nos conocimos me dijo que Victor había muerto después de la guerra.

–Por lo que a mí respectaba, había muerto. Ese hombre no era mi padre, mi padre era Victor Brownlow. Al menos, eso es lo que yo quería creer, por el bien de ellos –hizo un gesto hacia la playa– y por el mío propio. Pero ahora, después de haberle visto en el juzgado defendiendo a ese hombre, es lo contrario. Mi padre ha muerto y me encuentro con que soy el hijo de Victor Brionne.

Sin que le viera su padre, el pequeño Stephen había empezado a desnudarse, mirando hacia el mar congelado. La madre de Stephen, en alerta permanente, hizo marchar a su marido de vuelta con el niño que estaba a su cargo.

Anselm eligió las palabras cuidadosamente.

–Parte de lo que ha dicho es cierto. Su padre está muerto.

Robert se volvió, sus ojos castaños estaban desconcertados, no llegaban a engarzarse con el agudo filo de las palabras.

Anselm continuó:

–Como bien dice, Victor Brionne no es su padre. Ni lo es ahora, ni lo ha sido nunca.

–¿Qué quiere decir? –preguntó Robert.

–Usted es el hijo de Jacques Fougères.

Robert se quedó boquiabierto; se pasó una mano toscamente por el pelo, corto y cuidado.

–¿El hombre que mencionaron en el juicio?

–Sí.

–¿El que tuvo un hijo con Agnes Aubret?

–Sí.

–¿Soy yo ese hijo?

–Sí, Robert, lo es.

Se apartó de la luz de la ventana, sin mantener muy bien el equilibrio, hacia una silla. Sentándose con cuidado, dijo:

–¿Agnes Aubret... mi madre?

–Sí.

–¿La que murió en Auschwitz?

Sus ojos empezaron a parpadear, tosió un poco.

–No. Robert, está viva. Sobrevivió, vive en Londres. Está muy enferma y morirá pronto.

–Dios mío.

–Es una larga y complicada historia –dijo Anselm, moviéndose hacia donde estaba Robert– y Victor se lo contará todo. Lo único que quiero decirle es esto: está vivo hoy porque él le salvó. El precio que tuvo que pagar fue terrible y lo ha estado pagando siempre desde entonces.

–Dígame algo más, cualquier cosa...

Anselm le hizo un breve resumen del camino que había escogido Victor, con su imprevisto castigo y las opciones que tuvo posteriormente.

Con miedo, como quien está atrapado en la arena mientras se está aproximando la marea, Robert dijo:

–Tendré que revivir toda mi vida, desde el principio, encontrarme a mí mismo... buscar... a mi padre... buscar a Victor –se atrancaba en las referencias cambiantes dentro de las palabras más simples.

Anselm le respondió rápidamente, con amable insistencia:

–Robert, empiece ese viaje con su madre; ella ya lo sabe... y deje que Victor sea su guía.

Robert fue hasta la puerta y llamó casi imperceptiblemente:

–Maggie, ven aquí, por favor...

Ella subió corriendo las escaleras. Cuando entró en la habitación, Robert extendió débilmente los brazos. Ella se abrazó a su cuello y exclamó:

–¿Qué ha pasado, Robert? Dime, dime.

Anselm salió con paso enérgico a una repentina borrasca, las prolongadas exhalaciones del mar. Bajo una cúpula de luz incesante, atravesó una verja y encontró una senda de acantilados que bordeaba la bahía. Anduvo con la cara conjurando el viento, hasta que, a medio camino, se giró con los ojos entrecerrados y miró hacia atrás: allí estaba la casa, grabada en los sólidos e informes nubarrones; las ventanas eran agujeros pequeños y negros; y allí abajo, en la playa, estaba el pequeño Stephen con el pelo rubio alborotado, amontonando la arena mojada..., el despreocupado y alegre bisnieto de Agnes Aubret y Jacques Fougères.

Capítulo cuarenta y ocho

I.

El día antes de la primera y última reunión de Agnes Aubret con su familia llovió: un diluvio cruel, como un bombardeo, que purgó el cielo. Las nubes hinchadas flotaban bajas y envolvían las torres de pisos y los agudos campanarios. Por una vez, Lucy no quería estar sola. Llamó a Cathy y le preguntó si podía ir a pasar la noche.

Lucy cogió el metro hasta Pimlico y se lanzó por los charcos, con la cabeza inclinada sobre su pecho. Cuando llegó al piso de Cathy estaba empapada. Después de un baño, se envolvió en una toalla grande, caliente. Cuando entró en el salón sin hacer ruido, vio alineadas en una bandeja unas cintas alquiladas de dibujos animados. Cathy levantó la vista y dijo:

–Mongoles. De verdad.

Lucy notó la ausencia de maquillaje. Cathy parecía más joven, como había sido en Cambridge, pero sin la agresividad presuntuosa. En el exterior, la lluvia golpeaba las aceras vacías, sin vida; y, mientras caía la noche, Lucy le contó a Cathy lo que pasaría al día siguiente. Cathy escuchó, moviendo la comida en su plato con los pequeños toques de un tenedor. Fue durante la narración cuando a Lucy se le ocurrió otra idea. Mientras se estaban preparando para ir a la cama, asomó la cabeza por la puerta del cuarto de baño y dijo:

–¿Te gustaría conocer a una persona?

–¿A quién?

–A un hombre.

–Necesito saber un poquitín más.
–Sabe cómo usar un pincel y una espátula.
–Organízalo.
Lucy estaba acostada despierta, deseando que el viento y la lluvia se reconciliaran, o al menos que pospusieran su lucha para otro día. El tiempo iba a arruinar los planes del día siguiente. Mientras elaboraba una estrategia alternativa, el sueño se apoderó de ella por sorpresa. Cuando se despertó a la mañana siguiente, un tímido sol entraba a hurtadillas por el espacio que había entre las cortinas e iluminaba la pared con un rayo de fuego atenuado. Al abrir la ventana, escuchó con gratitud el silencioso trabajo del calor sobre el agua, una unión que volvía a capturar siempre la frescura primigenia de las cosas.
Después de desayunar, Lucy abandonó los pantalones y la camiseta que había comprado el día antes y se vistió con uno de los elegantes modelos de Cathy, que llamaban la atención: un vestido azul marino con botones esmaltados pintados a mano. De pie, en la entrada, Cathy le advirtió:
–Si me lo manchas, lloraré como una Magdalena.
Lucy se imaginó el destello de las lágrimas.
–Espero que todo vaya bien –dijo Cathy.

2.

Freddie había organizado la recepción en el piso de Agnes. En el patio trasero habían colocado una mesa enrejada, cubierta de platos, bandejas repletas, vasos, tazas de plástico, botellas de Bollinger, manzanilla y unas horribles bebidas gaseosas para los niños. Era espléndido, y Wilma decía que se había vuelto loco. Los invitados llegaron a las dos en punto: Salomon Lachaise, Victor Brionne, Robert y Maggie Brownlow, con sus cinco hijos y los hijos de éstos; el padre Anselm y el padre Conroy, que se movía dando vueltas por el salón sin hacer ruido, entretejiendo hilos entre todos ellos.

Dando un pequeño paso hacia delante, Lucy les dirigió unas palabras de bienvenida y luego renunció a todo lo que había planeado decir. En vez de eso declaró:

–Simplemente me gustaría recordar los nombres de aquellos que, por las razones que todos sabemos, no pueden acompañarnos. –Alzó su copa y habló con una formalidad nada estudiada–. El padre Rochet y madame Klein..., Jacques Fougères y todos los caballeros de La Mesa Redonda..., el padre Morel..., el padre Pleyon..., el abuelo Arthur..., Pascal Fougères...

Lucy miró instintivamente a su padre, deseando que él cogiera la antorcha.

–Y doy las gracias al cielo –dijo Freddie, moviéndose hacia la puerta abierta, lo suficientemente cerca como para que lo oyera Agnes– de que esté entre nosotros alguien que casi se perdió a sí misma por salvar a los demás. Amigos, por mi madre.

Todos bebieron en silencio. Sin que nadie lo notara, excepto Lucy, Wilma enjugó con destreza una superficie. Después del brindis, los padres sacaron a escondidas unos juguetes y los colocaron estratégicamente en el piso, como un anzuelo para atrapar a bestias salvajes.

El plan era el siguiente: cada invitado, después de ver a Agnes, daría un golpecito en la puerta por la que había entrado, como una señal para el siguiente, y luego saldría al jardín trasero por la cristalera. Una cortina corrida aseguraba la privacidad de cada encuentro. Cuando estuvo listo, Lucy llevó a Salomon Lachaise hasta Agnes.

El hombrecillo iba vestido con un traje elegante y zapatos nuevos. Caminaba ceremonioso, con las manos enlazadas. Lucy le condujo hasta la puerta abierta, y luego se retiró, observando su reverente aproximación. Oyó su voz profunda, compasiva:

–Madame Embleton, ya nos conocimos en una ocasión, cuando yo era un niño...

Lucy cerró la puerta. Por un instante se quedó quieta, esforzándose en captar alguna palabra, como Agnes había hecho una vez con madame Klein y el padre Rochet. Luego se apartó, cuando se alzó la voz de él.

Volvió al salón exhausta y maravillada de la afable atención del padre Conroy. Después de un rato se oyó un ligero toque y Lucy lanzó una mirada al padre Anselm.

3.

Agnes estaba incorporada sobre unas almohadas, con la cartulina del alfabeto en su regazo. El suero estaba colocado en alto, como un guardián oculto, con los tubos y las bolsas envueltos en una tela de lino. Llevaba una blusa de seda verde y una rebeca de cachemir roja. Los colores arrojaban un tenue brillo diáfano sobre la piel alrededor de su cuello. La enfermedad, resplandeciente y devastadora, no podía despojarla de su esplendor. Había dos sillas junto a la cama, y un jarrón de flores sobre la mesa. Junto al jarrón había un pequeño cuaderno de notas escolar. Una ligera brisa agitó suavemente la cortina extendida sobre la cristalera, como el ondear de un tenderete en la playa.

Los azules ojos de Agnes se clavaron en Anselm. La emoción le atravesó la garganta y tragó con fuerza contra la cuchilla. Escenas en el lecho de muerte, pensó él: la última oportunidad para decir algo sensato, algo sincero, para concluirlo todo. Pero no aquí, no ahora. Se estremeció: esto no era muerte, la muerte había estado y se había ido, hacía mucho, derrotada; esto era vida. Se sentó, temblando, y sacó un frágil sobre marrón. Lucy se sentó al lado de él cuando sacaba una sola hoja de papel.

–Agnes –comenzó–, el señor Snyman me entregó esto. Me dijo que Jacques se lo había dado a él antes de ser arrestado, con la esperanza de que pudiera llegarle a usted si, por alguna casualidad inimaginable, sobrevivía a la noche que se avecinaba.

Con un simple movimiento de dilatación de los ojos, Agnes le dijo que leyera. Se le empezó a entrecortar la respiración, vacilante; sus bellas y curvadas pestañas cayeron lentamente y permanecieron cerradas. Al levantar un único, tembloroso dedo, Anselm empezó a leer, en francés:

> Las diminutas manos de abril conquistaron una vez París
> como tú una vez me conquistaste: unos valientes dedos
> [infantiles
> me despojaron suavemente de mi resistencia
> a tus encantos. Fue una revelación,
> vi palmeras ondulantes, partículas nacientes, y sí,
> hasta escuché a las piedras gritar tu nombre, Agnes.

Anselm hizo una pausa al final de la estrofa. Miró a Agnes. Un débil pulso se agitaba detrás de los párpados. Anselm reanudó la lectura:

> Y entonces se extinguió la luz.
> Hice un pacto con el diablo cuando llegó
> el «Viento de primavera», cuando el hijo de Príamo
> [sangraba
> tendido sobre la tierra. Al romper la mañana, las
> [desparramadas
> piedras susurraron «Dios mío, ¿qué has hecho?» y sí,
> os traicioné a ambos. ¿Podrás perdonarme, Agnes?

Al oír las palabras de la confesión, Agnes abrió los ojos. Las inflexiones de la sombra parecían moverse bajo su piel como nubes pasajeras. Agnes echó la mano a un lado, descubriendo la blanca y suave palma. Se volvió a Anselm, que comprendió. Colocó la carta sobre la cama y la mano de Agnes se apoyó tiernamente sobre ella como si fuera carne humana.

Después de un largo rato, Agnes miró a Lucy, que rodeó a Anselm para recoger el segundo cuaderno de notas de la mesilla de noche; luego cogió el alfabeto y lo colocó en su sitio. Agnes dijo:

P-A-D-R-E
Pausa.
P-O-R
Pausa.
F-A-V-O-R
Pausa.
P-O-D-R-Í-A
Pausa.
D-A-R-L-E
Pausa.
E-S-T-O
Pausa.
A-L
Pausa.
S-E-Ñ-O-R
Pausa.
S-N-Y-M-A-N
Anselm cogió el cuaderno que le ofreció Lucy.
Agnes continuó:
P-O-D-R-Í-A
Pausa.
E-N-T-E-R-R-A-R-M-E
Pausa.
C-U-A-N-D-O
Pausa.
M-E
Pausa.
H-A-Y-A
Pausa.
M-U-E-R-T-O
Entre dientes, Anselm dijo:
–Por supuesto que sí.
Y
Pausa.
N-O
Pausa.
A-N-T-E-S

Había algo en la forma en que caía la luz sobre los labios de ella que sugería una sonrisa: de dicha, dolor, conformidad, pérdida, gratitud y despedida: cada uno de esos claros matices habitaba en el otro. Anselm fue hacia la cristalera y salió al exterior, casi sin poder contener el impulso de gritar lo que estaba reprimiendo. Se encontró con un pequeño trozo de césped en un jardín que atrapaba la luz del sol entre altas paredes de ladrillo rojo. En la parte más alejada, como si estuviera perdido, estaba Salomon Lachaise, muy turbado.

4.

Lucy dejó al padre Anselm y volvió al salón; luego Robert y Victor la siguieron por el corto y estrecho pasillo de vuelta a la puerta entreabierta. Se puso a un lado para dejarles pasar. Victor caminaba muy pegado por detrás a Robert, con un brazo alrededor de la cintura de éste y una mano sobre su hombro: un fiel mentor guiando a un protegido nervioso al escenario en una entrega de premios, un niño asustado por los aplausos, su estruendo, su poder para desmantelar lo que había sido construido en secreto.

La puerta se abrió al tocarla Robert. Al entrar, Victor se cubrió la boca, deshecho, y dijo:

–Agnes, *je te présent... ton fils...*

Lucy se quedó traspasada por un milagro más grande que todos los de las viejas historias de la escuela: el maná del desierto, el agua brotando de una roca o la separación de las aguas. Agnes levantó lentamente la cabeza y el cuello, separándolos completamente de la almohada. Respondiendo a la llamada, volvió la cara hacia su hijo. Cuando Lucy se retiraba, atónita, oyó lo que para muchos podría haber sido un suspiro, una respiración de repente muy alta o a lo sumo una reunión de vocales débiles, pero que para ella llevaba la inconfundible forma de un nombre no pronunciado en cincuenta años: «Robert».

5.

Después de que toda la familia hubiera pasado a ver a Agnes, Lucy se quedó sola junto a la cama de su abuela, mirando al exterior a través de la cristalera. El grueso y pulido cristal centelleaba en el sol, atrapando oscuros reflejos de ladrillo rojo; la gente, jóvenes y viejos, hablaba de manera informal: una mano en un bolsillo, el destello de una copa; y los niños estaban dando volteretas sobre la hierba, vestidos de amarillo y azul y verde. Agnes miró afuera hacia ellos. Lucy se fijó en el gotero y sus tubos serpenteantes, que se deslizaban por las almidonadas sábanas hasta el dorso de una mano, con sus dientes ocultos por el algodón y una limpia tirita antiséptica. Recorrió con los ojos el brazo de su abuela y subió hasta su rostro hechizado. Lucy trató de sofocar el calor de una dicha irreductible, las desaforadas lenguas de fuego: sin duda éste era un momento para derribar a patadas las paredes. Pero no podía reunir la rabia: se había quedado muerta en el ayer.

Besó la frente de su abuela y luego salió afuera, hacia el jardín delantero, separado de la casa por una tranquila avenida. Al cruzar la carretera, vio al padre Anselm apoyado en una pared, mirando al río. Debía de haberse escapado por la puerta de atrás, desde el patio. Lucy creyó ver unas tenues volutas de humo azul alzándose junto a su cabeza. Pero llegó a la conclusión de que no, de que un monje no podría jamás tener un cigarrillo.

Los dos se apoyaron en la pared, observando a los niños que sacaban los remos fuera del tiempo.

Lucy dijo:

–He estado esperando toda mi vida lo que está pasando ahora, aunque no lo supe nunca. –El padre Anselm sacudió algo de sus dedos–. Nunca podría haberlo planeado –continuó ella–, porque había tantas cosas ocultas... pero incluso si hubiera sabido todo lo que había que saber, aun así no habría podido hacer nada... ni decir nada. Estamos todos tan indefensos.

Los dos estaban callados, escuchando el chapoteo del río provocado por la marea. Lucy siguió:

–He intentado hablar, varias veces, en medio del desorden que sí conocía, para desenredar los malentendidos, pero eso normalmente empeoraba las cosas. Y sin embargo ahora, las palabras funcionan... como si estuvieran vivas.

El agua ondeaba sobre las piedras que estaban más abajo y las pulía incesantemente.

El padre Anselm dijo:

–Hay un tipo de silencio que se impone siempre, pero tenemos que esperar.

Los dos se dieron la vuelta y regresaron a la casa. Lucy dijo:

–Voy a presentar a Max Nightingale a una vieja amiga mía. Creo que van a congeniar.

–Alguien me dijo eso una vez –dijo el monje, sonriendo– y mira lo que pasó.

Lucy se rió.

–Entonces no puede hacerles ningún daño.

–No –dijo el monje–. Me da la sensación de que estamos todos al otro lado del daño.

–Por ahora.

–Con eso estoy satisfecho.

En la puerta de la calle oyeron las suaves ondulaciones de una delicada melodía que se elevaba como una canción.

–Ése debe de ser Robert –dijo el padre Anselm, deteniéndose–. ¿Sabes lo que está tocando?

–Sí, es la pieza de Fauré favorita de mi abuela –respondió Lucy, profundamente conmovida–. *Romance sans parole*.

–«Una canción de amor sin palabras» –dijo el monje.

–Dios mío –exclamó Lucy–, cada vez que nos vemos termino llorando.

El reservado monje puso el brazo de ella sobre el suyo y lo apretó con fuerza.

Capítulo cuarenta y nueve

I.

A Anselm se le hacía difícil estar frente a Conroy en el patio delantero del priorato. Su año sabático había terminado. Había acabado su libro y había encontrado un editor con deseos de meterse en líos, y ahora el hombretón se dirigía de vuelta a Roma. Después de entregar el manuscrito a los censores de su orden, cogería un vuelo para volver a su hogar en São Paulo y a sus niños.

Se dieron un apretón de manos tan fuerte que Anselm hizo una mueca de dolor. Conroy se comprimió en el asiento del conductor y bajó una ventanilla.

–Bueno, tendré que ponerme en camino.

–Vuelva algún día.

–Claro, me llevo un pedazo de este lugar conmigo.

–Y está dejando atrás algo de su trabajo y de sí mismo.

–Rece por mis chicos.

Anselm dijo adiós con la mano y el carro de fuego salió de Larkwood.

Esa noche, después de completas, cuando el Gran Silencio estaba en camino, el padre Andrew se llevó a Anselm fuera del claustro, a los campos, sugiriendo que dieran un paseo.

Hablaron de todo lo que había pasado bajo un cielo que se iba apagando; luego vagaron por el sendero de los jacintos silvestres hacia el priorato. Los bosques a cada lado estaban en profundo silencio, como si reprimieran una presencia fría, perturbadora. Un búho solitario gritaba en algún lugar cerca del lago.

–Interpreté mal todo, casi sin ninguna excepción –dijo Anselm mientras arrastraba los pies por los helechos y las ramas secas y sueltas–. La lista de errores es demasiado larga como para enumerarlos... todos por los prejuicios, el pensamiento no sistemático, las ideas infundadas. Pero no estoy del todo seguro de que la Santa Madre Iglesia me ayudara en el camino.

El padre Andrew se adentró en los bosques, hurgando entre la maleza. Volvió a aparecer con una larga rama muy extraña que debía de haberse caído con el viento. El prior sonrió y meció el palo sobre las enhiestas cabezas de los atractivos dientes de león, un pasatiempo de la niñez que había vuelto en los años de madurez. Dijo:

–La Iglesia tiene un rostro frágil, hecho de lo glorioso y de lo perverso.

Anselm replicó:

–Todavía no sé lo que realmente pretendía Roma.

El prior, segando, produjo un silbido fuerte, al blandir el palo.

Anselm continuó:

–El Vaticano tenía dos informes acerca de lo que había sucedido en Les Moineaux, uno de ellos, condenatorio, el de Chambray..., el otro, el de Pleyon, aparentemente exculpatorio, sólo que nunca se llegó a terminar. Así que Roma no podía saber lo que haría Brionne cuando le encontré y le empujé a que fuera al tribunal. Podría haber completado la exculpación, lo que resultó ser cierto... o podría haber mentido para protegerse a sí mismo. En cualquier caso, el prestigio de la Iglesia hubiera estado a salvo. No es muy ejemplar.

–Como he dicho –el prior miró a su alrededor buscando alguna otra cosa que pudiera segar–, a veces el rostro que amamos hace un giro, tan grande, que podríamos dejar de reconocer lo que vemos. Y sin embargo, hay otra explicación.

–¿Cuál?

–Roma confió en la reputación de Pleyon más que en las palabras de Chambray. –Anselm frunció el entrecejo, concentrándose, mientras el prior continuaba–: ... y recuerda, fueron a ver a Chambray primero, antes de hablar contigo, y él les dijo que se fueran a paseo. Él había tomado una decisión cincuenta años antes.

–Conroy, al parecer, estaba equivocado acerca de que Roma era un lugar lleno de espejos deformantes.

El prior y su discípulo aminoraron la marcha hasta detenerse. El búho, ahora en lo alto del cielo, gritó de nuevo. Una temprana luna plateada se hallaba suspendida sobre el priorato en un cielo azul que se iba atenuando. Anselm se sentó en el tocón de un árbol que Benedict y Jerome habían cortado después de las tormentas del último año. El prior, de pie, le miró directamente:

–¿Y qué me dices de ti?

Era una pregunta muy típica de él. Era de un alcance tan amplio que podía capturar cualquier cosa en su red. El prior lanzaba siempre cosas semejantes cuando tenía en mente algo específico. Anselm respondió:

–Me perdí, y no sé cuándo sucedió... perdí el control sobre Larkwood.

–Ocurre así normalmente –dijo el prior–. Rara vez hay un poste indicador en el punto donde se dividen las carreteras. –Cortó un macizo de helechos–. ¿Has encontrado el camino de vuelta?

Anselm miró el sendero hacia el monasterio, que apenas se distinguía desde los árboles.

–No, no lo he encontrado.

–Bien –dijo el padre Andrew, dando otro porrazo.

El prior, como sucedía muy a menudo, parecía no ver las cosas en perspectiva. Anselm añadió:

–Creo que de algún modo extraño podría haber llegado –tuvo un pensamiento repentino–, ayudado en mi camino por Salomon Lachaise... por la magnitud de su sufrimiento.

El prior apoyó ambas manos en el palo, mirando socarronamente a su hijo.

–No puedo decirte la ruta. Pero he llegado con algo así como... lágrimas en el alma.

La mirada del prior se hizo más penetrante. Anselm dijo:

–Millones de personas murieron por el odio, bajo un cielo azul como el que cubría Larkwood esta misma tarde... Casi por casualidad, alguien como Pascal queda aplastado bajo unos pies, como una hormiga, junto con infinidad de otras personas. Y sin embargo, en contraste con eso, se resuelve la vida de Agnes Embleton, como si una mano sanadora que no puede desviarse de su propósito estuviera trabajando. No logro entenderlo, sólo puedo llorar.

El prior le aseguró:

–Nunca lo entenderás por completo; y en un sentido, no debes hacerlo. Si lo haces, estarás inventando fórmulas. Te aproximarás mucho a la superstición. Puede ser reconfortante –asestó un golpe al aire– pero no será duradero.

Acercándose a Anselm, el prior guardó silencio unos instantes mientras apoyaba la espalda contra un árbol. Sus cejas plateadas, gruesas y descuidadas, parecían incongruentes en una cara tan carente de malicia. Luego dijo:

–Esas lágrimas son parte de lo que es ser monje. Ahí fuera, en el mundo, puede hacer mucho frío. Parece que todo consiste en la suerte, buena y mala, y su distribución es absurda. Nosotros tenemos que ser velas que arden entre la esperanza y la desesperación, la fe y la duda, la vida y la muerte; todos los pares de opuestos. Ése es el inquietante lugar donde la gente debe encontrarnos siempre. Y si nuestra vida tiene algún sentido, si lo que somos va más allá de las paredes del monasterio y hace algún bien, es que de alguna manera, por estar aquí, en paz, podemos ayudar al mundo a sobrellevar lo que no puede entender.

El padre Andrew tocó el hombro de Anselm y juntos bajaron los últimos metros hacia el priorato. Había empezado a hacer frío de repente, y las luces resplandecientes de las ventanas distantes eran un llamamiento al calor. Los pies de ambos descendieron por el sendero. La luz del atardecer se deslizó aún más por detrás de los árboles y la luna brilló con más fuerza. Un poco más al este se encontraba el lago, como un charco negro, y lejos de la vista, la vieja fundición.

Anselm dijo:

–Schwermann estuvo ahí, ante el mundo, diciendo que había hecho algo bueno entre todo el mal. Lo agitó al aire como si fuera el número premiado de la lotería, un pasaporte para la absolución.

El padre Andrew contestó, pausadamente:

–Podría haber habido un indicio de amor en ello.

–¿Es eso suficiente para redimir a un hombre?

–Sabe Dios.

–Es aterrador, pero ¿crees que un hombre podría emborronar tanto su vida que no pudiera salvarse?

–No, no lo creo –arrojó la rama a un pozo de sombra–, pero hay algo que me espanta mucho más. Podría llegar un punto en que alguien eligiera el infierno antes que reconocer su culpa y aceptar el perdón de Dios.

Llegaron al priorato de Larkwood; los dos monjes abrieron la gran verja y dejaron el palpitante bosque a la noche que se avecinaba.

2.

Tumbado en la cama esa noche, esperando a que transmitieran *Sailing By*, Anselm volvió involuntariamente a sus reflexiones anteriores. Pensó en Pascal y en una brutal ironía: una consecuencia accidental de su muerte fue que Agnes al final se reuniera con su hijo. Si Pascal no hubiera muerto, Victor podría no haberse presentado nunca a hacer declaraciones... Si no hubiera hecho ninguna declaración, Anselm no habría descubierto jamás que Victor creía que Agnes estaba muerta..., sólo cuando Victor se dio cuenta de que estaba viva salió toda la verdad...

Y, yendo aún más atrás, si Pascal no hubiese muerto, entonces Anselm no habría ido nunca a Francia ni habría mencionado el nombre de Agnes a Étienne Fougères mientras el mayordomo servía el té, ni habría descubierto que Étienne sabía que existían ella y Robert y que su familia había mantenido el secreto durante cincuenta años... Eso le chocaba ahora, como le había chocado entonces, pero de repente empezó *Sailing By*.

Al instante, Anselm estaba en la cofa de una gran goleta que se mecía en las olas, muy por encima de la cubierta, mientras la tripulación, de blanco y negro, correteaba por debajo. Los palos crujían y chirriaban y las velas se tensaban contra los cabos. La luz del sol destellaba sobre las cerúleas olas y en la distancia un espeso follaje verde irrumpía desde las pálidas arenas de una pequeña isla. Era una imagen que se le aparecía cada vez que sonaba la música, y Anselm se rendía extasiado a sus encantos, al tiempo que desconectaba el motor de su cerebro. Sin embargo, con sus pensamientos en sintonía con el pasado, en su mente se había quedado una puerta entreabierta. Justo antes de hundirse bajo las olas oyó una vocecilla, una pequeña idea. Se despertó, tirando la radio al suelo de la emoción. Por fin había una cosa que sí había acertado.

Capítulo cincuenta

El viejo mayordomo guió a Anselm por el Boulevard Courcelles hacia una entrada lateral del Parc Monceau. Caminaron a lo largo de un sendero hasta que llegaron a una esquina, cerca del monumento a Chopin. A su lado había una zona de juegos con estructuras para trepar y un cajón de arena reservado para los menores de tres años. Las hojas caídas saltaban a cada soplo del viento.

–Ahí es donde vivía madame Klein –dijo el señor Snyman, señalando hacia un elegante edificio de apartamentos que daba directamente a los jardines. Definido en esos términos, el lugar pareció en el acto vacío, sus paredes húmedas–. Ahí es donde Agnes aprendió a tocar el piano... donde la vi por primera vez.

Se sentaron en un banco cerca de un floreciente limero. No había ni un alma en los jardines, como si se hubieran llevado a los paseantes habituales. En un rato, a la hora de la comida, se llenaría de nuevo, y entonces el ruido de los juegos sonaría sobre la valla ornamentada y se batiría con el rumor del tráfico.

–¿Ha muerto? –preguntó el señor Snyman.

–Sí.

–¿En paz? –su voz era casi una oración.

–Absolutamente.

Al final, Agnes había sido llevada al hospital. No podían encargarse muy bien de las fases finales de la vida, así que llamaron a una ambulancia. La muerte apareció mientras Agnes yacía en una camilla en un pasillo; una enfermera le sujetaba la mano, para infundirle tranquilidad. Lucy había ido a un teléfono público para decírselo a su padre.

Cuando volvió, Agnes había muerto. La enfermera dijo que había sonreído. Unos cuantos días más tarde, Anselm había enterrado a Agnes mientras caía el aguanieve y en presencia de su familia.

–Me hubiera encantado estar allí –dijo el viejo mayordomo.

–Yo le recordé.

–Al menos es algo. –Tras una controlada pausa preguntó–: ¿Cómo supo que era yo?

–Se me ocurrió mientras me estaba quedando dormido –respondió Anselm–. Pero había indicios. Sólo que no los había conectado apropiadamente. Era usted el que necesitaba escapar, no su familia. Y sin embargo, ellos huyeron sin usted. Había otras huellas en la arena, como el hecho de no volver a París hasta que no pudiera reconocerle nadie y no pudieran aguijonearle para buscar a Victor. Y más. No las entendí hasta que no hube adivinado ya lo que significaban.

Anselm contempló con compasión a ese hombre hecho pedazos. Sería un esclavo del pasado hasta el día en que muriera. Era su único hogar, pero allí no era bien recibido.

El viejo mayordomo se quedó mirando profundamente en el interior de su memoria.

–Volví a la casa cuando Victor se había ido –dijo–. Mi padre me mostró el documento de la traición. A veces creo que debió haberme abofeteado, pero no lo hizo. Yo los había condenado a todos a muerte. Pero él lo entendió, sabía que no había sido mi intención ser tan débil. –Hizo una pausa–. Por favor, ¿podemos andar? Las piernas se me agarrotan si no me muevo. Y ya de paso podría contarle lo que he guardado para mí mismo desde que me separaron de Agnes y de mi único hijo.

Fueron andando uno al lado del otro mientras Jacques Fougères hablaba. Anselm escuchaba, consternado.

–Había sólo tres pases. Teníamos que decidir en unos minutos lo que íbamos a hacer. «¡Vete! –gritó Snyman–, utiliza mis documentos»; los habían falsificado unos amigos del padre Rochet, como si él fuera un Fougères, un hermano mío. «Cuando vengan diré que yo soy tú. Por lo menos ganarás tiempo. ¡Por el amor de Dios, vete ya! Yo no tengo nada por lo que vivir, pero tú tienes un hijo, tienes a Agnes.» –La voz de Jacques se hizo más fuerte–. Le dije que no funcionaría, porque en nuestros carnés de identidad había una fotografía. Él me gritó otra vez: «¡Vete! Olvídate de los detalles..., llévate el resto de mis papeles... Si es necesario saca mi partida de nacimiento... pero aprovecha esta oportunidad, ¡vete, ahora!». He pensado en Franz..., ése era su nombre de pila..., todas las noches desde que... sentado en nuestra casa, solo, esperando a que vinieran a buscarle, a sabiendas de que él moriría y yo iba a vivir.

Y Anselm pensó en el señor Snyman en Mauthausen, defendiendo al padre Rochet de la brutalidad de los guardias, otro honor que había recaído en Jacques Fougères, el héroe de la Resistencia.

–Salimos aprisa de París. Al llegar a un punto, un agente de la Gestapo inspeccionó los documentos de mi padre, luego los de mi madre, y cuando iba a llegar a mí, hubo algo que le distrajo y nos hizo señas de que siguiéramos. No me importaba mi suerte, sólo esperaba que Agnes estuviera a salvo, que Schwermann mantuviera su parte del trato.

Las densas nubes de la mente de Anselm comenzaron a levantarse, empujadas por una tranquila brisa.

–¿Trato?

–Sí. Confié en él. Tuve que hacerlo, una vez que él me hizo la propuesta.

–¿Qué propuesta?

–Todo sucedió el día que fui detenido por llevar la estrella. Iba de arriba abajo por Avenue Foch, con ganas de provocar a Victor. Si me cogían, esperaba que me detuvieran unos cuantos días, nada más. Me llevaron dentro quince minutos después y me metieron en una habitación sin ventanas. Las paredes estaban manchadas de sangre que había salpicado el yeso y se había secado en gruesos coágulos de los que salían hilillos que corrían hasta el suelo. Había trozos de piel y de pelo pegados en el revoltijo. Apestaba. Yo no podía dejar de temblar: los brazos, las piernas, todo. Empecé a llorar. Entonces entró Schwermann con otros dos. Me bajaron los pantalones y me ataron a una silla. Los otros dos se fueron y nos quedamos a solas él y yo. Se oía el eco de los gritos por el corredor.

Jacques aspiró aire por la nariz en lentos movimientos, como si subiera una gran cuesta penosamente. Pasaron por delante de un quiosco que vendía café recién molido, el aroma estaba fresco en el aire. Enfrente de ellos había una delicada columnata bordeando un pequeño lago. Su elegancia hería los ojos de Anselm.

–Schwermann sacó su pistola y me obligó a abrir la boca, apoyando el extremo del cañón en mis dientes. Estaba tan asustado que me oriné y empecé a soltar tonterías sobre La Mesa Redonda, como si la revelación de cualquier cosa pudiera salvarme. Él apartó la pistola y me escuchó con ojos duros, muy abiertos. Me calmé y lo solté todo... hasta la existencia de Robert. Él me hizo muchas preguntas y me dijo que no me preocupara. Se puso eufórico. Luego se marchó de la habitación durante media hora más o menos. Cuando volvió me hizo una proposición.

»Schwermann me dijo que quería sacar de Francia, de contrabando, a una madre y a su hijo. Si yo le ayudaba, él nos perdonaría a Agnes, a mí y a Robert. Los demás serían arrestados, por supuesto, pero sólo les mandarían a hacer trabajos forzados. Así que acepté. Pero le dije que sólo podía darle garantías sobre el niño, porque no tenía documentos falsos para la madre, pero que si ella podía ir a Les Moineaux los monjes lo arreglarían todo.

Con el rabillo del ojo, Anselm podía ver una gruta y parterres de flores, primorosamente cuidados. Se volvió hacia Jacques y le preguntó:

–¿Le ayudó el padre Rochet?

–No podía involucrarle a él porque haría demasiadas preguntas –se aclaró la voz–, así que pensé que Agnes podía ser la guía, utilizando sus propios documentos para el niño.

–¿Por qué ella?

Pronunció las palabras que quemaban:

–Porque ella era la única que no me preguntaría nada.

Se detuvieron al borde del agua. El sonido de los niños que jugaban flotaba alto, sobre un viento ligero.

Jacques dijo, simplemente:

–Mirándolo ahora, él estaba planeando cómo salvar a la madre. Era obvio y yo nunca lo adiviné... y organicé la huida... sólo para el niño.

Sus pasos rechinaban sobre las diminutas piedras que iban pisoteando mientras meditaban juntos sobre la sencilla anatomía de la traición. Y Anselm reflexionó una vez más sobre su capacidad de interpretar erróneamente. Schwermann, cuando hablaba a las cámaras, no había estado hablando de Robert Fougères y del chantaje a Victor. Había habido alguien más.

–Se había enamorado de una chica francesa y había tenido un hijo –dijo Jacques secamente–. Sólo que resultó ser judía, cuando se observaron las regulaciones más escrupulosamente. Él sabía que con el tiempo ella y su hijo estarían perdidos. Y entonces, por casualidad, aparecí yo con una cuerda de salvamento inesperada. Así que él los salvó y dejó que se pudrieran los demás miembros de la familia de ella. El resto, padre, creo que ya lo sabe. No mantuvo su palabra.

–¿Qué pasó con la madre del niño? –preguntó Anselm con gravedad.

–Pensé que lo sabía. Ésa fue la parte de la proposición que Schwermann se guardó para sí mismo. Cuando Agnes fue detenida se llevaron todos sus documentos, todos. Eso le permitió a su novia obtener una nueva tarjeta de identidad con el nombre de Agnes. ¿Por qué lo sé? Cuando salimos de París fuimos a casa de mi hermano Claude, cerca de la frontera suiza. Él había estado vinculado a la Resistencia en Fernay-Voltaire y Gex, porque había sido parte de la red de La Mesa Redonda, aunque lo había ocultado manifestando su apoyo a Vichy. Por lo tanto, mis padres asumieron un nuevo papel: buscaban lugares para los refugiados judíos y les ayudaban a cruzar. Un día llegó una mujer diciendo ser Agnes Aubret.

Había llegado hasta Les Moineaux, donde los monjes habían organizado su viaje a Gex. Se quedó con nosotros tres días. Inventé una excusa y estuve ausente hasta que se fue: la situación me resultaba insoportable. Por lo que sé, pudo reunirse con su hijo. Me gustaría irme a casa ahora.

Juntando lo que había averiguado a través de Victor y de Jacques, Anselm entendió por fin lo que había sucedido en 1942.

Schwermann se había enamorado y había tenido un hijo; un hijo que sería apresado por la red, red que había lanzado él mismo. Entonces, por casualidad, se enteró de lo que era La Mesa Redonda... y de la existencia de otra madre y otro hijo: Agnes y Robert. Eso fue en junio de 1942. En julio, Schwermann había planeado con premeditación despiadada la resolución de su dilema: obligaría a Jacques a organizar la escapada de su propio hijo a través de Agnes, y sólo entonces sería destruida La Mesa Redonda. Detuvo a Agnes él mismo, después de haber planeado la confiscación de sus documentos de identificación para que la madre de su hijo pudiera escapar también. Pero de esa forma Robert se quedaba abandonado... así que Schwermann permitió a Victor quedarse con el niño con la condición de que se inculpara a sí mismo hasta tal punto que estuviera atrapado, y si alguna vez surgía la necesidad de que el propio Schwermann tuviera que evitar ser capturado, él podría forzar a Victor a utilizar sus contactos en Les Moineaux. Y entonces Anselm recordó: cuando la Gestapo llegó a Les Moineaux, sólo dispararon al prior Morel. No había habido registros en el convento, donde estaba escondido el hijo de Schwermann. Había dejado la infraestructura de huida intacta para la mujer que amaba.

Anselm y Jacques se dieron la vuelta y volvieron sobre sus pasos hasta la residencia de Fougères. Jacques le explicó que la Resistencia de París, consciente del servicio que sus padres habían prestado a la causa, disimuló las sospechas acerca de la traición de Jacques cuando el padre Chambray empezó a hacer demasiadas preguntas. Se conformaron con señalar con el dedo al padre Rochet, ya que le despreciaban por ser un borracho comunista. La identidad de Jacques como el señor Snyman se convirtió en una forma de exilio que su padre, hasta el día de su muerte, alivió con compasión. A partir de entonces fue un secreto que ligaba a aquellos de la familia que tenían que saberlo. Tras la muerte de su padre vivió con Claude, y cuando Claude murió se fue con Étienne, poco antes de que naciera Pascal.

El mito de la muerte de Jacques en Mauthausen tuvo magníficas consecuencias en la reputación pública de sus descendientes. Mantener la historia viva condujo a la amplificación accidental y consciente de los detalles. Al principio de los años setenta, cuando Pascal hacía preguntas, Jacques se había convertido en el fundador de La Mesa Redonda. El padre Rochet, madame Klein y todos los demás se convirtieron en actores secundarios del drama de otra persona.

–Sabe, creo que el señor Snyman... Franz... amaba a Agnes en secreto, y que me salvó por ella. Tocaban juntos muchos duetos, ella al piano y él al violonchelo. –Hizo una pausa, como si pudiera retroceder a aquel salón iluminado con luz de vela, la oscuridad acechando en las ventanas–. Tendría que haber estado allí para saber lo que era, escucharlos en una habitación llena de gente, todos ellos perseguidos y sin hogar. Las melodías se han hecho cada vez más fuertes a medida que voy haciéndome mayor, todas ellas convertidas ahora en un único, demoledor lamento.

Llegaron a la gran puerta negra y Jacques introdujo la llave en la cerradura.

–A menudo no existe el perdón en esta vida, sabe, padre.

–Sí, lo sé.

Dándole a Anselm su curvada espalda, el anciano dijo:

–¿Robert tiene familia?

–Sí.

–¿Hijos?

–Sí, y nietos.

Jacques Fougères no se dio la vuelta; apoyó la cabeza en la puerta. Anselm dijo:

–Estoy seguro de que puedo organizar un encuentro...

La suave voz dijo como respuesta:

–No, padre, déjelos en paz. Para ellos soy un hombre muerto. Es mejor así.

Anselm sacó el cuaderno de notas escolar de su bolsa de plástico y se lo entregó a Jacques.

–Agnes quería que el señor Snyman tuviera esto. Me lo dio después de que yo le leyera en alto su poema. Siento en el alma que no sea para usted.

El viejo mayordomo empujó la puerta como si estuviera hecha de plomo.

–Quizá no importa el porqué –dijo Anselm desesperadamente–, pero a pesar de todo, ayudó a salvar a un niño, al hijo de Schwermann.

Lleno de melancolía, el mayordomo dijo:

–He pensado en él a menudo... convirtiéndose en un hombre... mientras yo creía que Robert se había malogrado.

Anselm sintió el hormigueo de una revelación. Se imaginó a un hombrecillo de ojos penetrantes, embrujados... el centro de una trinidad... a su izquierda, Lucy, la nieta adoptada de la mujer que lo había salvado; a la derecha Max, sangre de su sangre.

–¿Recuerda su nombre?

–Ah, sí... Lachaise... Salomon Lachaise.

El mayordomo entró y le ofreció la mano. Anselm se la estrechó y dijo:

–Jacques, ese niño creció hasta convertirse en el hombre que le ha vengado a usted.

El mayordomo se despidió con una sonrisa y la puerta se encajó en la cerradura.

Bajo un pálido sol que no daba calor, Anselm deambuló de vuelta al Parc Monceau, de vuelta al tranquilo lugar enfrente del antiguo hogar de madame Klein, y se sentó en un banco justo debajo de lo que una vez fue su ventana.

Pensó en Salomon Lachaise; ¿se había enterado de que

Schwermann era su padre? Su madre no se lo había dicho. Era un secreto demasiado doloroso para ser desvelado. De manera involuntaria, Anselm recordó de pronto su primer encuentro, cuando vio la pequeña y oscura figura junto al lago, recortándose contra el cielo. Salomon Lachaise había dicho: «He venido a mirar al padre de mi dolor», y luego, momentos después, se había postrado de rodillas delante de un hombre, un primer encuentro con un desconocido, exclamando «Yo soy el hijo de la sexta lamentación». Entonces Anselm recordó la descripción que le había hecho su amigo de su madre, enfrascada a la luz de una vela en las fotografías de la familia que habían perdido, sin referirse nunca de pasada al padre que él jamás había conocido..., el hombre cuyo nombre no había mencionado ni una sola vez en presencia de Anselm. Ella, de algún modo, había logrado mantener el secreto, pero Salomon Lachaise al final había averiguado su forma..., quizá cuando ella, aterrada, le había suplicado a su hijo que dejara en paz el pasado cuando él había anunciado su intención de ayudar a encontrar al hombre que ella sabía que era su padre. Sí..., estaba seguro... Salomon Lachaise lo sabía... y había esperado hasta el momento final antes de dictar una condena que sólo él podía administrar.

Anselm miró a su alrededor, a punto de llorar. La calma del Parc Monceau se había desvanecido con la llegada de los niños: indomables, alegres, que aún no odiaban la escuela. Dos o tres de ellos pasaron por delante de él como una flecha, dejando caer regueros de arena entre los huecos de sus dedos. Su mirada se fijó en la llegada de una mujer joven, de unos veintitrés o veinticuatro años. La mujer miró su reloj y levantó una campanilla del tipo de las que Anselm había visto una vez alrededor del cuello de las cabras en Provenza. La hizo sonar vigorosamente y ésta emitió un fino tintineo que se oía más por su altura tonal que por su volumen. Al oír la señal, aparecieron otros profesores desenfadadamente y formaron a sus golfillos en una fila de a dos. Cada niño sujetaba la cola del abrigo del que estaba delante, formando un tren. Cuando se terminó el recuento les guiaron hacia fuera, cantando una canción que desapareció en el viento.

Después de que se hubieran ido, Anselm se levantó y caminó lentamente detrás de ellos, hasta salir por las ornamentales puertas para adentrarse en la calle vacía.

Epílogo

«Vi a la Sibila de Cumas
–dijo uno– con mis propios ojos.»
Colgaba de una jaula, y leía sus runas
a todos los transeúntes.
Dijeron los niños: «¿Qué quieres, Sibila?».
Ella respondió: «Quiero morir».

PETRONIO, *Satiricón*

Segundo cuaderno de Agnes Embleton

Copiado por la señorita Wilma Harbottle.

Querido Jacques:

«Noche y día he vivido entre tumbas, cortándome con las lápidas.»

¿Recuerdas eso? El padre Rochet lo dijo, riéndose, y añadió: «No, no tengo miedo a morir».

Fue el día que nos reunió a todos para poner en marcha La Mesa Redonda. El padre Rochet dijo que si cogían a alguno teníamos que echarle las culpas a él. Yo estaba preocupada por él, por lo que podrían hacerle, y él se rió. Y después tú dijiste que era la clase de tipo que se derrumbaría bajo presión. ¿Lo recuerdas?

Ahora que me estoy muriendo, puedo ver montones de cosas muchísimo más claras de lo que jamás las vi antes. Cuando todos los rostros de mi juventud empezaron a regresar, busqué el tuyo, pero tú no viniste. Eso fue lo que primero me hizo pensar. Y algo me dice que estás vivo todavía.

He pasado más de la mitad de mi vida evocando julio de 1942, creyendo siempre que tú y yo, y nuestros viejos amigos, habíamos sido traicionados por Victor. Pero como he dicho, he empezado a ver las cosas de modo diferente. No fue el padre Rochet el que se derrumbó, ¿verdad? Fuiste tú.

¿Ocurrió cuando te cogieron por llevar esa estrella de David? No me había fijado nunca en la conexión entre tu detención ese junio y la destrucción de La Mesa en julio. Pero mientras estoy escribiendo esta nota, están haciendo los preparativos para llevar a juicio a Schwermann. Todo lo que oigo oscila entre tu detención y la traición un mes más tarde, como si esos hechos no estuvieran relacionados; sin embargo, para mí es obvio ahora que lo estaban. He vuelto a mirar atrás. Como siempre, tú organizaste el trayecto. A todos los demás los cogieron por la tarde, excepto a ti. Cuando salí de Ravensbrück me dijeron que te quedaste en casa después de que tu familia se hubiera marchado. ¿Por qué? No por mí. Yo ya estaba en la prisión de La Santé. ¿Te quedaste esperando a que los alemanes pudieran encontrarte fácilmente? No lo creo. No, algo salió estrepitosamente mal ese terrible día y tiene que ver con el último trayecto. De modo, Jacques, que si alguien esperó pacientemente a que llamaran a la puerta esa noche, no fuiste tú. ¿Seguro que no fue Franz... el señor Snyman?

Tuviste parte en mi muerte y en la de nuestro pequeño Robert. No fue tu intención, no lo hiciste a propósito. Y si has vivido, como creo que así ha sido, eso no ha sido vida. Si pudiera verte de nuevo te besaría y te diría lo que estarás deseando oír desesperadamente. En su lugar, alzo estas viejas manos mías: que Dios te proteja siempre, y te perdone, como yo lo hago ahora.

AGNES

Nota del autor

Esta novela entreteje realidad y ficción. El marco histórico del juicio y los detalles sobre la vida en el París de la Ocupación son todos (espero) fieles. Las redadas del Vél d'Hiv ocurrieron tal como se describen, pero no podía reproducir el horror de lo que realmente sucedió.

La evolución del justo castigo judicial después de la guerra da que pensar. Hasta 1980, Herbert Hagen, Kurt Lischka y Ernst Heinrichsohn, tres nazis muy involucrados en la deportación de judíos desde Francia, no fueron llevados ante un tribunal en Colonia. Sólo dos de los alrededor de treinta condenados en ausencia por las autoridades francesas habían cumplido la sentencia (Karl Oberg y Helmut Knochen). Numerosos presuntos criminales de guerra se asentaron en Gran Bretaña, pero la legislación que permitiría interponer acciones judiciales no se aprobó hasta 1991 (la War Crimes Act). Investigaron a trescientos setenta y seis sospechosos. Un tercio de ellos había muerto y veinticinco eran inocentes. El primer juicio tuvo lugar en 1995, después de una investigación que costó 5,4 millones de libras esterlinas y se desmoronó debido a la mala salud del acusado. Una segunda (y probablemente última) interposición concluyó en 1999. Anthony Sawoniuk fue condenado por el asesinato de dos mujeres judías en 1942. No se conocía el nombre de una de ellas.

La Mesa Redonda no existió, aunque hubo monasterios por toda Francia que participaron en actividades similares. La idea surgió a partir de un acontecimiento de la vida de mi madre, Margaretha Duyker. Como parte de una operación de contrabando, ella llevó a un bebé en tren desde Amsterdam a Arnhem, pero fue arrestada por la Gestapo. Se llevaron al niño. Ella fue encarcelada y finalmente liberada. Murió de esclerosis lateral amiotrófica en 1989.

Los gilbertinos no estuvieron nunca en Francia. Ésa es una invasión que me he inventado. Fueron la única orden religiosa que nació en Inglaterra y no sobrevivieron a la Disolución[1]. Cuando se fundó, los monjes (canónigos, para ser más precisos) siguieron la Regla de san Agustín y las monjas la de san Benito. Para simplificar, he optado por esta última.

A efectos del argumento me he tomado pequeñas libertades en cuanto a la forma en que los registros de deportación y otros documentos formales fueron compilados durante la Ocupación de Francia. He pasado por alto las disposiciones de seguridad del tribunal de Old Bailey.

Los hechos de esta novela han sido recolectados de una variedad de fuentes que examinan este trágico periodo de la historia de Francia. Sería poco práctico hacer una lista de todas ellas, pero hago constar mi deuda con las siguientes:

BEEVOR, Anthony y COOPER, Artemis, *Paris after the Liberation: 1944-1949*, Hamish Hamilton, 1944.

CANTOR, Norman F., *The Sacred Chain: A History of the Jews*, HarperCollins, 1995.

JACKSON, Julian, *France: The Dark Years, 1940-1944*, OUP, 2001.

KLARSFELD, Serge, *French Children of the Holocaust: A Memorial*, New York University Press, 1977.

—, (ed.), *Die Endlösung der Judenfrage in Frankreich* (Documentations-zentrum für Jüdische Zeitgeschichte CDJC París, Deutsche Dokumente 1941-1944), Rechtsanwalt, 1977.

OUSBY, Ian, *Occupation: The Ordeal of France, 1940-1944*, John Murria, 1997.

1. Se refiere al acta de disolución mediante la cual se suprimieron las órdenes católicas en Inglaterra por mandato de Enrique VIII. *(N. de la T.)*

RITTNER, Carol y ROTH, John K. (eds.), *Pope Pius XII and the Holocaust*, University of Leicester, 2002.
ROUSSO, Henri, *Le Syndrome de Vichy: De 1944 à nos jours*, Éditions du Seuil, 1990.
ZUCOTTI, Susan, *The Holocaust, The French, and the jews*, BasicBooks, HarperCollins, 1993.

Las declaraciones de madame Marie-Claude Vaillant-Couturier, hechas en Nuremberg el 28 de enero de 1946.

Título de la edición original: *The Sixth Lamentation*
Traducción del inglés: María José Delgado Sánchez,
cedida por Santillana Ediciones Generales, S. L.
Diseño: Jordi Salvany
Fotografía de la sobrecubierta: © Botánica/Gettyimages
Foto de solapa: © L. Cendamo/Grazia Neri/Contacto

Círculo de Lectores, S. A. (Sociedad Unipersonal)
Travessera de Gràcia, 47-49, 08021 Barcelona
www.circulo.es
3 5 7 9 5 0 0 2 8 6 4 2

Licencia editorial para Círculo de Lectores
por cortesía de Santillana Ediciones Generales, S. L.

Depósito legal: Na. 37-2005
Fotocomposición: gama, s. l., Barcelona
Impresión y encuadernación: RODESA (Rotativas de Estella, S. A.)
Navarra, 2005. Impreso en España
ISBN 84-672-1096-6
N.º 27532